魅丽文化 桃夭工作室

魂兵之戈

下

水千丞 著

廣東旅游出版社
GUANGDONG TRAVEL & TOURISM PRESS
中国·广州

图书在版编目（CIP）数据

魂兵之戈．下 / 水千丞著．— 广州 ：广东旅游出版社，2021.8

ISBN 978-7-5570-2461-1

Ⅰ．①魂… Ⅱ．①水… Ⅲ．①长篇小说－中国－当代 Ⅳ．①I247.5

中国版本图书馆 CIP 数据核字（2021）第 082187 号

魂兵之戈．下

HUN BING ZHI GE.XIA

出　版　人：刘志松

责 任 编 辑：梅哲坤

责 任 技 编：冼志良

责 任 校 对：李瑞苑

广东旅游出版社出版发行

地址：广东省广州市荔湾区沙面北街 71 号首、二层

邮编：510130

电话：020-87347732

印刷：湖南天闻新华印务有限公司

（湖南望城湖南出版科技园 电话：0731-88387578）

开本：710 毫米 ×1000 毫米　16 开

字数：321 千字

印张：18

版次：2021 年 8 月第 1 版

印次：2021 年 8 月第 1 次印刷

定价：46.80 元

目录

第1章
共工的气息

他们暂时在客栈住下了，还花重金请来鹿吴城最负盛名的魂导士给龙芗疗伤。

在那魂导士的治疗下，龙芗的身体大为好转，只是情绪一直很低落。虞人殊和阮千宿的失踪，给了他很大的打击。

江朝戈对那种想要保护某样东西却力不从心的挫败感再明白不过，龙芗承担了太多不属于他这个年纪的重担。

江朝戈甚至想，他已经有了这么多金子，是不是该给龙芗凑齐买船队的钱，让龙芗去寻找自己的家乡。可他知道，以龙芗的个性，越是这种时候，越不可能离开。

不知不觉间，他们的情谊在数次生死与共的历险中变得愈发深厚、牢固，从最初各怀心事、各有目的地勉强组队，到如今为了同伴可以出生入死。江朝戈自己都不敢相信，有一天他会摒除个性里的自私，变成这样一个人，而这让他不再孤单，甚至比从前更加强大。

“饮川还没有消息吗？”

壬王摇摇头：“饮川说，一有消息，就会派云息的鸩鸟去青丘山寻我们。如果鸩鸟去了青丘山，他就会知道我们已经来了鹿吴城。但这消息传到他那里，又不知道要多久，不管怎么计算，他都不会很快知道我们的消息，我们也无从知道他的消息。”

江朝戈对这个没有电话的世界太绝望了。

炙玄看他心烦意乱的样子，想安慰，又不知道该说什么，想了半天，道：“朝戈，你想让我为你做什么？”

江朝戈抬起头，看着炙玄澄澈的眼睛，心脏颤了颤，一股暖流顿时冲开心扉，如开闸泄洪般快速地流遍了全身，让他连指尖都变得温暖了起来。

炙玄是如此地单纯和真诚，让他觉得这样的感情挑不出半点儿瑕疵。

炙玄道：“你说啊，你想让我做什么，我就去做。我不怕衔云，更不怕焚念、啸血、游释，我可以打败他们，所以，暴露行踪也没什么大不了的。”

江朝戈摸了摸他的脸，勉强笑道：“现在我们按兵不动，什么都不做。”

炙玄皱起眉，表情很是挣扎：“你自从回来之后，就再也没有高兴过。你知道心情不好会减寿吗？你本来就短命，不能再减寿了。”

“我……”

“你不用说了，我都能猜到你要说什么。你因为虞人殊和阮千宿不见了而难受，那我就去把他们找回来，哪怕损耗修为也无所谓。”炙玄戳了戳他的嘴角，黯然地说，“我想看你真正地对我笑。”

江朝戈眼眶一热，猛地一把抱住了炙玄。他拥抱的力气极大，双臂乃至整个身体都在微微发颤，炙玄也立刻回抱住他。

江朝戈颤声道：“要是没有你，我怎么办啊……”这一句完全是他的肺腑之言，没有半点儿刻意。从他来到天棱大陆，拿起炙玄刀的那一刻起，他的人生旅程就再也不能没有炙玄。如果没有炙玄，他怎么可能走到今天？

炙玄深吸一口气：“你总是比我会说话，我本来也想说这句话的。”

炙玄不再说话，只是紧紧抱着江朝戈。他喜欢江朝戈扛着大刀骁勇杀敌、意气风发的模样，也喜欢江朝戈狡诈多谋、视财如命的样子，更喜欢江朝戈面对感情的坦率，可他最喜欢的，是江朝戈只在他面前流露的脆弱和依赖。

江朝戈不知什么时候睡着了，也许是这段时间太过疲倦。

半夜时分，炙玄突然翻身从床上跳了下去，江朝戈警觉性很高，也一下子醒了。他哑声道：“怎么了？”

“有人从窗户扔进来一个东西。”炙玄从地上捡起一个软木塞，那上面绑着一块布条。

江朝戈猛地坐了起来，抓过布条拆了开来，上面有寥寥几个字：漆吴山。

江朝戈一把抓住炙玄的手：“这会不会是那老板送来的字条？”

炙玄道：“有可能，我们去漆吴山看看。”

江朝戈看了看天色："漆吴山离这里非常近，以你的速度，一个小时可抵达。现在正是深夜，若是我们一大批一起出行，肯定会在城里引起怀疑，不如就我们两个去吧。"

"好。"

"我去告诉寺斯一声，让他们天亮之后去找我们。"江朝戈把寺斯叫醒，叮嘱了一番，就和炙玄连夜离开客栈，往城外走去。

鹿吴城是名副其实的不夜城，哪怕这时候，街上依然有往来的行人和不少巡夜人。

两人为了不引起注意，步行出了城，先召唤出肥遗飞了一段路。离开鹿吴城的范围后，炙玄才显出真身，带着江朝戈往漆吴山跑去。

炙玄高兴地说："这样最好了。"

"什么？"

"我只想让你坐在我身上。"

江朝戈笑着抚摸他的角："一个人坐在你身上，简直像是独自一人乘一艘大船，那感觉是很孤独和惶恐的。"

"为什么？"

"一个人怎么开得了船？"

"可我不是船，不需要你开。"

"这就是个比喻。"

"听不懂。"

江朝戈无奈道："不懂就算了。"

炙玄很快就跑到了漆吴山，皱了皱眉头："不对劲儿，山上有衔云的味道。"

"千宿呢？"

"她太小了，不凑近了，我闻不到。"

"难道衔云已经先我们一步找到千宿了……"江朝戈咬牙道，"上山，我们就去会一会衔云。"

炙玄毫不犹豫地爬上了漆吴山，大叫道："衔云，出来吧。"

他话音刚落，山中就升起了一道霞光，辉映整个夜空，一个人影伴着霞光升了起来。那是一个高大的男人，他脚踩祥云，身裹瑞气，如天神下凡，整个人都在散发着圣洁的光芒。

江朝戈定睛一看，那是个有着青蓝色长发的男人，眉心一点朱砂痣，完美无瑕的俊颜上找不出半丝表情，眼神深邃阴冷，令人不寒而栗。

炙玄寒声道："衔云……"

来人正是上古异兽青龙——衔云。

江朝戈道："我们是不是中计了？千宿根本不在这里。"

衔云冷声道："不错，只有我在这里等你们。"

"千宿在哪里？"

"她在我手里，还活着。"

江朝戈眯起眼睛："你有什么证据证明她在你手里？"

衔云露出冷酷的笑："我为何要向你证明？"

"你想做什么？"

衔云淡淡地说道："我想见的是壬王，他为何没来？"

"壬王凭什么要见你？"

"壬王欠我一个解释。"

炙玄哈哈大笑起来："壬王欠你？壬王虽然是个蠢货，但他绝不欠你什么。当初你利用他对付饮川，你可曾给过他解释？"

衔云似乎完全没把炙玄放在眼里，表情孤高冷傲，眼神冰冷如千年寒潭："让壬王来。"

江朝戈厉声道："你把阮千宿交出来。"

"你们不会看到她的。若我没有一点儿筹码，又怎么会单独来见你们所有人？我知道重溟也在城里。"

江朝戈咬牙道："你在虚张声势。"

衔云阴冷声道："是否虚张声势，你有胆量来试试吗？"

炙玄龇牙咧嘴，蓄势待发，只要江朝戈一个字，他就会冲上去将衔云生吞活剥："都是你，把所有事情弄得乱七八糟，让江朝戈伤心难过，我一定要咬死你！"

衔云嘲弄道："你还是这样，半点儿没变，别人说什么你都相信，所以最好利用。"

炙玄怒吼道："你找死！"

"难道不是吗？"衔云似乎是从牙缝中挤出几个字，他晶亮的眸中燃烧着熊熊火焰，"你们都被饮川这个伪君子耍得团团转，被他利用殆尽，再遭到封印。只有我知道他的真面目，可是没有人相信我，就连壬王都背叛我！"

江朝戈厉声道："你们各执一词，不见得你就比饮川可信。"

衔云顿了顿，扬唇一笑："你也在怀疑他对吗，人类？"

江朝戈一怔："我从不相信任何人。"江朝戈意识到，这衔云的睿智远高于其他异兽，在智慧上，恐怕只有饮川能胜过他。

炙玄道："饮川是什么样的，我比你清楚。他虽然又啰唆又烦人，但你才是那个引天兵和巫祖下界讨伐我们的叛徒！你不仅背叛了壬王，还背叛了所有的异兽！"

衔云目露凶光："胡说八道！你这个没有脑子，也从不思考的蠢货又懂什么？！你可知道天地之元是什么？你们以为只有饮川知道吗？我告诉你们，我也知道！"

江朝戈吃了一惊："天地之元是什么？"

"天地之元，是玄帝一件至关重要的宝物。天地之元是饮川发现的，是他唤醒的，又是他一手挑起异兽混战的，他才是最想将天地之元据为己有的人。而要独占它，异兽、巫祖、天兵，都必须死光。"

江朝戈冷哼一声："可饮川自己也被封印了，你又如何解释？"

衔云寒声道："封印？封印不过是缓兵之计，他现在不是苏醒了吗？虽然其他异兽也醒了，但至少他将十二大巫祖消灭了，你们若是再愚蠢下去，就只会被他再次利用。"

炙玄狠狠甩了甩脑袋，大吼道："我懒得听你胡说八道，我信饮川，不会信你。我讨厌你这个虚伪的叛徒，讨厌焚念、啸血和游释这三个孽畜，我要杀了你们！"他说着就要冲上去。

江朝戈制止了炙玄，道："衔云，我想听听，你打算拿天地之元怎么办。"

衔云阴沉地说："天地之元是玄帝之物，将它还给玄帝，才能保人界太平。"

"玄帝若要收回天地之元，又怎么会需要你来还给他？早在万年前，他就可以拿走了。"

"他无法拿走，因为天地之元原本是人界之物，和人界存在着某种强烈的羁绊。"

"照你这么说的话，玄帝都拿不走，你又凭什么拿得走？"

"我所说的'还给玄帝'，并非让玄帝将天地之元带回天界，而是将其彻底封印。"

江朝戈高声道："饮川也同样要将天地之元封印，说来说去，你和他的目的又有何不同？"

"饮川从未想过将天地之元封印！"衔云厉声道，"他想用它来对付玄帝！"

炙玄怒吼道："一派胡言！饮川若是能利用天地之元，万年之前就该用了，何必等到今天？"

"饮川还未找到利用天地之元的方法，就遭到异兽争令和天兵讨伐。这一次没有大巫祖，天界能奈他何？你们又能奈他何？早晚，他会知道如何利用天地之元来对付玄帝，到时候挑战天界，战场必然还是人界，那才是真正的人界末日。"

江朝戈眯起眼睛："我有两个问题。第一，你还是没说清楚天地之元究竟是什么。

第二，天地之元是怎么出现在人界的？”

“天地之元究竟是什么，我还无法确定，但我知道，它是被一个天神偷走带到了人界。后来那个天神被玄帝派大巫祖杀死，但天地之元是回不去了。大巫祖将其封印在昆仑仙境，却又被饮川唤醒。”

江朝戈冷哼道：“你知道的确实不少，可惜却没有证据能证明饮川想将天地之元据为己有。”

衔云露出阴冷的浅笑：“你们与饮川在一起那么久，却依然对天地之元、对万年之前发生的事知之甚少，他刻意隐瞒了这么多，对你们诸多防备，难道还不足以说明什么？”

江朝戈脸色微变，这一点，他确实无法反驳。饮川究竟隐瞒了他们多少，他也不知道。他知道的事情越多，怀疑的事情就越多，偏偏饮川还说，不告诉他们对谁都好。可这样的理由如何能让人信服？他曾经以为饮川会是他们的同伴，但他永远无法把一个对他们隐藏太多秘密的人当作同伴。

此时，东方既白，壬王和重溟随时可能找来，江朝戈道：“快把阮千宿交出来！待壬王和重溟来了，你以为他们会和你废话？”

衔云嘲弄道：“为何不呢？我和壬王可是老朋友了。”

江朝戈冷冷地说道：“或许千宿根本不在你手上。”

衔云召唤出一个纳物袋，从纳物袋里掉出了两样东西，啪啪地落在地上。江朝戈定睛一看，正是征尘钺，上面还有干掉的血迹，暗红得刺眼。

江朝戈把拳头握得咯咯响，恶狠狠地瞪着衔云。

“她与我的魂兵使在一起，我的魂兵使随时可以杀了她。”

“你想怎么样？”

衔云眼中闪烁着精光：“我不过是要和壬王单独聊聊。”

“壬王很快就会来，你会放了阮千宿吗？”

“不会。”衔云嘴角轻扯，“但至少暂时不会杀她。”

江朝戈咬牙道：“你以为你今天可以轻易离开吗？”

“你又能如何？”衔云露出残忍的笑容。

炙玄已经气得火冒三丈，巨大的爪子急躁地抓挠着土地，恶狠狠地说：“浑蛋……”

“炙玄，冷静！”江朝戈大叫道。

这时，东方升起了第一缕阳光，昏沉的光线被冲淡了，晨光中，一个黑点从鹿吴城的方向飞来，炙玄定睛一看：“是寺斯的鸱鸟。”

江朝戈心中有些莫名惊慌。鸥鸟的速度哪里比得上壬王？为何派鸥鸟来？

那鸥鸟飞近了，脚上绑着一块显眼的红布，直朝着他们冲来。

江朝戈直觉鹿吴城可能出事了，心里升起不祥的预感。

就在鸥鸟离他们不足半里的时候，天地间突然狂风大作，初升的太阳再度被阴影遮蔽，雄浑霸道的魂力猛地炸裂开来，将江朝戈一举冲倒在地。他勉强稳住身体，睁开眼睛时，只见天上出现了一条长逾千米的青龙——脚踩祥云，身裹瑞气，披着万丈霞光，盘旋于天际，遮天蔽日。那青龙眼都没眨，一张嘴就将鸥鸟吞进了肚子里。

江朝戈大惊过后，吼道："炙玄！"

炙玄飞身而起，朝衔云扑去。

江朝戈则跳到了肥遗的身上，远离这两只上古异兽的战场。他现在可以肯定鹿吴城出事了，莫非这是调虎离山之计？若是那三只凶兽已经追到了鹿吴城，壬王、重溟以二敌三，必然吃大亏。

炙玄积累了一肚子怒火，此时完全爆发出来，扑上去之后，张嘴就往衔云的脖子上咬。

衔云用力摆尾，抽向炙玄的面门，巨大的龙爪和炙玄的爪子互相撕扯着对方身上的鳞片。

只见天上唰唰地掉下或黑色或青色的大块鳞片，而伴随着青龙摆尾，一阵狂风同时掀起，江朝戈勉强抓住肥遗的羽毛，才没有被甩下去，可也跟着肥遗被吹出去了百米。

江朝戈额上冷汗直冒，焦急地看着炙玄和衔云这场撼天动地的战斗。必须快速结束这场战斗，赶回鹿吴城。可要结束战斗，就要找到衔云的魂兵使。异兽争斗，大多喜欢把魂兵使藏起来，因为这样的战局，是没有人类插手的份儿的。可魂兵使再如何藏，也不可能离开异兽太远，所以衔云的魂兵使，一定在这山中！

江朝戈一咬牙，快速俯冲进了山林，焦急地寻找起来。

那山林浓密昏暗，要找到一个人谈何容易！他大吼道："千宿、千宿——"

整个山林禽飞兽走，慌忙逃命，只有他的声音不断回荡，长久不息。他盘旋一圈，突然想起了自己纳物袋里的东西。他召唤出纳物袋，找出来几枚气雾弹和一盏高聚光探照灯。那气雾弹喷出来的是刺激性气体，这里枝繁叶茂，有树冠遮挡，下层空气不易散去，现在只能赌一把，赌那魂兵使会被这气雾弹逼得有所行动。

江朝戈拉开气雾弹，往山林里扔去。肥遗载着他飞过方圆十里的山林，扔下近二十枚气雾弹，然后，他打开探照灯，扫描着山林。

整个山林里臭气弥漫，就连在天上的江朝戈都能闻到一点儿，可想而知下面的味道有多么可怕。他看了半天，终于，凭借被魂力强化过的视力，观察到了一棵树冠间的微小抖动。

江朝戈毫不犹豫地俯冲而下，大吼道："给我出来！"

一只蛊雕突然冲出山林，狰狞地大张着喙，朝他咬来。

肥遗嘶叫一声，扑将上去，两只猛兽在空中接触，发出刺破夜空的尖叫声。

在两只猛禽冲撞的瞬间，江朝戈身形一晃，眼前白光一闪，就感觉有什么东西朝他甩了过来。他猛地矮身，堪堪躲过，同时，一把抽出了炙玄刀，毫不犹豫地挥出。

两只猛禽分开了，江朝戈举刀怒视前方，看清了蛊雕身上站着的人。

那是个三十岁出头的男人，冷硬、强悍，手里握着一根三节棍，以同样狠辣、凶残的目光瞪着江朝戈："在下刘擎，敢问阁下大名？"

江朝戈吼道："阮千宿在哪里？"

刘擎冷道："杀了我，你就知道了。"他双手握住三节棍的两头，绷直那根一看就非同寻常的魂兵器——衔云棍，并做出邀战的挑衅姿态。

江朝戈狠声道："我现在就杀了你！"

肥遗再次冲向蛊雕！

江朝戈手中大刀凶猛地挥出，夹杂着魂力的刀锋朝刘擎袭去，那一股力凶猛，霸道，顿时扭曲了空间。

刘擎大喝一声，从身体里甩出霸道的魂力，如狂龙出闸，迎着刀锋撞去。

两股魂力首先在空气中碰撞，如爆炸一般席卷四方，肥遗和蛊雕都不堪这股魂力的压迫，纷纷缩起翅膀，不受控制地往地上坠落。

江朝戈在肥遗坠地之后，稳住身形，翻身从十数米的高空跳了下去，稳稳落地。越来越深厚的魂力让他的身体素质每日都在增强，这一平稳着落，令他更加信心大增。

刘擎同样稳稳地落了下来，脚尖刚一触地，就猛地一蹬，朝江朝戈袭去，手中的三节棍灵活地甩向他的面门。

江朝戈旋身一避，炙玄刀霸气地砍向刘擎的手臂。

刘擎绷紧三节棍一挡，两件兵器相触，发出刺耳的声响，同时，魂力碰撞产生的威力，生生震裂了两个魂兵使的虎口。

江朝戈甚至感觉到心脉都为之狠狠一颤，疼得差点儿吐血。

刘擎一脚踢向江朝戈的小腿，江朝戈后退半步，灵巧地避开，小腿反而钩向他的腿弯处。他原地后翻，在以左手撑地的瞬间，右手以横扫千军之势挥出衔云棍，直击江朝戈的小腿。

江朝戈猛然跳了起来，离地有七八米。他灵光一现，学着虞人殊的样子在空中迈步。原来有修为至此，真的能在空中短暂停留，只是若不经过训练，灵活度不够高，停留的时间也不够长，是难以派上大用场的。他一时间相当想念虞人殊，对眼前的魂兵使更增添了几分汹涌的杀意。他迈了三步已是极限，落地的同时，将炙玄刀朝着刘擎的头顶砍去。

刘擎就地狼狈一滚，在起身时，余光却瞄到江朝戈就在自己身后，刀锋寒意森然，他无力闪避，左臂中刀，鲜血顿时涌出。

江朝戈一招击中，胸中的血液顿时沸腾了，高喊道："把阮千宿交出来，我给你留个全尸！"

刘擎疯狂地大笑："你这么关心那个女人，我便成全你们，把你们葬在一起！"

天上，炙玄和衔云战意正酣，江朝戈感觉自己体内的魂力跟流水一样往外泄。他相信刘擎也没比他轻松多少，他感觉得到，这个男人的魂力等级跟自己差不多，完全没有虞人殊给过他的那种强大浑厚之感，所以他一定会赢，他必须赢！他咬紧牙关，再次朝刘擎攻去。

刘擎这回学乖了，那炙玄刀又重又大，而衔云棍短且灵巧，近攻适合自己，而远攻有利于江朝戈，他便试图近江朝戈的身。

江朝戈年少时就在拳头堆里滚过，怎么会不知道这个道理？他便几次阻止刘擎靠近，只用炙玄刀封住他的攻势，逼得他节节败退。

刘擎见久攻之下没有进展，便冷笑道："那个女人是你什么人？妻子？"

江朝戈一言不发，犀利的刀锋此次朝刘擎的胸、脑等要害砍去，偏偏他动作极为灵活，几次都未击中。

"看来是你妻子了。"刘擎哈哈大笑道，"你眼光不错，那女人的味道……很好。"

江朝戈目露凶光，牙齿直打战，心念在那一瞬间全乱了："你这个畜生……"

刘擎瞅准时间，一个快速移步，绕到了江朝戈身后，用衔云棍的第一节棍，狠狠地朝着江朝戈的背部砸去。

江朝戈明知道刘擎故意激怒他，可此时已经来不及反应，只觉得后背传来一阵火辣辣的疼，内脏也被震伤了。那疼痛沿着脊椎流窜到肩膀，让他的左手臂顿时麻了。若非中招的是左臂，他恐怕连炙玄刀都要拿不住！

江朝戈快速就地一滚，第二棍就落在他刚才站定的地方。这一棍可是冲着他的脑袋来的。他一个翻身从地上跳了起来，强迫自己镇定心神，忍着剧痛狠狠地活动了一下左臂，举刀挡在身前防备着。

刘擎冷笑道："真的不打算告诉我你的名字？我刘擎也不愿杀无名之辈，再说，你死了，我该给你们这对亡命鸳鸯的墓碑上刻什么字呢？"

江朝戈笑着露出一口白森森的牙："简直可笑，你可知道她其实是男扮女装的？"

刘擎脸色微变。

江朝戈哈哈大笑道："你在撒谎！你这等只会用下三烂手段的人，也配知道我的名字？"

刘擎冷笑一声："兵不厌诈，好用便行。"

"也好，我让你死个明白，我叫江朝戈，'朝堂'的'朝'，'兵戈'的'戈'，记住是谁杀了你，来世投胎，报仇时别找错了人！"江朝戈抹掉嘴角的血，重新聚起魂力，刀锋凌厉如翻滚的雪浪，直逼刘擎的要害。

刘擎本不想再浪费魂力，毕竟衔云在消耗他大量的魂力，可见江朝戈如此拼命，也想速战速决，于是聚起魂力，从衔云棍溢出，抵挡着江朝戈的刀锋。

江朝戈知道自己撑不了多久了，炙玄已经消耗掉了自己九成的魂力，而这两只异兽的战斗，还远不会结束。他们动辄能打成百上千年，哪里是人类供得起的？还是应该快速把魂兵使解决掉，才有可能胜出。

两人过了几十招，渐渐魂力不支，身上均受了几处伤。而炙玄和衔云的战斗已经快将山林摧毁殆尽，声音响彻天地之间，恐怕就是鹿吴城的居民也听到了。这么长的时间，壬王和重溟都没有出现，江朝戈可以肯定他们被三只凶兽缠上了。

江朝戈已经杀红了眼，几乎刀刀致命。他将刘擎逼到一棵槐树之下，一刀刺向刘擎的左肩。

刘擎倒地闪避，又翻身而起。江朝戈感觉刚才遭到攻击的左臂已经渐渐恢复了知觉，于是急中生智，突然抓起挂在身侧的探照灯，用手指把开关往上一推，朝着刘擎的眼睛猛地照去。

"啊啊——"那探照灯发出的光是强聚光，对着人的眼睛照，能直接照瞎了，刘擎猝不及防，痛苦地大叫一声，用力捂住了眼睛，往后退去。

江朝戈扔掉探照灯，三步并作两步地冲了上去，握着炙玄刀毫不犹豫地朝着刘擎的胸口狠狠地刺了下去。

他不仅救了阮千宿，还毁掉了衔云现世的可能，除掉了一个强大的对手。这是他自来到这个世界以来，最大的一次胜利！他兴奋地将刀锋更加用力地刺入刘擎身下的土地。他会永远记住今天！他控制不住地疯狂大笑起来。

天上惊雷大作，衔云愤怒的龙吟声响彻天际，江朝戈抬头看着阴暗的天空，真有种末日要降临的错觉。可他什么也不怕了，他杀了衔云的魂兵使，衔云很快就会消失！

炙玄大叫道：“怎么回事？”

江朝戈抽出炙玄刀，得意地大吼道：“炙玄，我杀了衔云的魂兵使！”

“不、不对！”炙玄的声音听上去有一丝不对劲儿。

江朝戈正想说什么，突然感觉到一股陌生的魂力在自己周围蔓延开来。他心中一惊，低头朝刘擎看去，只见刘擎的身体在发光，那微弱的白光渐渐变得越来越强烈，伴随而来的是愈发强大的魂力。

江朝戈瞪大了眼睛，还没明白过来是怎么回事。突然，一声巨响，一股庞大的魂力从刘擎的身体里冲了出来。江朝戈在感知到危险的一瞬间，将身体里所剩无几的魂力都聚集起来，挡在了身前。饶是这样，他还是被那股魂力狠狠地震飞了出去，身体如脱了线的风筝，飞出去百余米，咣的一声撞在了一棵大树上。

撞击的一瞬间，江朝戈感觉五脏六腑都跟着移位了。他喉头发甜，连喷两口鲜血，身体从树上滑了下去，瘫软在地上。

江朝戈的意识虽然还在，但整个人仿佛已经感知到了死神的召唤。他知道自己身上的骨头、内脏恐怕碎了大半，连一根手指头都无法活动。口中不断流出鲜血，堵住了喉咙，让他的呼吸都变得困难起来。他艰难地睁开一条眼缝，看着不远处的那团白光。白光里什么都没有，但他有一股熟悉感，而他偏偏又什么都想不起来。应该说，他实在无法再思考了。他的身体在快速地变冷，他感觉自己就要死了，他现在比任何一刻，都更接近死亡。

恍惚间，他想起自己上一次在鬼门关打转的经历。那时候他为了增进修为，让饮川为他打通经脉，他也曾一度到达濒死的境地。那时候，饮川教他的那句巫咒语救了他。他顾不上多想，开始以最后的力气诵念那句他背了无数遍的巫咒语，念着念着，竟觉得身体的温度在缓缓地恢复！

江朝戈大喜，心想，还好云息把那句巫咒语记下了，并告诉了他，而他也没有偷懒，始终牢记于心，否则，这次云息不在，他真的要死翘翘了。他继续诵念，不远处的白光，衔云与炙玄的吼声，所有的一切都不在他的思维中了，他进入了一种难以用言语形容的空灵之境，仿佛天地间什么都没有，只有他自己。他能听见自己微弱的心跳、血液的流动、脉搏的跳动。他在感知自己，感知自己身体内的一切，并能感觉到那巫咒语在一点点儿地挽救他破损流血的内脏和残破的骨头。

这时间不知道持续了多久，江朝戈感觉自己活了，虽然身体的疼痛并没有减轻，而且依然无法动弹，但他知道自己的内脏保住了。只要一时死不了，找几个厉害的魂导士，他总有办法把自己修补好！

精神从那空灵之境回到现实后，他又开始能听到、看到周围的一切了。刘擎尸体所在的地方还在不断地发出白光，什么都看不清，但陌生而强大的魂力在一刻不停地往外喷涌。如果他不知道刘擎是个人，他简直要以为是另一只上古异兽要现世了。可到底发生了什么？那股霸道的魂力差点儿弄死他！

炙玄和衔云又怎么样了？江朝戈抬头看向天空，发现他们还在苦战。

他如此渺小，恐怕炙玄都没有发现自己受伤了，而衔云却是知道自己的魂兵使出事了，所以拼命想摆脱炙玄去查看。可炙玄知道这时机难得，紧咬着对方不放。

江朝戈想朝炙玄喊一声，却力不从心。他知道不能再打下去了，实际上，他们也无力打下去了。

炙玄是知道自己魂力枯竭，所以才想拼尽最后的力气将衔云拿下。可他知道刘擎的异象必有原因，他不能再继续冒险，刘擎发出的那股令他熟悉又陌生的魂力，让他从内心深处升起一种不祥的预感！

衔云一直分心往刘擎的方向看，此时方寸大乱。炙玄将他从天上狠狠地摔向地面，张开血盆大口，锋利如剑的巨齿咬向了他的脖子。

衔云巨大的龙身挣扎了起来，却让炙玄的爪子更深地陷进了肉里。那巨齿凶残地刺破他的龙鳞，扎破了他的皮肉，顿时血如泉涌。他怒吼一声，龙尾用力拍打着地面，将地面击出长长的裂纹。他用爪子抓挠炙玄的头和脸，炙玄却咬死不放，铁了心要将他的脖子咬断。

两只庞然大物在地上翻滚、撕咬，炙玄能感觉到自己体内的魂力马上就要流光了。可哪怕不能真的把衔云咬死，他也要让衔云彻底失去战斗力。刘擎所在的方向散发出来的阵阵气息让他越来越心惊，他知道自己必须速战速决。

炙玄几乎力竭，而衔云的扭动也越来越微弱。

就在炙玄兴奋地以为自己赢了的时候，原本已经油尽灯枯的衔云，突然猛地睁开了眼睛，身体里魂力暴涨，仿佛绝地复生，瞬间恢复到了全盛状态。他的力气大得惊人，一爪子就将炙玄的脑袋拍开了，而那被巨齿刺穿的脖子，伤口也在以肉眼可见的速度愈合着。

炙玄恶狠狠地瞪着衔云，身体渐渐变得无力，再也没了交战的力气。衔云一个扭身飞了起来，他似乎也感到不可思议，看看自己，又往刘擎的方向看了看，然后完全愣住了。

炙玄的身体开始快速缩小，再缩小，最终变回了幼童的模样。他坐在地上，身形狼狈，只有眼神依旧狠辣无比。

如此好的机会，衔云却没有趁机把炙玄踩成肉泥，甚至没有嘲弄他，只是不停地朝刘擎所在的方向看。

江朝戈喊着“炙玄，我杀了衔云的魂兵使”的那句话，他听得清清楚楚，他也确实在一瞬间感觉到了自己身体里的魂力正在消失。可当那白光亮起时，他的魂力又恢复了，直到现在……他飞身就想往刘擎的方向去，可又想起来还有炙玄没有解决，于是一咬牙，朝炙玄扑去。

炙玄平静地坐在地上，酝酿着魂力，打算召唤真身。他被撕碎了都不要紧，但他绝不能让任何人伤害江朝戈。可他现在也因为那股熟悉的令人厌恶的魂力而心神大乱，何况刚才苦战一场，魂力虚弱，一时竟然无法做到。他愤怒地大喊一声，只能眼睁睁地看着衔云的血盆大口袭来。

“衔云——”天上突然传来一道雌雄莫辨的喊声，那声音清澈透亮，带着一点点儿娇媚，闻之叫人心旷神怡，仿佛远在天边，又似近在耳畔。

衔云猛地回头，讶然道：“红渊？！”

炙玄抬头一看，天边飞来一只金红巨禽，浑身覆火，鹳颡鸳腮，燕颔鸡喙，翼展足有千米，后缀九条曼妙的凤尾。那巨禽全身覆盖着的翎羽赤中带金，金中带赤，展翼飞过，天边留下簌簌燃烧的羽毛，如璀璨的烟火，短暂却盛大地绽放，来者正是上古异兽朱雀。

江朝戈几乎不能动弹，但也从眼角的余光看到了那只华丽的大鸟。他张大了嘴巴，从来没见过这样自带背景特效的出场方式。

炙玄怔道：“红渊……”

待飞得近了，他们能看到红渊身上站着一个修长纤瘦的身影，腰板挺得笔直，衣袂随风飞舞，身后背着一把看不清全貌的武器。

红渊飞到衔云的头顶时，发出一阵甜笑：“衔云，好久不见了，有点儿想你呢。”

衔云怒道：“你来做什么？”

“不是我要来呀。”红渊道，“而是我的魂兵使要来。”

红渊背上的人突然一跃从百米的高空跳下，一把抽出了背后的武器，哗啦一声，竟是一把长柄大伞。伞面上覆盖着一层厚厚的金红翎羽，伞骨全由锋利的翅骨削尖而成，伞柄有小儿的手臂那么粗，那人就借着伞落到了地上，金红大伞唰地一下合拢。

炙玄惊讶道：“阮千宿？”

来人正是失踪多时的阮千宿，她一身红衣，干净利落，平时着深色劲装，身上没有一点儿女儿家装饰的她，此时被一袭红衫衬托得愈发白肤胜雪，明眸皓齿，端方而潇洒，清冷而绝丽，和赤金的朱雀仿佛浑然一体。

听到“阮千宿”三个字，江朝戈强忍着剧痛从地上爬了起来，在看到那熟悉的身影的瞬间，眼圈都热了。

阮千宿看了炙玄一眼：“你去找找江大哥，他可能受伤了，我来对付他。”

炙玄怒道：“不准命令我！”

他心里挂念江朝戈，也不想浪费时间，蹒跚着进山林找人了。

阮千宿用伞尖直指衔云，冷酷地说：“你对我的攻击和冒犯，我今天一并还给你。”

衔云冷道：“我当是谁，你这个人倒真有点儿本事，能从我眼皮底下逃跑。你竟然是红渊的魂兵使……”

红渊嘟囔道：“又不是我愿意的。她虽然漂亮，可一点儿都不好玩儿呢。”

阮千宿厉声道：“衔云，你和刘擎受死吧！”

提到刘擎，衔云一怔，眼看又来一个强敌，而刘擎的状况不知如何，他已经战意全无，冷冷地说道：“今日算你们运气好，我有更重要的事，下次再战吧！”他一个巨龙摆尾，抽向红渊。

红渊展翼而起，一团巨大的火球从两翼带起来的风中生起，朝着衔云砸去。

衔云快速躲过，一头扎进山林里，用爪子把那团散发着白光的人抓住，朝着远方飞去。

红渊道：“要不要追啊，姐姐？”

阮千宿眯起眼睛：“算了。”她把伞插进背后的伞笼里，朝着山林深处跑去。

很快，她就在一片倒塌的树木间，发现了江朝戈。

炙玄摸着江朝戈身上的血，简直要哭出来：“朝戈，你别死，我带你去找魂导士，我带你去找整片大陆最好的魂导士！”

阮千宿蹲在江朝戈身旁，探了探他的脉搏：“心脉没事，暂时死不了。江大哥，你能听到我说话吗？”

江朝戈怔怔地看着她，有那么一瞬间还以为自己在做梦——阮千宿回来了，不仅没有落在刘擎或者其他任何歹人手里，还唤醒了一只上古异兽。这如果不是梦，现实是不是也太美了？

“江大哥？”阮千宿着急地在他眼前摆着手。

江朝戈不知道哪儿来的力气，一把抓住了她的手，哽咽道：“你没事就好。”

阮千宿愣了愣，一向冷硬的眼眸中闪过一丝异色，竟也红了眼圈：“江大哥……”

炙玄拍开她的手，瞪了她一眼："快带朝戈回城。"

阮千宿把江朝戈背了起来，放到了红渊的背上，炙玄仰起脖子看着红渊。

红渊也低头看着他，笑嘻嘻地说："小矮子，你上不来吧？"

炙玄怒道："破鸟，你找死是不是！"

"现在最可能死的是你呀！哦，对，我忘了，我们已经死了，不可能再死了。"

"你才死了，我只是被封印了。"

"以人类的标准来说，我们就是死了。不过，纵观六界，我们没去过冥界，就不算是死了。哎呀，有点儿复杂。"

"白痴，快带我们回城！"

红渊用爪子将炙玄抓了起来，扔到了自己背上："抓稳了。"他展开巨大的双翼，朝着鹿吴城飞去。

炙玄抓着江朝戈的手，把小脸蛋贴着他的掌心，担忧地说："朝戈，你一定要坚持住，鹿吴城肯定有很多魂导士。"

江朝戈虚弱地说："我不会死的，放心吧。衔云和刘擎呢……他们怎么样了？刘擎是怎么回事？"

说到刘擎，炙玄脸色微变："我不知道，但我从刘擎身上感觉到很熟悉的魂力，那是巫祖的魂力，而且……

"而且……

"我似乎闻到了……共工的气息。"

江朝戈一惊："共工？"

炙玄压抑着愤怒，上下牙齿都在轻轻碰撞："对，虽然很微弱，但是……那种让人厌恶的味道，不是普通的巫祖，很可能是共工……刘擎可能就是共工转世！"

红渊惊讶地说道："你说衔云的魂兵使是大巫祖转世？怎么会那么巧？"

"不知道，但我可以肯定，当时我感觉到了巫祖的魂力。"

"嗯，确实有可能。"江朝戈皱眉道，"我明明杀死了刘擎，炙玄刀贯穿了他的心脏，他应该是当场毙命的。可他没死，或者说，那一刀好像释放了什么。总之，他突然爆发出巨大的魂力，把我弹飞了出去。我本来没受这么重的伤……"江朝戈想到那一瞬间，还心有余悸。若不是他有那句巫咒语保命，现在恐怕已经因肝胆俱裂而亡了吧？

"如果刘擎是巫祖转世，那就没那么容易被杀死，因为巫祖也曾经是异兽，也是不死之身。只是不知道他转世之后，还有多少魂力。"炙玄恶狠狠地说，"他极有可能就是共工转世，我一定要杀了他！”

江朝戈原以为天大地大，炙玄一辈子也不可能碰到共工的转世，没想到有一天真的碰上了，而且也没用多少时间，刚巧那共工转世，还是他们欲除之而后快的敌人。

红渊喃喃道：“真巧啊，真巧。”

炙玄趴在江朝戈身上，眼睛里一片血红：“他不仅杀了我，还重伤你，我要杀了他！”他揪紧了江朝戈的衣袖，恨意滔天。

江朝戈相信，如果刘擎现在就在眼前，炙玄一口一口吃了他也不奇怪。

红渊突然“呀”了一声：“鹿吴城怎么又着火了？”

几人抬头看去，鹿吴城火光冲天，不时传来惊天动地的声响。

阮千宿神情凝重地说道：“那些凶兽在鹿吴城。”

红渊嗅了嗅：“不，他们已经走了，刚走不远，城郊有壬王和重溟的味道。”

“快去找他们！”

红渊朝着鹿吴城的城郊飞去，远远地就见壬王等人正坐在小山下，均是衣衫带血，面容憔悴。

红渊落了地，阮千宿一跃跳了下去：“寺斯！”

寺斯正趴在地上哀号，一听到这声音，不顾疼痛地爬了起来，激动地大喊：“千、千宿姐！”

龙芗也是眼睛发亮，难以置信地看着阮千宿。他不善表达，只是长长地松了一口气。

阮千宿跑过去，一把抱住了冲过来的寺斯，见他一脸血污，很是心疼：“你们怎么了？”

寺斯看到阮千宿，哇地哭了出来：“千宿姐啊，我以为你死了呢……”

阮千宿摸了摸他的头：“你们是不是遭到攻击了？”

重溟已经睡着了，壬王喘着气道：“三只凶兽来了鹿吴城，寺斯射中了焚念的魂兵使，龙芗又差点儿杀了游释的魂兵使，他们同时感觉到你来了，就撤退了。你们也……”

阮千宿点点头：“我赶到的时候，衔云已经和炙玄斗过一场。衔云的魂兵使似乎是大巫祖转世，突然爆发了很强的魂力。衔云不知所措，就走了。”

壬王瞪起眼睛：“你说什么？大巫祖转世？”

炙玄道：“那个人被朝戈贯穿心脏后，却没死，我感觉到他身体里散发出很强的魂力，还有非常讨厌的气息。那气息一定是跟巫力有关的，魂力又那么强，只可能是大巫祖。”

壬王若有所思："这不可能……怎么会是大巫祖……"

江朝戈剧烈地咳嗽了起来，每咳嗽一声，都觉得骨头要散架一般疼。

炙玄忙道："快去鹿吴城给朝戈找魂导士！"

众人快速地回到鹿吴城，鹿吴城的东南角已经被彻底毁了，就像被什么大石头碾压过一样，支离破碎。但比起大凉城，鹿吴城的损失并不算什么。他们进城后，就用重金找寻魂导士，终于找来了三个一起给江朝戈治疗。

江朝戈除了内脏完好外，身上几乎没有未断的骨头，疼得他像条油锅里的鱼，不停地想挣扎、翻滚，摆脱这种疼痛，但其实他连手指头几乎都动不了。

炙玄心疼得差点儿流眼泪，一直抓着江朝戈的手，反复说着要为他报仇。

治疗的过程持续了一天一夜，三个魂导士都累得要歇菜了，才总算把江朝戈几处大的伤治好了，剩下的就是漫长的恢复期。

江朝戈心想，能保住命以及见到完好无损的阮千宿回归，他已经很知足了，眼下只差虞人殊和远在昆仑山的云息了。

想到云息，就不免想到饮川，江朝戈心中一阵烦躁，越是接近真相，那密布的阴云反而越是浓重。

由于所有魂力都供给江朝戈恢复身体了，炙玄几天来一直都是三头身的模样。他端着一大盆水，摇摇晃晃地开门进来了。

江朝戈正侧卧在床上想事情，一见他进来就忙道："祖宗啊，你端得动吗？！"

炙玄白了江朝戈一眼："一盆水我都端不动？谁让你起来的？给我……"他一脚踩到了自己的头发，小脑袋猛地往后一仰，身体失去重心，往后倒去，那一盆水毫不留情地扣在了他的身上。

江朝戈咂舌，有种想捂住眼睛的冲动，一时之间，一个字都不敢说。

那木盆还扣在炙玄的身上，他一动不动，屋子里死一般寂静。

江朝戈咽了咽口水，掀开被子就要下地。

"你不准下来！"炙玄怒吼一声，一把推开木盆，狼狈地从地上爬了起来，一脚跳上木盆，狠狠地跺起脚来，"孽畜！浑蛋！去死吧！"

江朝戈叹了口气，低下了头。

炙玄发泄了一会儿，才气哼哼地跳了下来，把木盆从地上捡起来，满脸怒火地往门口走去。

"炙玄，你干吗？"

“你不准下来！我给你倒水擦脸。”炙玄拎着木盆，摔门走了。

过了一会儿，他又端了一盆水回来。这回，他学聪明了，把头发扎了起来，只是辫子扎得非常简单，在脑袋后面一晃一晃的，煞是滑稽。

他把木盆放到凳子上，沾湿了毛巾，爬到床上，给江朝戈擦脸。

江朝戈笑着把脸凑了过去，让他擦了个痛快。

擦完脸，炙玄又仔细地给江朝戈他擦胸口、擦手，一边擦，一边嘟囔：“人类真没用，人类的小孩儿更没用。”

“小孩子们本来就做不了什么，你让裂羽或是龙芗来就好了。”

“龙芗被醉幽按在床上休息去了，前几天一战，他的伤口又裂开了。寺斯？哼，那个蠢猴子，早就不知道跑哪儿去了。”

“龙芗的伤口裂开了？”

“你管他干吗？”

江朝戈笑道：“他是我小弟啊，做大哥的不关心小弟，怎么服人啊？”

“什么大哥、小弟的？听不懂。”

“这个啊，是我们那个世界的规矩。”

“什么规矩？”

“以后再慢慢跟你说。”

炙玄擦完之后，把毛巾一扔，幽幽道：“你什么时候才能好啊？”

江朝戈抚摸着他肉乎乎的后背：“很快就好了。”

“骗人，那个魂导士说，要完全恢复，怎么也要两个月呢。”

“未必，千宿去找更多的魂导士了，只要有钱，我肯定好得快。”

炙玄点点头：“你快点儿好，我不要这个样子，烦死了。”

江朝戈笑道：“这样挺好的。”

“这样连盆水都搬不了，也不能给你报仇。”炙玄说到这里，又是咬牙切齿，“刘擎、刘擎，共工，你说，我要怎么杀死他才好呢？是把他的肉一片一片割下来，还是用麒麟火一寸一寸地烧焦他的皮肤？”

江朝戈道：“若他真是大巫祖转世，不跟你一样是不死之身吗？”

“哼，不死之身，难道就不会疼吗？若他不死，我就杀死他千万遍，让他尝尽千万种死法。”炙玄目露凶光，“最后，等我玩腻了，就将他的魂魄彻底粉碎。”

“你要怎么把他的魂魄彻底粉碎？”

“用麒麟真火。那是以我的魂力凝聚的真火，不能轻易使用，因为对我的损耗相当大。如果麒麟真火都不能粉碎共工的魂魄，我就需要焯烟的火精。”

“火精？”

“焯烟天生口含火精，那火精通冥，能直接绕过肉身，灼烧魂魄。若是普通人类或异兽的魂魄，我用麒麟真火就能焚烧殆尽，但大巫祖的魂魄……总之，麒麟真火结合火精，一定能将共工的魂魄彻底消灭。”

“可……焯烟怎么会把火精借给你？”

“不借，我就抢。”炙玄说得理所当然。

江朝戈顺了顺炙玄还湿着的头发，若有所思道：“若刘擎真是大巫祖转世，恐怕真的只有这个办法能消灭他了。也不知道焚念的魂兵使究竟死了没有，寺斯说他一箭正中胸口，当时肯定没有死，因为焚念没有消失。但若不能被及时医治，他肯定也活不了多久。”

“最好死了……”炙玄又道，“可如果真的死了，我以后岂不是见不到焚念了？那我该怎么咬下他的肉？所以还是不死的好。”

江朝戈苦笑道：“还是死了好。焚念实在凶残，能少这样一个敌人，对我们大有益处。”

炙玄握拳道：“可惜我不能恢复万年之前的力量，否则，就可以和他们战个痛快。”

江朝戈也跟着叹了口气。

炙玄连忙摸了摸他的脸：“你干吗呀？我没怪你，你已经做得很好了。”

江朝戈笑了：“你可难得夸我啊。”

“胡说，我总是在夸你。”

“你夸过我什么？我还想听听。”

炙玄转了转眼珠子：“我夸过你给我洗澡很舒服，服侍我也服侍得不错。”

江朝戈瞪着他：“说我当仆人当得不错算夸奖吗？”

“我说算就算。”

江朝戈忍不住扑哧一声笑了。

第2章
拯救虞人殊

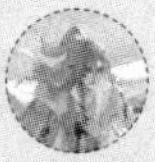

江朝戈在床上躺了几天，实在躺不下去了，便决定出去走走。他来到他们住的客栈的后院，阮千宿正拿着一把大马刷给征尘刷背上的毛，一下一下，看上去非常专注。她已经换下了那身红衣，穿回自己本来的衣服，但在她旁边，站着一个一身赤金华服的人，金红的头发柔软如丝般垂下来。这是一个让人充满了遐想的背影。

听到脚步声，阮千宿回过头来：“你能下床了？”

征尘拿鼻子拱了拱阮千宿的肩膀，示意她不要停。

阮千宿摸了摸他的鼻子，笑着继续给他刷毛。

那着华服的背影也转过了身来，虽然早对这些上古异兽的容貌有所见识，可红渊那冶艳华丽到极致的美貌还是让江朝戈呼吸一滞。两人距离如此之近，江朝戈都分不出他究竟是男还是女。

红渊眨了眨眼睛：“哟，你的腿接上了呀？”

炙玄瞪了他一眼。

江朝戈走了过去：“千宿，怎么不穿那件衣服了？你穿红色很好看。”

阮千宿还没说话，红渊就抢着说道：“听到没有？我都说了你穿红色好看，你偏不听。虽然你早过了女孩子出嫁的年纪，可还没老，别总是穿这些灰扑扑的衣服行吗？”

阮千宿横了他一眼：“你少说几句话能怎么样？”

红渊撇了撇嘴：“真想换个魂兵使。”

阮千宿不客气地说：“别做梦了。”

红渊哼了一声，又撒娇道：“姐姐，你都给他刷了两个小时的毛，你陪我玩一会儿吧。”

炙玄眯起眼睛：“你这个万年老妖怪叫一个人类姐姐，你要不要脸啊？”

红渊白了他一眼：“可我青春永驻啊。”

阮千宿头也不回道：“你想买东西，就找江大哥吧，他有钱。”

红渊眼前一亮，眨巴着眼睛看着江朝戈。

炙玄狠狠地瞪着他：“不准这样看着他！”

江朝戈失笑，掏出一袋子金币扔给他：“红渊……大人，多谢相助。”

红渊欢天喜地地把钱袋塞进怀里，一溜烟走了。

阮千宿无奈地摇了摇头。

江朝戈在井沿上坐了下来，喘了口气，道：“千宿，说说你这段时间的经历吧。”

阮千宿的手顿了顿，握着马刷的手陡然收紧了，道道青筋浮现于她单薄的手背上，她沉声道：“从哪儿说起呢？”

江朝戈心中有愧，没有说话。

阮千宿道：“你们消失在寐江湖后，我们尝试了很多办法都没能打开异界之门，等了几天后，就下山了。在穿过北方雪原的时候，遭到衔云和祁凌峰的围剿，我被抓回了狱法城。祁凌峰抓我回去，是猜到了我把心法教给了你，否则在短短一年内，你不可能进步如此神速。但无论如何神速，都不可能让一个人短时间内突破三阶，所以，他以为我知道什么他不知道的关于心法的秘密，逼我说出来。”

江朝戈阴沉道：“他对你用刑了吗？”

阮千宿沉默了一阵：“看在我二哥的分儿上，我会留祁凌峰一条命。”

江朝戈看着阮千宿纤瘦的背影，咬了咬牙：“那你是怎么逃出来的？”

“饮川联合壬王追到狱法城，我二哥趁乱想将我救走，但随后被刘擎重伤，我又被刘擎抓走了。在衔云带我去冥胤会找啸血的路上，我趁机逃跑了。本来我不可能逃脱，可是我在逃亡时误入深山，彻底迷路时，碰上了红渊伞……”阮千宿感慨道，“没想到我会唤醒上古异兽，虽然他一点儿也不像上古异兽。”说到最后，她表情轻松了不少，总算是苦尽甘来。如今有上古异兽傍身，祁凌峰再不可能招惹她，她却可以轻易踏平狱法城。

江朝戈苦笑道：“这十二异兽还真是个个性格迥异，让人招架不住。”

炙玄哼道："你以前嫌我难伺候，现在你觉得呢？"

江朝戈道："你还是难伺候。"

炙玄道："那你也要伺候。"

江朝戈搂着他直乐："那是、那是。"

炙玄满脸笑意。

阮千宿道："能把征尘找回来，是我最高兴的事。"她用脸蹭了蹭征尘的脸，"征尘钺始终是我用得最趁手的武器。"

"那红渊伞呢？"

"红渊强大，但拿伞作为武器，我使得不如征尘钺好，还需多练习。"阮千宿皱眉道，"红渊也不太喜欢我。"

江朝戈含笑道："是吗？我倒觉得他挺喜欢你的，虽然分不清他是男还是女。"

炙玄哼了一声："红渊若不喜欢你，你早吃尽苦头了。"

阮千宿不置可否，只是表情有些无奈。

江朝戈叹了一声："眼下只有殊和云息没有消息了，云息与饮川在一起，我不担心，可殊……"

阮千宿也神情凝重地说道："啸血残暴嗜血，殊在他手里，肯定……待饮川一回来，我们必须马上去救他。"

"不，我不打算等饮川回来了。"江朝戈正色道，"等我们的伤一好，就去救殊。"

"可他们要天地之元作为交换。"

"你觉得饮川若是有天地之元，会用来交换殊吗？"江朝戈看了炙玄一眼，略一犹豫，还是说了出来，"我不信任饮川，他隐瞒了我们太多事。"

炙玄垂下了眼帘，没有说话。

阮千宿想了想："天地之元那样至关重要的东西，饮川大人恐怕不会……"

"我也认为不会，所以我们不能指望他，我们要自己想办法把殊救出来。"

"我同意。"龙芗的声音在背后响起。

江朝戈转头看去，龙芗身上还缠着纱布，脸色虽苍白，但很有精神。

醉幽、寺斯和裂羽跟在他身后。

"小芗，你的伤怎么样了？"

"很快就能好。"

"想要快点儿好，你就要休息！"醉幽不满道。

"我这两个月几乎天天都在休息，我不想再躺在床上了。"龙芗道，"如今千宿姐也回来了，我们去救虞人大哥吧。”

寺斯也用力点了点头。

江朝戈看着龙芗，正色道：“小芗，我们现在就在南方最大的港口城市，只要从这里出发，就有可能找到你的家乡。我现在有大量的金币可以送给你，你可以马上组建一支规模浩大的船队陪你出海，不需要再卷入天棱大陆的纷争，我对你的雇佣，到今天结束了。”

龙芗瞪大眼睛，怒道：“江大哥，我在你眼里就是临阵脱逃的懦夫吗？”

江朝戈苦笑道：“从来不是，你的勇气让所有人敬佩。”

“那就什么都别说了。有一天大家都平平安安地活下来了，天棱大陆再无战事，那才是我出海的时候，现在，我只想救出虞人大哥！”

江朝戈高声道：“好，我们一起去救他！”他伸出了手，手握成拳。

众人一一伸出拳头，彼此相碰。

过去，他们总是为一个模糊的目标、一个从未见过的东西而战，其实天地之元之于他们太过缥缈模糊，拯救世界听上去也如天方夜谭，只有眼前的同伴才是至关重要的。从现在开始，他们要为自己、为同伴而战！

他们花重金从鹿吴城和周边城市聘来最好的魂导士，让他轮番给他们疗伤。原本注定残废的江朝戈，也硬是被他给治好了。

而这期间，江朝戈算是见识了红渊“作”的能力。他好像一天都无法闲着，每天都能生出各种各样的想法来给自己找乐子。那些想法有的人畜无害，有的却能把鹿吴城搅得天翻地覆。阮千宿光是制约他，每天就要耗费大把时间和精力，让人很是同情。

这一天，红渊又想到一个好玩儿的，他要拿城里那棵千年老树做船。那树是鹿吴城的象征，是被整个南方拜为神明的树，一群人去拦，才将他拦了下来。饶是阮千宿这种淡漠的性格，都要被他弄得抓狂。

江朝戈灵机一动，从纳物袋里拿出平板电脑，为了省电，他快速打开电脑，找出数独游戏，在地上画了一个，然后教了红渊玩法，让他自己玩去。

红渊果然产生了兴趣，蹲在地上自己写写画画起来，一下午都没惹事，就连患有多动症的寺斯都被吸引了。两人埋头研究，再也没闹过。众人均对江朝戈佩服不已。

转眼间，小半个月过去了，所有人的伤都痊愈了，他们准备出发了。

出发前一晚，江朝戈修行完毕，又洗了个澡，准备上床睡觉，却见炙玄侧卧在床上，双眸一眨不眨地看着他。

江朝戈坐在床上，摸着他的头发："怎么还不睡？"

炙玄轻声道："明天就要走了。"

"嗯。"

"这一程，会很危险。"

"嗯。"江朝戈笑了笑，"难得连你也会说危险。"

"对人类来说，是很危险。"炙玄黯然道，"我不希望你有危险，但是……"

"但这大概就是我们的宿命吧。"

"我可以为你放弃永恒的生命。"

江朝戈清醒了几分："你为什么突然说这个？"

"因为我突然想到，你不能陪我千年万年，但我可以陪你走完百年，我们就一起长眠。不然，没有你，我在人界做什么呢！"

江朝戈定定地看着他灿金色的眼眸，那目光是如此专注，让人触动不已。

江朝戈抚摸着炙玄的脸，笑道："好，我们一起长眠。"

炙玄终于明白他从前无所畏惧，仅是因为心中无所牵挂，如今对江朝戈的依赖好像要彻底泛滥起来。他深吸一口气："不过，在那之前，我一定要杀了共工。"

江朝戈点点头："我们共进退。"

炙玄嘟囔道："说来奇怪，当时刘擎散发出大巫祖的魂力时，我还感觉到另外一股奇怪的魂力，虽然微弱很多，但就好像有两个大巫祖一样，我都分不清哪个才是刘擎。不过，微弱的那股魂力，很快就被强大的魂力覆盖了。"

江朝戈迷迷糊糊间听到这句话，便想说那股魂力可能是他的。

"我到现在都分不清，那股共工的气息，究竟是从哪股魂力里散发出来的。"

江朝戈话到嘴边还未吐出，突然身体一颤，猛地睁开了眼睛。

炙玄感觉到了他的颤抖："你怎么了？"

江朝戈几乎是瞬间就清醒了，咽了咽口水："刚才突然有点儿冷。"

炙玄紧挨着他："还冷吗？"

江朝戈的手臂有些发颤："你说你没分清共工的气息是从哪里散发出来的？"

炙玄点点头："也有可能是我的错觉，我也不确定，还有另外一个可能。"

江朝戈感觉自己的心脏好像漏跳了半拍。另外一个可能？另外一个可能会是什么？

炙玄道："刘擎虽然是共工的转世，但他同时也是个独立的人，他和共工也许其他都相同，但唯独主记忆的灵慧之魄是有分别的，它们还未合并到一起，所以产生了两股魂力。”

江朝戈松了口气：“对、对，有这个可能。”他惊出一身冷汗，真不知道自己在瞎想什么。刘擎是大巫祖转世，只是个巧合。他只是继承了巫祖一点点儿血脉，拥有一点点儿巫力的普通人。

我一定会帮炙玄杀了刘擎，不，共工！这个心结不解除，炙玄一辈子都会活在共工的阴影之下。

天明后，一行人出发了。他们在鹿吴城也不再隐瞒，反正全城的百姓都知道他们的身份。炙玄不愿意让江朝戈以外的人待在他身上，而红渊喜欢展示自己华丽的翎羽，所以天上一只朱雀，地下一只白虎，他们浩浩荡荡地离开了鹿吴城，往冥胤会所在的西方进发。

红渊绝对是江朝戈见过的最臭美的异兽，他扇动着巨大的羽翼在天空翱翔，不停地撒下金粉般的翎羽，白天看如漫天飞花，华丽而震撼，夜晚看如点点星火，璀璨了银河。

寺斯看得起劲儿，就不停地夸红渊。越被夸，他越来劲儿，卖力地飞来飞去，一路上倒也不寂寞。

除却这毛病，红渊也极爱漂亮，拿着江朝戈的钱大把挥霍，用一整个纳物袋来装衣服和首饰，男装和女装分门别类，每天都要换一套新的。毕竟上古异兽都是雌雄同体，他今日是雄还是雌，全看心情。

渐渐地，众人可以从他的服饰上分辨他的性别，其实，除了骨架和脸型外，差别不大。

炙玄看红渊极其不顺眼，老觉得他占据了江朝戈的视线。

若不是江朝戈拦着，他们几次都要打起来。

壬王从不理会他们之间幼稚的争斗，而重溟则是从鹿吴城一战之后，就一直没醒来过，乔彦几次担心得不知所措，但壬王次次满不在乎地说：“他只是在睡觉。”

越往西走，天气越寒冷，不知道重溟是不是也有冬眠的特性，他把三头身的身体硬挤进乔彦的怀里，如猫一般蜷缩着，一动不动，连呼吸都特别微弱，只有胸口缓慢的起伏能证明他还活着。

在经过中部地区时，原本睡了一路的重溟，却突然醒了过来。他几乎是一下子就睁开了眼睛，在众人赶路赶得昏昏欲睡的时候，冷不丁地说：“乔彦，回家。”

这久违的声音让所有人都醒了，乔彦也吓了一跳，随即欢喜地说道：“重溟，你终于醒了！我还以为你受伤昏迷了呢。”

重溟道："我们回家。"

江朝戈忙道："你们要去哪儿？"

"这里离姑儿山比较近，回家。"重溟清晰地重复了一遍。

江朝戈脸色大变："你不跟我们去找啸血？"

"我们为什么要跟你们去找啸血？"重溟皱了皱眉，"本来都不该跟你来南方，现在我们该回去了。这时还未下雪，正是冬眠的好时候。"

江朝戈忙道："重溟大人，请务必跟我们去冥胤会，否则，以我们三人之力，很难抵抗他们。"

"你们是去抢天地之元，我都要考虑考虑，何况是去救区区一个人类。"重溟淡淡地说道，"乔彦，走吧。"

"重溟。"壬王沉声道，"你就这样离开吗？"

重溟道："我当然会化出兽形，难道靠人类的脚走吗？"

"焚念重伤你，难道你不想报仇？"

重溟打了个哈欠："有什么好报仇的？"他从壬王背上跳了下去，顿时显出原形。

江朝戈等人均是第一次看到重溟的完整形态，从前虽然见过他巨大的龟壳和蛇头，却没有见过他两头一齐显现出来的样子。果然，那龟壳的另一侧，伸出来的是一个比蛇头大了两倍的乌龟头。从四肢朝向来看，蛇头其实是他的尾，那威武且稳如泰山的模样，让人实在不敢相信，这上古异兽是个懒到骨头里的怪胎。

乔彦道："等等！"他回头看了众人一眼，以商量的语气道，"重溟，我们一路走来，也算有些情谊，是否应该……"

"那是你，我与他们没有任何情谊。"重溟回头看了壬王一眼，"不到关键时刻，我也不会再离开姑儿山，你们也别再来打扰我的清净。"

江朝戈高声道："何时才是关键时刻？！"他握紧了拳头，满腔怒意，他没想到重溟会在这时候离开。失去重溟这一战力，他们极难与啸血等异兽抗衡，这"王八"真是能把人活活气死！

重溟玳瑁色的巨大眼珠子滚了滚，视线从江朝戈身上飘过："你们死得差不多的时刻。"

炙玄怒道："少胡说八道！我说了，你一定死在我前头！"

壬王叹了口气："你走吧。"

重溟没搭理他，载着乔彦往远方走去。

重溟并不如众人想象中的那样行动迟缓，速度虽然比不上壬王，但因为身形庞大，四肢健硕，一步百米，也是极快，很快就带着乔彦消失在了众人的视线中。

炙玄气急败坏：“这个臭王八，居然临阵脱逃，早晚要咬死他。”

红渊扬唇一笑：“要我说呀，他的聪明程度可不下于饮川，只不过两人的聪明，没用在一个地方。”

壬王眼神变得阴鸷，沉声道：“没有重溟，我们一样成行。”

江朝戈看着重溟的背影，气得要吐血。他本来已经计划好了，由几个人类潜进冥胤会找人，如果失败，就和他们拼了。结果，路走了还没一半，他们就少了一大战力，真是出师不利。

由于这段时间重溟都在睡觉，江朝戈几乎忘了，他懒归懒，但一直有自己的想法。他虽然未必想害他们，但这一手真叫“釜底抽薪”。

寺斯很是激动地说：“走就走，壬王大人说得对，我们一样能行，一样能救出虞人大哥！”

江朝戈可不像寺斯那样单纯，少了一个人，他们可以以一顶二，可少了一只上古异兽，几乎就注定了是败局。他不能打一点儿把握都没有的仗，尤其这一战，关乎的是虞人殊的性命，他要万无一失。

阮千宿看出了他的犹豫：“恐怕，我们还是要等饮川大人回来。”

江朝戈沉吟道：“饮川至今没有消息吗？”

壬王摇摇头。

“我们还有一线希望。”江朝戈道，“距离寺斯派出鸱鸟去找焯烟，已经过去了半个月，焯烟现在多半已经收到消息了。”

寺斯叹道：“这个我就不敢确定了，我虽然给了鸱鸟很多魂力，但也未必能让它坚持到钟山。”他看了裂羽一眼，苦兮兮地说，“你是不是觉得焯烟这个名字有点儿熟悉，但是什么也想不起来呀？没关系，我一会儿慢慢跟你说。”

龙芗道：“他又忘了？”

寺斯无奈地点点头。裂羽眼神茫然，但神情戒备，冰冷地看了看龙芗，似乎对于自己没有记忆这件事非常忌讳。

柳清明轻声道：“或许我们真的应该先去北方，毕竟饮川大人和焯烟大人都在北方……”

炙玄怒道：“怎么就没人叫我炙玄大人！”

江朝戈摸了摸炙玄的下颌，示意他安静，他撇了撇嘴，真的安静了下来。

他沉思道：“让我想一想。”

炙玄把脑袋歪在江朝戈的肩膀上："你以后也叫我大人好吗？"

"为什么？"

炙玄想了想："他们都叫。"

"对关系生疏的人才叫大人。"江朝戈把他的脑袋推开，"别烦我。"

"那还是别叫了，我们是最亲近的人。"炙玄不但不肯把脑袋移开，还旁若无人地用手臂从背后环住了江朝戈的腰，轻轻蹭着他的脖子。

江朝戈也已经习惯了炙玄像动物一样随心所欲，没有理会他，只是皱眉思考着下一步究竟该怎么走。

壬王道："在你衡量战斗力的时候，要把衔云的魂兵使算进去。"

"我知道。"江朝戈沉吟道，"对方的实力现在有两个不确定因素。第一是刘擎。当时我确定已经杀死了他，如果他只是个人类，早已经死了，可他是大巫祖转世，所以现在很大的可能是他已经活过来了。但是，他有没有大巫祖的记忆？如果没有，他能否发挥大巫祖的实力？如果能，他会否和衔云等异兽反目？第二就是焚念的魂兵使的死活。寺斯当时射穿了他的胸口，如果抢救不及时，他现在很可能已经死了。这两个不确定因素可能对我们有利，也可能让我们一败涂地。"

壬王阴沉道："刘擎若恢复了大巫祖的记忆，是绝不可能跟衔云合作的，大巫祖不会相信衔云。"

"但现在大巫祖已经不是当初的大巫祖了。"红渊跷着手指，一边欣赏着自己刚染的蔻丹，一边凉凉地说，"大巫祖现在是个人类魂兵使，即便刘擎恢复大巫祖的记忆，但只要他关于人类的记忆尚存，他就永远不会是大巫祖。"

江朝戈问道："他关于人类的记忆会存在吗？会不会被大巫祖抹杀？"

红渊摇摇头："这一点没有人知道。但是，任何人、兽的记忆，都是不可能被抹杀的。记忆存在于灵慧之魄，只要灵慧之魄不灭，记忆就永远都存在。"

裂羽哑声道："胡说，我的记忆就在不停地消失，无论我记多少次，最后都会消失。"

"因为你的灵慧之魄不在你的身体里啊，所以你现在的记忆，只是短暂地存在于大脑里，却无法长期留存。"红渊点了点嘴唇，好奇道，"说来也奇怪，焯烟的火精通冥，世界上不该有他招不来的魂魄，就算那魂魄到了异世界，可他也去了异世界，怎么会一无所获呢？如果有什么魂魄是连焯烟都召唤不来的，那就再没有人能找到了。"

炙玄皱了皱眉："我突然想起来，焯烟似乎没有用火精作阵眼。"

红渊讶然："什么？他没有用火精作阵眼？"

裂羽瞪起眼睛："什么意思？"

炙玄歪着脑袋想了想："似乎真的没有……谁知道呢？谁有空看他啊？"

江朝戈也追问道："炙玄，你说清楚，怎么回事？"

炙玄不紧不慢地说："你知道，焯烟的火精通冥，所谓通冥，就是可以直接与冥界接触，而不是像其他魂器师那样，仅仅是能用回魂阵法召唤亡者的魂魄。魂器师时有失败，但焯烟除了召唤自己妻儿的魂魄，召唤其他人的魂魄则从未失败过。通常，他用同样的回魂阵法就可以召唤魂魄，只有遇到特别难以召唤的，才会以火精作阵眼。那样的回魂阵可以打开冥界和人界的大门，让他随意捕捉任何东西的魂魄。"

壬王也百思不得其解："焯烟那么迫切地要找到妻儿的灵慧之魄，而且在不断失败的情况下，居然没有以火精作阵眼，为什么？"

红渊想了想："焯烟曾对我说过，以火精作阵眼通冥，是件很危险的事，控制不好，会导致两界混乱，所以他不会轻易使用。"

江朝戈沉声道："以焯烟当时的疯狂，你觉得他会在乎混不混乱吗？"江朝戈又嗅到了一丝不寻常的味道，焯烟若真的像他表现出的那么急迫，有这样的绝招却不用，实在不正常，除非他有什么绝对不能用的理由。

裂羽的表情如被冰封住般僵硬，他慢慢握紧了拳头，一知半解最是可怕，何况这是跟他直接相关的事。

阮千宿道："焯烟的事，还是先放到一边吧，我们尽快决定接下来怎么走。"

江朝戈点点头，沉声道："大巫祖若是成为异兽的魂兵使，究竟会发生什么事？你们一点儿想法都没有吗？"

壬王道："没有任何人经历过。"

红渊笑嘻嘻地说："说不定会变得更厉害呢！强强联手，刘擎有浑厚的魂力供衔云使用，衔云就能以一敌我们所有了。"

"呸，你就不能说点儿好的！"炙玄瞪了他一眼。

江朝戈苦笑道："这正是我最担心的。"

千干道；"我却觉得，最大的可能是刘擎与衔云反目。衔云当年利用大巫祖对付异兽，后又过河拆桥，狙杀大巫祖，就算共工与衔云没有直接的仇恨，也是绝对不会信任衔云的。"

江朝戈一咬牙："我们就赌一把吧，去冥胤会看看，若是等饮川或者焯烟，那不知道猴年马月去了。殊在他们手里一天，都可能受尽折磨……"

寺斯朗声道："江大哥，你说什么就是什么！"

龙芗抱着醉幽戟，面无表情地点了点头，阮千宿也颔首示意。

江朝戈握拳道："那么，就按计划，去西方。"

壬王思索了一下，没有反对。这让江朝戈暗暗松了口气。其实，这里说话最有分量的该属壬王，他却不知道壬王为什么没有做主。若壬王说一个"不"字，那就是真的"不"了。

从南到西，路途遥远，天气又转冷，壬王的速度快不起来，否则他身上的人受不了。

走到第三天的时候，炙玄干脆化作兽形，单独载着江朝戈一个人跟在壬王身后。

江朝戈坐在炙玄身上，忍不住叹了口气。其实还是坐在壬王的身上舒服，因为他有厚实的皮毛，坐上去非常暖和，就像坐在大软榻上一样，即使奔波一天，也不会太累。

而炙玄虽然有不会灼伤江朝戈的麒麟火，但浑身都是硬邦邦的鳞片，他坐着、躺着、站着都难受。

不过，他不敢说。

如此微小的声音，炙玄也听到了，问道："你怎么了？"

"嗯？什么怎么了？"

"为什么叹气？"

"哦，我在想殊。"他说着，又换了个姿势坐着。他感觉屁股都坐疼了，因为炙玄的鳞片实在太硬了。他一点儿都不怀疑，就炙玄这一身铠甲，恐怕只有打坦克、装甲的穿甲弹能打破，而且还未必能伤到皮肉。

炙玄不高兴地说："成天就想着虞人殊……喂，你在我身上怎么总不老实？一会儿趴着，一会儿坐着。累了，你就躺着睡觉啊。"

"我不困。"江朝戈侧卧了一会儿也难受，干脆又盘腿而坐。

沉默了好半天的炙玄突然气哼哼地说："你是不是嫌坐在我身上不舒服？"

"呃……"江朝戈一时语塞。他虽然知道不该承认，可这时候他又突然不想撒谎了。

他的沉默让炙玄更恼火了："我就知道，你喜欢皮毛，你就喜欢皮毛，你一点儿都不喜欢鳞片！"

"谁说的？鳞片多威风！刀枪不入。"

"可你还是喜欢皮毛。"炙玄赌气一般加速跑了起来，很快就超过了壬王。

江朝戈道："你再跑这么快，我就要冻死了。"

只一句话，炙玄的速度立刻又慢了下来，他小声说：“你冷吗？”

江朝戈趴在炙玄的头顶，笑道：“你身上非常暖和，不冷。”

炙玄嘟囔道：“但是不舒服吧？太硬了……”

“有点儿，不过，我可以把被子拿出来。”

“算了，我送你回壬王身上。”

“不用了。”江朝戈柔声道，“我也想和你单独待一会儿。”

炙玄忍不住笑了：“你要是哪里不舒服，一定要告诉我。当时和衔云一战，我不知道你会伤得那么重……我现在想起来都害怕。”

“能逼退衔云，也算值得。”

“那几个魂导士都说，你摔成那样，全身骨头都断了，内脏却丝毫未损，真是奇迹。你说，是不是因为你是我的魂兵使，所以冥王都不敢收你？”

江朝戈扑哧一笑：“你命硬，我也得命硬，不然怎么跟你一起祸害别人？”他嘴上虽然说笑，心里却沉闷极了。他知道他为什么内脏无碍，因为他在危急关头，用巫咒语再一次救了自己。

第一次他在生命垂危时念那巫咒语，炙玄说闻到了让人厌恶的味道。第二次，炙玄说又闻到了，而且是共工的味道……他不断告诫自己，刘擎才是大巫祖转世，所以刘擎才是共工——这才是最合理的解释，可他心里还是有一丝丝阴云挥之不去。

炙玄笑道：“若是冥王敢收你，我就算是把冥界搅个天翻地覆，也要将你带回来。”

江朝戈淡笑不语，眸中却有几分茫然。他的脸贴着炙玄温暖的鳞片，突然不再觉得不舒服。那坚硬厚实的触感，让他感到无与伦比的安心，仿佛只要有炙玄在，再大的危险也伤不到他分毫！

经过八天的跋涉，他们再次踏入了西方的地界。为了防止有眼线跟踪，进入西方后，他们就换乘了天级神兽。西方同样是幅员辽阔，有大片大片无人的区域，他们昼夜奔行，朝冥胤会的老巢——中曲山跑去。

江朝戈想起上次他们在樊氏遭到的对待，显然樊氏与冥胤会已经结盟，樊氏阴邪而啸血残暴，还真是天生一对。

到了西方，江朝戈又不免想起云息。恐怕樊氏的老太君做梦也不会想到，云息这个被所有人忽视的外姓子孙，自己从未记起过的子孙，竟然成了上古异兽的魂兵使。

“整个中曲山都是冥胤会的地盘，冥胤会有近百人，九成是魂兵使，除去已经被我干掉的沈言随，还拥有天级魂兵器两把。冥胤会是啸血的据点，焚念和游释多半也在此处。”江朝戈把他在鹿吴城买的情报简要地说了一遍。他甚至花重金买了一张中曲山的布局图，只是不知道真伪。以前这么乱花钱，他多半要抽自己，可现在，金银对他来说，都成了身外之物。

“衔云却未必。”壬王道，“衔云傲慢，内心瞧不起凶兽，而凶兽个个特立独行，不但厌恶他，就连凶兽彼此之间，也是一言不合就会斗得头破血流。所以，恐怕他不会住在中曲山，就连焚念和游释也未必。”

“一言不合就会斗得头破血流？”江朝戈挑眉道，“在刚认识炙玄的时候，我以为所有异兽都这样。”

炙玄皱起眉，总觉得这句话不像在夸他，但又不知道该怎么理解，一时有些茫然。

红渊轻哼一声：“我才不是那样鲁莽的异兽呢。”

壬王也道：“越是不通人性，越是冲动野蛮。”

炙玄这回听懂了，怒道：“你说谁冲动野蛮？”

江朝戈摸摸他的下颌：“乖。”江朝戈指着地图，“如果这张地图是真的，那么这里、这里和这里，分别有三条上山的小道，我们可以选一条偷偷摸上山。”

“万一地图是假的呢？”

江朝戈耸耸肩：“那就随机应变吧。我们只有这么短的时间搜集情报，这张地图若能对个七成，就谢天谢地了。”

炙玄担忧道：“你们几个人类上山？”

龙芗道：“异兽虽然强大，却很容易暴露行踪，这件事只能人类来完成。”

炙玄白了他一眼：“我是担心朝戈的安全。”

龙芗握紧醉幽戟，毫不犹豫地说：“我会拼死保护江大哥。”

寺斯摸了摸鼻子：“潜行嘛，我最在行了。要我说，你们别去了，我自己去，有你们在反倒是累赘。”

阮千宿道：“不行，你一个人去太危险，这里没有人是累赘。”

龙芗也不服气道：“你说谁是累赘？”

寺斯撇了撇嘴：“试试就知道了。”

“别吵了，我们四个一起行动。”江朝戈道，“炙玄，壬王大人，一旦发生我们无法对抗的危险，我们会发射信号弹，你们就可以赶来救我们，但也许凭我们就能把殊神不知鬼不觉地救出来。异兽再强大，也不是万能的，千宿可以从衔云手里逃走，我们也可以从啸血手里救人。”

“对！”寺斯亢奋地说，“看我的吧，没有我去不了的地方！别忘了我可是……”

龙芗道：“猴子带大的。”

寺斯高声道："是举父！举父不是猴子！"

众人将重武器放下，只带了匕首、短刀等轻便的利器，就连寺斯也无法带自己的弓，而是换了吹箭和弹弓，阮千宿则是带上自己最趁手的武器——征尘钺。那对鸳鸯钺本身体积就不大，别在她腰部两侧，说不上的英姿飒爽。

寺斯看着江朝戈往腰上挂枪套，好奇地说："江大哥，这是什么？"

"枪啊。"江朝戈把枪拿出来比画了一下。

"哦哦，这个好厉害的！"寺斯兴奋地说，"你上次玩给我看过，我也想要一把……"他满脸渴望。

"那我上次怎么回答你的？"

寺斯撇撇嘴："你说我不会用。"

"我现在还是这个回答。"江朝戈把他的脑袋推开了，随后往衣服里塞上一把弹夹，"走。"

炙玄一把抓住江朝戈的手，担忧地看着他："一旦有危险，马上叫我。"

江朝戈捏了捏炙玄的肩膀："我答应你，但你也要答应我一件事。"

"你说。"

"没有等到信号弹，绝对不可以擅自行动，一切听壬王大人的。"

"凭什么要我听……"

"你答应我。"江朝戈正色看着他。

炙玄看着眼前的人，明明比他还矮了半个头，但那眼神锐利，气势逼人，让他无法拒绝，于是犹豫着点了点头。

江朝戈摸了摸他的头："走了。"

醉幽噘着嘴，一脸期待地说："小艻，我……"

龙艻脸一红，扭头就跳到了肥遗身上。

红渊笑盈盈地看着阮千宿："姐姐，我不会让你死的，放心去吧。"

阮千宿也露出淡淡的笑："好。"

红渊支着下巴，喃喃道："姐姐笑起来真好看，多笑笑吧。"

阮千宿的表情顿时变得不自然了。

寺斯满怀期待地看着裂羽，希望裂羽也能给他一点儿"临别赠言"，毕竟他们可是要深入虎穴啊，说不定就回不来了呢。只可惜裂羽只是面无表情地看着他，就好像现在发生的事，跟自己一点儿关系都没有。

寺斯失望地转过身，刚跳上肥遗的背，背后突然传来一声呼唤："寺斯。"那"寺斯”二字，叫得极为生硬别扭，好像是裂羽头一次叫。

寺斯心中一喜，扭过头去。

裂羽似乎有些无措，眼神闪烁一番，才低声道：“我记得你给我刻过冰雕。”

寺斯笑逐颜开：“你居然记得！”

裂羽道：“冰雕去哪儿了？”

“笨蛋，当然化了呀。”

裂羽露出失望的表情。

寺斯咧嘴笑道：“到了冬天，我再给你做！”

“好。”

肥遗舒展翅膀，朝远处的中曲山飞去。

中曲山仅有星星火光，在黑夜中指引着他们前进——那里就是邪恶与血腥的中心，啸血的老巢——冥胤会。

而他们，不畏生死，势必要从这里带走他们的同伴。

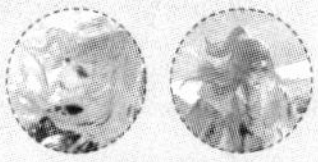

第3章 冥胤会

肥遗悄无声息地落在中曲山的一处山林。中曲山是独峰山，山体呈细锥状，高耸入云，三面环乌海，只有一面临陆地，到处是峭壁，地势极其险要。这样的地方易守难攻，只要卡住要塞，基本是“一夫当关，万夫莫开”。冥胤会倒是真会挑地方，难怪虞人氏两次想要清剿冥胤会都没有成功。

江朝戈往上看去，只见山体很多地方都是以七十度甚至八十度的角度陡然向上，比华山栈道还要可怕。因为这里根本没有人工修葺的栈道，又使用飞禽的话，目标太大，而且肥遗魂力不弱，容易被发现，所以他们只能徒步往上爬。他不禁感叹道：“这山可真够陡的。”

阮千宿道：“山的另一侧，也就是临海的那一侧没这么陡，所以那里修葺了上山的路，不过那里必须走水路才能抵达，无形中又是一道天然屏障。冥胤会能存活这么久，中曲山的地势厥功至伟。”

寺斯摩拳擦掌：“虽然我最喜欢爬的其实是树，不过这座山还多少算有些挑战性。”他道，“你们能不能爬上去？这可有好几百米呢。”

龙荟道：“你能，我们为什么不能？”

“这一段角度刁钻。”寺斯指着上面黑漆漆的一片，“再高的地方，我们就看不清了，也不知道会有什么。这里没有回头路，如果爬，就要爬到顶。”

江朝戈咬牙道：“爬。”他取出登山绳，系在四人的腰上，然后抽出匕首，一马当先地冲了上去，其他三人紧随其后。

开始的一段路确实难不倒他们，毕竟并非完全垂直，他们仅是爬得累了一些。他们中，哪怕是魂力最薄弱的江朝戈，也是个三级魂兵使，飞檐走壁，根本不在话下。

只是越往上，路越难走，几人嘴里咬着个小聚光筒，光线很强，但可视范围很小，他们每往上爬一段，都不知道上面会有什么东西在等着。

江朝戈开始感到有些疲累了，耳边响起乌海的水浪拍石的声音，在黑暗中遥遥传递，看来他们离中曲山的另一侧近了很多。他伸出右手去抓头顶的石头，原本应该触摸到坚硬石块的手，却摸到了一个软滑冰凉的东西……他惊得浑身一抖，一道细小的咝咝声滑过鼓膜，接着，黑暗中银光一闪，他只来得及看到一对绿豆大小、闪着光的眼睛。又滑又凉的东西爬过他的手臂，手腕处一阵刺痛，接下来，他的手再也抓不住岩石，身体往下栽去。

腰上的绳子被狠狠绷住了，寺斯和龙芗紧抓着绳子，寺斯从牙缝里挤出两个字："好沉。"

江朝戈身体悬空，眼看着一条银色小蛇顺着他的手臂爬上了他的腰，吐着细长的芯子，朝他的脸上爬来，最终停在了他的胸口处。他左手握紧匕首，悄悄举了起来。

时间仿佛静止了，小蛇的一对绿豆眼一眨不眨地看着江朝戈，他也紧张地看着它，直吞咽口水。他的右手酸麻疼痛，这蛇肯定有毒，速度又极快，自己抵挡得住吗？

寺斯悄声道："江大哥，这山岩的质地不是很密，支撑不了很久。"

江朝戈一咬牙，刚要抬手，一股杀气夹杂着疾风袭来，那小蛇的身体被利器切断，而那利器的锋刃贴着他的胸口滑过，又旋转着从他的腹部拐弯飞走，最惊险的时候，离他的命根子仅寸余。

利器切断小蛇后，在空中转了一圈，乖巧地回到了阮千宿手里。

江朝戈感觉腿直抖，颤声道："你下手有准头没有？士可杀，不可辱，刚才那一刀，你要是再往下偏一点儿，不如直接捅死我。"

阮千宿低笑道："不是还在吗？"

江朝戈身体一荡，重新抓住了岩石，他攀着岩壁大口喘气，惊魂甫定。

寺斯抹了抹额上的汗："江大哥，你还挺沉，说不定切了还能轻不少呢，哈哈哈。"

江朝戈瞪了他一眼。他甩了甩右手，还是酸麻难耐。他从包里翻出一粒解毒的魂药吃了下去。

这些魂药是云息给他们配的，都是贵得要死，钱再多也未必买得到的好东西。江朝戈隐隐觉得这点儿小伤还吃解毒药会被云息瞪一个月，但眼下容不得半点儿闪失。

想到云息，江朝戈在心中叹了口气，更加坚定了要救出离他最近的这位同伴的决心：“走，继续爬！”

他们坚持往上爬，黑夜中寒风瑟瑟，几乎伸手不见五指，低头往下看，深不见底的漆黑，就像一个能把人吸进去的无底洞，让人心底发毛。

爬了近两个小时，四人的体力都消耗极大，幸好流水声越发明显，这说明他们走的路一直是正确的，只要翻过这座山，到了临海的那一面，就会好走很多。

四人之中，最先体力不济的是阮千宿。女性的肌肉耐受力毕竟比不上男性，长时间超负荷运动，让她渐渐变得很吃力。

寺斯道：“千宿姐，你是不是累了？”

阮千宿道：“没事，我坚持得住。”

江朝戈道：“我把举父放出来，让它背着你。”

“不用。”

“千宿，这不是你逞强的时候，你现在要保存体力，一会儿可能会有战斗。”江朝戈顿了顿，“我们之中，可就只有你一个姑娘，你本来就是女人，不需要强迫自己跟我们一样。”

阮千宿不太情愿地说：“好吧。”

江朝戈召唤出了举父，举父比他们灵巧太多，嗖嗖地蹿了上去，把阮千宿背到了身上，快速往上爬去，连带着其他人都得加快速度。

龙芗调侃寺斯：“你跟猴子在一起那么久，速度还是没有猴子快啊。”

“都说了举父不是猴子，笨蛋。”寺斯不服气地扭了扭肩膀，又加快速度爬了起来。

江朝戈和龙芗心中暗暗叫苦，但为了面子，也只好咬紧牙关跟着。

在举父的带领下，他们很快翻过了山，来到中曲山的另一面。

乌海的水浪声声入耳，月光照射在水面上，连光都变得昏沉沉的，一阵阵腥咸潮气扑面而来。

龙芗指着山腰处连成一片的亮光：“那就是冥胤会了吧？”

江朝戈眯起眼睛：“下山。”

四人悄无声息地顺着山林往下行去，这一面果然比另一面平缓很多，他们很快就靠近了冥胤会的老巢。

从近距离看去，冥胤会把自己的窝建成了一个全木结构的大山寨，山寨的入口处卡着上山的要塞，直接连着唯一的港口，正常上山的路，只有这一条，而且只能容两人并行，的确是经过精心设置的，易守难攻。

江朝戈拿出夜视望远镜，观察了一下："山寨的瞭望台上有四个守卫，入口处至少有十人把守，寨子里有人夜巡，只能看到这么多了。"

龙芗惊讶地说："江大哥，这是什么东西这么厉害，这么暗都能看得清？"

江朝戈咧嘴一笑："高科技。"他这一次把他能在黑市上弄到的好东西都带来了，连专门给炙玄装酒的那个纳物袋都塞满了。为了从炙玄手里争取来那个纳物袋的使用权，他可费了不少工夫。

阮千宿有些不信，把望远镜拿过来看了看，讶然道："真的看得见！只是光是绿色的，好奇怪，为何会这样？"

"高科技、高科技，别问了。"江朝戈道，"我们从守卫较薄弱的东南角进去，寺斯，东南角的守卫靠你了。"

"没问题。"

四人顺着山路快速跑了下去，一口气跑到距离山寨不足百米的地方，躲在了半人高的野草中。寺斯掏出吹箭，对准瞭望台上的守卫用力一吹，那守卫身体一软，往前倒去，正好抵在了瞭望台棚顶的柱子上。

阮千宿笑道："有两下子。"

寺斯得意地说："这都是我小时候玩的东西。"

四人从东南角潜入了山寨里，刚跳下竹墙，就闻到一股恶臭，原来这里竟然是猪圈。

来回巡逻的守卫都是单独走来走去的，当一个守卫经过他们藏身的干草堆时，江朝戈一下子蹿出去，捂住守卫的嘴，把人拖进了干草堆里。

龙芗把匕首抵着守卫的脖子，压低声音，寒声道："敢发出一点儿声音，就划开你的脖子。"

守卫惊恐地睁大眼睛，用力点了点头。

江朝戈松开了手，问道："一个月前啸血有没有带回一个银发的男人？"

守卫深吸一口气："那个……皇子吗？"

"对，他在哪儿？"江朝戈目露凶光。

守卫颤声道："应、应该在水牢。"

水牢……江朝戈的心脏狠狠抽了一下。在不计算刑罚的情况下，水牢是所有牢房里最阴毒的一种，被囚禁的人长期浸泡在水里，而且乌海还是咸水，不出三天，人就会发热、脱水，皮肤浮肿、溃烂，水里还会滋生多种病菌，加剧人的伤情。如果虞人殊在水牢里被泡了一个月，不敢相信他现在是什么样子！

“什么叫应该！”龙芗厉声道。

“小的没去过水牢，也不清楚啊，但要关押犯人……”

“你说谁是犯人！”寺斯怒道。

“不、不、不，关押……人，通常都在水牢。”

“水牢怎么走？”

守卫咽了咽口水，有些犹豫。

江朝戈冷道：“说出来，我饶你一命。”

守卫眼一闭，心一横：“水牢在山寨最西面，沿着一条栈道往乌海走，就能看到。”

江朝戈见守卫不像说谎的样子，一记手刀劈在其后颈。这守卫只是个普通人，经受这一下子，三四个小时醒不过来。

江朝戈比画了一下身形，便将那守卫的衣服脱下来，换到了自己身上，然后把守卫塞进了干草堆里。

他提着煤油灯，把帽檐压低了一些，大摇大摆地走了出去，给三人探路。三人在他的掩护下，悄无声息地潜入了山寨深处，直往西面走去。

那山寨面积不小，他们且行且躲地走了近一个小时，才避过所有巡逻守卫，来到了山寨的西面。那里出现了一座石桥，石桥下就是一段人工修建的石栈道。栈道一直往下，他们虽然看不清楚，但也能猜到可以一直走到水里。

石桥不远处就是一座营房，桥上还有四名侍卫把守，几个大火盆里的火光把石桥照得亮如白昼，很难通过。

“看来就是这里了。”江朝戈的眼睛直勾勾地盯着石桥，思索着在不打草惊蛇的情况下怎么样才能通过石桥。

寺斯激动地说：“这么多人守着，虞人大哥肯定在下面！”

江朝戈快速说道：“那四个人肯定都是魂兵使。一会儿我过去，我有把握在同一时间放倒两个，另外两个，千宿和寺斯来解决。龙芗，你把这个扔进营房里。”

江朝戈递给龙芗一枚安眠气雾弹，教他使用方法，这时候正是那些人熟睡的时候，他要确保那些人睡得更沉。

三人异口同声道：“是。”

江朝戈整了整衣服，提着灯笼走了过去。

守卫见他走来，喊道：“喂，三分会的，你第一次巡夜吗？这里不能来。”

江朝戈沉声道：“我当然知道这里不能来，若不是有要事，我会随便接近这里吗？”

守卫面面相觑："你有什么事？上头有命令？"

江朝戈的手探进了怀里，摸出一个信封，那还是他在鹿吴城用来装情报的信封。他走了过去，将信封递给了其中一个守卫。

守卫刚要接过信封，江朝戈突然一反手，朝他的脖子划去。他的手指间夹着一片锋利的小刀片，这都是他跟人学的阴招，虽然下三烂，但屡试不爽。同一时间，他另一只手抽出了匕首，朝旁边那名守卫刺去！

变故不过发生在眨眼间，以至于另外两名守卫都还没反应过来，这两个已经完蛋了。

嗖嗖两声响，一名守卫被征尘钺削掉了脑袋，另一名中了寺斯的吹箭，哼都没哼一声就都倒下了。

另一头，龙芗已经拉开安眠气雾弹，扔进了营房里。

四人几乎是在眨眼间解决了所有的障碍。

江朝戈收回匕首，头也不回地往石桥跑去，三人紧随其后。

穿过石桥，就是那段陡峭的栈道，他们健步如飞，仿佛虞人殊就在眼前。

下了栈道，乌海就在眼前，在栈道尽头的拐角处，果然出现了一扇牢门，正发出昏暗的微光，那水牢里浸着到脚踝那么深的水。

寺斯远远地解决了地牢门口的守卫，四人摸出钥匙，打开了厚重的牢门。

一股恶臭扑鼻而来，就像一坛被尘封多年的污水，已经发酵发酸，能把人熏得吐出来，何况那味道里还夹杂着血腥味和腐臭味。

江朝戈已经急红了眼睛，踩着水往里跑去。

水牢里关押着几个人，蓬头垢面，不成人形，几乎都是把稻草垫得高高地躺在上面，但潮湿压抑的空气充斥在牢房的每一处，每个人的皮肤都是病态的苍白的。一见到他们进来，那些犯人都扒着牢门，张嘴就要喊。

江朝戈"嘘"了一声："不要出声，我就放了你们。"

几人果然安静了。

"这里有没有关着一个银发的男人？"

一个犯人伸出枯树枝一般的手指，往牢房最深处指了指。

四人拔腿跑去。

水位有渐涨的趋势，直到牢房的尽头，出现一个水深过膝的水池，不，那不该称为水池，那一池散发着腐臭味的猩红液体，分明是血。

血池中间，一个高高竖起的刑架上，绑着一个男人。他低着头，衣衫褴褛，瘦骨嶙峋，浑身都是伤，一头银发早已失去了往日的华彩，像是病态的白，蓬乱地垂在脸前。

在看到虞人殊的一瞬间，四人都红了眼圈。

江朝戈只觉得胸中恨意滔天，他拿性命起誓，要让啸血经历地狱般的痛苦折磨！他稳住心神，毫不犹豫地跳进了血池中，朝虞人殊走去。

走到虞人殊面前，江朝戈全身都在发抖。他轻轻拂开虞人殊的银发，露出那张他记忆中熟悉无比的面孔。

第一次见面时，即使是在极端混乱的情况下，他也被虞人殊的风采惊艳了。

那一头闪耀着华光的银发就如这位皇子的身份和人格一般皎洁如月，他天生尊贵，本不应该经历这一切，可偏偏命运如此残忍，要让他忍常人所不能忍，经历重重磨难。

江朝戈心痛不已，颤声道："殊？"

他叫了几声，虞人殊都没有反应，若不是他感觉得到虞人殊微弱的魂力，也探得到虞人殊的鼻息，他真担心虞人殊已经……

他打断了虞人殊身上的铁链，将人抱出了血池。

"虞人大哥……"寺斯哽咽着蹲在江朝戈旁边，不知所措地看着昏迷不醒的虞人殊。

江朝戈拿出云息给他的最好的魂药，揉碎了塞进虞人殊的嘴里。

如果这时候云息在该多好！江朝戈简直不敢去看虞人殊那双在水里泡了一个月的腿是什么样子。

阮千宿咬了咬牙，别过脸去："殊一时半会儿醒不过来，我们赶紧带他离开。"

江朝戈将人背在背上，把匕首扔给龙芗："把牢房里的人都放了，给冥胤会留点儿事情做。"

龙芗点点头，眼里弥漫着深沉的恨意，他用那把削铁如泥的匕首砍断了好几把锁，把那些犯人一一放了出来。

寺斯道："天戎呢？"

江朝戈道："暂时顾不得了，先把殊带出去，我们也拿不动天戎锏。"

寺斯道："江大哥，魂兵器对于魂兵使来说重若性命……"

江朝戈厉声道："没有什么东西重若性命，活着才是最重要的！"

阮千宿点点头："现在我们根本拿不动殊的魂兵器，一会儿守卫就会发现殊不见了，如果啸血他们追出去，冥胤会无人把守，就让裂羽回来拿。"

“这样最好，我们赶紧撤。”江朝戈背着虞人殊快速跑出水牢，直接召唤了肥遗，沿着乌海低空飞行。这时候也顾不上会不会被发现了，他们只想以最快的速度把虞人殊带走，去找魂导士治疗！

肥遗飞出了好几里，回头看去，远处的冥胤会突然一片火光。算算时间，巡逻的守卫也该巡到石桥附近了，接下来，他们都要做好大战一场的准备。

肥遗载着他们，直奔炙玄和壬王，只要跟他们的异兽会合，就没什么可畏惧的！

为了保持安全的不被感知的距离，炙玄他们距离中曲山足有十公里。肥遗卖力地飞行，可还未到地方，众人就感觉到一股霸气的魂力从后方追了上来，不需要用眼睛看，也能猜到必定是啸血追来了。

江朝戈毫不犹豫地拉开信号弹，看着那明黄的信号弹在天上炸开，心里默念着：炙玄，来救我吧。

远处传来一声震天动地的嘶吼，刺破九霄，江朝戈感到精神振奋。那是炙玄的声音，那是炙玄！那是从他来到这个世界开始，他最倚仗的力量。炙玄一次次救他于危难之中，从未让他失望，那是属于他的守护神！

一黑、一白、一红，天上一只，地下两只，三只巨大的上古异兽以气吞山河之势朝他们的方向奔来，黄沙滚滚，尘雾滔滔，整个大地都在为之颤抖，天神下凡，也不过如斯。

“朝戈——”炙玄大吼道，“快来我这里！”

江朝戈心头一热：“我们找到殊了！”

除了啸血，他们没有感觉到其他凶兽的魂力，看来焚念、游释和衔云都不在中曲山，仅有啸血，自然不会是他们的对手。

可他很快就发现，壬王的眼神变了，直勾勾地盯着他们的背后，似乎难以置信。

江朝戈回过头去，只见啸血头顶站着一个瘦小的身影，正是冥胤会的天女。天女手持啸血鞭，神情肃杀、冰冷，即使啸血以那么快的速度奔跑，她的身体都岿然不动。

江朝戈吃了一惊。他自然知道要在那样的速度下保持身体平衡，需要怎样的功底。他和天女交过手，知道她的斤两。啸血虽然残暴，可天女太弱，还没有衔云值得担心。

然而，不过半年不见，天女似乎完全变了一个人，从她身上散发出来的极其陌生的魂力，让江朝戈隐隐有些担心，因为那股魂力好像在不断地增长……

炙玄叫道：“朝戈，小心，那女的……她不是人！”

江朝戈愣了一下，什么意思？什么叫不是人？

啸血的速度极快，眨眼间已经到了他们身后不远处，天女突然一跃而起，娇小的身形蹿上半空，竟踏虚而行，手中的七节鞭朝着他们猛袭而来。

眼看在空中无处可躲，江朝戈大叫道："跳下去！"他抱起虞人殊，从肥遗身上跳了下去，其他三人也纷纷往下跳。

啸血鞭狠狠地落在江朝戈没来得及收回的肥遗身上，竟将那翼展超过二十米的猛禽拦腰砸断！

肥遗发出凄厉的惨叫，从天空坠了下去。

阮千宿立刻召唤出征尘，俯冲下去抓住了龙芗，寺斯也及时召唤出了鸱鸟。

江朝戈抱紧虞人殊，两人的重量加快了下坠速度，眼看着地面离自己越来越近，他连忙将肥遗收回，再在自己身下释放出来。当他和虞人殊的身体落在肥遗背上时，他们离地面不足十米，情况之惊险，把他吓出一身冷汗。就算是以他的身体素质，从百米高空掉下来，也肯定要摔成残疾，更别提奄奄一息的虞人殊。

反观那天女，从百米高空直接落到地上，竟安然无恙，啸血鞭更是将地面砸出了一个巨大的坑。她站了起来，仰起头，冷冷地看着他们。

江朝戈深吸一口气，平复快速跳动的心脏。炙玄说得没错，眼前的天女绝不是他从前打赢过的那个天女！

可究竟是什么让她变成了这样？恐怕跟她身上陌生的魂力有关。

啸血哈哈大笑起来："你们几个人类胆子不小，居然敢到这里来救人，不错，我喜欢有胆识的人……"他的表情狰狞凶暴，"听说越是有胆识的人，心脏越温暖，真想挖出来看看啊。"

几人飞回了炙玄身边，江朝戈趴在他的头上，大口喘着气："炙玄，她怎么了？她不是以前那个天女，她不该那么强。"

"她不是人类。"炙玄沉声道，"她是大巫祖。"

江朝戈瞪大眼睛："什么、什么意思？"

壬王沉声道："啸血，你的魂兵使究竟发生什么事了？"

啸血冷笑道："我不会告诉你，你想知道，就去问饮川吧。他总是我们之中最了解真相，却又什么都不说的那一个。"

红渊在天上盘旋了一周，口气有些古怪："你是大巫祖陆吾。"

天女仰起头，露出冷酷的笑容："难得还有人记得我。"明明是稚嫩清丽的女童嗓音，听着却叫人遍体生寒。

大巫祖陆吾？！

江朝戈感觉大脑一阵抽痛。如果说刘擎是大巫祖转世，可以称作是意外、巧合，那么天女突然成了大巫祖陆吾，难道也是巧合？

众人沉默了，他们显然都想到了一样的问题。

壬王厉声道：“陆吾，你为什么会出现在这里！”

天女寒声道：“你以为，只有你们会在这个时代苏醒吗？”

江朝戈的心脏又是一沉：“你的意思是，大巫祖也会苏醒？”

炙玄鼻子里发出沉重的喘息声，他显然是想到了共工。

天女冷冷地瞥了他一眼：“你现在还不配与我说话。”

炙玄怒了：“孽畜，叛徒，你才不配与我的牝兽说话。”

江朝戈悄悄对寺斯和龙芗说：“我们拖住啸血，你们去冥胤会把天戎铜找出来。”

寺斯和龙芗悄悄顺着壬王的尾巴爬了下去，借着山林的掩护再次往中曲山跑去。

红渊低笑道：“啸血，就算她是陆吾，可她的魂力太弱了，恐怕根本无法显出陆吾的本体吧？凭你和她，就想从我们手里抢人吗？”

“是我疏忽，小瞧了这几只蝼蚁……”啸血毒辣的眼神在江朝戈等人身上徘徊，“我确实敌不过你们三个，那个半死不活的皇子，你就带走好了。”

壬王道：“既然如此，你还拦住我们干什么？”

“衔云要见你，我答应过他让你们见面，可惜上次在鹿吴城接连出了意外，否则他早就能和你好好‘谈谈’了。他现在正在来的路上。”啸血猩红的眼眸直勾勾地盯着壬王，“在衔云到来之前，你别想离开。”

“你以为凭你们就可以阻拦我们？”壬王冷笑道，“就算她是陆吾，眼下被囚禁在人类的身体里，也难以发挥其魂力的万分之一。”

“她不需要发挥自己，就有比你们三个的魂兵使加起来还要浑厚的魂力供我使用。”啸血冷笑道，“你们无法杀死她，就无法打败我。”

炙玄厉声道：“我就杀了这孽畜，让你也长眠！”他身上燃起熊熊的麒麟火焰，那火焰不会伤到他不需要伤害的人，因此，江朝戈和虞人殊在他身上，只觉得温暖，可敌人沾染上一点儿，就会体会到被地狱业火灼烧般的痛苦。

壬王道：“炙玄，等等。”他面色凝重地看着天女，似乎在犹豫。

炙玄怒道：“等什么？难道你怕他？”

“衔云为什么执意要见我？”

啸血道：“我怎么知道？”

“衔云认为他能说服你，化解与你的误会。”江朝戈语带讽刺地说。

壬王寒声道：“我与他之间，从未有过误会。”

啸血发出诡异的笑声："当然，你们还会见到衔云的魂兵使。"

炙玄大吼一声，胸膛剧烈起伏着，双眼冒火，身上的火焰更加猛烈起来，让他看起来就像一座正在爆发的火山。

江朝戈想起刘擎，心里突然有些担忧。如果刘擎也变成了天女这样，那究竟说明了什么？答案呼之欲出，江朝戈却不愿意说出来，因为那个答案听上去充满了可怖的阴谋，让他感到由衷的恐惧。

炙玄吼道："好，我等他来，我要杀了他、杀了他——"

其他人以为炙玄说的是衔云，可江朝戈知道，炙玄指的是衔云的魂兵使刘擎，或者说，是大巫祖共工。若衔云来了，他势必会和共工死战到底。

江朝戈眼前突然闪过一道白光，在那刹那间，他想到了什么。

如果……只是如果，上古十二异兽的魂兵使都是大巫祖转世，那么，自己也有可能是大巫祖？至少他是有巫力的，而且很可能不只是大巫祖的后人那么简单，否则，饮川又怎么会那么精准地猜出他可以使用巫力？除非饮川早就知道这一切！

这个可能性让江朝戈的心直往下沉。这一切的一切，背后到底隐藏着一个怎样巨大的阴谋？他感觉所有人都在一步步踏入一个精心编织了万年的蜘蛛网，只待触动蜘蛛网的那一下震动到来，狩猎者就会将他们蚕食殆尽。

江朝戈不禁想，假如他也是大巫祖转世，那么他会是哪一个大巫祖？天女是陆吾，刘擎是共工……刘擎，真的是共工吗？

江朝戈深吸一口气，拳头不自觉地收紧，指甲陷进了肉里也不自知。

第一次他诵念巫咒语，炙玄感受到了厌恶的气息，第二次他诵念巫咒语，炙玄感受到了共工的气息……刘擎自然有可能是共工，但是他也……

万一，只是万一，万一他才是……

江朝戈不敢再往下想了。他感觉自己被一只冰凉的、阴森的手扼住了咽喉，他知道自己离真相已经非常近，但他也知道，真相一定是一个黑暗的深渊，深渊里埋藏着太多可怖的秘密，被万千尸骨掩埋，想要见到真相，必须付出足够大的牺牲。而那牺牲未必是他能承受的，所以离真相一步之遥的他退却了。

壬王并不想见衔云，但为了让龙芗和寺斯拿回天戎锏，他必须拖延时间。他问道："衔云什么时候到？"

"我已派了人去通知他，很快就会到。"啸血冷笑一声，"你迫不及待要见他了？毕竟你们曾经是最好的朋友啊。"

壬王嗅出一丝异样的气息，反问道："怎么，你怕我和他重修旧好吗？"

啸血眯起眼睛：“你不信任衔云，我也不信任。衔云那般阴险虚伪的人，有谁会信任他呢？”

红渊讽刺道：“可你与他结盟。”

“我们有共同的敌人。”

壬王冷声道：“若真有一天我们败了，你们就会是衔云的下一个目标。万年之前他借刀杀人，你不会忘了吧？”

“正是因为没忘，所以我们不会重蹈覆辙。”啸血露出残忍的笑容，“放心吧，衔云会很快下去陪你们的。”

江朝戈的大脑飞速运转着，他在退与不退之间左右摇摆。退，恐怕免不了和啸血战一场；不退，待衔云到了，刘擎就会告诉所有人，他究竟是不是共工。

江朝戈心里有个声音一直在嗡嗡响，让他下意识地想回避与刘擎见面。

他说不上自己在害怕什么，就是不想让炙玄和刘擎见面。他对自己说，这是为了不让炙玄在这时候和共工决一死战，因为一旦衔云到了，情况就对他们不利了。而且，殊的伤势过重，必须马上得到救治！

就在江朝戈犹豫时，龙芗和寺斯已经去而复返，裂羽用爪子抓着天戎铜飞来。以他们的实力，在混乱中浑水摸鱼是轻轻松松的。

江朝戈一见他们回来，马上道：“此地不宜久留，我们必须马上找到魂导士为殊疗伤。”

壬王也想马上离开，他道：“啸血，其实你根本不希望我和衔云见面吧？”

啸血冷笑两声，不置可否。

“既然如此，我们就此别过，省得彼此浪费气力。”

天女眯起眼睛：“壬王，你是害怕衔云吗？”

“我从生至死，从未有过半点儿‘害怕’的情绪。”壬王严肃地说，“我不屑见衔云。”

啸血冷笑道：“你知道我为什么让你们轻易把那个人类带走吗？”

“为什么？”

啸血道：“因为焚念和游释去了昆仑仙境，他们肯定已经找到了饮川。饮川若是找到了天地之元，那么我们一定能感觉到，既然什么也没有，就证明他们都没有找到天地之元。饮川必定不是焚念和游释的对手，只要能灭掉饮川，天地之元早晚是我们的囊中之物。”

壬王冷静地说：“你尽管做梦吧，饮川怎么会轻易被你们打败？”

“饮川的魂兵使甚至根本不是魂兵使，仅是个孱弱的魂导士，如今焚念和游释都已经……呵呵，你们早晚会知道，这段时间你们错过了什么。”

红渊急躁地拍了拍翅膀：“啸血，把话说清楚。”

江朝戈高声道：“别再和他废话了，我们赶紧走。”

炙玄怒道：“我不走，我要等他来！”

江朝戈恼了：“我说走！”

“我要杀了他，我要……”

“炙玄！”江朝戈大吼一声，双目通红，“我再说一次，走！”

炙玄龇牙咧嘴，面目狰狞如厉鬼。他张开血盆大口，朝天发出震天动地的嘶吼，惊得人心脏钝痛。

壬王也道：“炙玄，走吧，现在不是决一死战的时候。”

炙玄愤恨地扭过头，朝着中曲山的反方向疯狂地奔驰起来。

江朝戈紧抓着炙玄的鳞片，虽然狂风吹得他脸都扭曲了，他却不敢说话。他知道炙玄此时正盛怒，他说错一个字，都可能让炙玄失去理智回头去找衔云、刘擎死战到底。他只求炙玄能一直这么跑下去，不要回头，千万不要回头。他不知道再次面对刘擎会发生什么，因为有一种真相是他无法面对的，所以他选择不面对。

天黑之前，他们赶到了一座陌生的城市。江朝戈带着一股暴躁的戾气，和几人分别出门去找魂导士。他找到了城里最好的魂导士，几乎是用刀架在人家的脖子上，把人拖回来的。

虞人殊被平放在床上，脸色苍白如纸。当魂导士剪掉他的裤子，露出那双被泡得浮肿溃烂的小腿时，众人纷纷扭过了头去。只有江朝戈直勾勾地盯着那骇人的小腿，他会记住敌人加在他和他的同伴身上的每一道伤口，因为有朝一日，他会要他们一一偿还。

魂导士深吸一口气：“这腿怕是要废了呀。”

江朝戈寒声道：“不管你用什么办法，治好他。”

“大人，完全治好他，恐怕要两年。想要快点儿治好他，你们应该去英城啊。英城有整个天棱大陆最多、最厉害的魂导士，只要还有一口气在，都能给救回来，何况这位大人伤势虽然重，但命还算硬。”

“英城……”江朝戈握了握拳头，想起他们在英城遭受的待遇，就恼火至极。可是，也是在英城，他们才得以认识云息。这个魂导士说得对，樊氏有那么多厉害的魂导士，他不该在这里浪费时间，耽误殊的治疗。哪怕英城是狼窝，他们也要去闯一闯，何况以他们现在的阵容，樊氏又怎么敢招惹他们？

阮千宿道："咱们就去英城，抓也要抓几个魂导士过来。"

"还是尽量低调吧。"醉幽道，"我们有大把的钱，没必要自找麻烦。这里离英城也不远，去请几个来就是了。"

江朝戈掏出一个钱袋扔给醉幽："这件事交给你们了，去英城多请几个魂导士来，另外……"他拿出一张纸，那是他让大国师写给他的穿行阵的巫咒语，"想办法把这个给陈祥玉，如果找不到陈祥玉，就重金找情报贩子，务必把这张纸交到初云的手里。"他对初云的帮助一直记挂在心，他希望跟他一样的那些人，都能回到自己的世界与亲人团聚。

几人拿上钱就走了。

那魂导士将全部的魂力注入虞人殊的体内后，也休息去了。

江朝戈坐在虞人殊的床边，静静地看着他的睡颜，心中疼痛不已。

他记忆中的虞人殊，总是英姿焕发，斗志昂扬，顶天立地，从没有哪一刻如现在一般脆弱、狼狈，就连那头优雅璀璨的银发，都变得如枯草般粗糙、暗淡。

江朝戈深吸一口气，眼眶有些发酸，他唯一感到庆幸的是，虞人殊还活着，而且回到了他们身边。

他的目光落到了床边的天戎锏上，他站起身，握住天戎锏，那锏有千斤重，不契合的魂兵使永远拿不起来。他喃喃道："天戎，你一定很想出来吧……"

他在屋里看了虞人殊良久才推门出去了。在外面被冷风一吹，他才想起来，他自来到客栈后就没见到炙玄。

他赶紧往自己的房间走去，却发现里面没有人。他在客栈里找了半天，最后，终于在庭院里的一棵参天大树上，找到了炙玄。

"炙玄？"江朝戈在树下叫道。

炙玄坐在离地十数米高的树杈上看着远方，纹丝不动。

江朝戈原地起跳，抓住了一根树枝，身体灵活地荡到了树上，朝炙玄爬了上去。他坐到炙玄身边："你是不是被寺斯传染了？怎么也爬起树来了？"

炙玄默默地扭过头，看了他一眼，眼神非常冷淡。

江朝戈顿时有些难受，小心问道："炙玄，你生气了？"他仔细回想了一下，炙玄好像已经很久没有生他气了，即使是生气，炙玄也似乎从未用这样的眼神看过自己。那眼神就像一桶冰水兜头泼下，让他的身体顿时冷了下来。

炙玄沉声道："在你心里，是不是只有我的事是最不重要的？"

江朝戈眉头轻蹙："你为什么这么说？"

“我不止一次告诉你，我要杀了共工，我要让他魂飞魄散，永世不得超生。这件事对我来说非常重要，可你从来不当一回事。”

江朝戈正色道：“炙玄，我从未这样想过，我只是顾全大局。”

“你顾全的大局里，有所有人，就是没有我。”

“你怎么会这么想？殊他……”

“对！”炙玄咬牙道，“尤其是虞人殊，在你心目中，他比我、比其他所有人都更重要，因为他是你在天棱大陆见到的第一个人，也是第一个同伴。你别以为我什么都不懂，你那么聪明，难道你不知道他在想什么吗？”

江朝戈张了张嘴，一时竟然不知道怎么反驳。他深吸一口气：“炙玄，有一件事，你一定要记住，对我来说，这世间任何人，都比不上你重要。”

“你骗人！”炙玄厉声道，“你今天为什么要命令我离开？明明我马上就有机会报仇了，而且我们三对二，胜算比他们大多了。为了虞人殊，你要我放弃这么好的机会，就为了虞人殊！”

“不只是为了他！”江朝戈叫道，“不只是……为了他。”

“那还为了什么？”

江朝戈闭了闭眼睛，无法回答这个问题，因为这个问题的答案，连他自己都无法正视。他有很多合理又理智的理由，除了愤怒的炙玄，没有人会怀疑他的决定。可他知道，他心里那堵墙并没有因此消失，反而越垒越高，早晚要因为根基不稳而轰然坍塌，到那个时候……

“为了什么呀！”炙玄吼道。

江朝戈的声音一下子软了好几分：“炙玄，我有很多无奈，别生我气了。”

炙玄怔住了，他的态度几乎是瞬间就软了下来。江朝戈头一次用这样的语气和他说话，充满了讨好与祈求，让他的怒火在一瞬间就消散得无影无踪，甚至还生出几分怜惜和窃喜。他故作严肃地说：“嗯、嗯……你知道错了是吧？”

“知道了。”江朝戈摸了摸他的头，心里叹道，对付他，与其讲道理，不如来软的，因为道理他是听不懂的。

炙玄哼道：“知道错就好。”

江朝戈松了口气，摸着他顺滑的头发：“等时机到了，我一定会为你报仇的。不仅刘擎要死，那些凶兽，我一个都不会放过。”

炙玄忍不住笑了一下，又不想让江朝戈看见，所以装着还在生气的样子说：“哼，谁知道你的时机是什么时候？你总这么敷衍我。”

“我没有敷衍你。”江朝戈用下巴压了压炙玄的肩膀，“我只是想确保万无一失。”

炙玄高挺的鼻梁顶着江朝戈的脖子，轻轻嗅着他温暖的气息，语气中带着自己都没有察觉到的宠溺：“反正你总有说法，也只有我会什么都听你的。”

江朝戈故意发出夸张的赞叹：“你怎么对我这么好！”

炙玄语带得意地说：“谁让你是我的魂兵使呢！”

江朝戈想起刘擎，眼底又蒙上一层阴云，迟疑地说道：“你说你一生只会有一个魂兵使？”

炙玄笃定道：“当然。”

“人类活百年，都可能换几个伴侣，你活万年，却只有一个魂兵使，你不觉得亏吗？”

炙玄皱眉道：“你为什么这么说？我为什么觉得亏？有些异兽一辈子都无法碰到自己的魂兵使，至少我碰到了你。”他的音量突然拔高了，“你什么意思？难道你想换？！”

“不是。”江朝戈无奈道，“瞎想什么呢？我只是觉得这有点儿违反动物性……算了，你听不懂这个。”

炙玄睨着他：“你到底想说什么？”

江朝戈换了口气，轻声道：“我只是想……你说我是你唯一的魂兵使，你将陪伴我一生，这一点，真的不会为任何事改变吗？”

“当然。”炙玄毫不犹豫地说，“我又不是人类轻易就能背信弃义。”

江朝戈暗自叹了口气，他有点儿瞧不起刚才说出这些话的自己，就好像在给炙玄下套，套出承诺一样。这并不会让他心里的担忧减轻半分，只是增添他的心虚罢了。

江朝戈勉强笑了笑：“是啊，你是异兽……”

炙玄抬起他的下巴，皱眉看着他：“今天怎么感觉你这么奇怪啊？”

“哦？我哪儿奇怪？”

“哪儿都奇怪。”炙玄嗅了嗅他，喃喃道，“味道没变啊……”

江朝戈扑哧一声笑了：“有一些动物不是靠视觉，而是靠嗅觉分辨他物的，该不会你也是这样吧？”

“人类的脸确实都长得差不多，只有反复看的，我才能记住。”炙玄仔细端详着他的脸，“不过，你的话，我记得你的每一寸五官，每一个表情，记得你皮肤和身体的触感，你身上的味道，总之，无论是看、是闻、是摸，甚至仅仅是感觉，我都能立刻知道是你。”

江朝戈抿唇笑道："其实你也挺会说话的嘛。"

"你喜欢听，我就多说。"

江朝戈揉着他的耳垂，懒洋洋地说："你说多了就露馅儿了，就这么几句挺好的。"

"露什么馅儿？"

"上次你就用错了一个成语，我都没好意思提醒你。"

炙玄理直气壮地说："反正你听懂了吧？"

江朝戈笑了，柔声道："当然，就算你一个字不说，我都懂。"

炙玄笑得有几分得意。

"我们出城去散散心吧。"将虞人殊救回来之后，江朝戈心中一块大石终于落下了。对云息，他并不很担心，有饮川在，怎么都会护云息周全。现在的他，只想让紧绷了太久的心弦和身体都放松放松。

"没问题。"炙玄一把将他抱了起来，从高高的树上一跃跳下，衣袂和头发如黑色蝴蝶的两翼，齐齐飞舞，构成一幅浓墨重彩的画。

肥遗赫然出现在半空中，将他们稳稳地接住。那巨大的蛇形猛禽，扇动着翅膀，往城外飞去。

两人仰躺在肥遗的背上，看着头顶湛蓝的天，一时飘然，仿佛在云端。

和炙玄在一起的时候，是他在这个处处危险的世界里仅有的安稳和温情时刻，哪怕仅是这样一言不发地待在一起，都足够让他安心。

肥遗展翅高飞，在云层间穿行，飞过高山、丛林、裂谷、湖泊，初冬的素雅美景尽收眼底，他们的翱翔伴着呼啸的风、潺潺的水，世间万物都变得如草芥般渺小，唯有身边的人在彼此心间越放越大。

天黑后，炙玄和江朝戈落在一座山的脚下，生起了火。

江朝戈打开随身带的纳物袋，从里面拿出锅碗瓢盆和一些食材，本打算随便煮点儿肉，炙玄却一脸期待地看着他："我想吃炖排骨，就是我在你家的时候吃的那个。"

江朝戈笑道："我带你吃了那么多好吃的，你就只记得炖排骨啊？"

"只有炖排骨是你给我做的。"

江朝戈回想了一下，回家的那半个月，他马不停蹄地忙着，似乎真的只给炙玄做过一顿饭，还是匆匆忙忙做了一个排骨、一个凉菜。其实他厨艺很好，他多希望他有数不清的闲暇时间，可以展示那些在天棱大陆根本用不到的技能，让炙玄看看不一样的他。他捏了捏炙玄的脸蛋："好，我给你做炖排骨。"

他借着火光，切肉、洗菜，在河边做起了饭。他已经记不起来自己上一次专注地做饭是什么时候了。此时他什么也不想，只是单纯地为自己最重要的人精心准备一顿饭，这过程里的每一分、每一秒，都让他从内心最深处感到满足。

很快，香味就飘散在了空气中，炙玄摆出了好几瓶酒，眼巴巴地期待着。

江朝戈心情愉悦地哼出了小曲儿，如果可以，他希望这一刻天长地久。

他准备了三菜一汤，又用河边的石头堆起了一张简易的桌子，两人分坐两侧，对视一笑。

炙玄把一壶酒递给他："和我一起喝。"

江朝戈笑着举起酒壶："来，咱们先干一杯。"

炙玄突然抓住他的手腕："不对，你要先吃饭，再喝酒，不然伤胃。"

江朝戈意外地一挑眉："连这你也知道？"

"我看了养生方面的书。"

江朝戈大笑，他吃了几口饭，才和炙玄痛快地干了一口酒。那热辣辣的酒液顺着他的喉咙淌进胃里，顿时驱散了所有的寒意。

炙玄狼吞虎咽地吃起了饭，其实他根本感觉不到饥饿，但江朝戈亲手做的，他一滴汤汁都不会剩下。

江朝戈看着埋头吃饭的炙玄，无法形容那一刻的完满——活着多好，再好不过了。

两人很快就把饭菜吃得精光。

炙玄摸着肚皮，满足地说："好吃，真好吃，比焚念做的还好吃。"

江朝戈笑道："焚念不是美食家吗？我会比他做得还好吃？"

"当然。你以为焚念做的东西都好吃吗？他是热衷于尝试各种各样的食材，但有些东西味道奇怪死了。和他一起吃东西，有时候能吃到极致的美味，有时候也会尝到无法形容的东西。"炙玄冷哼一声，"我要是知道他一直想吃我的肉，我一定早点儿咬死他。"

江朝戈想起当初血腥的一幕幕，也对焚念恨得咬牙切齿："他该把自己吃了。"

"他吃过自己的肉，甚至尝试了上百种烹饪方法。"炙玄撇撇嘴，"疯子。"

用"疯子"来形容焚念似乎都不太够，江朝戈一想到那诡异变态的凶兽，就心情沉重，道："不说他了，扫兴。"

炙玄笑道："对，才不提他呢。"他酒足饭饱，慵懒地往江朝戈身上一趴，轻声说，"我喜欢这样。"

"怎样？"

"和你在一起，周围什么都没有，没有别人，也没有别的异兽，只与你独享这天地。”

江朝戈失笑：“若这世间真的什么都没有了，你反而觉得无聊了。”

“我有你就不会无聊，跟你在一起是全世界最有趣的事情，你还会讲故事。”

江朝戈笑道：“我除了会讲故事，还会很多东西。有一天，如果尘埃落定，你跟我回我的世界吧，我们在那里生活。”

“好。”炙玄毫不犹豫地说，“在哪儿都无所谓，只要有你在。”他随即又狡黠一笑，“我也更喜欢你的世界，什么都有，床是香软的，浴缸还会喷水，你穿西装的样子最好看了。”

江朝戈用额头抵着他的额头，低笑道：“你穿西装的样子也很好看，就是你头发长得太快，几乎天天要剪。”

“我一定会陪你回家的。”

江朝戈的声音有一丝颤抖：“好。”如果他能活下来，活到最后，他要带着炙玄离开这片危机四伏的土地，回到他的文明世界，认真而简单地生活。

和炙玄待在一起，江朝戈觉得自己在全世界最安全的堡垒里，放心地坠入了梦乡。

从英城请来的几个魂导士果然了得，江朝戈和炙玄赶回去时，他们正在轮番给虞人殊疗伤。他那浮肿溃烂的小腿，渐渐在恢复原本的模样。

江朝戈看看虞人殊，又看看天戎锏，虽然那锏纹丝不动，可他似乎“看到”了天戎呐喊着要出来的样子。

江朝戈想起啸血说过的话，虞人殊无论如何不放天戎出来，恐怕就是不想让他看到自己受罪而又无能为力吧。

天戎吸收了那么多魂力，早已经能够自由控制进出，虞人殊不知道是用怎样的毅力，硬是将他封进兵器里的。

看得出来天戎对虞人殊的异样感情，当虞人殊苏醒，天戎出来的那一刻，不知道他该有多伤心、愤怒……

夜晚时分，虞人殊醒了。

江朝戈接到消息时，正在吃饭，他把筷子往桌上一拍，一阵风般卷出了房门，往虞人殊的房间跑去。

他进屋一看，虞人殊果然已经睁开了眼睛，虽然瘦得脸颊凹陷，神情憔悴，那对永远澄净坚毅的眼眸，却没有丝毫改变。

“殊！”江朝戈冲了过去，激动地握住了虞人殊的手。

虞人殊看到江朝戈，表情也是复杂万分。他反握住江朝戈的手，尽管有些使不上力，还是张了张嘴，却没能说出话来。

江朝戈眼圈一热，愧疚地说道："对不起，我们来得太晚……"

虞人殊轻声道："不晚，我知道你们一定会来。"

江朝戈的眼泪差点儿没忍住，颤声道："殊，你活着回来，对我们来说胜过一切。你要快点儿好，我们早晚有一天要和啸血算总账！"

虞人殊抓住江朝戈的肩膀，颤抖着将人抱住了。

炙玄脸色一变，就要冲上去，醉幽一把抓住他的袖子，朝他摇了摇头。

炙玄瞪起眼睛，明显要发火，忍了又忍，最终竟忍了下去，只是脸色铁青地看着虞人殊和江朝戈。

江朝戈微微一怔，轻轻拍了拍虞人殊的脊背："我在。"

虞人殊鼻头一酸："我不怕死，我只怕再也见不到你们。"

"你不会死，我们谁都不会死。"江朝戈咬牙道，"倒是敢挡在我们前面的人和异兽，一定要死！"

虞人殊接收到炙玄要吃人的目光，终于意识到自己的失态，慢慢放开了江朝戈。

醉幽道："殊，把天戎召唤出来吧，他才是最想见你的。"

虞人殊看了一眼手边的天戎锏，伸出颤抖的手握住了。他嘴唇动了动，没有发出声音，但江朝戈看得分明，似乎说的是"对不起"。

江朝戈道："我们出去吧，让殊……好好休息。"

众人都悄无声息地退了出去。

江朝戈掩上门的那一刻，屋内白光一闪，一个琥珀色的人影出现在了虞人殊床前。

天戎显身的一瞬间，表情就由错愕变为狰狞，他如饿虎扑食，猛地扑到了虞人殊身上，一把打掉了他手里的天戎锏。

那千斤重的锏发出咣当一声巨响，将地面砸出了一个大坑。

天戎一把掐住了虞人殊的肩膀，怒吼道："虞人殊——"

虞人殊看着他，表情平静，但眼神明显有一丝不安。

天戎舍不得收紧手，可又恨得不想放开，他就那么恶狠狠地瞪着虞人殊，全身血液逆流，兽性本能让他想咬开虞人殊的脖子，以解心头之恨。

虞人殊淡淡地说道："天戎，我现在没事了。"

"为什么？为什么不放我出来？！"天戎双目血红，"你嫌我无法保护你吗？你嫌我比不过上古异兽吗！"

“不是！”虞人殊高声叫道，“啸血以虐杀为乐，他不能弄死我，但他可以一遍又一遍地把你……天戎，我不会让你做毫无意义的牺牲。”

“所以你就把我关进魂兵器里，哪怕自己受刑，也不放我出来？！”天戎哑声道，“你可知道我在想什么？你可知道我要怎么办？我宁愿陪你一起承受，也不想躲在魂兵器里！”

“那样又有什么意义！”

“为什么所有事都必须有意义？”

虞人殊吼道：“因为我是人，你是兽，你仅凭本能行动，可我会思考！”他吼完之后，剧烈咳嗽了起来。

天戎怔了一下，轻声道：“你是人，我是兽，你觉得我不懂做人，不懂世故，不懂思考……”

虞人殊说完那段话就后悔了，他抓住天戎的手腕，颤声道：“我只是不想让你受苦，你为我流过的血，比我所有的死士加起来都多。你不会死，但你会疼。”他眼圈微微泛红，吸一口气后，用更加颤抖的声音说，“天戎，你别对我太好。”

天戎直勾地盯着他：“我想如何对你，是我的事。我知道你防着我，我知道你觉得江朝戈才是你的同类，可是，我还是想……想保护你。”

虞人殊垂下了眼帘，纤长的睫毛微微颤抖着，他感到不知所措。如果可能，他多么希望永远不要有“反噬”这一回事，那么他就可以全心地信任天戎，带着天戎走天下、游历海外，直到他生命的尽头。

可是，身为皇子的他，从小就被灌输不能信任异兽的戒律。在认识天戎之前，他从不曾把异兽当作同伴，遑论朋友。在他的认知里，普通异兽是一种活的工具，而天级异兽是与他互惠互利的个体，他要学的绝对不是如何与异兽交朋友，而是控制、驾驭它们，既要从它们身上得到强大的助力，又要时时提防它们。

这本是整个天棱大陆的魂兵使都明白的与异兽相处的铁律，然而，天戎改变了他。

天戎捏着他的下巴，强迫他抬起了头：“你知道狰是独来独往的异兽吗？”

虞人殊轻轻点了点头。

“狰产下幼崽后，从不理会，任其自生自灭，所以没有一只狰知道自己的父母是谁。只有极少数的幼崽，能在眼睛还没睁开的情况下，撑过最初的挨饿受冻和被捕猎，学习猎食和自保。最终活下来并长大的狰几乎凤毛麟角，所以狰的一生都不会有同伴。”天戎俯下身，琥珀色的兽性双眸紧紧地盯着虞人殊的眼睛，“可我现在知道，有同伴并不是一件坏事，至少我喜欢你的陪伴。”

虞人殊轻声道：“天戎，我也喜欢你的陪伴。我说待一切结束，我要带你游历四方，是真的。”

天戎的指尖滑过他的脸颊：“可你始终不信任我。”

“我……”

“因为我是兽？因为我可能反噬你？”

虞人殊深吸一口气，叹道：“天戎，我不仅是人类，还曾是人类的皇子，很多事，我即便说了，你也无法理解。”

天戎认真地说：“如果我承诺，绝不会反噬你呢？”

虞人殊讶然：“天戎……”

“我愿意只做你的魂兵器。”天戎哑声道，“如果这样能让你不再防备我……”

虞人殊颤声道：“天戎，这样，如果我死了，你就要继续回到兵器中。”

“你死了，我也不想再有下一个魂兵使了，就让我永远沉睡吧。”天戎顿了顿，“你会相信我吗？人类是不是从不轻信别人？”

虞人殊青蓝色的双眸一眨不眨地看着天戎，心脏被一种莫名的情绪填充得满满的。看着天戎认真的毫不犹豫的表情，他知道天戎说的是真的，毕竟这个男人，不，这只一向孤独的异兽，从来不屑于说谎。他不知道自己何德何能，能让天戎这样对他，他只知道他现在感动得无以复加。他伸出手，抓住了天戎的肩膀：“天戎，我相信你。有你这句话，我再没有顾虑了。对不起……我……”

“为什么要说对不起？”天戎道，“我的决定，与你无关。”

虞人殊咬了咬牙：“很多人都以为我有胆识，但有时候我觉得，自己是个软弱胆小的人……为什么我处处提防你，你还能这样全心对我？我给过你什么？我能给你什么？”

“你让我重新看到这个世界，仅是这一点，就胜过很多。至于你还能给我什么，我不知道，我只知道，能和你并肩作战，对我来说就足够了。”天戎微微蹙眉，“但若是你……能像对江朝戈那样对我，那就更好。”

虞人殊微怔，迟疑了起来。

天戎眼中闪过失望。

虞人殊认真地说：“你是我最重要的人之一，这一点无论发生什么事，都不会改变。”

天戎点点头：“你也是我唯一重要的人。”

虞人殊反手搂住了他的肩膀："谢谢你，哪怕我没有了一切，我也还有你。"

天戎笃定道："哪怕你没有一切，你也会有我。"

虞人殊闭上了眼睛，与天戎待在一起，让他感到无比安心。这样的默契和生死不离，是任何人哪怕是江朝戈也不可能给他的。

天戎在不知不觉间已经超越了魂兽的存在，变成了他无法割舍的同伴。

第4章
大巫祖觉醒

虞人殊在几个高级魂导士的连番治疗下，身体恢复得很快。

从龙芗、阮千宿到虞人殊，江朝戈眼看着同伴一个一个归位，心中感到无比欣慰的同时，也就更加挂念云息了。他其实是个生性凉薄之人，可一旦真的付出了感情，就会比常人更加专注。又因为他习惯了身居高位，身上有着很强的责任感，他觉得是自己一手组建了这个团队，队伍里的每个人，都是他的责任，所以，哪怕缺失一个，他都会逼迫自己去承担。

某天，江朝戈和虞人殊聊起了他们分开之后发生的事。虞人殊是被游释抓回冥胤会的。当时他和天戎对战游释，他差一点儿杀了游释的魂兵使，可最终因为实力悬殊，功亏一篑。江朝戈听着描述，也能想象当时的惨烈。

江朝戈决定等虞人殊伤好得差不多了，就出发去昆仑山找饮川和云息。虽然他对饮川的实力和智慧都很有信心，但想到焚念和游释去围剿饮川，他还是很担心云息的安危。

待虞人殊能自如活动了，江朝戈等不及了，众人决定马上启程去昆仑仙境。

这里离昆仑山并不远，却一直没有任何饮川的消息，着实让人担忧，于是他们一出发，几乎就是全速前进，马不停蹄。

想到马上就能回家了，寺斯乐得嘴都合不上，跟裂羽认真地讨论着回到村子里后，该如何炫耀他的神弓，还要裂羽配合他，给自己撑场面。

龙芗道："寺斯哥，你现在就算和裂羽全都说好了，万一回到村子的那一刻他全忘了，你怎么办？"

寺斯瞪起眼睛："呸呸呸！你这小子，嘴里怎么就没句好话？哪有那么巧的！"

阮千宿笑道："也并非不可能啊！这短短半个月，他已经忘了两次了。"

裂羽皱起眉，脸色不太好看。

寺斯连忙安慰他道："没事，你忘掉多少次，我都会告诉你。"

裂羽点点头。

江朝戈笑道："不知道你们村子的大巫，找到送我们回异界的巫咒语没有。从寐江湖回去，虽然是可行的，但太麻烦了，还不一定成功。"

"大巫很厉害的，应该找到了吧。"寺斯挺胸道，"说起来，焯烟到底收到我们的信没有？难道没收到？也有可能。鸱鸟魂力不够，恐怕在中途就不知道落在哪里了。"

江朝戈摇摇头："眼下也顾不得他了。若他和夙寒、重溟能一直这样，不帮任何一方，倒也暂时算是帮忙了。"

龙芗道："对呀，我们与那几只凶兽，倒也旗鼓相当……对了，不是还有最后一只异兽已经苏醒了吗？毕方，叫什么来着？"

"嘲飞。"红渊懒洋洋地说，"那小子是个神经病。"

壬王讽刺道："嘲飞是个正直磊落、行事光明的人，你怎么好意思说别人是神经病？"

红渊一挑眉："壬王，你总是这般道貌岸然地嘲讽别人。我怎么了？我是异兽，又不是人类，你凭什么以人类的标准评判我？"

壬王笑道："即便身为异兽，你也没正常到哪里去。"

江朝戈撇撇嘴："异兽又有几个正常的。"他仔细想了想，壬王可能是最正常的，饮川不好说。饮川高洁如神明，反而显得不够真实，其他异兽……他看了一眼身边抱着酒壶的炙玄，在心里叹了口气。

炙玄感受到他的目光，撇撇嘴："你想说什么？我不正常？"

"你正常吗？"

"我又不是人类，为何非要正常？"

江朝戈无奈道："您老说得太有道理了。

一路上为了节省时间，他们吃住都在壬王身上，几天后，顺利进入了昆仑山。

上一次来昆仑山，他们是为了找饮川，没想到一年快过去了，此次他们来昆仑山的目的居然还是找饮川。只不过这一次，江朝戈已经今非昔比。

昆仑山依旧风雪交加，气候极端恶劣，他们的速度慢了很多，经过两天的跋涉后，再一次站在了那座巨大的帝江雕像面前。

看到帝江雕像，就说明昆仑仙境的入口离他们很近了。

众人仰头看着那隐藏在风雪中的巨大影子，时不时有烈风吹过，能露出它的一部分面貌。

炙玄道："上次看到它，我说要毁了它，可饮川不让。"

江朝戈点点头："饮川明显还顾念着与帝江的旧情。"

"哼，愚蠢。"炙玄不屑道，"一开始就不该把天神的走狗当作朋友。"

壬王叹道："事情恐怕并非你想的那么简单。"

"帝江杀了他，他还顾念什么旧情，这不叫愚蠢？"炙玄怒道，"这座雕像的存在，根本是在嘲笑饮川，嘲笑他一心想保护人类，最终人类却联合天神消灭了他！"

红渊双目一眨不眨地看着那雕像，喃喃地说："这雕像确实没有存在的必要，真丑。"

江朝戈道："我们别在一座雕像上浪费时间了，天黑之前，进入昆仑仙境吧。"

壬王最后看了雕像一眼，往昆仑仙境的方向跑去。他对昆仑山的熟悉程度，不亚于炙玄。

就在他们快要到达昆仑仙境时，壬王惊觉到了什么，身形立刻慢了下来。

"壬王，怎么了？"

"衔云……"壬王咬牙道，"我闻到了衔云的气息。"

江朝戈心头一紧，衔云来过这里，那么就证明……刘擎也来过这里！

炙玄厉声道："风雪太大了，把气味吹得到处都是，衔云还在不在这里？"

红渊摇摇头："感觉不出来。"

"该死！"炙玄朝着空旷的山林怒吼，"衔云，你给我滚出来！"他叫了几声，却毫无回应。

"恐怕已经走了。"壬王眯起眼睛，"他是离开了昆仑山，还是进入了昆仑仙境呢……"

"我想，恐怕是进去了。"虞人殊道，"焚念和游释早已经来了昆仑仙境，衔云应该能预测到我们会来昆仑仙境，所以提前来等你。"

壬王冷哼道："阴魂不散，真当我怕了他吗？"

炙玄咬牙道："他最好在昆仑仙境，倒也省得我们去找他了。"

“大家冷静点儿，衔云多半是进入了昆仑仙境，现在最要紧的，是饮川和云息的安危。”江朝戈握紧拳头，“壬王大人，请加快速度，我们必须马上赶到轩辕丘。”

壬王二话不说，身体箭一般冲了出去，朝着昆仑仙境的入口狂奔。

他们眼看着那连绵起伏的山丘出现在了视线中，那是进入昆仑仙境的必经之路，他们曾经在这里血战一场，对这里印象深刻。

就在壬王要冲进山丘的时候，他的身体突然一顿，炙玄大叫道：“壬王，停下！”

壬王的冲劲儿太大，速度快得惊人，他虽然也想停下，可身体已经收不住势，猛地撞了过去。

砰的一声巨响，壬王一头撞上了什么东西。江朝戈感觉自己的身体像被钝器猛击，顿时被撞得飞了出去！壬王身上的所有人，都遭受了跟他一样的命运。

江朝戈被撞得大脑一片空白，身体如断了线的风筝一般飞上半空。他仅剩的一丝理智帮助他召唤出了肥遗，但这点儿理智回笼得太晚，他的身体还是重重地摔在了雪地上。幸好积雪够厚，没有将他摔伤，只是彻底把他摔晕乎了。

他在地上滚了几下，才停了下来。

“朝戈！”炙玄跑了过来，一把将他从雪堆里拽了出来。

江朝戈甩了甩脑袋，还没反应过来怎么回事。他们前进的方向明明什么都没有，壬王简直就像是撞在了一堵空气壁上，而且撞得相当狠……

“朝戈？”炙玄拍了拍他的脸，“你怎么样？受伤没有？”

江朝戈摇摇头，挣扎着坐了起来：“其他人呢？怎么样了？”

“雪很厚，摔不死。”

江朝戈看着远处栽倒在地的壬王，壬王额上喷出的血，染红了大片的雪地，看上去触目惊心，他颤声道：“这是怎么回事？”

“是巫咒。”炙玄咬牙切齿，“有大巫祖在昆仑仙境的入口处设了巫咒。该死的，我们疏忽了。”

江朝戈感到背脊发寒。什么厉害的巫咒，居然能把空气变成一堵坚硬的墙，连上古异兽都撞得头破血流？！最可怕的是，这陷阱分明是在等待他们的。

壬王挣扎着从地上爬了起来，从雪地里把摔得发晕的柳清明捞了起来。

柳清明抓着壬王的毛发，哑声道：“壬王，对不起，我占用了你的眼睛……”

壬王平静地说：“跟你没关系。”他阴冷地瞪着眼前的空气，虎目中满是沸腾的杀气，让人望而生畏。

柳清明倾注魂力，修复了壬王头上的伤，其他人也陆陆续续地站了起来。由于有积雪垫着，都没摔坏，但是吓得够呛。

醉幽用手抚摸着面前的空气：“真的是一堵空气壁，也不知道这空气壁有多大，我们能绕过去吗？”

炙玄皱眉道：“空气并不是共工能掌控的，共工控水。这是怎么回事？难道还有别的大巫祖？”

壬王道：“我们对巫咒了解得不多，也许这空气壁跟大巫祖自身的属性无关，只是一个通用的巫咒。”他阴沉地说，“不过可以确定，无论是陆吾还是共工，据我们现在知晓的情况，他们的实力是不可能制造太大的空气壁的，这空气壁一定有空洞。”

“我们把空洞找出来，绕过去！”

众人纷纷召唤出多种异兽，去探查空气壁的空洞之处，而他们则在原地休息。

寺斯趴在雪地里，沮丧地哀号着：“好疼啊，差点儿摔死我！究竟是哪个王八蛋大巫祖干的？连家都不让人回去。”

江朝戈抓着一团雪，不顾那刺骨的冰冷，将雪团越攥越紧，直到松软的雪变成一个实心的冰球。他眼神晦暗，沉重地说：“昆仑仙境里多半是出事了。这堵空气壁，不可能对我们造成实质的伤害，仅是阻拦我们一时。为什么要阻拦我们，这才是最重要的。”

寺斯紧张地倒吸一口气：“我的村子不会有事吧？”

“你的村子离轩辕丘尚有很长的距离，应该不会有事，危险的是饮川和云息。”江朝戈将冰球狠狠扔进雪地里，“云息……云息没有战斗的能力……”

炙玄搂着他的肩膀，轻声道：“有饮川在，云息不会死。”

阮千宿也道：“对，有饮川大人在，云息不会有事的。”

江朝戈的目光穿过风雪，穿过山林，望向那遥远的轩辕丘。饮川，我能相信你吗？你无论如何都要保护云息啊……

他们在原地休息了近两个小时，竟是孟老留下的兕为他们找到了一个只能容一人通过的空洞。江朝戈摸了摸那兕的脑袋，在心中默默感谢孟老。

异兽们纷纷化为人形，从那空洞里穿了过去。这空气壁真是了得，面积竟然如此庞大，若是真的大巫祖现世，莫非能用空气壁将整个昆仑山罩起来？

穿过空气壁后，他们终于进入了昆仑仙境。这一回壬王小心了很多，不敢再高速奔跑。

昆仑仙境迷雾缭绕，一如往昔，只是他们再也不需要担心会迷路，很快就穿过了迷雾区域。此时天也黑了，耳倪族的村子离他们不足百里，但江朝戈还是决定暂不去村子，直奔轩辕丘。

寺斯虽然想家，但也知道轻重，没有异议。于是他们继续马不停蹄地赶往轩辕丘。

越靠近轩辕丘，空气中炙玄、壬王和红渊熟悉的气息就越浓。他们闻到了焚念、游释和衔云留下的味道，但唯独没有饮川的。恐怕他就一直在轩辕丘，没有离开过。

天明时分，他们又碰到了一堵空气壁。这堵墙将他们隔绝在了距离轩辕丘不过二百里的地方。他们再次放出异兽去寻找空洞，可从清晨找到正午都没有找到。

“这堵空气壁，很可能是将整个轩辕丘罩了起来。”壬王道，“空气壁能隔绝很多东西，里面必然是出事了。”

江朝戈咬牙道：“既然找不到空洞，我们就把空气壁破坏掉。”他从纳物袋里拿出了一堆武器，先用子弹试，结果子弹打在上面，被毫不客气地弹开了。他不死心，又换了手榴弹，依然没起到任何作用。

最后，他拿出了杀伤力最大的武器——炸药：“如果炸药都炸不开，那我就一点儿办法都没有了。”

江朝戈设置好炸药，跟一群人走到安全距离外，点燃了炸药的引线。

眼看着那引线的火光在雪地里流窜，最后，轰然一声巨响，炸药被引爆了。顿时，浓烟滚滚，热浪冲天，冲击波将众人都冲倒在地，整个昆仑山地动山摇，远处的山峰毫不客气地雪崩了，幸好伤不到他们。

炸药的威力平息下去后，他们跑回空气壁旁边。爆炸的地方，地面被炸出了一个巨大的坑。照理说，就是铜墙铁壁也被炸成碎片了。可是，他们依然摸到了那堵看不见的空气壁。

“晕！”江朝戈愤怒地大骂了一声。

“嘘……”红渊示意他们安静，闭着眼睛用手抚摸着空气壁，半晌，道，“我感觉到了空气壁上有巫力在流动。我们不是没炸开，而是这空气壁会自己修复。”

壬王道：“巫力也不是无限的，如果能多炸几次，必然能炸开。”

江朝戈无奈道：“大部分炸药都在青丘山用完了，刚才那些是仅剩的。”

炙玄哼道：“用什么炸药？我来把它撞开。”

“炙玄，不行。”江朝戈毫不犹豫地说。

“不，你若没有威力强大的武器，那这确实是唯一的办法了。”壬王看着江朝戈，认真地说。

“你们真的要撞开？”红渊皱眉后退了一步，“我是绝对不会撞的，会弄伤我的羽毛。”

炙玄白了他一眼：“没人指望你，走开。”

红渊高兴地牵起阮千宿的手：“姐姐，我们走远点儿。”

阮千宿看着他：“你真的不帮忙吗？”

红渊瞪起眼睛：“为什么要帮忙？”

“我们不是一起来的吗？”

“那又怎么样？你要我去撞墙？！”红渊叫道，“我是不会做那样不漂亮的事的。”

阮千宿眯起眼睛：“这时候你还想着漂不漂亮？”

红渊认真地说：“我这样美丽的异兽难道不该想这个问题吗？”他甩了甩头发，身体和面部的骨骼发生了些微的变化，顿时柔和妩媚了不少，声音也变得偏女性化，整个人在一瞬间变成了雌性，还露出一丝甜笑，“姐姐，这样你会不会怜香惜玉一些？”

阮千宿冷着脸说：“去帮忙。”

红渊挑眉道：“你命令我？”

“对，去帮忙。”

红渊眯起眼睛：“区区人类，居然敢命令我？”

阮千宿面无表情地看着他。

红渊冷硬的神色突然一变，脸上竟然浮现一抹羞涩：“姐姐现在的样子还挺好看的。”

阮千宿翻了个白眼：“快去。”

红渊撇撇嘴，不情不愿地化作了兽形。

炙玄甩了甩脑袋，从几百米之外朝着空气壁高速冲了过来。他用肩胛和背部狠狠地撞向了那看不见的屏障。

砰的一声巨响，轩辕丘剧烈地颤抖起来，江朝戈差点儿栽倒在地，他抓住炙玄刀，才勉强稳住了身形。

炙玄被反冲力撞了开来，四只爪子在地上抓出了长达百米的四道深坑才堪堪停下。为了不给大巫祖修复空气壁的时间，壬王接力而上，狠狠地撞在炙玄刚才冲撞过的位置。

又是一阵“地震”，众人虽然早有防备，可心脏依然跟着狂跳不止。

壬王被弹开后，红渊也毫不犹豫地飞扑过去。他由于体形的关系，撞击力比炙玄和壬王差了好几个档次，但威力也不小。

三只异兽就这样轮番用身体去撞击空气壁上那固定的一个点，撞到第七轮的时候，眼前的空气中浮现一波波肉眼可见的涟漪。那涟漪越扩越大，最后产生了龟裂的痕迹，最后，一股魂力如同炸弹爆炸一般释放开来，顿时席卷整个轩辕丘，将众人毫不留情地掀翻在地。

空气壁破了！

“天……天地之元！”炙玄身上燃起熊熊火焰，面目狰狞如地狱恶鬼，两只火焰瞳眸死死地盯着远方。

壬王和红渊也像被施了定身术一般，一动不动，身体甚至微微有些颤抖。

江朝戈瞪大眼睛：“你们感觉到天地之元了？”

“这堵空气壁可能并不是为了防止我们进去，而是为了护住天地之元的气息……”壬王深吸一口气，“天地之元真的苏醒了。”

“快进去看看！”江朝戈爬到炙玄身上，“你们感觉到饮川的气息了吗？”

炙玄摇摇头：“天地之元的气息盖过了一切！”

众人朝着轩辕丘深处跑去，那个地方他们并不陌生，正是曾经唤醒饮川的地方。可是越往里走，他们对这个地方反而越陌生。

通往轩辕丘的路上，堆满了异兽的尸体，无论是弱小的举父还是庞大的肥遗，无一例外像是被某种东西撕裂了一般，惨死在路边。它们不像是被其他异兽伤害，更不像是自相残杀，死亡好像就是一瞬间的事，因为周围的草木并没有受到半点儿破坏，甚至连异兽踩过的痕迹都没有。

这诡异的景象绵延数里，众人一路走过去，均是背脊发寒。轩辕丘已经变成了遍布死尸的地狱，山林中听不到半点儿异兽或动物发出的声音，只有一片令人窒息的死寂。江朝戈感觉他们不是在走一条路，而是在蹚过一片尸海。

寺斯颤声道：“这……这都是天地之元干的吗？”

“天地之元会杀生吗？”龙芗神色凝重地问道。

壬王沉声道：“不知道。但如此大的威力，恐怕只有天地之元能做到。”

“若是轩辕丘的所有生物都……那云息他们……”

众人的心吊到了嗓子眼儿，山林中弥漫着的死气仿佛顺着他们的脚踝攀爬了上来，黏稠地覆盖了他们的全身，将他们拖入了恐惧的深渊。

阮千宿咬牙道：“他们不会那么容易死的。”

炙玄的速度越来越快，很快，他们就来到了饮川曾经的居所——那个布满机关的山洞。

眼前的景象让众人忘记了呼吸。

山洞前的空地上，横七竖八地倒着几个人，如同他们一路看到的异兽一般，浑身是血。血水浸透了身下的雪地，连衣服都被晕染得看不出本来的颜色。他们均是一动不动，像是没有任何生命体征。

“云息！”哪怕是只有一个背影，江朝戈也一眼认出了其中最瘦弱的那一个。他猛地从炙玄身上跳了下去，心脏揪成了一团。他是个油盐不进的无神论者，哪怕是诡异地穿越到了天棱大陆，都没有乞求过神明的帮助，可是这一刻，他只希望老天开眼，让云息活着，活着！

他几乎是飞扑到了云息身边，将那单薄的青年从地上抱了起来。当感觉到他触摸的身体尚有体温时，他只觉得那一刻自己的心都跟着活了过来。

云息不知道流了多少血，身上包括脸上，全是可怖的崩裂型的伤口，他还活着简直是个奇迹。

“云息……”江朝戈颤抖地伸出手，探了探他的鼻息，真的有呼吸！他吼道，“云息还活着！”

“云息！”众人都围了过来，看着云息身上、脸上狰狞的伤口，均露出不忍的表情。他身上的伤跟那些死去的异兽一模一样，就好像是被什么东西炸裂了一样，皮肉外翻，残酷至极。

“饮川！”壬王在距云息不远处，找到了一身血污的饮川。

饮川双目紧闭，同样是一身伤口，虽然知道他怎么样都不会死，但那濒死的模样还是让人心惊。

“到底发生了什么事……”阮千宿环顾四周，“衔云、焚念和游释以及他们的魂兵使都在这里，什么东西能将他们都重伤至此？”

“除了天地之元，再没有别的可能了。”红渊神色凝重地说道，“看他们的伤口，已经受伤有一段时间了。空气壁真的不是为了阻拦我们，而是为了防止天地之元释放的力量摧毁昆仑山。”

“天地之元从来不曾释放过这样具有这么大杀伤力的魂力。”壬王环顾四周，“现在它几乎杀了轩辕丘里所有的生物。”

江朝戈颤声道：“我们快带云息去疗伤。”

“不用了。”炙玄道，“他死不了。”他的声音有一种难以形容的凝重。

“什么意思？”江朝戈急道，“现在不是浪费时间的时候！”

壬王看了江朝戈一眼，目光有些古怪：“他身上有大巫祖的气息，只是这里天地之元的气息太浓郁了，我闻不出来究竟是哪个大巫祖。”

江朝戈双目圆瞪，心脏突然遭了一记重击。

他们的猜测成真了。从天女出现的那一刻起，他们就暗自怀疑却不敢说出口的猜测是真的。上古异兽的魂兵使，都是大巫祖转世！

炙玄恢复了人形，低着头，藏在长袖里的手紧握成拳。他深吸一口气，慢慢扭过头看着江朝戈，用一种从未有过的寒凉语气说："你是谁？"

江朝戈怔了一怔："……你说什么？"

"我说，你是谁？"炙玄双眸一眨不眨地看着他，灿金色的眼眸闪烁着危险的光芒，"若刘擎是共工，天女是陆吾，云息也是大巫祖，那么，你又是谁？"

眼前的炙玄，突然让江朝戈感到一丝恐惧。他是从头到尾都知道炙玄对大巫祖有多么憎恨与厌恶的，如果自己真的是大巫祖转世……对啊，他是谁？他张了张嘴，却说不出话来。

炙玄厉声吼道："江朝戈，你是谁？"

江朝戈只觉得一股汹涌的戾气从喉咙眼儿里冲出来，瞬间打开了他的声道。他双目赤红，以更大的声音怒吼道："我不知道！不知道！我是人，我不是大巫祖！"

炙玄看着江朝戈，目光中却找不到往昔的温情，反而有一丝防备。他喃喃道："这是阴谋，这是大巫祖的阴谋。"

江朝戈颤声道："炙玄，如果我是大巫祖，难道我就不是江朝戈了吗？"

炙玄的眼睛顿时红了，他摇了摇头，看着江朝戈的眼神复杂得难以形容。他的声音透出一丝令人心碎的哽咽："你为什么偏偏是大巫祖？我最恨大巫祖……"

江朝戈咬牙道："我不是大巫祖，我是江朝戈！"他放下云息，朝炙玄走去。

炙玄闭上眼睛，踉跄着后退了一步："……你不要靠近我。"

江朝戈只觉得心脏传来一种钝痛，他难以置信地看着炙玄，哑声道："你疯了吗？我是江朝戈啊！什么大巫祖？我根本都不记得！你们万年之前的仇怨凭什么算到我头上？！"

炙玄猛地睁开眼睛，咬牙切齿地说："不会有这般巧合的事！这都是你们的阴谋！你们设计好了一切，成为我们的魂兵使，控制我们，你们究竟想干什么？"

"我不知道！"江朝戈握紧了拳头，"我跟你一样，什么都不知道！"

炙玄看了江朝戈一眼，那一眼中包含的情绪复杂得让人无从解读。他扭身往山林里跑去，很快就消失了踪影。

江朝戈愣怔地看着炙玄的背影消失在视线中，久久没有回过神来。

为什么事情会朝着他最不愿意看到的方向发展？他居然真的是大巫祖……他究

竟是谁？为什么他会成为万年前的死敌的魂兵使？炙玄说得没错，这是一个彻头彻尾的阴谋，而这可能是他曾经参与过的阴谋，如今他却忘得一干二净。所以他觉得委屈，觉得无辜。炙玄怎么能因为他的前世而疏远他？他是江朝戈啊！

江朝戈回过身去，发现壬王和红渊的表情也很僵硬，柳清明和阮千宿面面相觑，均是不知所措。

气氛一时阴沉到了极点，跟周围的死气倒是完美地融合了。

虞人殊最先回过神来，沉声道："大家先冷静一下吧。就算我们知道了……现在也改变不了什么。还是快点儿把他们弄醒，才能知道我们想知道的。"

壬王长长地叹了一口气。

柳清明用那双没有眼白的眼睛"看"着壬王，轻声唤道："壬王……"

壬王抬起手，淡淡地说道："现在，什么都不要和我说。"

柳清明皱眉低下了头，表情很是落寞。

阮千宿和红渊对视一眼，均是扭过了头去。

江朝戈使劲抓了抓头发，强迫自己冷静下来，道："天地之元在哪里？我们怎么处置衔云他们？"

壬王低声道："天地之元在山洞里，至于衔云他们……无论是异兽还是大巫祖，都不可能被杀死，只能这样放任他们。"

"炙玄说……"江朝戈想到炙玄，胸口一痛，"他说，麒麟真火也许能杀死大巫祖。"

红渊道："也只是'也许'罢了。真正能让异兽或大巫祖魂飞魄散的，恐怕只有焯烟的火精，但火精最多能与异兽或大巫祖同归于尽。火精相当于焯烟的精魂，焯烟除非不要万年修为，否则是不会用火精来拼命的。"

龙芗看着至今昏迷未醒的凶兽们，不甘心地说："难道这么好的机会，我们就没办法杀死他们？"

壬王摇摇头："我终于知道啸血为什么会轻易让我们救走虞人殊了。刘擎和天女的觉醒，肯定让他比我们更早一步知道了魂兵使的身份，也知道无论我们怎样拼个你死我活，最终都不可能杀死对方，所以他不与我们争斗。"

寺斯烦躁道："所以我们也灭不了他们，他们也灭不了我们，那我们现在来抢这天地之元究竟有什么意义？"

壬王扭头看着山洞，轻声道："天地之元可能是真正能消灭我们的东西，你们也看到了它释放出来的魂力，所以，天地之元是我们最后的希望。"

江朝戈深吸一口气："进去看看吧，看看天地之元的真面目。"

“别白费力气了。”一道虚弱的声音在他们背后响起。

壬王猛地回过头去，咬牙切齿道：“衔云……”

颤抖着从地上爬起来的青衣男人，正是衔云。衔云的身体摇摇欲坠，却最终站了起来。他直勾勾地盯着壬王：“你们进不去的，若是进得去，我们还在这里做什么？”

红渊走到洞口处，伸手去摸。他本能地以为洞口可能也被空气壁给堵住了，可是手掌刚接触到洞口的空气，他突然发出一声惨叫，猛地缩回了手。只见他青葱般白皙细嫩的手指，如奶油般融化掉了！白色的脂肪混合着红色的血，滴答滴答地流到了地上，而那融化的趋势还没有停止，正朝着他的手腕蔓延。

阮千宿连忙释放魂力，跟那股诡异的融化力量比赛着修复了他的手掌。

红渊抓着手腕，身体颤抖着扭过了头，恶狠狠地瞪着衔云，深邃美丽的眼眸中闪烁着歹毒阴冷的光芒：“衔云……”

衔云冷声道：“现在你知道了吧。”

江朝戈捡起几块石头，朝山洞里掷去，石头顿时被融化得无影无踪。江朝戈烦躁地将手里的石头狠狠地扔在地上，想着炙玄冰冷的充满不信任的眼神，想着他转身离去的背影，想着这该死的山洞、该死的天地之元和这群该死的凶兽，愤恨暴躁的情绪简直要在他体内炸裂开来。他控制不住地低吼了一声，额上青筋暴突，整个人如刺猬一般充满了攻击性。

虞人殊用平静的语气说：“你们到底发生了什么事？为什么会伤成这样？”

衔云道：“我们来到轩辕丘之后，感受到了天地之元蠢蠢欲动的气息，饮川就守在山洞外。他不允许我们进去，实际上也没人进得去。我们大战一番，使得饮川的魂兵使觉醒，这时候，天地之元的躁动越来越强烈。我们想离开时，却发现我们被困在了空气壁内。之后，天地之元觉醒了，我们就失去了意识，直到现在。”衔云环顾四周，“我能猜到发生了什么。”

壬王嘲讽道：“衔云，你们机关算尽，大概没想到最后给你们沉重一击的，会是天地之元吧？”

衔云深邃的瞳眸微眯：“壬王，你知道我为什么一直想见你吗？”

“你还有什么想说的？”

“我想说，绝不是我将大巫祖引下人界讨伐异兽的。天地之元本就是昊天玄帝之物，它是被偷入人界的，玄帝早晚要将它收回。是饮川一而再，再而三地阻止天神收回天地之元，甚至为了阻挠天神，不惜欺骗我们，引我们抢夺天地之元。若不是他，本不会有异兽混战，也不会有人界炼狱，更加不会有我们被封入魂兵器中的结局！”

壬王厉声道：“那为什么最初你要和大巫祖勾结？”

“因为我知道只有让他们带走天地之元，才能换来人界太平，才能换来我们永生！”

众人沉寂了，连呼吸声都刻意变得微弱起来。这些异兽各执一词，究竟谁说的才是真的？在这片充满了阴谋味道的乌云下，他们又该相信什么？

壬王握了握拳头：“我凭什么相信你？”

衔云哑声道：“我们曾是挚友，你为什么不能相信我？”

壬王嘴唇微微颤抖着：“你……我只知道你引天神下界，围剿我们，这就是我看到的。”

“你们全都被饮川迷惑了。我只想让天神控制你们，带走天地之元，换得人界太平。可是后来事态失控了，异兽与天神的争斗已经无法平息，到了至死方休的程度。我一直以为他们无法杀死我们，没想到他们能将我们封印进魂兵器中……刘擎觉醒之后，我才知道他们为什么能封印我们，他们是以牺牲自己为代价的。”衔云咬牙道，“饮川为了将天地之元据为己有，一手策划了这一切！最后他不仅自己失败了，还让所有人，异兽、大巫祖、人类，全都为他陪葬，这就是你们无比信任的饮川！”

江朝戈看了看依旧昏迷的饮川，大脑嗡嗡直响，简直在那一瞬间失去了思考能力。他苦中作乐地想，若是现在饮川醒了过来，两人当场对峙，该是怎样一番精彩的场景。

壬王的心里也充满了迷惑，一时都不知道该说什么了：“等……饮川醒来，我自会问他。”

衔云凝重道：“大巫祖成为我们的魂兵使，一定是为了控制我们，我们既不能再被饮川利用，也不能永远受制于大巫祖。我们需要天地之元，只有吸收天地之元的庞大魂力，才能让我们获得重生。”他加重语气道，“壬王，我们才是同类啊。”

柳清明看着壬王，虽然其实他什么都看不见——因为此时，壬王拒绝他借用眼睛，可壬王依然仿佛感觉到了他的视线。

壬王扭头看着柳清明，看着他空洞的眼眸——尽管他无法用眼神表达任何东西，也一言未发，可壬王还是感觉到了伤感。

壬王暗自深吸一口气：“衔云，在弄清楚真相之前，我无法答复你。我只希望万年前的灾难，不要在人界重演。”

“若要不重蹈覆辙，我们必须重临人界，以真正的我们，而不是以大巫祖的魂兽。”衔云的话一字一字击打在众人的心上，“玄帝早晚要将天地之元收回，他不会放过我们这些隐患，难道你真的愿意永远消失吗？”

江朝戈冷冷地说：“衔云，即便饮川对我们有所隐瞒，你也同样不可信。真相如何，早晚有一天我们会弄清楚，你现在说得再多，我们也无法进入山洞，接触不到天地之元，又有什么用？”

“饮川知道如何进入山洞，这场景跟万年前相似，只有他真正见过天地之元。”

江朝戈看了看饮川，讽刺道：“你是想等他醒来，逼问他如何进入山洞，还是你嫌在场之人伤势不够重，一定要在这里打个你死我活？”

衔云阴沉地瞪着江朝戈：“我不会在这里等着饮川醒来，我只是把我应该告诉你们的，告诉你们。”

江朝戈冷哼道：“那你现在要走？你就不怕你走了，饮川把天地之元据为己有了？”

“天地之元的魂力巨大无边，看这情形，他也消化不了。”衔云阴森地看了一眼还昏迷着的饮川，“何况，你们若是妄动，恐怕这场面还要重演一次。你以为我会留在这里陪你们一起流血？”他一转身，顿时化作龙形。

他用大爪子将焚念等人一一扔到了自己背上，那双澄亮的龙睛一眨不眨地看着壬王：“壬王，你若不想再做错一回，就不要轻信饮川。”

壬王面无表情地看着他，没有说话。

江朝戈寒声道：“衔云，我一定会找出让你们永远消失的方法，你、共工、啸血、焚念，早晚有一天，我们之间会有一个了结。”

衔云看着江朝戈的眼神，仿佛他就同蝼蚁般渺小，衔云淡淡地说道：“共工？刘擎不是共工。”他摆了摆龙尾，留下一句“好自为之”，裹着祥云瑞气，飞上了天空。

衔云几近无心的一句话，没有换来其他人的关注，却独独让江朝戈遍体生寒。他的心脏如遭重击，整个人石化一般僵在当场。

刘擎不是共工……刘擎……不是共工……

那么谁才是共工？

江朝戈握紧拳头，只觉得浑身血液都凝固了，他眼前的世界突然变得花白一片，什么都看不清，什么都听不见，唯有衔云留下的那一句“刘擎不是共工”，却是越来越清晰，如钟鼓一般不断重复，冲击着他的鼓膜，让他头痛欲裂，呼吸困难。

“江大哥？江大哥？”

寺斯拿手在江朝戈眼前晃了好几下，他才回过神来：“嗯？”

寺斯担心地问：“你怎么了？叫你半天都没反应。”他顿了顿，小声说，“你还担心炙玄啊？你放心吧，他小孩儿脾气，自己想想就能想通了，实在不行，你哄哄他。他那么依赖你，不会怎么样的。”

江朝戈眼神空洞：“是吗？你也觉得哄哄就行了吧？”

寺斯点点头：“是啊，炙玄不一直是这样吗？脾气来得快，去得也快。他才舍不得跟你闹别扭呢。他一会儿看不着你就到处找，我觉得他比小鸡粘母鸡还粘你。”

江朝戈笑了笑，眼里却没有笑意，声音带着一丝不易察觉的颤抖：“这是什么比喻啊！”

寺斯拍拍他的肩膀：“放心吧，没事的。虽然我也不知道大巫祖是干什么的，反正听着挺厉害的，这不是好事吗？再说，不管你的前世是什么，现在你只是你啊！你在我们眼里，永远都是江朝戈。”

江朝戈轻轻捏了捏寺斯的肩膀：“寺斯，谢谢你。”

寺斯嘿嘿直笑：“其实我觉得大巫祖好酷啊！听说也很厉害呢！不过，要怎么样才能觉醒啊？”

“死了就能觉醒了吧。”阮千宿看了看云息，皱眉道，“刘擎是被江大哥刺穿心脏才觉醒的，天女不清楚，云息一个普通人类的身体，是不可能承受天地之元的魂力还活着的，他应该也是这样觉醒的。”

江朝戈点点头：“多半是这样。我一直很疑惑天女是怎么觉醒的，现在看来，天女不是第二个觉醒的，那个被寺斯射穿胸口的游释的魂兵使才是。正因为刘擎和他都因为死亡而觉醒，啸血和焚念才会用这种方法让自己的魂兵使觉醒。”

红渊冷哼一声：“他们竟能和大巫祖和平共处！如果见到杀死我的大巫祖后土，我绝不会放过他，他把我的羽毛弄得脏死了。”

“觉醒之后，魂兵使就不再是人类，而是蕴藏着大巫祖的魂力，这样对谁都有益处？”壬王沉声道，“只是，大巫祖觉醒之后，魂兽就能吸收大巫祖强大的魂力，魂兽会很快获得反噬的力量，而大巫祖也有压制魂兽的力量，两方一面相生，一面又相克。这样的乱象……倒不如不觉醒。”

柳清明听在耳里，格外敏感，轻声叹道：“壬王，我可以不觉醒。”

壬王没有看他，只是低声道：“到时候，也由不得你了。”

江朝戈暗自握紧拳头，沉声道：“我不会觉醒的。”

红渊斜了他一眼：“你现在是这么想，等所有异兽都比你厉害的时候，你还是个普通人类，拿什么跟他们抗衡？”

江朝戈无言以对，沉默地走过去把云息背了起来，放到棉垫上，拿出药箱，给他清理伤口。

他不会觉醒，不能觉醒……如果他真的是共工，他要怎么面对炙玄？

世界上真的会有这么讽刺的事吗？炙玄最憎恨的，发誓要打得魂飞魄散的仇人，就是他？怎么会这样？怎么会有这么浑蛋的事？

不可能，不可能，不可能！

他和炙玄从相遇到如今，早已成为对方密不可分的一部分，为什么命运会跟他开一个这么大的玩笑，让他们从最亲密的人变成仇人？！

江朝戈看着云息狰狞的伤口，眼圈禁不住红了。从他的心脏处传来一阵一阵的抽痛，想着现在正躲在密林里的炙玄，他突然希望炙玄能多待几天，先不要出来。

因为他不知道该如何面对炙玄，就算是他这种练就一身睁眼说瞎话本事的人，也不知道能不能把这么大的心事埋藏起来，半点儿不显露在脸上。

给云息清理完伤口，包扎好，又喂他吃了魂药后，壬王提议立刻离开轩辕丘，毕竟他们不知道天地之元会不会再发一次疯。这里可是有好几个人类，不可能承受得住。可他们又下意识地不想离天地之元太远，于是商量过后，决定去耳倪族的村子暂住。

说到要回家了，寺斯兴奋得手舞足蹈，自告奋勇地要带路。

虞人殊对江朝戈道："炙玄……还没回来。"

江朝戈叹了口气，无可奈何："我去找他吧。"

"算了，我去吧。"壬王道，"炙玄对大巫祖深恶痛绝，估计一时很难扭过劲儿来。"

江朝戈点点头。喘息间，他感到呼吸有些不畅，胸口仿佛郁结着一团东西，让他非常难受。

壬王往山林里走去，过了足足一个小时，才带着炙玄回来了。炙玄面无表情，瞥了江朝戈一眼后，就沉默地扭过了头去。

若换作之前，江朝戈对这欲加之罪是绝对不会老实接受的。可当他知道自己不是普通的大巫祖，而可能是共工之后，面对炙玄的时候，就十分心虚。他明明没有错，却要承担后果。

壬王化作兽形，大家一一坐到他身上，炙玄和江朝戈坐在了离得最远的两个位置——这是绝无仅有的画面，往常炙玄无论怎么样，都要粘在江朝戈的身边。

虞人殊看着江朝戈苍白僵硬的脸色，轻声道："朝戈，你还好吗？"

江朝戈点点头："没事。"

虞人殊安慰道："他会想通的，可你们是一体的，这样对谁都没有好处。"

“一体……”江朝戈哑声道，“暂时一体罢了，一旦我觉醒，我被反噬的概率，比你大了很多。”

虞人殊神色凝重地道：“炙玄有一点说对了，这是一场阴谋。让你们成为他们的专属魂兵使，互相压制，这是一场跨越万年的、精心策划的阴谋，只是不知道这究竟是谁干的。”

“不管是谁干的，我们都已经无法抽身而退了。”江朝戈神情恍惚地说，“反噬……炙玄会反噬我吗？”

天戎冷声道：“他是天地间独一无二的上古异兽，从出生至被封印，从不曾屈从于任何人，你说呢？”

江朝戈使劲握了握拳头：“炙玄和我不是简单的屈从的关系。”

“若只是你自己这么想呢？”

虞人殊加重语气道：“天戎，别说了。”

江朝戈咬了咬牙，没有接话。

炙玄得知他是大巫祖转世，虽然冷漠愤慨，但也许还不至于为此与他翻脸，可若他是共工……那后果不敢想象。以前，他觉得炙玄不会反噬他，就算会，也绝对不会杀他，而是让他成为永生不灭的魂器，那说不定是他能和炙玄长久依存的唯一办法。但现在他不确定了，他觉得万一炙玄知道他是共工，多半会反噬他，甚至……

不，不可能，炙玄不会杀他。

江朝戈想着两人过去的种种，炙玄虽然暴躁好斗，但对他也是一心一意，绝不可能真的伤他。现在假设他是共工，他要提前做些准备，潜移默化地劝炙玄慢慢放下仇恨。

红渊说得对，他早晚需要觉醒，尽管他一百万个不愿意。他只希望那一天真的到来时，炙玄还能把他当作是他，而不是共工。

当然，他恨不能用自己的一切去祈祷自己不是共工。

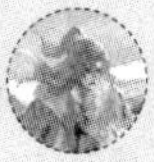

第 5 章

我永远不会变成你的敌人

他们当天就回到了耳倪族的村子。村子里表面看上去一如往昔，只是人人都一脸慌乱，在看到他们的时候，均露出了惊讶的表情，好像见到救世主一样。

“寺斯——”耳倪族人围了上来，兴奋地叫着。

寺斯哈哈大笑道：“我回来了！我回来了！”

“哥哥！”阿萨飞一般从村子里跑了出来，一眨眼就冲到了寺斯面前，紧紧地抱住了他。

寺斯哇哇大叫：“阿萨，你怎么长这么高了？还变重了！妈呀，我都一下子没认出来。”

阿萨又哭又笑的：“哥哥，我好想你啊！你这么久都不回来，我怕你死在外面了。”

“呸呸呸，我好着呢！”寺斯得意地一挺胸，“我说到做到，没找到属于自己的魂兵器，怎么会回来呢？”

阿萨两眼发光：“哥哥，这把弓！”

寺斯拿过背后的弓，举弓对准了一棵参天大树，一箭射出，几片树叶被箭头穿透，飞上了天空。那利箭下一秒在半空中消失，又回到了寺斯手里。

阿萨和村民们眼睛都瞪得溜圆，难以置信地看看寺斯，又看看那弓。

“神弓裂羽！”阿萨尖叫道。

寺斯高声道：“没错，就是神弓裂羽！”他拉过一边的裂羽，“这就是我的天级魂兵器！”

“哇——”村民们沸腾了。

对于他们这些成天与上古异兽为伍的人来说，连神级魂兵器都不新鲜，天级魂兵器也就显得不那么珍贵了，可对于普通人来说，天级魂兵器已经是神一般的存在，得一把天级魂兵器，足够威震四方，名震整个天棱大陆。一把天级魂兵器意味着什么，他们再清楚不过。

寺斯从顽劣淘气、令人忧愁的耳侻族继承人，变成了天级魂兵器的魂兵使，这一转变，让他在耳侻族村民的心中变得可靠无比。

族长和耳侻族大巫也赶了过来，见到寺斯拥有了天级魂兵器，几乎老泪纵横。

寺斯得意得嘴都要笑歪了，跟众人吹嘘着他是如何得到裂羽弓的，又是如何用这把弓射穿了上古异兽的魂兵使的胸口。

大巫则走到江朝戈面前，深深一鞠躬：“大人，谢谢您把寺斯安全地带回来。”

江朝戈道：“寺斯聪明勇敢，数次帮助我们，他能回来，靠的是自己的勇气与实力。”

大巫欣慰地点点头：“大人，怎么没见到饮川大人？”

“饮川在帐篷里，受了重伤，还在昏迷。”

大巫神色凝重地道：“跟前日轩辕丘方向传来的巨大魂力波动有关吗？”

江朝戈道：“你们果然也感觉到了。”

大巫点点头：“听说靠近轩辕丘的地方，死了好多异兽和动物。还好，我们离得还算远，但也有几个孩子被震得吐血。”

江朝戈叹道：“轩辕丘……发生了很重大的事。”

大巫欲言又止，最后还是问道：“可是天地之元觉醒了？”

江朝戈深感意外道：“你怎么知道？”

“我也常年研究古籍，对万年之前的异兽混战，知道一点儿皮毛。其实现在整个天棱大陆混乱无序，流言四起，大家多少都能猜到。”

江朝戈又叹了口气。

大巫道：“前几日有青龙、饕餮与梼杌路过村子，赶往轩辕丘，随后轩辕丘发散出强大的魂力，昨日青龙又离去。最近村子里的人目睹这一切，都是人心惶惶。你们来了，我们多少能安心一点儿。”

江朝戈道：“我们来这里，是为了给饮川大人和云息疗伤，不会待太久。”

大巫道：“我明白，大人们是在做有关苍生的大事。”

江朝戈摇摇头：“不敢当。”别说苍生了，他觉得他连自己都快救不了了。他无法想象炙玄知道他是共工时会是什么反应，他从内心深处感到抗拒和恐惧。

大巫道："大人们，进村吧，让我为饮川大人与云息大人疗伤。"大巫本身也是魂导士，虽然能力比不上云息，但聊胜于无。他用上最好的药，先给云息修复起了身上的伤。

江朝戈疲惫不堪，回到房里后，倒头就睡着了。

睡梦中，他听到有人靠近他。他闭着眼睛，却感觉有火热的视线在自己身上。那感觉太强烈，硬是把他的神志从睡梦中拉了回来，他强迫自己睁开了眼睛。

眼前一个黑影闪过，朝门口走去。

江朝戈想也不想就开口叫道："炙玄！"

大门关门的声音响起，屋里除了他再无别人，只剩下刚刚带上的竹木门扉正发出吱呀的声响。

江朝戈掀开被子跳下了床，套上靴子，连外衣都顾不得穿，就冲出了房门。他住的树屋离地有三四层楼高，他趴在栏杆上往下看去，正好看到炙玄匆匆下楼。

江朝戈咬了咬牙，往楼下追去。

炙玄身高腿长，很快就走出了村子，江朝戈在后面追着："炙玄，等一下。"

炙玄却充耳不闻，头也不回地往前头，似乎急于摆脱他。

他快步追了上去，一把抓住炙玄的胳膊："炙……"

"别碰我！"炙玄猛地回身，甩开了他的手，厉声道，"你身上臭死了！"

江朝戈怔住了。他看着炙玄发红的眼眶、青黑的眼圈，以及面上挣扎的表情，显然，他过得也不好。他的心脏一抽一抽的，又开始疼了起来。他深吸一口气："炙玄，我们谈谈行吗？"

炙玄一把推开了他，往村外的树林里走去。

江朝戈默默地跟在炙玄后面，两人一路无言。

直到走到一条小溪边，炙玄才停了下来。他背对着江朝戈站在溪边，宽阔高大的背影看上去是那么地冷漠。

江朝戈心里难受得无法形容，他抹了一把脸，强迫自己打起精神。沮丧、抱怨解决不了问题，他不会为自己前世造下的孽埋单，那跟他没有任何关系。他是江朝戈，而不是杀千刀的共工。

他走了过去，站在了炙玄身侧，平静地说："刚才你回房了吧？你跑什么呀？"

炙玄一言不发。

江朝戈叹了口气："炙玄，这些话我不说，相信你也早晚会想通，可我希望你能早点儿想通。不管我是不是大巫祖，那都是前世的事，是万年之前的事。我是大巫祖的转世，不代表我就是大巫祖。我们是完全不同的人，有完全不同的性格和记忆。我是江朝戈。万年之前，我的前世是谁，做了什么，你怎么能算到我头上呢？我根本什么都不知道啊！你认识的，是现在的我。我不是你的敌人，我是你的魂兵使。"

炙玄的身体颤了颤，袖口下的手，暗自握成了拳头。

江朝戈说的每一句话，都在有意无意地让炙玄做好心理准备，他希望炙玄最终会想明白，至少在炙玄知道他是共工之前……

江朝戈柔声道："炙玄，你说得对，这是一场阴谋，也许是玄帝的阴谋，也许是大巫祖的阴谋，但绝对不是我的阴谋。我有生而为人的完整、独立的记忆和想法，在我心里，你比世间万物都重要。这个阴谋不管是谁策划的，目的不就是让我们互相压制又互相残杀吗？可在我们之间，这永远不会发生，对吗？"他这番话说得笃定，可只有他自己知道，他一点儿把握都没有。若是事情真这么简单，当初策划这阴谋的人，怎么会想不到呢？

人非草木，孰能无情，若真的魂兵使与魂兽之间有了感情，就有可能携手抗敌，而不是分崩离析。所以，他担心他们只是窥见了一点儿皮毛，这张阴谋的大网，星罗棋布，他们还没有完全领教。

炙玄慢慢扭过了头来，低声道："你真的觉得有那么简单吗？"

江朝戈硬着头皮坚定地说："我不相信有什么招数能离间我们。"让他成为共工，就是最狠的一招。

炙玄双眸一眨不眨地盯着他："你根本对天神的手段，一无所知。"

江朝戈咽了咽口水，没有说话。

"他们为什么要这么做？又以什么控制我、控制你？江朝戈，如果有一天你觉醒，你身为大巫祖的记忆也觉醒了，那该怎么办？"

江朝戈怔住了，一向单纯幼稚的炙玄，此时却问得他哑口无言。他沉默了一下后说："就算我恢复大巫祖的记忆，那又如何？只要我现在的记忆不消失，谁能左右我？"

炙玄咬牙道："江朝戈，你从前总是深思熟虑，比谁都多疑，现在怎么好像一点儿都不担心？还是说你只为了哄骗我？"

"我哄骗你？"江朝戈高声道，"我哄骗你有什么好处？炙玄，你不能拿我自己根本不知道的事情来要求我承担后果吧？万年之前的事跟我有什么关系？前世的事跟我有什么关系！”

“因为你是大巫祖！”

“我也是江朝戈！”江朝戈胸中一股戾气直往上涌，再也克制不住。往常他面对炙玄的怒气，总能游刃有余地去化解，可唯独这一次他做不到。

因为他知道，炙玄是来真的。他眼圈发红地瞪着炙玄，颤声道：“我们原本是一体的，难道你我之间的情谊，就不足以让你放下对大巫祖的厌恶吗？你明知道这是阴谋，若是我们两个人反目，不是更称了敌人的心意！”

炙玄握紧拳头，狠狠地瞪着江朝戈，嘴唇轻微颤抖，没有说话。

江朝戈闭了闭眼睛，感觉身心俱疲：“反正你也不可能杀了我，你若觉得这样有意义，我也无话可说。”他低下头，转身离去。

炙玄看着江朝戈僵硬的背影，心中陡然一阵剧痛，他一个箭步冲了上去，哑声道：“别走。”

江朝戈深吸一口气，紧紧抓住炙玄的手：“我不走，我哪儿也不去。”

炙玄将额头抵在他的肩膀上，好像怕江朝戈会在下一秒失踪一般地用力抱着他，喃喃道：“你是江朝戈，是我的魂兵使。”

江朝戈倚靠在他结实的胸口，哽咽道：“对、对。”

炙玄半晌才别扭地说：“你不臭，我是故意气你的。”

江朝戈勾起一抹哀伤的笑：“我知道。”

炙玄叹道：“我多希望你不是大巫祖，因为我最憎恶大巫祖……可是，我还是信赖你，只要你不是共工，我会尽量接受这件事。”

江朝戈身体一僵，顿觉一股寒意袭上心头。他轻声道：“……不管我是谁，万年之前的事，都与我无关。”

炙玄丝毫没有察觉到江朝戈瞬间的僵硬，只是自顾自地说道：“可我还是很担心。我不知道一旦你恢复大巫祖的记忆，会发生什么。但我绝不会让你变成我的敌人。我宁愿杀了你，与你一同沉睡，也不会和你敌对。”

江朝戈坚定地说：“我永远不会变成你的敌人。”

炙玄将他的身体转了过来，深邃的灿金色瞳眸一眨不眨地看着江朝戈：“我记住你今天的话，有一天你若背叛我，我会杀了你。”

江朝戈的心径直往下沉，面上却不敢流露半分异样。

炙玄别过脸去：“村子里有人在找你，回去吧。”

以炙玄的听力，他肯定听到了他听不到的东西。

江朝戈转身往村子里走去。

炙玄看着江朝戈的背影，波光流转间蕴藏着一丝哀愁。他轻叹一声，跟在了江朝戈身后。

他们回到村子里，果然是寺斯等人在到处找他。

江朝戈跑了过去：“寺斯，怎么了？”

“哎呀，江大哥，你跑哪儿去了？云息醒了呀！”

江朝戈忙道：“快去看看。”

云息醒来之后的态度，能说明很多事。比如，他是否有作为大巫祖的记忆。再比如，他会否变成完全不同的人。如果……如果他真的完全变成了大巫祖，他真的不知道该怎么办了。

他和寺斯等人冲进云息的房间。

云息坐在床上，环抱膝盖，低垂着头，一动也不动，整个人阴沉得好像头顶在下雨。

“云息？”江朝戈走了过去，小心翼翼地叫道。

云息的身体动了动，缓缓抬起了头来：“江大哥。”

江朝戈先放下了心头的一块大石——至少云息并没有失去自己的记忆，而且看上去口气正常，并没有太大的变化，只除了……他整个人看上去更加阴沉。

“云息，你还好吗？”江朝戈避重就轻地问，“你觉得自己有什么不舒服的地方吗？”

云息摇摇头。

“那你……感觉有什么不一样吗？”

云息黑亮的眼眸一眨不眨地看着江朝戈：“你是想问我，帝江觉醒了没有吗？”

江朝戈僵硬地看着他：“那……帝江觉醒了吗？”

云息指着自己的大脑：“他在这里。”

屋里好几个人，都下意识地后退了一步。一想到这个瘦弱的青年大脑内藏着的是和上古异兽的实力旗鼓相当的大巫祖帝江，就让人心生恐惧。

江朝戈不退反进，一屁股坐在了云息的床上。他直视着云息，正色道：“云息，你还是云息吗？”

“我当然是云息。”

“那你应该知道我接下来想问什么，把你现在的情况都告诉我吧。”

云息叹了口气：“我知道的可能也并不比你多。我知道我是大巫祖帝江的转世，但是，对于前世的记忆，我很模糊，几乎只能想起几个零碎的画面。除此之外，其他什么有价值的东西都想不起来。”

江朝戈放心不少，看向炙玄：“你看，他只有自己的记忆，根本没有帝江的记忆。”

炙玄同样松了口气。

“你们在昆仑山究竟发生了什么？”虞人殊问道。

“我和老师回到昆仑山后，老师就闭关了足有一个月的时间，然后……”云息有些犹豫，“他唤醒了天地之元。”

“饮川唤醒天地之元？”壬王惊讶道，“你确定吗？”

云息点点头：“我第一次感受到天地之元的能量，就是在昆仑山，不过，当时那能量转瞬即逝。之后老师就闭关了，直到前几日，衔云他们追到轩辕丘……”

“从时间上看，重溟第一次察觉到天地之元的魂力波动，跟你所说的时间差不多，看来真的是饮川唤醒了天地之元。”江朝戈咬牙道，“饮川居然有唤醒天地之元的能力！那他之前为何一直隐瞒，又为何等到现在才唤醒？”他不信任衔云，但饮川也同样不可信。他现在对饮川已经充满了怨气。尽管他大巫祖转世的身份并不能算作是饮川的错，但若衔云所说的是真的，那么一切都要归咎到饮川头上。

即便衔云添油加醋了，作为从头到尾知道真相最多却从不肯告诉他们的人，饮川也绝对难辞其咎。

“也许他那个时候并没有唤醒天地之元的能力，现在却具备了。”阮千宿沉声道，“无论如何，饮川欺瞒我们太多，等他醒来，一定要问个清楚。已经到了这种时刻，我们不能再被蒙在鼓里了！”

“对！”江朝戈厉声道，“我们不能再冒着生命危险稀里糊涂地为他卖命了。”

云息皱起眉小声说：“我觉得，老师是有苦衷的。”

“有什么苦衷？”寺斯哼了一声，“我原本很敬重饮川大人，可他根本没把我们当作同伴，什么都不告诉我们，太过分了。”

云息再次缩起了身体，脸上显出一丝无措。

江朝戈见状，摸了摸他的脑袋：“你不用有负担。无论如何，这都不是你的错，你始终是我们的同伴。”

云息点点头。

阮千宿道：“他刚醒，不该太劳累了，让他休息一会儿吧。”

江朝戈点点头，示意众人出去。

他们集体来到另一间屋子里。一进屋，龙芗就忍不住了：“我们同生共死，饮川却处处隐瞒，他又口才极佳，我担心他将云息也迷惑了。”

壬王神情凝重地说道："饮川做的事，也让我越来越糊涂了。"

炙玄一言不发，只是紧皱眉头，不知道在想什么。

"他为何等到现在才唤醒天地之元呢？"虞人殊思索着，"明明他一醒来就在昆仑山，有大把的好机会。"

"唯一的可能就是，那时候他无法唤醒天地之元。毕竟天地之元是被封印了，要解除封印，通常都需要一定的条件。我们的解封条件是时间，万年过去，封印的力量就不足以束缚我们了，而天地之元的解封条件……"红渊耸耸肩，"我猜不出来。"

江朝戈思考片刻："会不会是十二异兽的苏醒呢？"

壬王附和道："极有可能。"

江朝戈不解道："对比天地之元觉醒前后的变化，似乎只有这个最合理。可是，为什么呢……难道天地之元的封印与异兽有关？"

壬王道："这样看来，多半是有关系。只是，这点也需要更多证据来证实，毕竟，我们当时从重溟口中得知他感觉到天地之元的魂力时，根本不知道嘲飞是什么时候苏醒的。"

江朝戈冷声道："这一点，只有见到嘲飞才有可能知道，或者，饮川愿意直接告诉我们。"

众人陷入了沉默。

半晌，江朝戈道："云息毕竟是饮川的魂兵使，又对饮川极为敬重，大家不要在他面前多说什么，一切如常就好。"

众人点头，只是心里对饮川都有了深深的怀疑。

江朝戈心烦意乱，回了自己的房间，炙玄也跟了进来。

想到刚才发生的事，江朝戈还感到有点儿尴尬，他转移话题道："衔云和饮川各执一词，真不知道要信谁才好。"

炙玄道："信饮川。"

"为什么？"

"我见过饮川对人类的仁慈与爱护，那是任何异兽都做不到的。自我有记忆以来，千万年的时间，饮川用自己的能力，一点点儿地帮助人类进化，建立家园，制造工具，建立秩序，发展语言，传授农耕、畜牧等各方面的知识。没有饮川，人类不会进化得这么快。对于人类来说，饮川才是名副其实的创世神。他将人界当作自己的家园，将人类当作子嗣，他绝不可能做出会毁灭人界的事。"

"可是，云息说饮川唤醒了天地之元。万年之前，也是他第一个发现天地之元。

整件事，都跟他有着扯不清的关系。他知道得太多，而我们知道得太少，哪怕是你们也可能一直都被他隐瞒了很多，这样你还能信任他吗？”

炙玄摇摇头：“不知道。我只知道饮川待我不错，虽然啰唆了一点儿……总之，若跟其他人比，我信他，但他若与你为敌，我会为你杀了他。”

有炙玄这一句话，江朝戈顿时感到心里安定不少，轻声道：“谢谢。”

炙玄看了他一眼，低声道：“何必说谢。”

江朝戈无言以对，两人陷入一阵难堪的沉默。

江朝戈有种预感，两人无论如何都回不到从前了，就算炙玄暂时接纳了他大巫祖的身份，心里这道坎也是没办法彻底过去了。何况，这还仅仅只是开始。如果他是共工，如果炙玄知道了，如果他恢复了共工的记忆……后面的路太过黑暗，比起他在天棱大陆经过的任何一场灾难，都还要歹毒与险恶。他简直没有了继续往下走的勇气。他禁不住想，自己在这里做什么，他为什么要去纠结饮川究竟是好还是坏，为什么要担心天棱大陆会不会再次沦为异兽的战场，生灵涂炭——这些跟他又有什么关系？

不如带着炙玄走吧，远远地逃离这里，回到自己的世界。那样他一辈子都不会觉醒成大巫祖，炙玄永远也不会知道他的真实身份，两人可以毫无芥蒂地生活。

江朝戈露出一丝苦笑，为自己的异想天开。他知道自己早已经卷入了最深的旋涡内，无法自拔。

炙玄慢慢凑了过来，犹豫片刻，还是抓住了他的手，却不知道该说什么。

江朝戈也紧握住那只永远比他温度高的手，感受着那干燥的掌心传递来的温暖，可温暖仍无法驱散他身体的寒意。

炙玄淡淡地道：“朝戈，为什么会变成这样？本来一切不是好好的吗？”

江朝戈深吸一口气，鼻头发酸，眼前瞬间就模糊了。他颤声道：“我也……不知道。”

“我们能回到从前那样吗？”炙玄委屈地撇了撇嘴，“我想像以前那样。”

“我也想。”江朝戈勉强笑道，“你看你，还不是你想不开？你这是自己跟自己过不去，等你想开了就好了，其实我一直都没变。”

炙玄沉默半晌：“真的吗？”

“真的。”

炙玄：“好，我会想开的。”

江朝戈感觉自己头顶悬着一把刀，待到他在炙玄面前身份大白的那一天，那把刀就会落下来，让他血溅三尺。

两天后，云息能下地了，他自己本身就是魂导士，身体的恢复能力比常人要好很多倍。清醒之后，他配合大巫治疗自己，所以恢复得很快。

只是，身体虽然在恢复，众人却发现云息变得比以前更加沉默了。他从前就有些自闭，不怎么爱说话，如今就是对江朝戈等人，也很少开口，好像一段时间不见，就变得陌生了。

众人虽然没说，但心里都有些担忧，担忧帝江的意识在渐渐侵蚀属于云息的意识，但云息坚称他没有帝江的记忆。

又过了两天，众人终于等来了饮川的苏醒。

原本大家都想去质问饮川，但被江朝戈拦住了。最终，饮川醒来时，屋里只有他、炙玄、云息和壬王。

饮川睁开冰蓝色的眼眸，目光一如既往地平静如水，一头纯白的头发披散在身侧，圣洁得好像在接受洗礼的圣徒。

饮川轻轻扭过头，看着众人，淡淡地问道："我睡了多久？"

"大概七天。"壬王道。

饮川坐起了身，轻叹一声："这么久啊。"他看了看几人，"你们都来了，我知道你们会来的。"

江朝戈冷声道："天地之元是你唤醒的吗？"

对江朝戈如此直白地问出这个问题，饮川丝毫不感到意外，也没有因为他不客气的态度而恼怒，只是轻轻地点点头："是。"

"那空气壁又是谁弄出来的？"

"也是我，是用一个大巫祖的法器弄的，不需要巫力也能释放。"

江朝戈眯起眼睛："你知道天地之元觉醒会发生什么，所以你释放出保护罩，这么说，你不是第一次做这件事，那万年之前，也是你唤醒了天地之元？"

饮川摇摇头，又点点头："万年之前，天地之元并非我唤醒，但我确实有所助力。"

江朝戈厉声道："天地之元真的是你弄到人界的？"

"不，天地之元不是我带到人界的，我只是无意间发现了它。"饮川扭头看着江朝戈，平静地说。

壬王追问道："饮川，那你又怎么知道如何将天地之元唤醒？"

"天地之元原本就没有沉睡，它只是被封印了，所以我们感受不到它，我仅仅是解除了封印。"

壬王的声音也变得凌厉起来："怎么解除封印？！"

饮川轻叹一声："抱歉，我的朋友，我不能告诉你。"

炙玄猛地站了起来，一把揪住了饮川的衣领，恶狠狠地说："你玩够了这游戏没有？你知道那么多事，却不肯告诉我们，将我们蒙在鼓里，稀里糊涂地战斗，稀里糊涂地觉醒……现在天地之元醒了，天神也必将有所行动，一场大战避无可避，你还要欺瞒我们到什么时候！"

饮川握住了炙玄的手，温言道："我不能告诉你们，是为了你们好。"

"什么意思？"炙玄恨不得去掐饮川的脖子。

饮川冰蓝色的眼眸中染上浓浓的哀愁，他轻轻拂开炙玄的手，整了整衣领，起身下了床。

江朝戈咬牙道："你故作神秘，却又漏洞百出，你要我们如何相信你？"

饮川推开门，仰望着昆仑山高远湛蓝的天空。

云息也站起身，看着饮川高大的背影："老师，我只问你一个问题，你打算拿天地之元怎么办？"

饮川沉默半晌，道："事到如今，只有以天地之元重塑我们的肉身，我们才有一线生机，天棱大陆也才有可能避免灭顶之灾。"

壬王腾地站了起来："难道真的被衔云说中了吗？你做这一切，都是为了以本身重现人界！万年之前你要封印天地之元，你说是为了人界，我也被天地之元迷了心智，没有帮你，这一世我想纠正当初的错误，没想到你却……你究竟在想什么！我们又何以继续相信你！"

饮川沉默半晌，低声道："若我不足以让你们信任，至少我们还有共同的敌人，足够让我们站在同一边。若被衔云等人得到天地之元，无论是我们还是人类，都再无生机了。"

壬王剔透的灰色眼眸中闪烁着丝丝寒意，他冷声道："你若得到天地之元，与衔云又会有什么不同？"

"衔云有野心，我没有。"

"也许只是你们的野心不同罢了。"

饮川回过身，幽幽地看着壬王："吾友，你我相识千万年，在你心中，我与衔云没有分别吗？"

壬王深吸一口气："我与衔云也相识千万年，最终却发现，我从未真正认识他。也许，我有眼无珠，根本看不清人。"

饮川两道白眉如玉山横卧，轻轻蹙起，白眉下的眼眸如最清澈无瑕的冰湖，能容纳万般思绪，波光流转间动人心魄。

壬王垂下眼帘，与饮川擦肩而过，决然地走出了房间。

饮川并未阻止，只是长叹一声。

炙玄恼怒地看着饮川。

云息道：“老师，你可知道我是帝江转世？”

饮川的肩膀微微颤了颤，他低下头，轻声说：“知道。”

云息哑声道：“一开始就知道？”

江朝戈也瞪着饮川。

饮川闭上了眼睛：“知道。”

炙玄低吼一声，一个箭步冲了上去，大手掐住了饮川的脖子，将人按在了墙上。他凶狠地龇起牙，好像随时会张嘴咬断饮川白皙修长的脖子：“你早知道，却不告诉我……浑蛋，饮川，你这个浑蛋！”

江朝戈暗自握紧了拳头，双目一眨不眨地看着饮川。

饮川即使被炙玄的拇指压着动脉，难受得脸颊有些飘红，目光却沉静地望向了他身后的江朝戈。

江朝戈仿佛一瞬间读懂了饮川眼中的情绪。饮川知道他是共工，一开始就知道，他应该感谢饮川没有告诉炙玄吧！可也许对于炙玄来说，若早点儿揭露这个事实，炙玄可能就不至于对他用心了……

饮川抓住炙玄的手腕，缓慢却以足够的力道，扯开了他的手，淡淡地说道：“炙玄，若我当时告诉你江朝戈是大巫祖，他便不是你的魂兵使了吗？”

炙玄僵住了，他不知道如何面对这个问题。如果他一开始就知道江朝戈是大巫祖，是不是就不会有后来的一切？可是，那个时候的他，已经将江朝戈当作了自己的所有物，饮川说出来，就能阻止他对江朝戈的信赖吗？

饮川劝慰道：“炙玄，你认定他是你的魂兵使，他便只是你的魂兵使，他前世是谁，半点儿也不重要。”

炙玄咬牙道：“你可以做到，我……不行。”

“你会想通的。”

云息有些茫然，又有些惶恐地说：“那我会变成谁？我脑子里一直有不属于我自己的画面、声音，越来越多，每天都在增加，是不是早晚有一天，我会恢复属于帝江的记忆？那个时候的我会是谁？”

这是自云息醒来后，说过的最长的一段话。江朝戈终于明白他不正常的沉默源自何处了。如果自己不断恢复不属于自己的记忆，确实是一件让人惶恐的事。若那前世的记忆太过强烈，或是知道了太多原本不知道的事，自己会不会被完全改变？就算不改变，也不可能完全不受影响，那么他还是他吗？他最终会怎么样？会不会在自己都没有察觉的情况下，被前世的人格完全吞噬？

饮川推开炙玄，走到了云息身边，大手轻轻抚了抚他的头发："云息，你身为帝江的记忆最终会慢慢恢复，但没有人能逼迫你成为帝江。"他顿了顿，口气有一丝不易察觉的伤感，"对我来说，你也不是帝江，你只是云息，只要坚持本心，就没人能撼动你的意识。"

云息抬头看着饮川，眼眸中依旧充满了不安："我何时会完全恢复帝江的记忆？"

饮川摇头道："我不知道，但你不要害怕，我会一直在你身边。"

云息点点头，无意识地抓住了饮川的袖子，揪紧了攥在手里。

炙玄一脚踢碎了脆弱的木门，拂袖而去。

江朝戈木然地看着饮川："你没告诉他，我是不是该感谢你？"

饮川淡淡地说道："你知道了。"

"这句话应该我说才对。为什么你知道，却不告诉我，至少让我有所准备？"

"早点儿知道，你能做什么呢？"饮川反问道，"我们平静的日子不长远了，不如珍惜眼前，心无芥蒂地相处。"

江朝戈一时语塞。是啊，早点儿知道，他又能做什么？只不过是早点儿堵心罢了。他无力地说："我不想觉醒。"

"人总有身不由己的时候。"饮川道，"在他还不知道之前，尽量劝劝吧。炙玄执拗，认定的事极难回头，但我相信，他对你的信赖，能胜过对共工的恨。"

云息露出惊讶的表情："江大哥，你是……"

江朝戈摇了摇头，露出一丝苦涩的笑："希望吧。"

"待你们……恢复记忆的那一天，很多真相也许你们会比我更清楚，到那个时候，我才会把我所知道的告诉你们，你们才能……懂。"

"饮川，你如此坚持，最终只会落得失信于所有人。"

饮川叹道："我别无选择。"

"你有，说出来，让我们共同面对。"

饮川低下了头。

江朝戈失望地摇了摇头，转身离开了。

回到房间后，他发现虞人殊等人都在等着他，用疑惑和质询的目光看着他。

江朝戈摇摇头："饮川依然什么都不肯说。"

众人均露出又失望又愤怒的表情。

江朝戈沉声道："我们必须做两手打算，衔云不可信，但饮川也不可不防。"

阮千宿道："我们接下来该怎么办？天地之元近在眼前，但那个山洞进不去，就算进去了，天地之元又该怎么使用？"

"饮川一定知道，只要他需要我们的帮助，他就必须告诉我们。"

红渊朝楼下看了看："我觉得，壬王恐怕是打算离开了。"

江朝戈也朝下看去，壬王与柳清明站在村口，正在说着什么，柳清明似乎在阻拦壬王。

寺斯叹道："壬王大人就此离去也不奇怪，他对饮川，很是失望吧？"

龙芗冷硬地说："难道我们就在这村里等着饮川的下一步指示？"

江朝戈摇摇头："明天，我再去问饮川关于天地之元的事。现在他刚清醒，显然有更多的话要和云息说。"

江朝戈把云息渐渐在恢复帝江的记忆的事告诉了众人。

阮千宿惊讶地说道："你是说，他最终会恢复帝江的全部记忆？"

"按照饮川的说法，是的。"江朝戈神色凝重地说道，"这点是最让我担心的。"

炙玄沉默地看着江朝戈。他能感觉到炙玄灼热的视线，却不敢朝那个方向看。他大概这辈子从没这么憋屈过，明明他没做错什么，却要心虚。

阮千宿沉默片刻，道："我本来想早点儿觉醒，获得更强的力量，但是现在……我觉得很矛盾。我不想拥有大巫祖的记忆，因为那记忆一定会影响我，但若拥有了大巫祖的记忆，很多问题也许不需要饮川来解答了。"

江朝戈道："我也跟你有同样的想法。"

寺斯咂舌："就算不用担心记忆的事，难道你们真的能狠下心捅自己一刀吗？通过死亡觉醒，只是你们的猜测，并不能完全确定吧？"

"八九不离十吧，反正，若我们是大巫祖，那就怎么都不会死。"阮千宿道，"不过自己杀死自己，确实有点儿难以下手，不如你来？"

寺斯头摇得像拨浪鼓："绝对不要。"

江朝戈道："这件事，便由自己选择吧，反正不到万不得已，我是不会觉醒的。"

阮千宿点点头，看了红渊一眼，直白地说："万一我真的是后土怎么办？"

红渊怔住了。饶是平素媚眼如丝，此时也染上了浓浓的寒意："你什么意思？"

阮千宿这个问题问得毫无防备，不仅问住了红渊，也把江朝戈问得愣住了，甚至屋里的几人都倒吸了一口气。

阮千宿淡然地直视着红渊，平静地说："我并不知道自己是哪个大巫祖，那就有可能是后土，万一我是呢？"

红渊僵硬地看着阮千宿，慢慢地，表情变得有些狰狞。他指着阮千宿："不要再提这件事。"说完，他转身摔门走了。

阮千宿面无表情地站了一会儿，身体突然一晃，靠在了墙上。她深吸一口气，眼眸中的情绪，复杂得难以形容。

屋内的气氛一时变得有些凝重，寺斯为了缓解气氛，干笑了两声："千宿姐，哪有那么巧的？你别吓唬红渊嘛，红渊对你挺好的。"

阮千宿道："我不是吓唬他，只是想让他有个心理准备。"

江朝戈腾地站了起来，生硬地说："这样的假设，实在没有意义，千宿，你以后不要再提了。"红渊的反应刺激了他某一根绷得死紧的神经，让他心弦直颤。

阮千宿目露惊讶。他们相识那么久，江朝戈这是头一次用这般严厉的语气和她说话，而且这脾气来得莫名其妙。她冰雪聪明，立刻敏感地察觉到了什么。

江朝戈揉了揉眉心："我累了，你们都回去休息吧。"

众人纷纷离开了房间，很快地，房里就只剩下了江朝戈和炙玄。

炙玄靠在门扉处，怔怔地看了江朝戈半晌，才犹豫着走了过来，用指尖按了按江朝戈的太阳穴："难受吗？"

江朝戈的身体顿了顿，不着痕迹地扭过了头去，回身躺在床上："有点儿，我睡一觉就好了。"

炙玄看着和衣躺下的江朝戈，迟疑了一会儿，也脱鞋上了床，紧挨着他。

江朝戈一动未动，只是呼吸在那瞬间变得有些急促。

炙玄一句话都没说，那沉默让江朝戈感到窒息。可他觉得，此时沉默是两人之间最好的相处模式，他感激这样的沉默。

两人各怀心事，毫无睡意，似乎欠缺了什么，无论如何都找不回从前的信任。江朝戈盯着墙上一道长长的裂纹，久久无法合眼。

江朝戈迷迷糊糊间听得外面一阵喧闹声，起身下了床，推开门往外看去，只见村外一只惊天庞大的白虎，正遥遥离去。耳倪族的村民们纷纷惊恐地朝着它跪拜，柳清明岿然不动地站在虎背上，面朝着村子的方向，没有眼白的双眸静静地"看"着什么，但没人能读懂他的思绪。

江朝戈叹了口气，壬王生性高傲，会离开也是意料之中的，只是不知道饮川此时在想什么。他宁愿再度和昔日旧友决裂，也不肯把所知所闻告诉他们，究竟天地之元背后藏着什么样的秘密，让他如此忌讳？

目送着壬王离去，炙玄轻声说："跟当年何其相似。"

"什么？"江朝戈扭头看着他。

炙玄面无表情地看着远方："饮川一心要阻止万年前的灾难重演，可在我看来，一切都在向着从前那样的方向发展。从天地之元出现的那一刻起，所有人都会改变。"

江朝戈心脏一沉："不知道壬王有什么打算。"

"我猜他会去找重溟和嘲飞。壬王有自己的想法，当饮川与他相悖时，他会按照自己的想法行动。"

江朝戈忧心道："他会成为我们的敌人吗？"

炙玄摇摇头："不知道。"

这时，江朝戈看到饮川出现在了树屋下，他以为饮川要去追壬王，没想到饮川只是找大巫说话。

距离太远，江朝戈听不清，问炙玄："饮川说什么？"

"他说，需要大量的沙棠木。"

"沙棠木？用来做什么？"沙棠是昆仑仙境内一种随处可见的树，只生长在此地，开黄花，结红果。此木有一个神奇的地方，就是可以吸水而不沉，浴火而不焚。沙棠木吸水后，体积可以膨胀一倍，这时候无论如何焚烧，只要水分未干，木头就烧不坏，而火也不灭，当地人常用浸饱水的沙棠木做火把、柴火。

"不知道。"

大巫对饮川言听计从，此时天已经全黑，他也毫无怨言，领命后就指使村民去砍沙棠去了。

江朝戈走下了树屋。饮川那一头不含杂质的白发，在黑夜中如皎洁的月光般散发出微光。

江朝戈朝他走去的时候，有种步向仙境的错觉。

饮川回过神来，冲江朝戈淡淡一笑。

江朝戈实在佩服饮川的这份淡定："壬王大人走了。"

饮川道："我知道。"

"你不阻止他？"

"壬王脾性之执拗，不亚于炙玄，只不过比炙玄懂事很多，但他认定之事，是难以扭转的，我相信有一天他会明白我。”

江朝戈不赞同地摇了摇头，却也无能为力：“饮川大人需要沙棠木做什么？”

“轩辕丘的那座山洞外的腐蚀液，需要以烈火焚烧数日才能耗尽，其间火不能灭，火势也不能分散蔓延，只有焚烧沙棠木能做到。”

江朝戈想起红渊那被腐蚀掉的手掌，有些胆寒：“那究竟是什么东西？”

“是一个简单却威力强大的巫咒，只有天地之元觉醒后，才会出现。”

“为什么大巫祖和你们同为异兽，你们却没有巫力？”

“巫力其实便是神力，只有成为天神才有可能具备。”

江朝戈讽刺地一笑：“这么说，若我们觉醒之后，也能和你们抗衡了。”

饮川摇摇头：“据我对目前已觉醒的大巫祖的了解，他们魂力大增，巫力也在觉醒，记忆在逐步恢复，但没有能够恢复本体的迹象。大巫祖若是不恢复本体，以脆弱的人类之躯，是不可能与我们抗衡的。”

江朝戈想着古籍中描述的共工的外形，实在是怎么奇葩怎么长的，他对本体一点儿兴趣都没有：“云息觉醒之后，魂力大增，你一定也吸收了不少，你会反噬他吗？”

饮川摇摇头：“那没有意义。”

“什么叫没有意义？”

饮川淡然道：“我想让他活着，我也活着，我们都活下去。”

江朝戈心想，他也希望如此，只是注定有人要死。

第6章

天地之元的真面目

整个村子的人忙活了一整晚，砍下了十多棵沙棠树。他们把树劈成木段，用网兜兜着沉入河里，下午时分，待木段吸饱了水，再拽上来。大巫放出了村里所有的飞禽，抓起一捆一捆的木段，往轩辕丘飞去。

飞禽走后没多久，江朝戈等人也出发了。

他们当天晚上就又来到了轩辕丘，把那些木段围着山洞码放起来，然后四处寻找易燃的干草，准备点火。

“喂，你们快来！”正在到处找干草的寺斯突然大叫了一声。

众人听到喊声，连忙朝他的方向跑去。

“寺斯，怎么了？”

“你们看。”寺斯往前一指。

在幽暗的山林深处，积雪足以没过人的膝盖，放眼望去，几乎除了白雪，就是枯木。可在不远处，露出了一块地皮，是寺斯收割干草的时候露出来的，在那干草上，隐隐有一小截青黑色蛇皮。

云息看到那蛇皮的时候，身体颤了颤。众人还来不及反应，他就跑了过去，手脚并用地拂开积雪。渐渐地，那段蛇皮露出了更多的部位，那青黑的颜色和纹路，众人都有些眼熟。

虞人殊道：“是那条枳首蛇。”

饮川伤感地叹息了一声："我竟忘了，她还在这里。"

云息拂开的积雪越来越多，露出了枳首蛇大半的身体。她的蛇身有多处崩裂伤口，跟那些惨死在轩辕丘的异兽、动物一样。她双头均是双目紧闭，身体僵硬得像冰块，已经死了数日了。

云息颤声道："青……双……"他甩了甩脑袋，似乎被什么东西困扰着，无论怎么都摆脱不掉，最后干脆双手抱住了头，大口喘息起来，看上去极为痛苦。

饮川走了上去，双手按住他的脑袋，喉咙里发出柔柔的低喃，像念经一样让人听不懂，但他的躁动渐渐平息了下去。

云息恢复常态后，沉声道："我刚才恢复了与青双有关的记忆，她竟然就这样死了。"

饮川揉了揉他的头发，眼神温柔至极："将她制成魂兵器吧，她还会永世陪在你身边。"

云息怔了怔，道："老师，我不是帝江。"

饮川也愣住了，似乎如梦初醒，眸中闪过一丝失落，迟疑道："对……对，你不是帝江。"

云息握紧拳头："我只是有了帝江的记忆，但我不是帝江，我也不想成为帝江。"他蹲在雪地里，抚摸着冻成冰的蛇皮，看上去极为落寞。

江朝戈看着云息的背影，昔日那个有点儿自闭，有点儿阴沉，又有强迫症的青年，究竟去哪儿了？

龙芗蹲下："我们帮你把她化冻，然后，你想做成什么兵器？"

云息道："我要把她收进纳物袋，好好想想什么样的武器才配得上她。"

他们把一小部分沙棠木搬了过来，放在青双身边，燃起火，而绝大多数的沙棠木围着山洞堆放。火光燃起的瞬间，仿佛整个轩辕丘都被点燃了，这火光成了一片死寂的轩辕丘唯一的生机。

火烧起来之后，很快就接触到了山洞口的腐蚀液，发出啪啪的声音，顿时，一股股酸腐的味道弥漫在了空气中，闻之令人作呕。

醉幽捂着鼻子，皱眉道："这要烧多久啊？臭死了。"

"少则三天。"饮川道。

"等腐蚀液烧完了，饮川大人打算怎么办？"江朝戈问道，"走进山洞，拿起天地之元吗？"

饮川道："以我现在的身体，碰触天地之元只会被打得粉碎。"饮川望向黑黝黝的山洞深处，“我只是想确认一些事，然后我才能确定要如何使用它。”

江朝戈翻了个白眼：“原来你根本不知道怎么用。”

饮川没有回话，只是盯着山洞。

两天时间很快就过去了，众人已经习惯了那股酸腐的味道，嗅觉麻木了。

云息变得愈发沉默，江朝戈总觉得如果自己不做点儿什么，他熟悉的那个云息就会消失。可他竟然感到无能为力——他尝试过与云息对话，云息却很抗拒，他似乎已经被帝江的记忆弄得心神有些混乱了，这让他很警惕。

第三天，沙棠木的火焰变得微弱，木头也开始缩水，显然水分快要蒸发干净了，而那啪啪的声音也变小了，好像马上就要烧干净了。

这时，远方突然传来一股熟悉的能量波动，众人一惊，红渊眨巴着眼睛：“哟，是焯烟。”

“焯烟怎么会出现在这里……”饮川皱起眉，“我还以为，啸血和衔云才应该出现在这里的。”

江朝戈冷笑两声：“我早在一个多月前就跟他求救，他现在才来，多半没安好心。”

裂羽的表情变了，愣怔地看着远方。天际出现一团祥云，正是那上古神兽——烛阴。

烛阴庞大的身体盘踞在轩辕丘上空，几乎遮天蔽日，龙颈上站着一个白发白须的老人，正是大国师。他手持青黑色骨杖，骨杖的顶部呈中空球形，中间镶嵌一颗纯黑色球体。

那是他们第一次见到焯烟化作的魂兵器，在此之前，大国师一直用布包着它。

虞人殊在看到大国师时，眼神变得冰冷极了。他已经从江朝戈那里听说了关于大国师的一切。他从小敬重大国师，大国师在修行和魂兵器上都给予了他诸多帮助，他怎么都不会想到，自己会被敬重的人陷害。

烛阴的身体在半空中化作人形，他一只手托着那枚火精，一只手抓着大国师，徐徐落到了地上。

虞人殊握紧了拳头，面色阴沉。

大国师面对虞人殊时非常平静，显然已经做好了充足的准备。他轻叹一声，将骨杖狠狠插入地里，然后单膝跪地，拱手道：“三殿下，臣万死难辞其咎，待一切尘埃落定，臣听凭三殿下发落。”

虞人殊厉声道：“你为何自称为臣？我又不是圣皇！”

“在臣心中，三殿下才是圣皇的不二人选。”

“胡说！”虞人殊气得眼圈发红，“你假死陷害我，逼得我成为虞人氏史上第一个逃亡的皇子，遗臭万年，你就这么对待你心目中的圣皇？！你做出这样的事，还有什么颜面称‘臣’？你早已经不是天棱国的国师！”

大国师沉声道：“臣……小人这么做，是万不得已。”

“我今天就听听你有什么万不得已。”

“原因有二。其一，我卜算到了焯烟，我知道我必须去找他，但身为国师，我不能随意离开皇都；其二，我知道我一旦走了，殿下就会非常危险，殿下性情耿直，夹在大皇子和二皇子之间，虽然有最高的武力，却可能因为感情用事而被害死。我知道，任何人劝殿下，殿下都不可能放弃大皇子，所以只好出此下策。”

“你拿这理由是糊弄小孩子吗？”虞人殊怒道，“我堂堂皇子，又是五级魂兵使，加持天级魂兵器，有谁害得了我？哦，不，反而是你，伤害我最深！”

大国师平静地看着虞人殊：“殿下，大皇子和二皇子一直对您虎视眈眈，您真的不适合独自留在皇都。”

虞人殊冷冷地说道：“我适不适合留在皇都，轮不到你来判断。”

江朝戈抱胸站在一旁，看着大国师演戏。这老头聪明老到，几句话就把虞人殊捧得高高的。像虞人殊这样正直磊落的人，昔日良师都跪在自己面前了，还找出一些冠冕堂皇的理由，他是不好意思追究下去的。

这让江朝戈愈发厌恶大国师。无论大国师有多么好的理由，哪怕他说的都是真的，把虞人殊的心气打进泥地里践踏，也是不能原谅的。

江朝戈轻咳一声：“既然大国师这么推崇三殿下做圣皇，你有什么计划吗？现在天棱国的圣皇可是虞人奎，还有夙寒坐镇皇都。”

“夙寒不可能一直待在皇都，天地之元现世后，所有异兽都在蠢蠢欲动。”

“难道要等夙寒一离开皇都，我们就去抢皇位？”江朝戈讽刺道，“你可知道，对于现在的殊来说，不，一直以来，皇位对于殊来说都没有太大意义，他从来就不想当圣皇。”

虞人殊看了江朝戈一眼，眼神中有着满满的肯定。江朝戈聪明睿智，最是了解他。

大国师道：“二殿下心胸狭隘，急功近利，不是圣皇的人选。如今他更是被夙寒操控，天棱国早已经落入了夙寒手中。夙寒一直没有动作，是因为他在慢慢把兵权纳入麾下，我不能眼看着虞人氏千年基业落到异兽手里。”

“我绝不会让夙寒得逞。”虞人殊寒声道，“但是，我大哥才是皇位的正统继承人。”

大国师摇摇头，叹道：“殿下，您和大殿下兄弟一场，我不便多说，只是现在，您和二殿下的实力都远在大殿下之上，他已经没有与你们争夺皇位的能力了。”

江朝戈故意道："但殊并不想当皇帝，而我曾答应大殿下，帮助他夺回皇位。"

大国师看着江朝戈："可你会遵守承诺吗？"

江朝戈眯起眼睛，和太聪明的人说话，有时候真是挺累的。

虞人殊握了握拳头，眼神有些迷茫。他知道大国师说得很正确。虞人潇没有神级魂兵器助阵，已经不可能控制天棱国，唯一有能力和虞人奎争夺皇位的，只有自己，可他根本无意于皇位……

大国师拱手道："殿下，请您认真考虑。小人和您一样，无法眼睁睁地看着天棱国被一个异兽夺走，那是虞人氏的先祖牺牲无数换来的，现在只有您可以拯救天棱国。我与焯烟有约定，我助他找到妻儿的灵慧之魄，他助我扶持您夺回皇位！"

饮川的目光飘向了焯烟，他发现焯烟从头到尾都没有关注大国师和虞人殊的对话，目光一直锁定山洞，仿佛要穿透山洞，看到其中的天地之元。

虞人殊深深皱起了眉，表情有几分无措。

江朝戈拍了拍他的肩膀："殊，你不必现在做决定，也不必现在就相信他说的话，要走到争夺皇位的那一天，其间我们还有很多困难要克服。"

虞人殊重重地点了点头，深吸一口气，脸上显出疲惫之色。

大国师面无表情，不知道在想些什么。

焯烟冷声道："你们说完了？"

饮川道："焯烟，你来这里做什么？你既然在异界都找不到媛姬和裂羽的灵慧之魄，在这里也不可能找到。"

"恰恰相反，如果媛姬和裂羽的灵慧之魄不在异界。"焯烟长指指向山洞，"那么一定就是被天地之元吸收了。"

众人均是一惊。

饮川淡淡地说道："焯烟，你为何说天地之元会吸收灵慧之魄？"

"媛姬死之时，恰是天地之元现世之时。那时异界之门也打开了，所以我以为媛姬的所有魂魄都去了异界，没想到，媛姬的三魂六魄都去了异界，唯独灵慧之魄找不到。"

"仅凭这点？那么裂羽又该如何解释？裂羽卒于天兵讨伐之时，那时候天地之元早已经存在了两千多年。如果天地之元一直在吸收灵慧之魄，我们早就发觉了。"

"不，裂羽是个意外。"焯烟看向裂羽，浓眉紧蹙，声音变得有些沙哑，"我在第一次召唤媛姬的魂魄失败后，再设回魂阵，以火精作为阵眼，打开了冥界之门，结果非但没有找到媛姬，反而将冥魂引入人界。我费了很大力气才把冥魂赶了回去，封闭了冥界之门。”他深吸一口气，继续道，“轮到裂羽时，我与天兵大战数百年，异界之门已开，我却分身乏术，既无法进入异界之门，也无法摆设回魂阵召回裂羽的魂魄。逼退天兵的讨伐后，我想再打开异界之门，凭我之力已是不能，于是……”

饮川道：“你做了什么？”

焯烟沉声道：“我当时深信媛姬和裂羽的魂魄都去了异界，因为他们死时，异界之门一直开着。我想利用天地之元的魂力打开异界之门，于是再次以火精作为阵眼，召唤冥魂去刺激当时被你驻守着的，我根本无法接近的天地之元。没想到，裂羽的魂魄根本没有去异界，是我先入为主，铸下大错，眼看着裂羽跟我召唤出来的冥魂一起去了轩辕丘。天地之元有一股强大的吸引力，让冥魂脱离了我的控制，我为了把裂羽的魂魄拽回来，耗费了千年修为。关闭冥界之门后，我元气大伤，却发现裂羽缺失了灵慧之魄……”焯烟看着裂羽，眼圈有些发红，“有很长一段时间，我都在疑惑，你和你母亲的魂魄究竟都去了哪里。”

裂羽身体有些颤抖，一句话都说不出来。

炙玄道：“这就是你不再以火精作为阵眼的原因？”

焯烟没有说话。

“是不能再用火精作为阵眼了吧。”红渊道，“那次肯定损耗了你极大的修为，你的火精……还能用来开启冥界之门吗？”

焯烟摇摇头：“我不知道，我也不想再尝试。”

裂羽没料到会听到这样一个故事，他眼神迷茫而无措，竟下意识地看向了寺斯。

寺斯看着裂羽那如迷路的小兽一般彷徨的神情，禁不住有些心疼。他握住裂羽的手，紧紧地，虽然不知道如何安慰他，却将自己手掌的温度传递了过去。

裂羽深吸一口气，幽幽道：“没关系，反正过几天我就会忘了。”

寺斯心里难受极了。对于一个没有记忆，也无法维持记忆的人来说，听到这样的往事，真不知道是喜还是悲。

饮川喃喃道：“原来是你，难怪当时会……”

江朝戈问道：“当时天地之元有什么异动吗？”

饮川点点头：“当时在轩辕丘，确实突然出现了一批冥魂，但大多被我击退了。焯烟，你仅凭这些就判定天地之元吸收了媛姬和裂羽的灵慧之魄，未免太武断了。”

“如果不是天地之元吸收了，那他们的灵慧之魄去了哪里？千万年来，我一直以为他们的魂魄在异界，事实证明，媛姬只有三魂六魄去了异界，她和裂羽的灵慧之魄不在任何一个世界，我唯一能想到的，便只有天地之元。”

饮川禁不住看向了山洞，眼里翻涌着复杂的情绪。

炙玄抱胸道："如果是真的，你打算怎么弄出来？"

焯烟咬牙道："我要以天地之元作为回魂阵的阵眼。"

"你疯了！"红渊大声道，"你以为天地之元是什么？你一路过来看到那些尸体了吗？那是天地之元苏醒时释放出来的魂力所致，你以为你能控制天地之元？！天地之元可能会打得你魂飞魄散。"

饮川也沉声道："焯烟，这个想法太疯狂了。你根本不可能控制天地之元，即便你能，你敢想象那后果吗？以火精作为阵眼，已经打开了冥界之门，差点儿导致两界大乱。以天地之元作为阵眼，很可能会让阴阳颠倒，六界覆灭。"

焯烟厉声道："我不管，我要我妻儿完整地出现在我面前！"

饮川摇摇头："你这么做，不会让他们回来，反而可能把他们能立身的世界给彻底毁了，到时候你什么都得不到。"

焯烟眼睛一片血红，脸色苍白如雪，他疲倦地哑声道："那我该怎么办？该怎么办？"

没有人能回答他这个问题。

饮川再次转头看向山洞，沙棠木上的火快要熄灭，焚烧时再没有了啪啪的声音。阵阵寒风吹进山洞，发出鬼怪一般的叫声，显然洞口的腐蚀液已经被烧干净了。

众人的心脏狂跳起来，天地之元的魂力压迫着每个人的神经，一堵石壁相隔，那里面就是这个世界埋藏了万年的秘密，也是造成异兽混战的罪魁祸首。现在，只要他们走进去，就能一睹为快。

饮川深吸一口气："我带你们见见天地之元的真面目吧。"

寺斯紧张得直搓手："靠那东西太近，会不会也像那些异兽一样……我们可没有大巫祖护身啊。"

"害怕，你就别去啊。"龙芗毫不犹豫地朝着山洞走去。

"嘿，你这臭小子，跟我弟弟真是没法比……"寺斯气哼哼地跟了上去。

江朝戈跟炙玄对视一眼，炙玄握住了他的手："别怕。"

江朝戈微微一笑："我不怕。"

众人跟着饮川进入了山洞。

夕阳降落，山洞里有些晦暗，大国师举起手中的骨杖，那火精突然大放光芒，照亮了整个山洞。

众人呼吸一滞，定定地看着前方。

宽敞的山洞正中央，飘浮着一团被浓黑的雾气包裹着的东西，那团黑雾在空中不住地飘摇，时而聚合，时而弥散，如一团混沌的迷梦，充满了神秘的气息。

从那团黑雾正中央，散发出一股股庞大的魂力，是所有人从未体会过的浑厚，仿佛能容纳世间万物。

“这……”虞人殊深吸一口气，“就是天地之元。”

饮川仰头看着那团黑雾，喃喃道：“世人皆知我是唯一见过天地之元的人，此话虽然不假，可我并不能确定天地之元是什么。从始至终，它都是这个样子。”

众人感到阵阵失望，原以为见到天地之元，会为他们解开很多谜题，结果天地之元是一团看不清的黑雾，而谁也不敢走进那黑雾里去一探究竟。因为那九成九是找死，而且死的可能还不只是自己。

“我们就为了这么个东西争得你死我活？”红渊讽刺道。

炙玄看着那团黑雾，久久没有说话，不知道在想什么。

江朝戈道：“天地之元就在眼前，饮川大人，你打算拿它做什么？”

饮川轻声道：“吸收它的魂力。万年之前，我可以这么做，但我没有，结果我想避免的事一件一件地发生了。我眼睁睁地看着这个世界沦为死亡的战场却无能为力，所以这一次，我改变主意了。”

炙玄一步上前，用力按住了饮川的肩膀：“饮川，你想干什么？”

饮川的身体顿了顿，问道：“炙玄，我曾说过，过往的事，每一个时间点的每一个细节，我都记得，其实不是的。我跟你一样，不记得自己的出生与成长，好像天地之始、混沌初开，我们就已经存在，没有幼年，没有前因，没有繁衍。我们就那么出现在了天地间，从我的记忆初始，我睁开眼睛的那一瞬间，我就已经是现在的样子。我好奇，非常好奇。我一生吸收知识无数，最想解开的谜题，其实是我从哪里来，我又是什么，然而就这么简单的谜题，我遍寻六界而不得。焯烟说，天地之元吸收了媛姬和裂羽的灵慧之魄，其实我们又何尝不像是丢失了灵慧之魄？也许我要的答案，真的就在天地之元之中。”

炙玄厉声道：“别啰唆这么多，回答我，你想干什么！”

饮川看着那团黑雾，深吸一口气：“我要吸收天地之元的魂力，然后，我要看一看它的真面目，找寻一些答案。”

“你想死吗？”炙玄道，“是真的死。”

“其实我们这样不死不活，又算什么呢？如果我成功了，也许我们都有机会重生于世；如果我失败了，你们也不需再为天地之元斗争，想办法打开异界之门，离开天棱大陆，也许玄帝会放过你们。”

“不可能的。”焯烟沉声道，“你明知道玄帝绝不会放过我们。”

饮川叹道：“我预测天地之数，这一元将尽了。一元结束之时，玄帝便要历劫一次，同时万物跟着覆灭与再生。我时常想，也许玄帝与这世界的生息是直接相关的。于是一元十二会，在子、丑、寅、卯、辰会，天地混沌初生，玄帝也是孱弱的，只有从巳会开始，这个世界会恢复勃勃生机。而每会五千四百年，从子会到巳会已过了数万年。如果我们能活过这一元，那么下一元到巳会之前，我们都是安全的。我想争取的便是安然度过这一元的机会。”

一直沉默的云息，突然发出有些轻颤的声音：“安然度过这一元？不说这一元结束还有几千年，连玄帝都要历劫，世界都要覆灭，我们又怎么安全度过？”

饮川道：“只要足够强大，就有可能度过，否则这些信息又是谁流传下来的呢？”

江朝戈沉思片刻，点头道：“没错，这一元又一元，玄帝绝不是唯一活下来的人。如果硬要套上一元的概念，那么，这个星球确实每隔一段时间就会发生一场灭世的大灾难。你们把它看作是玄帝历劫，但对我们来说，这也许是星球的自我治愈和革新。任何一种强大的生物，都无法永久地统治这个星球，从新生到覆灭，是一个无法避免的过程。如果这两者能够套到一起来说的话，那么，任何一元，都会有上一元甚至前几元留下的生物。这些生物也许变种了，但可以追溯到它们几亿年前的先祖。无论过了多少元，都有生物从前几元活了下来，繁衍生息，将更多的信息传给后代。”

饮川眼睛发亮地看向江朝戈：“如果有更多的时间，我一定要好好研究你所说的。没错，总会有生物从前几元活下来，因此才能经过岁月的积累，总结出这些知识。这就是我想去验证的，也许我们能够活过这一元。”

江朝戈道：“从上一元存活下来的，未必是强大的生物。其实在我的那个世界的星球史上，强大的生物都灭绝了，反而是那些微小的可能小到肉眼都看不见的生物，却得以繁衍。所以，饮川大人，你现在应该慎重考虑你要做的事，一旦你开始吸收天地之元的魂力，甚至更进一步……没人知道天地之元是什么，也没人知道究竟会发生什么，聪慧睿智如你，真的打算冒这样的险吗？”

饮川两道白眉微微蹙起，眼神仓皇而深沉。

炙玄看了江朝戈一眼，眼里满是钦佩与感激，他忍不住再次握住了江朝戈的手。

江朝戈心中一暖，感觉他们之间找回了一点儿之前的默契。也许他可以暂时忘却他的真实身份，与炙玄重新回到之前的相处模式。

江朝戈继续道：“饮川大人，我这一次回自己的世界，带回了很多很多我那个世界的知识，足够你再看个百年千年。”

饮川淡淡一笑：“真的吗？我对你那个世界的一切知识都非常渴求。”

“是真的，所以请你深思熟虑后，再做决定。”

饮川长叹了一声：“让我先看看吧。”

江朝戈也松了一口气。一向理智的饮川，在见到天地之元之后就变得有些不正常了。他真怕饮川走进黑雾里，而接下来会发生什么，未必是他们能承担的，如今只能先稳住饮川，再做打算。

江朝戈的鲸鱼纳物袋里，最占地方的就是一台太阳能发电机。那台发电机将给江朝戈带来的电子书、电脑等东西供电，足够使用很久。

江朝戈这次带的东西，都是为持久战准备的，因此非常齐全。看着他像小叮当一样不断从纳物袋里拿出各种东西来，众人都呆了。

饮川和云息好奇地围着那堆东西打转，不停地问这问那。江朝戈见云息又恢复了一点儿平时的样子，便很高兴地跟他们解释。

江朝戈把太阳能发电机架设好之后，给电子书充上电，扔给了饮川和云息：“寺斯，你教他们怎么用。”

寺斯搓了搓手，一脸得意地说：“来来来，我教你们，这里面还有小游戏呢。”

江朝戈瞪着他。

寺斯轻咳两声：“这里面有好多书。”

江朝戈道：“你们可以看一看我那个世界是如何描述上古神话的，就是关于玄帝、天神、异兽方面的知识，有些和你们一样，有些则完全不同。”

“好。”饮川好奇地接过电子书，摆弄了几下就会用了。他被这些新奇的东西吸引了，目不转睛地看着。

江朝戈见场面一时控制住了，暗自松了口气。

昆仑山内，有异兽对天地之元虎视眈眈；昆仑山外，又有异兽对他们虎视眈眈。最可怕的是，他们快要看不到出路在何方，甚至不知道自己的敌人是谁。是啸血吗？是衔云吗？他们固然是敌人，可异兽和大巫祖都是无法被杀死的，就算拼到底又能如何？如果不借助天地之元的力量，他永远都无法消灭啸血，所以天地之元依然是这场争端的核心。只是，他不能让饮川这么贸然地去吸收天地之元的魂力。

饮川和云息全神贯注地看书时，其他人也各自寻了地方休息。江朝戈疲累地靠在一块岩石后面，闭目调息，魂力在体内顺畅地运转着。多亏饮川为他打通了几道经脉，现在他的魂力在朝着四级的方向稳定而快速地前进着。过不了多久，就算他大巫祖的魂力没有觉醒，他的魂力也能达到四级魂兵使的水平。体内沉睡着的大巫祖，唯一的用处恐怕也就在于此了，至少他不担心他会死于这邪法对身体的危害。

耳边传来脚步声，江朝戈眼睁开一条缝，看到了炙玄衣摆纯黑的一角，于是睁开了眼睛。

炙玄在他的旁边坐下了，仰头看着天空，思绪似乎飘到了很远的地方。半晌，他才说："还好，你阻止了饮川。"

"只是一时的，如果他在现代科学里依然找不到答案，还是会做最极端的事。"

炙玄侧身歪在江朝戈的身上，用很低的声音说："云息变了。"

江朝戈的心脏颤了颤，没有说话。

"你感觉到了吗？"

江朝戈张了张嘴，最后却只能无奈地说："感觉到了。"

"是因为大巫祖觉醒。"炙玄偏头看着他，"你也会变吗？"

事到如今，江朝戈已然底气不足，但他不敢在炙玄面前表现出来，只能状似笃定地说："不会，我的意志力比云息强。"

"……也是。"炙玄又问道，"你想什么时候觉醒？我很好奇你究竟是哪个大巫祖，也许是一个我从未见过的。"

江朝戈眨着眼睛，轻轻吞咽了一下口水："怎么，难道你想见到我觉醒？"

"我也不知道。我不希望你变成大巫祖，我希望你永远只是你，可是……那是早晚的事吧。"

"那就晚一点儿吧。"江朝戈快速回应道，"我也希望永远保有我自己，可能的话，我根本不想觉醒。"

炙玄用额头抵着他的背，喃喃道："我讨厌这个世界。"

江朝戈淡淡一笑："我也讨厌。"

"我们离开吧，想办法打开异界之门，去你的世界，再也不回来了。"

江朝戈叹道："这两个世界是共生的，如果这个世界崩溃了，我的世界不可能没有变化。"

炙玄恶狠狠地说："为何天下之大，都没有我们的容身之处！"

江朝戈心脏一紧，只感到深深的无奈。

"朝戈，无论你变成什么，你都是我最重要的人。"

"当然。"江朝戈定定地看着炙玄灿金色的瞳眸，那双眼眸深邃迷人，似有将人吸进去的魔力，"有一天，我一定会再次带你回我的世界，过我们想要的生活。"

炙玄回想着他们在那个世界短短半个月的生活，禁不住露出一丝笑意："我喜欢你的世界，好多新奇有趣的东西。床那么大，那么舒服，还有好看的电影，东西也好吃，酒也好喝。唯一不好的地方，就是人太多了，我不能随时化作兽形。"

江朝戈也笑了："你们去的时间太短了，我的世界还有很多好吃、好看、好玩儿的，也有又大又荒无人烟的地方，可以任你以兽形驰骋于天地间。真希望我们有足够的时间，保证你去了那里就真的不想走了。"

炙玄噘起嘴："越说，我越想回去了。"

江朝戈一时之间有些恍惚："来到这个世界都快两年了，时间居然过得这么快。当初我一心想回自己的世界，真的没想到，有一天我会主动再回来。"

"我要为你打开异界之门，让我们在两个世界之间自由地穿行。"炙玄认真地说。

江朝戈笑道："那样最好，然后我们就可以邀请他们去做客。寺斯是孩子心性，很喜欢那里；云息也爱看书、爱钻研，一定流连忘返；红渊那么爱漂亮，我的世界有好多漂亮的衣服、珠宝。"他想着那个和谐美好的世界，嘴角不停地上扬，就好像已经看到了那让他一心向往的未来。

炙玄看着江朝戈好像在发光的面庞，心脏也变得柔软起来。

"所以，炙玄，别再纠结于我前世是什么大巫祖了，你看，饮川面对帝江就依然很平和。"江朝戈趁机劝道。

炙玄想了想："其实，饮川与帝江在一起的时候，一直很好。"

江朝戈心里一惊："你继续说。"

"为什么要说？我讨厌帝江。"

"我想知道他们当年是如何要好。"

"他与帝江都喜好音律，兴趣相投，能长谈不休。帝江有上千年的时间一直在人界陪伴饮川。那个时候，我只来过一次昆仑仙境，我厌恶所有的大巫祖，所以帝江在，我很快就走了。但是他们俩和乐融融，相敬如宾，看上去就是非常好啊。"炙玄道，"可后来我问饮川，他又不承认，谁知道呢？"

江朝戈突然想起了饮川第一次被召唤出来时，看着云息那异常温柔又哀伤的眼神，隐隐觉得有些不太对劲儿。难道饮川和帝江真的是……但就算是，跟云息也没有关系吧？毕竟饮川反复强调，云息不是帝江。

可最让人头疼的是，云息已经越来越不像云息了。

饮川和云息对知识的渴望简直如出一辙，两人捧着电子书和电脑，没日没夜地看，幸好这些东西耗电量都很小，发电机足以供应它们需要的电量。

这几天，众人都暂住在山洞外，一方面是守着天地之元，另一方面是防着饮川和焯烟。

虽然饮川现在似乎对现代科学更感兴趣，但也不可不防，而焯烟一直阴沉着脸待在一旁，难保不对天地之元虎视眈眈。他们偏又没办法将他赶走。大国师大概是他们之中最淡定的一个人，不是盘膝修行，就是在地上写写画画，又或口中念念有词。江朝戈能感觉到他身上时而会有巫力散发出来，恐怕是在念巫咒。

有一天，江朝戈忍不住了，朝大国师走了过去。大国师感觉到有人过来，睁开了眼睛。

江朝戈道："你是在使用巫咒吗？"

大国师点点头。

"做什么？"

"我在看未来。"

江朝戈一挑眉，将信将疑道："未来会怎么样？我们会死吗？"

"我看到了血与火交织的世界，看到了惨叫与痛苦。"

"就这样？没有什么具体的吗？"

大国师道："我只能看到一些未来的画面，不会有更具体的，除非我体内的大巫祖觉醒，那就不知道会如何了。"

"你知道自己是哪个大巫祖吗？"

"能猜到。"

"那你为何还不觉醒？你不想拥有更强大的魂力和巫力吗？"

大国师反问道："那你为什么不觉醒？"

"没事捅自己一刀吗？我没那个魄力。万一，万一我没觉醒反而挂了怎么办？"江朝戈故作轻松地说。其实，以他这种赌徒性格，敢修习邪法，敢玩命地打通经脉，也敢弄死自己获得更强大的力量，他不敢觉醒只有一个原因。

大国师的眼神与他苍老的外表完全相悖，那是一种犀利的、睿智的、好像能将人一眼看透彻的眼神，他道："这确实值得考虑，但恐怕不是最主要的原因吧？"

江朝戈皮笑肉不笑地说："你告诉我你为什么不觉醒，我就告诉你我的原因。"

"你的原因，我可以猜到，我为何要告诉你？"

"哦，你说。"

"我感觉得到你内心的恐惧，那不是对死亡的恐惧，而是你本身抗拒觉醒这件事……"大国师眯起眼睛，打量江朝戈半晌，"炙玄大人憎恨共工，莫非你是共工？"

江朝戈心里暗骂这个老头，表面上却镇定地说："我又没觉醒，怎么知道自己是谁？不过，你猜错了，衔云的魂兵使才是共工。你说得对，我并不是怕死，而是担心自己被大巫祖侵占记忆。现在云息看上去就不太对劲儿，你该不会也是担心这个吧？"

大国师点点头："没错，这是我最担心的。我觉得，我们与大巫祖的关系，不仅仅是单纯的转世。"

"什么意思？"

"如果只是让人恢复前世的记忆，并不是一件困难的事，我就可以做到，更不需要把人杀死。而人也只是想起了前世发生的事，他本身还是那个人，哪怕是天神转世为凡人，他这一世也只是凡人，绝不可能存在杀死肉身却觉醒前世的情况。杀死肉身，只会让人进入下一个轮回。"

"你的意思是……"

大国师左右看了看，见其他人都在远处，低声道："这一点，饮川和焯烟都明白，甚至云息自己也可能知道。"

江朝戈感到心脏在怦怦直跳："那么，这种情况怎么解释？"

"有两种可能。其一，我们并不是大巫祖的转世，而是大巫祖本身，只是被某种力量限制，只能以人类的形态出现，在没有觉醒前，只能发挥人类的力量；其二，我们可能是封印大巫祖的容器，容器破除了，封印的东西才能出来。"

江朝戈倒吸一口气，感到一股凉意如一把冰锥般刺入心脉，让他浑身的血液都在那一瞬间有种凝结的错觉。

大国师叹道："这两种可能，才能解释为什么在觉醒之后，他们会慢慢地恢复记忆力和魂力、巫力。我担心有一天，大巫祖会在我们体内完完全全地觉醒。你觉得以一个单纯的人类身躯，能够承受那么庞大的魂力与巫力吗？那个时候，我们的身体会怎么样？我们的意识会怎么样？"

江朝戈摇摇头，寒声道："会怎么样？"

"前一种，我们也许能活下来，但是恐怕会失去自己的意识，被大巫祖同化。即便还有自己的记忆，那记忆可能也不再能主导你的思想，你会从大巫祖的角度去思考，而不再会从人类的角度去思考。至于后一种，我们可能完全消失。"

江朝戈低下了头，不自觉地攥紧了拳头。他可能会……消失？如果他真的被共工侵占了身体，他会变成什么？会不会完全成为炙玄的敌人？那他身为江朝戈的记忆和经历又会去哪里？这些问题深想起来，真叫人恐惧得汗毛倒竖。他哑声道："这只是你的猜测。”

大国师点点头：“当然，但难道你不担心吗？我想饮川比我们更清楚这些，但即便他知道，他也帮不了我们，所以我不想主动觉醒，除非万不得已。其实我们只要观察着云息的变化，就能知道我们的结局会如何了。”

江朝戈咬牙道：“我们都被这个阴谋困住了，而这个阴谋很可能就是天神自己设下的。”

大国师叹道：“正是如此。”

江朝戈换了个话题：“焯烟似乎对天地之元蠢蠢欲动，你不担心吗？”

大国师摇头道：“担心也没有用，他与我各有目的，我劝阻不了他。从他发现嫒姬与裂羽的灵慧之魄不在异界后，他就一心相信它们被天地之元吸收了。你们才是真的要小心他，他……”

这时，炙玄老远地朝江朝戈走了过来，他看了大国师一眼，便迎了上去：“你酒醒了？”

炙玄甩甩脑袋，不高兴地说：“你为什么趁我不在出来？”

江朝戈笑道：“我也不可能一直待在帐篷里吧？多闷啊。”

炙玄拉住他的手：“我带你去溪边抓鱼。”

“等一下。”江朝戈看向靠在树下看书的云息，“我想找云息聊一聊。”

炙玄噘起嘴：“干什么？”

“就是聊聊，你先去。”

“不要，跟我一起去。”

江朝戈笑道：“你先去，多抓几条，我特别想吃鱼，吃鱼补身体。”

炙玄一副拿他没办法的样子：“那我抓多少，你可都要吃了，好好补一补。”

“知道了。”

炙玄高高兴兴地走了。

江朝戈走到了云息的身边，云息抬起头，眯起眼睛看了江朝戈一眼。他眼睛干涩，充满血丝，看上去很疲劳。

江朝戈朝他伸出手：“休息一会儿吧，江大哥带你去山林里走一走，透透气。”

云息犹豫片刻，握住那只手，站了起来。

饮川就在旁边，白衣白发，倚靠在一块大石上，几乎与雪融为一体。他淡淡地看了两人一眼，没有说话。

云息跟着江朝戈往山林里走去。

远离人群后，江朝戈开门见山道：“云息，咱们今天坦诚地聊一聊吧。你最近越来越不对劲儿了，你还好吗？”

云息低着头，修长的手指绞着衣襟，没有说话。

江朝戈等了半晌，有些不耐烦了，用手捏起他的下巴：“你说话啊。”

云息一抬头，却是眼中含泪，仓皇地看着江朝戈。

江朝戈一惊：“你怎么了？”

云息用极小的声音颤抖着说：“江大哥，帮帮我。”

江朝戈一阵心疼，可这才是他熟悉的云息。他忙摸了摸云息的脑袋：“别急，慢慢说，我一定帮你。”

云息深吸一口气：“我觉醒之后，每天都在恢复一点儿帝江的记忆。我看到了很多我无法理解的东西，虽然只是零碎的、难以拼凑出意义的画面，可是早晚这些东西会串联起来。而仅仅是这些片段，就已经让我感到太多、太庞大，好像要把我自己的记忆给挤出脑袋了，你懂吗？就好像，我只能记住这么多东西，如果帝江的记忆进来了，我的记忆就要让步。虽然只是一种感觉，可我很排斥帝江的记忆，但我又无法阻止……”

江朝戈按着他的肩膀，安抚着他。

江朝戈依然感受到了云息强烈的惶恐和不安，难怪他这段时间这么安静，他恐怕是觉得他们也帮不了他吧？

江朝戈道：“你和饮川说过吗？”

云息摇摇头：“我不敢跟老师说。”

江朝戈心想，果然如此，看来炙玄还是挺敏感的。

他点点头：“所以你不敢跟饮川大人说，是怕他为了让帝江觉醒，不会帮你吗？”

云息咬了咬嘴唇：“我这么想，是不是不太好？”

“没什么不好。因为我相信，你正在经历的事，饮川很可能知道。他要么不想帮你，要么，就是帮不了你。”

“老师也许帮不了我吧。”云息还是从心底里信任和崇拜饮川。

江朝戈道：“姑且算他帮不了你吧。不管怎么样，我会找机会问问他，你还看到了什么重要的信息没有？”

“我……我可能看到了玄帝。”

“玄帝？”

“我看到玄帝授命的画面，但我看不清玄帝的样貌，只看到一团发光的金色雾气，天界所有人都要对着这团雾气跪拜、领命。我还看到了不少人，比如你、天女、千宿姐、大国师，你们以大巫祖人类的面貌出现在天界。”

江朝戈想起刚才与大国师的对话，又是阵阵寒意袭上心头：“还有吗？”

“还有很多战斗的画面，天兵讨伐、异兽混战，非常非常多，还有，帝江与老师的战斗……到处都是红与白……其实我很想把那些记忆的画面拼凑起来，这样也许可以揭开谜底，但我又害怕……”

“云息，你不要害怕，早晚我们会变成和你一样，你永远不会是孤单的。”

“可是……我知道你们不会轻易觉醒的。江大哥，你们不到万不得已，不要觉醒。我觉得觉醒不是件好事，也许对异兽是件好事，但对我们绝不是好事。”

江朝戈抓着他的肩膀，双手微微收紧，认真地看着他的眼睛：“云息，我们不会轻易觉醒，我们也不会放弃你。你要保有自我，你要记住，你的身体和你的意识都是属于你自己的，绝不能让给任何人！”

云息咬牙道：“我绝不让给任何人。”

“很好，以后想起什么重要的事，要马上告诉我。”

云息感激地点点头。

江朝戈带着重重心事，来到了河边。

炙玄在大冬天里打着赤脚，站在及膝的水里抓鱼，衣襟都被沾湿了。尽管他是有通天本事的上古异兽，可对这种精细的活儿显然没有任何经验。只见他气急败坏地踢石头、砸水面，哇哇乱叫着“孽畜”，场面好不热闹。

江朝戈看着炙玄的背影，忍不住扑哧一笑，可同时又感到一阵剧烈的心痛，痛得他微微弯下了身。

在他知道自己是大巫祖以前，他一直坚信，无论这个世界变成怎么样，他和炙玄一定会走到最后，不管是生还是死。可事到如今，连这最坚定的一点都开始动摇了。也许他会消失，而独留下炙玄最憎恨的共工霸占他的身体与记忆，炙玄会怎么样？一想到炙玄该有多痛苦，他就感到快要无法呼吸了。如果当真会有那一天，他宁愿和炙玄一起长眠。然而最讽刺的是，他甚至无法决定自己的生死。

炙玄感觉到了他的到来，扭过身来，气急败坏地吼道：“这些孽畜居然敢忤逆我！我要把这条河烧干净！”

江朝戈走了过去：“来来来，我帮你抓鱼，抓到几条都算你的。”

炙玄眼睛一亮：“真的？你快来！”

江朝戈勉强露出了笑容。

第7章
人皇血脉

在不眠不休地阅览千百卷书后，饮川终于显出一丝疲态。他揉了揉眉心，对江朝戈道：“感谢你带来这些书，江……先生？”

江朝戈一怔，随即笑道：“饮川大人真是学以致用啊。”

饮川苦笑着摇摇头：“我发现，你的世界里的神话记载是从洪荒时代开始的，而所谓的洪荒时代，其实完全就是我们的时代。你们所熟知的那些天神、异兽，正是我们曾经的敌人、朋友。而再往前，只有根据地质学和考古学推算与论证出来的历史，而没有实际的人文方面的记载。”

江朝戈忍不住道：“您现在说话和用词的方式，让我觉得更好沟通了。”

饮川再次苦笑：“你知道这意味着什么吗？”

“意味着我的世界是从这一元开始的，再往前，只有其他元留下的痕迹了。”

饮川点点头：“没错。这个世界能从多方找到以前几元留下的知识与信息，虽然很琐碎、细小，但能看出前几元的文明。可你的世界不具备这些，就好像，你的世界是根据这个世界制造出来的。”

江朝戈深深皱起了眉，旁边的人也均是听得很入神。创造一个世界这样的神话，完全是神的领域，而目睹过那个世界的人，更是感到不可思议，毕竟他们亲眼见到了那个世界截然不同的繁华。

江朝戈道：“制造出来……”比起一个世界分裂成两个，“被制造出来”这样的概念，对于生长在那个世界的他来说，显然要更难以消化。这种感觉就好像是突然意识到了自己其实是机器人，活在程序里，让人有一种很绝望的渺小感，好像会突然因为莫名的事情，彻底消失于天地间，“您的意思是，依托同一个星球，复制这个世界的背景，然后创造出了我们的世界。但从创造出来的那一刻起，两个世界的发展就截然不同了，所以我们的世界流传着这个世界的神话传说，虽然有非常大的出入。”

饮川道：“正是如此。你们所谓的创世神，女娲、盘古等，其实就是这个世界的天神，但他们从不曾做过补天造人、开天辟地这样的事。你们之所以会流传这样的传说，是因为那是被制造的时候告诉你们的，让古代的人类不至于好奇他们是从哪儿来的。而随着现代科学的进步，你们发现自己是由细菌一步步演化来的，可最初的最初，你们究竟是怎么来的，这个星球又是怎么来的，只有猜测，没有定论。”

江朝戈叹息道：“确实如此，可制造我的世界的意义是什么呢？为什么要大费周章制造一个相似而又大不同的世界呢？”

“在另一个次元制造一个世界，这是玄帝——这个世界的最高统治神才有的能力。他制造你的世界，而且是在另外一个次元制造你的世界，一定有其用意，说不定就跟异兽混战、天地之元有关。”

云息问道：“能确定江大哥的世界是被制造的世界吗？”

江朝戈想了想：“我们所知道的异界之门第一次被打开，就是在天地之元现世时，这是焯烟大人告诉我们的。”

焯烟沉声道：“没错，那是我第一次知道异界之门，但我也是后来才知道那是异界之门。”

大国师眯起眼睛：“所以，你的世界是出现在天地之元现世之前，还是……”

“天地之元！”江朝戈瞪大眼睛，“莫非是天地之元制造了我的世界！”

饮川道：“或者，是天地之元开启了你的世界。不论是哪一个，你的世界的出现，都跟天地之元有着直接关系。”

江朝戈深吸一口气，说不上心里什么感受，只感到身体阵阵发寒：“天地之元究竟是什么宝物？怎么能做到这些……”

饮川冰蓝色的眼眸掠过众人，望向了远方：“从来没有一件宝物，能让玄帝如此兴师动众、大费周章，只为了将它夺回。天地之元不会仅仅只是一件宝物。如果它能创造一个世界，或者打开一个世界，那么它才是真正的神！”

众人都听得震惊不已。一直以来他们都在猜测天地之元究竟是什么，或者有什么厉害之处。他们本以为天地之元只是富含庞大的魂力，这魂力又未被证实能够被人或异兽使用，但今天，他们可能发现了天地之元的另外一个秘密。而这个秘密比它所蕴藏的魂力还要让人震撼。

寺斯抓着头发："那么好玩儿的世界，是被制造出来的？那我们的世界是怎么来的？"

"是啊，我们的世界又是怎么来的……"饮川叹气道，"这个问题的答案是我一直想知道的。"

江朝戈心想，再说下去都要研究宇宙起源了。饮川要吸收他的世界所有的知识，怎么也要几十年吧？到那时候，他们可能都死透了。他道："饮川大人，这个问题，人类研究了上万年都没有结果，如果真的跟天地之元有关，一切反倒可能简单了。"

饮川道："我还需要更多时间来研究，也许我真的能在你们的书里找到更多答案。"

"我不觉得我们有更多时间。"焯烟阴沉地说，"衔云他们很快就会找上来。"

"我感觉他们在酝酿什么。"炙玄摸着下巴，"他们不断地让魂兵使觉醒，获得更强的力量，恐怕很快就会折返，抢走天地之元。"

"天地之元是无法抢走的，除非他们有胆量碰触它。"饮川道，"但是，衔云的魂兵使最早觉醒，记忆可能已经恢复得七七八八了。他一定知道一些我不知道的事，也许他知道怎么利用天地之元。"

"连饮川大人也不知道的事？"江朝戈以一种嘲弄的语气说，"那一定是什么不得了的事。"

饮川平静地说："时机成熟，我会告诉你们我所知道的。"

江朝戈也习惯了他如此说，甚至由于饮川从不用任何有起伏的语气回应他的质疑和嘲讽，一直是心如止水、云淡风轻的模样，反倒显得他不够大度，让他多少有些恼火。可他也不好意思继续阴阳怪气，只好说："希望饮川大人到时候会给我们一个足够好的理由。"

红渊忧心忡忡道："我现在真的非常担心衔云和啸血他们了。如果他们的魂兵使全部觉醒了，而且全都比我们更早觉醒，实力必然超过我们数倍。这种情况下，我们就相当危险了。"

阮千宿道："不如我觉醒吧？"

江朝戈感觉得出来，这个倔强刚强的女人一直不甘示弱，对强大力量的渴求不输于任何一个人。而且红渊说得对，他们现在完全处于弱势。但想起大国师的话，他陷入了两难。他道："千宿，你不要急于觉醒，觉醒是伴随着危险的。云息正在逐步恢复大巫祖的记忆，可代价就是他越来越多地被影响。这种记忆很可能最终让你失去自我，完全变成大巫祖，我最担心的就是这点。所以不到万不得已，我们最好不要觉醒。”

云息也点头道：“千宿姐，不要贸然这么做，我现在就……”他脸上显出黯然之色。

阮千宿摸了摸他的头发，柔声道：“不要怕，我们都在你身边，你是云息，不是帝江，这是你的身体，他夺不走。”

云息抿了抿嘴，目光飘向了饮川，饮川此时也正好看向了云息。他冰蓝色的眼眸如高远的蓝天，蕴藏着让人捉摸不透的思绪，那一抹哀愁淡得如同丝帕，在人心头招摇。

云息看着饮川，突然皱了皱眉，胸口一痛，那种神经反射般的疼痛，让他险些没喘上气来。他有些茫然，又有些紧张。他知道那感觉不是自己的，那么只可能是帝江的……

饮川似乎看穿了什么，轻声道：“云息，你就是你，你的身体和意识都是你的，你不是帝江，也不必成为帝江。”

云息不知所措地点点头，心绪大乱。自从他忆起饮川与帝江的一些画面后，他每次面对饮川，都有些心虚、内疚，就好像偷看了不该看到的东西，可同时又感到惶恐。他生怕随着记忆的恢复，有一天他会对他最尊敬的老师产生什么不该有的想法。

饮川扭过头去，他表情冷静，可起伏有些剧烈的胸口还是泄露了他的情绪。

江朝戈想想自己和炙玄，再想到饮川和帝江，突然有些同病相怜了。可就算这样，他们也不会眼看着帝江抢夺云息的身体。

阮千宿听他们一席话，也对觉醒有了些忌讳，但心底依然是期待大过恐惧。

江朝戈一整天心神不宁，他觉得自己多年练出来的冷静和理智，在这个世界快要崩盘了。他承受了非人类可以承受的一切，他已经不知道自己的底线在何处了。

在轩辕丘的每一天，众人都紧绷着神经，因为衔云和啸血随时可能出现。而江朝戈的担忧，可能比所有人加起来更甚。因为，一旦衔云出现，刘擎这块挡箭牌就再也不能用了，比起这个，他觉得自己的安危都是次要的了。

几天之后，云息再次找到江朝戈，说自己又恢复了一些记忆。这一次，云息的表情比前一次还要凝重。

江朝戈的心也跟着往下沉：“你想起了什么？”

云息欲言又止，反复两次后，才道：“我确定了一件事，那就是在十二异兽被封印后，活着的大巫祖至少还有五个，其中就有帝江、共工、祝融、勾陈与相繇。

“重溟也曾说过，他是最后一个被封印的异兽。那时候，分明还有好几个大巫祖活着，根本不是全部与异兽同归于尽。那么，这些大巫祖为什么最后会死？”云息看着江朝戈，咬牙道，“我怀疑，这正是他们的计划。”

“什么意思？”

“我看到了一个从没见过的天神在炼化魂兵器，而你把血液滴了进去，炙玄就是你的专属魂兵器！”

江朝戈心脏如遭重击。虽然他早已经猜了个八九不离十，可真正从帝江的记忆中得到确认，还是让他感到一股寒意袭上心头。是共工，自己的前世，故意让炙玄成为自己的专属魂兵器。这么做，除了克制炙玄，他想不出别的可能了。

云息握紧拳头，肩膀微微颤抖：“江大哥，我真的不想再恢复更多记忆了，可是我阻止不了。如果炙玄知道你……”

江朝戈低声道：“至少他现在不知道。”

“他们把异兽变作自己的专属魂兵器的目的是什么？仅仅是克制异兽吗？可这样造成反噬的可能性更大呀。”

“这种封印不可能永远封住异兽，待到封印被解除的那一天，异兽必然现世，那么到时候必须有一个可以约束他们的力量，而普通的人类魂兵使，是不可能控制上古异兽的，大巫祖想用自己的力量来约束异兽……我更想知道，他们是怎么死的，以及为什么必须死。”

“也许我再过几天就能想起来了。”云息幽幽道，“帝江的意识越来越强烈了，江大哥，如果我完全变成了帝江，你们不要忘了我。”

江朝戈目光阴沉：“你不会变成帝江，我们绝不会成为大巫祖的容器。”

云息摇摇头：“江大哥，你不懂，我害怕的不是帝江夺取我的意识，而是我越来越觉得，我可能就是帝江。按照你那个世界的说法来比喻，就是帝江才是我的本人格，有一天本人格复位了，我虽然会记得我作为云息时候的一切，但我的想法、思维、情感、性格，可能会全部变成帝江的。我害怕——有一天我完全变成了帝江，我还觉得那才是正确的！”

江朝戈感到阵阵心悸，他完全理解了云息的恐惧。如果真是如此，那么他们所有的一切都将被否定，就好像他们的存在就是水中月，轻易就能抹杀，而且是被“自己”抹杀。可是，谁又能确定，大巫祖才是真正的自己？如果他完全成为共工，他会如何看炙玄，炙玄又会如何看他？

江朝戈的心脏体会到了一种窒息般的钝痛，那是一种眼看着自己一步步走向万丈悬崖却无能为力的绝望。

云息的眼眸微微有些发红，他还准备说些什么，远处突然传来一阵骚动，似乎是营地的方向。

两人连忙折返营地，只见众人的表情都变得有些凝重。

大国师看着远方："我在昆仑仙境留下的巫咒有反应了，一定是有异兽来了。"

"会是衔云他们吗？"

"多半是。"

炙玄眯起眼睛："他们若是敢来，应该是已经有准备了。"他的目光投向最远方，仿佛对共工望眼欲穿。

江朝戈的心脏打鼓一般跳了起来，若来的真是刘擎……

待到异兽靠近了，饮川才惊讶地说道："不是他们，而是壬王和嘲飞。"

远处，一只巨大的吊睛白虎将整个山林踩得地动山摇，一只以青蓝为主，辅以彩色的独脚巨鸟飞在他头顶正上方，展翅时遮蔽千里，与整个晴空遥相呼应，如一朵巨大而绚烂的云。

红渊撇撇嘴："毕方这个蠢蛋。"

炙玄有些失望地哼了一声，江朝戈则吓出一身冷汗。他长舒一口气，感觉冰冷的手脚终于找回了一点儿知觉。

炙玄笑道："看把你吓得。"

江朝戈勉强一笑。

壬王跑到近前才现出人形，嘲飞在天上一旋身，巨大的羽翼卷起一阵狂风。狂风的正中央，出现了一个有着青蓝色长发、紫色眼眸的男子。这是江朝戈见到的最后一个上古异兽的真容，不出意外，也是天人一般的完美容貌，身边伴着一个不惑之年的儒雅俊朗的男子。那男子虽然身后背着用皮革包裹起来的长武器，却没有作为魂兵使应该有的犀利，只是由结实的身体和从天上落下也丝毫不见慌张的稳重，可判断这男人非同一般。

"吾友……"饮川见到壬王，难掩喜悦神色。

红渊刚想调戏嘲飞几句，壬王却立刻道："我没有时间说太多了，衔云与啸血他们此时正在昆仑仙境外，试图破坏帝江的雕像。他们四个大巫祖已经全部觉醒，我们无法阻止他们。"

饮川那双冰蓝色的眼眸闪过一丝阴霾，这恐怕是众人第一次见到他显出怒意，哪怕只是稍纵即逝，竟也足够叫人心惊。他道："为什么？"

云息脸色苍白，嘴唇几乎没有血色，两道浓眉紧蹙，眼神涣散，似乎越来越痛苦。

虞人殊第一个发现了他的异状，惊问：“云息，你怎么了？！”

云息突然用牙齿咬紧了嘴唇，咬到嘴唇渗出鲜血。

虞人殊见云息很不对劲儿，用铁钳一般的手一把捏住他的下巴，硬是用大拇指撬开他的牙关，没想到他力气出奇地大，反倒咬伤了虞人殊的手。

云息突然松开嘴，抱住脑袋痛苦地大吼道：“雕像、雕像！”然后，他便扑倒在地，开始翻滚。

虞人殊一掌劈在他的后颈上，将他打晕了过去。

这一场突如其来的变故让众人心惊不已。

“那雕像一定非同小可！”嘲飞着急地说道，“雕像被施了巫咒，衔云等人无法破除，但他们对雕像的攻击，正在波及周围，已经有两个村庄被昆仑山上震落的雪淹没了。”

寺斯瞪大眼睛，焦急地叫道：“我的村子！”

“耳傥族的村子没事，我路过时看到了，大巫带着村民避难去了。”

饮川把云息从地上抱了起来，沉声道：“去看看。”说话间，他便化作那优雅雪白的白泽，只是他冰蓝色的眼眸里有着明显的慌张。他一刻不停地朝帝江雕像的方向跑去。

其他异兽也纷纷化成兽形，紧随饮川的身后。

这么多上古异兽在苍山雪地间并行的盛景，此生罕见，江朝戈却无心欣赏。因为他即将迎来的也许是他一生中最黑暗的一刻，而最让人愤怒的是，他一点儿拯救自己的力量都没有。

天上，红渊挑衅地围着嘲飞飞了一圈又一圈，非要挡在他的面前。

嘲飞哼了一声，不客气地说：“让开。”

红渊冷笑：“不让。”

嘲飞干脆飞到红渊的上空，红渊不甘示弱，又要飞得比他高。两只异兽不断地攀升，再攀升，直到阮千宿怒道：“红渊，够了，我喘不过气来了！”

红渊这才悻悻地飞了下去，留给嘲飞一堆如烟花般漫天飞舞的金红翎羽。

他们很快离开了昆仑仙境。昆仑仙境外，雾气已经彻底飘散，那巨大的帝江雕像矗立在雪山之间，焚念、啸血和游释在不停地撞击着那比他们还要大一些的雕像。雕像周围有巨大的巫力保护，任他们把雪山撞得地动山摇，雕像依旧岿然不动。只是仔细一看，雕像上已经有了一丝丝裂痕。而且，随着每一下撞击，雕像都散发出一圈极淡的金黄色光芒。

江朝戈好奇地问道："那是什么？好像有保护罩。"

饮川皱起眉："恐怕是……"

炙玄发出一声惊天兽吼。

啸血那丑陋的面容此时显得愈发狰狞，他仰天大笑："仅有区区一人觉醒，还是最弱的那一个，你们当真敢来送死。啊，不，我暂时杀不死你们，但这正是我最喜欢的，我还从来没有一件玩具，可以反复折磨而不死呢。"

饮川寒声道："你们为何冲撞帝江雕像？衔云呢？"

没有看到衔云，江朝戈几乎吊到嗓子眼儿的心脏又落了回去。今天大起大落数次，他觉得要是再来一次，自己真要吐血了。

焚念呵呵低声笑道："他去找一个能帮我们解除巫咒的人。"

"谁？"

"等帝江恢复记忆，你们自然就会知道了。"

饮川眯起眼睛："你们不可能破开帝江雕像，保护帝江雕像的是上古神器东皇钟！"

啸血哈哈大笑："没错，这东西确实好用，我们撞了这么久，它也仅有一丝裂纹，看来，还是要等衔云回来。因为有一种血脉，可以解开东皇钟的巫咒。"

饮川道："衔云找到了黄帝的血脉？"

"你们身边不就有一个吗？"

此言一出，众人均是面面相觑，分别猜测谁才是那个"黄帝的血脉"。

大国师脸色一变，枯老的手指在袖中紧紧地握住了。

焯烟道："人皇血脉早已经失传千万年了，东皇钟是黄帝的宝器，没有人皇血脉，你们就是撞到头破骨裂也撞不开。你说你们找到了人皇血脉？怎么找到的？又是如何确定的？"

"是我找出来的。"天女朗声道，"没有人比我更清楚人皇血脉。"

嘲飞厉声道："陆吾！你我曾助人皇大败蚩尤，你如今为何要背叛人皇？"

天女更加尖刻地说道："何以见得我背叛人皇？东皇钟不破、帝江雕像不碎，我们永远无法碰触天地之元！牺牲一个人皇的血脉就可以扭转乾坤，何来的'背叛'？！"

饮川急道："你们为何要撞碎帝江雕像，那里面有什么？"

游释怪笑道："帝江便在你身边，你为何不问他？"

众人不禁看向云息，只是他还昏迷不醒着。

炙玄道：“所谓的人皇血脉，指的是谁？”

焚念哈哈大笑道：“他就在你背上。真是有趣，你背上的人，我突然都想尝尝他的味道。”

江朝戈大惊，猛地扭头看向了身旁的虞人殊。

虞人殊也怔住了。周围的目光如针刺一般，让他无处可避。炙玄的背上，便只有他和江朝戈、天戎……他短暂地愣怔后，很快回过神来，脸色骤然一变：“我大哥有危险！”

江朝戈马上道：“不对，若虞人氏就是人皇血脉，那虞人奎怎会是人皇血脉？他明明是大巫祖！”

天女冷笑：“虞人奎根本不是圣皇亲生的。”

虞人殊已经顾不上这一个比一个令他震惊的消息了，厉声道：“衔云是不是去找我大哥了？”

焚念舔了舔嘴唇：“其实我更想要天鳌城里你的那些弟弟妹妹，小孩子的肉更加鲜嫩可口，但有夙寒在，真是麻烦，就只有你大哥最易弄来了。”

虞人殊目眦欲裂，大吼一声，就要从炙玄的身上跳下去。

天戎和江朝戈同时扑上去将他按了回去：“殊，你冷静点儿！”

虞人殊怒道：“放开我！”

天戎一把掐住了他的后脖颈，平静地说：“你救不了他，放弃吧。”

虞人殊奋力挣扎，天戎干脆用膝盖顶住了他的后背，让他动弹不得。他挣扎了半天，越来越无力，眼角渐渐渗出了晶莹的液体。他不再怒吼，而是闭上了眼睛。

天戎看着他灰败的表情，心脏感到一阵酸麻难耐。他皱起眉，不自觉地捂住了胸口。不知道这种感觉从何处来，只是看着虞人殊伤心，他也不自觉地跟着难受起来。

天戎伸出指尖，轻轻抹掉虞人殊眼角的泪。看着指尖上透明的液体，他不禁愣住了。

江朝戈叹了口气，将虞人殊拽了起来，他的目光飘向了一直抿唇不语的大国师。

大国师感受到他的目光，也慢慢转过脸来。

江朝戈在用眼神说“你早就知道”，而大国师并没有回应。

饮川深沉地看着那巍峨的雕像，还有那一层淡金色的光芒。那是号称六界第一防具的法器东皇钟，原本是黄帝所有。黄帝殂落后，它就不知道流落去了何处，却没想到居然是被放在了这雕像的身上。若不是啸血等异兽的撞击撼动了它，他们还发现不了。

帝江雕像里究竟有什么？为何要用东皇钟来保护？这是在场大部分人心中最大的疑惑。

啸血冷笑道："待到衔云将人皇血脉带回来，雕像中的东西就归我们所有了，如果我是你们，我会尽量跑远一点儿。因为一旦对上天地之元，你们就不再是永生不灭的了。"

饮川深吸一口气："雕像中究竟是什么？"

啸血血红色的眼睛看了他两秒："饮川，你真的不知道？"

"不要再卖关子！"

啸血狰狞一笑："我喜欢看你急躁的样子，因为我从来没有见过。你们就继续猜下去吧，反正等衔云回来，你们很快就会知道了。"

焯烟道："你觉得我们会让你们等衔云回来？"

啸血哈哈大笑："凭你们可以阻止我们？"

焯烟龙身盘踞，遮蔽天空，口中火精如小太阳般熠熠生辉。他高声道："虽然我不知道帝江雕像中有什么，但既然如此非同小可，必定不可以让你们得到！"他口中的火精光芒大盛，整个空间都闪烁着耀眼的白光，一团团火球朝着啸血喷去。

其他人也跟焯烟有同样的想法，无论雕像中的东西是什么，一旦被啸血得到，他们恐怕就再无翻身之日。现在衔云没回来，也许是最后的机会，毕竟他们的大巫祖虽然大部分没觉醒，至少数量上是啸血他们的两倍。因此，在焯烟攻击的瞬间，其他人也冲了上去。

江朝戈觉得自己此生再也不会见到如此壮观的战斗场面，麒麟、白泽、白虎、朱雀、毕方、烛阴、混沌、饕餮、梼杌，九只上古异兽展开了一场撼天动地的混战，让他们这些渺小的人类真正看到了什么叫作"末日"。

整个昆仑山在顷刻间山崩地裂，雪火纷飞，天地变色，日月无光，地面龟裂开无数道深渊般的沟壑，大雪如瀑布般急速崩落，山峦被拦腰撞断，方圆几百里无一处不受波及，如同一幅正在被焚烧的画，逐片地剥落！

而在这恐怖的末日之景中，只有一样东西岿然不动，那就是帝江雕像。

江朝戈在混乱中召唤出肥遗，将云息等人弄到了帝江雕像上，任凭脚下山崩地陷，只有这里最安全。

江朝戈站在雕像顶部，看着炙玄和壬王在撕咬啸血，天女浑身白光大显，啸血鞭竟有了伤及上古异兽的能力，还念着江朝戈听不懂的巫咒。焚念的魂兵使是个修长清俊的少年，而游释的魂兵使则是个三十多岁的冶艳女人。三人均已经觉醒，霸道厉害，各有神通，让人不禁对他们显出本体的那一天心生畏惧。

寺斯咽了咽口水，紧张地说："江大哥，千宿姐，有一天你们也会变得那么厉害吗？"

两人都没有说话。

一直沉默的虞人殊突然站了起来，猛地冲上去，一把揪住了大国师的领子，目光无比凶恶："你知不知道虞人奎是私生子？"

大国师缓缓眨了眨眼睛："殿下，您冷静点儿。"

"说！"虞人殊目眦欲裂，"所有皇子、皇女在出生时都接受你的洗礼与祝福，你还会为他们占卜。几乎无所不知的大国师啊，你到底知不知道，虞人奎不是我父皇亲生的？"

大国师黯然道："我知道。"

"那你为什么一直隐瞒？如果没有你的纵容，虞人奎本不该作为皇子长大，本不该有觊觎皇位的胆子，本不该把太子赶出天鳌城！"虞人殊哑声道，"你们都暗示我，说我大哥嫉妒我，想陷害我，就算当真如此，他也是正统的皇位继承人。我可以把皇位让给他，但绝不能让给一个私生子和一只凶兽。有一天我死了，有什么颜面面对虞人氏的先祖！"

大国师叹道："殿下，虞人奎的身份，牵扯了太多人命，背后又有他母家大贵族黎氏。即便圣皇知道，也未必敢动他，反而徒增猜忌与麻烦。我是出于诸多考虑，才一直隐瞒的，而现在这些已经不重要了。"

"父皇已经不在，天棱国落入虞人奎手里，你自然可以说不再重要，但我不会再相信你说的任何一句话。"

大国师沉声道："殿下，您不仅是天棱国的皇子，体内还流着人皇的血液，请您不要感情用事。"

虞人殊眯起眼睛："你连我是人皇后裔的事也知道？"

大国师闭了闭眼睛："知道。"

虞人殊握紧了拳头，咬牙道："事到如今，你以为我还会相信你是为了让我继承天棱国的皇位才做的这一切？你可是大巫祖，区区一个人类的皇位算得了什么？你到底有什么阴谋？！"

江朝戈听得愈发心惊。从让他们去寻找神级魂兵器到陷害虞人殊，逼他们逃离皇都，再到利用他们打开异界之门，这一系列事情中，他们从未觉得大国师是一个关键人物。可如今他们才幡然醒悟，大国师在这整件事中起到的作用，甚至大于饮川。大国师知道的，远比他们多得多。大国师究竟有什么阴谋？！可笑他们居然到现在才明白过来。然而一切已经晚了，他们被大国师一路操纵着走到了这里，再无回头之路。

江朝戈寒声道："人皇血脉代表什么？"

大国师看了看那毁天灭地的战场，语出惊人："只有人皇血脉才有可能碰触天地之元而不死。"

众人瞪大眼睛："为什么？"

"我不知道。我用了毕生心血去研究天地之元，研究异兽混战，我只知道，天地之元是被拥有人皇血脉的人带到人界的，所以谁也无法把它拿回天界，连玄帝都做不到。"

江朝戈怒道："你为什么不早说！"

大国师没有回答。

江朝戈其实能明白他的顾虑，如果说了，必然要引出人皇血脉的话题，他们只会更加追问不休。

一个是饮川，一个是大国师，他恨透了这些把秘密左藏右藏的浑蛋了！

龙荞幽幽道："如果真是这样，那虞人大哥岂不是很危险？"

众人看向了虞人殊，他脸色凝重，眼神中闪过一丝茫然与无措。

异兽争斗扬起漫天风雪，模糊了众人的视线。雪雾如一层灰蒙蒙的沙尘，将整个帝江雕像缠裹了起来，这里仿佛成了风暴的中心、深渊的极点，偏偏又是方圆几百里唯一算得上安全的地方。

突然，一个巨大的黑影逐渐透过雪雾显现出来，并且变得越来越大，越来越近，直到砰的一声巨响，那道身影撞上了雕像。站在雕像顶部的众人险些被震飞，定睛一看，竟是游释咬住了饮川的肩膀，将他钉在了雕像上。

江朝戈抽出炙玄刀，可看着游释狰狞恐怖的身体，又犹豫了，他这一刀能起到什么作用呢？

大国师拿起骨杖："别犹豫了。"他纵身跳下雕像。他的身体看上去非常苍老，行动却敏捷灵活，完全是青壮年的身体素质。他手中的骨杖发出了白光，朝游释的眼睛砸去。

寺斯也翻身跳上裂羽的背，那人首龙身的异兽虽不及他的父亲威风，却也有百米之长，傲然盘踞于空中，载着寺斯飞下雕像。

寺斯举弓射出了一支利箭，直逼游释的另一只眼睛。

游释扭头闪过，同时将饮川撞倒在地。

饮川趁机一爪子拍在游释的胸口上，将他拍得一个踉跄。饮川同时翻身跳了起来，周身冒出肉眼可见的白森森的寒气，空气温度跟着骤降。

虞人殊、龙芗和阮千宿也纷纷跳下雕像，加入了战局。

江朝戈回头看了看还在昏迷的云息一眼，嘱咐柳清明照顾他，然后便召唤出了肥遗，飞向了风暴之中……

看着九头上古异兽和三个大巫祖血腥厮杀，江朝戈有种老鼠误入了虎狼群战的感觉。他是那么渺小和不堪一击，甚至身下的肥遗都在瑟瑟发抖。

江朝戈一咬牙，直冲着正在与炙玄撕咬的啸血冲去，这次，他的目标还是天女。

天女注意到了他，手握啸血鞭，冷冷地看着他。

江朝戈不是第一次与这个小女孩对战了。第一次，他赢了，这一次，他面对的却已经不再是人类的力量。

天女轻叱一声，足尖一点，飞掠至半空，啸血鞭直直地朝着江朝戈抽来。

一股霸道的魂力如一块巨大的盾牌被横着从空中推了过来，江朝戈仿佛用肉眼看到了魂力的具化。他操控着肥遗拼命往高空飞去，然而还是被魂力扫到，肥遗的两个蛇身皆断。他感觉自己像是一头撞在了钢板上，然后倒飞了出去，胸腔疼痛难当，好像五脏六腑都移了位置。他强忍着痛将肥遗收回又释放出来，勉强在坠地之前接住了自己。

炙玄焦急地喊道：“朝戈，不要出现在这里！”

天女轻巧地落在了地上，冷酷地说：“你为什么还不觉醒？是不敢杀了自己吗？现在的你太弱了，根本不配成为我的对手。”

江朝戈抹掉嘴角的血，从地上爬了起来：“觉醒之后，你后悔过吗？你还有自己的意识吗？”

天女微微一怔：“我就是我。”

“你就是你？那你是冥胤会的天女，还是大巫祖陆吾？”

天女咬了咬牙：“那都是我。”

“没有人拥有两股意识、记忆、经历和思维方式，你完全相信自己是陆吾，抹杀了过去的自己的存在。”江朝戈讽刺一笑，“我跟你一个小丫头说什么！你懂什么呢？”

天女怒道：“放肆。”

“哦，我又弄错了，你不是小丫头，你已经不知道活了多少万年了，所以你可以很轻易地操控一个十岁的小女孩，将她的意识和身体都据为己有，而她还不认为哪里不对。”

天女双目圆瞪：“你不要胡说八道！我已经想起了很多，我就是陆吾，陆吾就是我！”

江朝戈冷道：“这就是我不想觉醒的原因。”他举起炙玄刀，大吼着劈向天女。

天女甩出七节鞭，两把绝世魂兵器碰撞的声音，响彻整个喧嚣的战场，刺破了人的耳膜，听得人心惊胆战。

江朝戈感到双臂承受了远远超过他负荷的力量，他不可置信地瞪着天女，双目充满了可怖的血丝。曾经瘦弱的、缺乏力量的手臂，如今居然……这就是大巫祖刚刚觉醒后的力量吗？难怪他们敢毫不犹豫地加入异兽的战局。天女说得对，他根本没有与她匹敌的力量。

江朝戈眼看着虎口崩裂，他被那股巨大的力量狠狠地砸了下去，竟硬生生地单膝跪在了地上。他一咬牙，另一只脚狠狠地踹向天女的小腿骨，那细瘦的小腿骨看上去一脚就能踢断，可天女灵活地闪了开来。

她将七节鞭一甩一拽，缠住了炙玄刀的刀身，然后甩着七节鞭，将江朝戈连人带刀甩向了半空中。

江朝戈在空中连翻两圈，落到了地上。他双臂颤抖不已，好像每一根筋都在崩断的边缘。

趁着壬王将啸血扑倒在地的工夫，炙玄冲了过来，那覆着鳞片的锋利大肉爪子如大石头一般拍向天女。

天女脸色一变，以超乎人类的速度向后躲闪，却依然被爪子划破了胸口，鲜血喷涌而出，洒在雪地里，触目惊心。

炙玄不依不饶，张开血盆大口，一团火球喷向了天女。

天女大喊一声，口中念念有词，在火球眼看就要吞没她的瞬间，她周身出现了一个圆形的半透明屏障。火球袭来的瞬间，与屏障融为一体，剧烈燃烧，短短几秒后就轰然爆炸。天女娇小的身体飞出了十数米远，虽然没有被烈火焚烧，但身上多处焦黑，也着实伤得不轻，彻底不动了。

江朝戈长舒一口气。

炙玄骂道：“白痴，谁让你下来的，赶紧回雕像上去。”

“那里也不安全。”江朝戈补充道，“还是在你身边安全。”

炙玄顿时燃起几分豪气和骄傲：“那是，快上来。”

江朝戈纵身一跳，攀着炙玄的鳞片轻松地爬到了他的背上。

炙玄回身又朝啸血扑去。

啸血被炙玄和壬王围攻，自己的魂兵使又遭到攻击，顿时有几分狼狈，但他从大巫祖那里获得的魂力远在炙玄和壬王之上，战况僵持不下，昆仑山的雪已经被大片大片地染成了刺眼的红色。这是一场可能不会有结果却又不得不进行的战斗！

就在战况胶着之时，一道流水般清澈灵动的琴音突兀地钻进了风暴之中。那琴音就像一股清泉，顿时洗刷了天地间的血腥和杀气，让人在一瞬间忘记了他们是在一个山崩地裂、血流成河的战场，而仿佛是置身于幽静的山林之间，就连呼吸的空气都被净化了。只是这错觉仅持续了短暂的几秒，众人就回过了神来，不解地望向了帝江雕像。

只见云息一只手半抱饮川琴，抵在腿上，另一只手轻轻滑过琴弦，那直击灵魂的琴音随即流出，震撼着在场每个人。

江朝戈的脸色顿时煞白。云息绝弹不出这么好的琴音，这是……帝江？！

饮川冰蓝色的双瞳一眨不眨地望着款款抚琴的云息，眸中闪动着难以形容的复杂思绪，一时也僵硬不已。好半天，他才犹豫着问出两个字：“帝江？”

琴音戛然而止，云息的手指顿住了，抬眼看着饮川。

饮川的声音有一丝不易察觉的颤抖：“是你吗？”

云息轻声道：“你期待是谁呢？”

饮川怔了怔，闭上了眼睛，再睁开时，眼神已经恢复了清明：“你已经想起来了。”

云息道：“想起了不少。老师，如果我永远不是帝江，你会失望吗？”他的语气古怪，让人摸不透心里在想什么。

饮川平静地说：“世上再无第二个帝江，我为何失望？”

啸血冷冷地道：“帝江，别故弄玄虚了！你当初和共工等人把‘那个东西’藏在了自己的雕像里，甚至不惜用东皇钟保护起来，如今你应该比任何人都希望把它取出来吧？”

江朝戈心头一震，帝江雕像里的东西，是他们放进去的？

“我是要将它取出来，但不会给你。啸血，它是我们活下去的唯一希望，你却根本不知道如何使用它。”

啸血反问道：“你知道？你要将天地之元作何用？”

“到时候你自然会知道。天地之元不会属于你的，你以为人皇血脉那么容易得到吗？虞人潇的魂力比起虞人殊弱了太多，你就算把他的血抽干，也未必能够打破东皇钟的巫咒。即便打破了，你要怎么拿起‘那个东西’，又怎么用‘那个东西’去拿起天地之元？”

啸血眯起眼睛狞笑道：“所以还有你手里的这一血脉，早知道这个小皇子那么重要，当初我绝不把他放走。”

虞人殊恶狠狠地瞪着啸血，想起被囚禁在冥胤会的日子，简直恨不得将他生吞活剥。

江朝戈朗声道：“孽畜，你别想碰他一根汗毛。”

炙玄突然转过身来，以从未有过的凶狠眼神瞪着云息，不，在他眼里，现在只有帝江。他一字一字缓缓地问道：“你和共工？”

云息对上炙玄仿佛燃烧着地狱业火般的眼眸，脸上闪过一丝恐惧，喉结上下滚动着。

炙玄向前走了一步，厉声道：“你和共工，你们这些大巫祖，在我被封印后做了什么？为什么你们会把重要的东西封印在这座雕像里？为什么你们会成为我们的魂兵使？”

云息轻声道：“现在不是说这个的时候。”

炙玄发出令人胆寒的吼叫：“你们究竟有什么阴谋，说——”

饮川道：“炙玄，我们现在……”

炙玄充耳不闻，一个箭步朝雕像冲了过去，雄伟的身躯纵然一跃，两只大爪子攀住了帝江雕像，巨大的燃烧着火焰的头颅在转瞬间就出现在了云息面前。

云息后退一步，腿一软，一屁股坐了下来。

江朝戈急得大叫：“炙玄，别冲动，现在确实不是说这个的时候。”

“你们究竟有什么阴谋？”炙玄已经完全被惹怒了，“为什么我最厌恶的大巫祖，会成为我的魂兵使，为什么！”

江朝戈呼吸一滞，被噎得说不出话来。

“哈哈哈——”游释的魂兵使——那冶艳的女人突然发出一串长笑，“炙玄，你怎么还是如此蠢？将你们做成我们的专属魂兵器，自然是为了操控你们。遍寻六界，恐怕再也没有比这更好的压制你们的方式了。当然，我们也伴随着被反噬的风险，究竟最终谁能做主，就要各凭本事了。”

“白曬……”炙玄咬牙切齿，“孽畜，凭你们的人类之躯，还妄想操控我们！”

白曬猖狂道：“我们早晚会恢复肉身！”

云息摇了摇头，喃喃道：“无知。”

“恢复肉身？”炙玄反问道，“你们是死还是活？是人，是兽，还是大巫祖？你们究竟是什么东西，又以何恢复肉身？”

白曬无言以对，妩媚的脸蛋顿时变得有几分狰狞。游释嘲弄一笑。

炙玄朝云息龇起牙：“再不说，我就将你生吞活剥。我或许杀不了你，但一定能让你生不如死！”

“炙玄，够了！”江朝戈高声喝道。

“你闭嘴！”炙玄以更大的音量吼道，震得江朝戈心脏狂跳，好像马上就要蹦出嗓子眼儿了。

江朝戈深吸一口气，感觉炙玄滔天的怒意已经化作有形的重负，压得他胸口闷痛，几乎要喘不上气来。他担心炙玄一怒之下真的对云息不利，几个起落跳上了帝江雕像，面对着炙玄燃烧着火焰的眼眸，沉声道：“炙玄，你别忘了我们还有共同的敌人没有打败。”

炙玄眼神暴戾，充满了野蛮的兽性与杀意：“帝江就是我的敌人，我要知道最后活下来的那几个大巫祖究竟干了什么！”

江朝戈厉声道：“我也是你的敌人吗？”

炙玄微怔，身上的麒麟真火越燃越烈，江朝戈甚至感到一丝灼热。他从未真正感受过麒麟真火的杀伤力，只亲眼见过炙玄怎么在顷刻间把森林化为焦炭，他希望自己永远也没有机会体验。

白曬冷笑道：“上古异兽混战后，据祝融说，活下来的大巫祖只有祝融、帝江、共工、勾陈与相繇，他们究竟对你们做了什么，对我们做了什么，又在这雕像里放了什么，只有他们五个知道。你眼前有一个，待衔云回来，你还能问另外一个。我也很想知道，我们现在究竟是人还是兽。”

“我不需要问另外一个，我要你现在告诉我！”炙玄一掌拍在雕像上，轰然一声巨响，江朝戈、云息和柳清明的身体都跟着晃了一晃，险些跌倒。

江朝戈往前一步挡在了云息面前，无力地叫道：“炙玄……”炙玄对云息的态度，让他不由自主地联想到炙玄对共工的恨意。他感觉一把铡刀悬在头顶，左右就是不落下，却已经让他心神大乱，痛苦不堪。更可怕的是，哪怕真的“砍头”了，他也不会一了百了，而是陷入更大的痛苦中。

饮川走了过来，正要说什么，天边突然传来一声穿透云霄的龙吟，那吟啸震荡着鼓膜与胸腔，令人头皮发麻，口干舌燥，一股无形的压力陡然爬上心头。

江朝戈心头大震，身体无法克制地颤抖起来。他握紧拳头，闭上了眼睛，仿佛在用毕生的力气换来一口气，再睁开眼时，他看着炙玄，静静地看着。

可惜炙玄已经扭过了头去，看向那正腾云驾雾而来的青龙。他眼中燃烧着熊熊的仇恨之火，为了那即将见面的仇人。

江朝戈小声叫道："炙玄。"

炙玄没有听见，江朝戈又叫了一声。

炙玄这才扭过头去。江朝戈张了张嘴，喉咙却像被一只手扼住了一般，根本说不出话来。

这时，衔云已经盘踞在众人上空，而炙玄脸色微变，露出一丝古怪的表情。

衔云朗声道："饮川、壬王，别再做无谓之事了，一切的一切，早在万年之前就已经计划好了。我们走到今天这一步，饮川，你敢说你全然无辜吗？"

炙玄不待任何人说话，厉声吼道："衔云，共工呢？"

衔云皱眉道："什么共工？"

"你的魂兵使，大巫祖共工！"

这时，刘擎出现在了衔云的头顶，寒声道："谁告诉你我是共工？"

炙玄愣住了："祝融……怎么会……"

衔云冷笑："祝融与共工素来不和，你是怎么把他认成共工的？简直可笑。"

炙玄暴躁起来："不可能！怎么会……你怎么可能不是共工！"

江朝戈握紧了拳头，伴随着每一次呼吸，胸腔都好像在被外力蛮横地挤压。

饮川沉声道："衔云，我不无辜，你也难辞其咎。我最大的错，是当年没有勇气与玄帝抗衡，只想将天地之元归还来换得人界太平。我错了，我没有换来太平。而你，你为了得到天地之元，与天神勾结，讨伐异兽，最终自己也被封印。衔云，没有谁是无辜的，可你确实是那个叛徒。"

衔云厉声道："饮川，你最是擅长将自己摘得干干净净！你明知道天地之元的来历，明知道天地之元可生万物、创世界，甚至明知道人皇血脉将要断掉，无人可以再动天地之元，却依然敢冠冕堂皇地说想将其归还来换得人界太平，让我们白白错失了唯一可能击败玄帝的机会，被封印万年。若不是我知道你偷偷将唯一的人皇血脉藏了起来，让其繁衍后代，我真要相信你了！你留下天地之元，不过是为了创造一个你理想中的世界，做那个新世界的唯一的天神！”

饮川冰蓝色的眼眸如海一般深邃难测，他平静地说：“我确实有过这样的想法，创造一个极乐世界，没有痛苦与饥饿、战斗与纷争，让那个世界的人与兽，按照我的规则繁衍生息。但我早已经知道我办不到，我阻止你们得到天地之元，不是为了这个。”

衔云双目圆瞪：“我们可以不再提当初谁对谁错，我只想问你，现在呢？现在你在做跟我们当初一样的事，又是为什么？你又何必阻止我们？”

“你们不知道如何使用天地之元，会铸成大错。”

“哈哈哈，我们铸成的大错太多，这世界的一元马上要走到尽头了，整个世界都要覆灭了，还有什么算得上是对的？既然你也想要活过这一元，我们也一样，凭什么不能由我们来创造一个新世界！”

“因为你们残忍无道、愚昧荒唐！”饮川浑身雪白的毛发都奓了起来，“由你们来创造一个世界，只会把战火带到另一个人界。”

在场众人吃了一惊，原来他们一直计划的是用天地之元造一个世界，来躲避这个世界的一元将尽？这个想法虽然疯狂，但似乎是唯一的出路，而若异世界就是天地之元造出来的，那么天地之元确实有这个能力。

啸血嗤笑：“你这么在乎人界，真该转世做人。人类不是人界的主宰，异兽才是，我倒愿意创造一个没有人类的世界。”

饮川冷冷地说道：“你以为有了天地之元，就可以随心所欲地创造世界吗？你必须有足够的知识和能力，才能打造一个可以平衡运转的世界，否则它轻易就会分崩离析，甚至会对这个世界造成无法弥补的影响。我绝不会把天地之元交给你们！”

衔云道：“那就没什么好说的了。”他摊开巨大的龙爪，爪心里躺着一个人，正是虞人潇。

虞人殊目眦欲裂，将拳头握得咯咯直响，厉声喊道：“衔云，你放过他，我来解开东皇钟的巫咒！”

衔云冷道：“我不相信你。”

饮川也喝道：“衔云，你不要杀害无辜之人！你放干他的血，谁来拿起天地之元？”

“他还有好几个弟弟妹妹，总有一个有用的。”

“衔云——”

饮川突然一跃而起，朝衔云扑了过去。

衔云还未动，刘擎已经纵身跳下，伴随着一股勃然之势，那是强大的魂力与巫力混合的结果！

江朝戈心中一惊，作为第一个觉醒的大巫祖，刘擎居然已经强大到了这种程度！

突然，在这纷乱的战场中，一声几乎被淹没的呼唤钻进了江朝戈的耳朵里，有人急促地叫了一声他的名字。他还未反应过来是谁在叫他，猛地，胸口传来一阵火辣辣的剧痛。他怔了一怔，慢慢低下了头，一个带着血的刀尖，突兀地出现在了他的胸口……

第8章

你是共工

江朝戈盯着自己瞬间被血浸透的衣物，大脑一片空白。火热的心脏被利刃刺穿的瞬间，他最大的感受并不是疼，而是一种无法形容的僵硬，好像身体机能在刹那间被强行停止了。他无法呼吸，无法言语，无法动弹，恐惧和疑惑充盈在脑海中，眼前一片模糊，周围的声音仿佛被隔绝在一道屏障外。这一刻，他像是被整个世界孤立了。

下一秒，剧痛袭来，那道屏障砰地碎裂，喊叫声、惊呼声，统统钻入他的耳朵。他大口呼吸着，用尽全身力气转过头去，看到了云息惊恐的脸和沾血的手。

云息像是看到了冥界最恐怖的鬼怪一般，绝望而又恐惧地盯着江朝戈，嘴唇颤抖着，发出含糊的声音，一步步往后退去。

柳清明跑了过来，用力将云息撞开，抽出壬王剑挡在江朝戈的面前。

“朝戈——”炙玄的怒吼声仿佛要把天空撕裂。

云息尖叫了一声，身体不停地发抖，脸上的肌肉狰狞而扭曲，眼中不断流下泪水，却像被人扼住了喉咙一般，就是说不出话来。

饮川瞬间化作人形，飞掠到了雕像上，一把揪起了云息的衣领，沉声道：“帝江，够了，你不该这么做。”

云息眼神涣散，脸上青一阵白一阵，他以极细的声音叫了一句“老师”，然后一阵抽搐，又咬着牙说：“是他的错……若不是他为一己之私引得洪水肆虐人界，一切就不会发生。一切的一切，都是他的错……让他来解释……”

江朝戈感到身体在逐渐发冷、抽搐，全身的血液都好像顺着胸口的伤口流干了一般。他知道自己要死了，他不怕死，因为他死不了，反而会以共工的身份重生，可那才是令他恐惧的。

他的身体被抱住了，那温暖的怀抱、有力的臂膀，他不需要看也知道那属于炙玄。他眼圈一酸，心中的悲痛已经无法用言语形容。

“朝戈、朝戈……”炙玄的声音哽咽而绝望，“你不要死，你不要变成大巫祖，不要……”他已经感觉到了什么。

江朝戈用尽力气，抓住了他的胳膊。

江朝戈已经快要无法呼吸了，每提一口气，胸部都好像要炸裂一般地疼。他勉强抬起头，深深地凝望着炙玄，轻声说：“对不起。”

炙玄灿金色的眼眸流下两行热泪，他明知道江朝戈不会完全死去，可心脏的疼痛已经超过了他的承受范围。他不知道再次醒来的那个人，是不是还是完全属于他的江朝戈，因为见到了云息、天女、白矖等人的变化，他感觉自己就要一点儿一点儿失去江朝戈了，直到江朝戈完全消失，被他最痛恨的大巫祖取代。他在眼睁睁地看着真正的江朝戈死去啊！

江朝戈泪流不止，他不想死，他知道再醒来的那个他，就不再是他了。他不想变成大巫祖，不想啊！他用尽全身力气抱住炙玄，喃喃着说：“对不起，炙玄，对不起……”他眼前发黑，哪怕被炙玄紧紧抱住，也不能获取到一丝温暖。他在心里默念着他唯一会的那句巫咒语，却丝毫不起作用，他仿佛能用肉眼看见他生命的火焰在熄灭……

“不要，江朝戈！你是我的魂兵使，你要与我永生永世不分离！你不要死，你不准死！”炙玄发出凄厉的嘶吼，那泣血般的痛苦仿佛要淹没人界。

江朝戈的眼泪更加汹涌而出，他脑中闪过一幅幅过往的画面，奇怪的是，他在自己世界的成长时光少之又少，最多的，反而是从他与炙玄相识起，直至今日的一切。初见时那傲慢任性的小祖宗，第一次显出真身时的威风凛凛，坚持自己是他牝兽时候的霸道执着，眼中只有自己时的深情，他拥有全世界最没有瑕疵、毫无保留的真挚感情，他如何能承受失去啊！

“你不要死，我们去你的世界，再也不回来……”炙玄哭着说，“你别死，不要离开我，朝戈，不要离开我。”

江朝戈无力地握住炙玄的手，喘息越发微弱，直到身体僵硬，再无一丝力气。

"朝戈——"

江朝戈在感到自己坠入无边的黑暗时，眼前却突然出现了强烈的白光，无数他从未见过的仿佛洪荒时期的画面掠过眼前。他看到了很多异兽与大巫祖，看到了燃烧着地狱业火的人界，看到了山崩地裂、火山喷发、洪水倒灌，赤红色的云密布整片天空，大地没有一处不是焦土，这末日般的景象竟让他有种身临其境的感觉。

炙玄抱着的江朝戈的身体，突然发出了白光，随即，一股熟悉而庞大的巫力喷发而出，顿时充盈着整片大地。在场之人、兽，无一不心惊不已。

炙玄如遭雷击，猛地松开了手。他看着江朝戈，眼中充满了难以形容的惊恐。

饮川幽幽地叹了口气，似乎不忍直视。

江朝戈感到身体一阵阵发热，脑中不断有浮光掠影，搅得他心里一团乱，他甚至不知道自己现在是死还是活。

"不……不可能……"炙玄脸上的泪痕还未干，眼神已由惊恐转为绝望，灿金色的眼眸好像被浇灭了火焰般，显得那么暗淡与阴沉。他无法相信他感知到的，无法相信！

"原来共工在这里。"衔云冷哼一声，"倒也有趣。"

"不可能！"炙玄狂吼一声，双目竟由灿金色变为一片赤红，身体颤抖得不成样子，声音沙哑得好像被人刺穿了声道，充满了令人悲恸的痛苦。

江朝戈不堪各种声音和画面的纷扰，发出难受的呻吟。他那颗刚刚被刺穿而停止跳动的心脏，竟再次搏动了起来。他无力地在地上翻滚，含糊地叫着炙玄的名字，可炙玄此时已经听不见了。

炙玄跟疯了一样反复说着"不可能"，表情绝望不已。他一把抓起炙玄刀，对着江朝戈无意义地大吼一声，却无法再做出更进一步的举动。

在场所有人都在注视着江朝戈的觉醒，有人好奇，有人不屑，有人担忧，却没有人可以帮助他，只能眼睁睁地看着他裹着一团白光，不断地释放着属于大巫祖共工的魂力与巫力，看着炙玄状似疯地痛苦神情。

江朝戈睁开了眼睛，搜索着炙玄的身影，却看到他手握黑金火焰长刀，刀锋正对着自己，眼中燃烧着赤红的火焰，惊怒交加。

江朝戈的手伸到背后，一把抽出了那把匕首。胸口的伤在自动愈合着，可对上炙玄的眼神，他还是疼得全身发抖。他哑声道："炙玄……"

炙玄脸庞扭曲，颤声道："你、是、共、工。"

"我不是……"江朝戈摇头，"我是江朝戈。"

“你是共工！”炙玄的声音尖刻得犹如尖刀直刺人的心脏，“你是共工！你是共工！你利用我！你计划好了一切，然后变成这副样子来接近我，利用我，这都是你的阴谋，你是共工！”

“我不是共工。”江朝戈无力地反驳着，每一次呼吸就好像有把刀在划他的心脏，痛得他几乎直不起腰来，“我不是……”

炙玄大吼一声，将长刀恶狠狠地刺入了帝江雕像：“共工——”

江朝戈心生恐惧，忍不住后退了一步。那白光散去后，他所有伤口都不治而愈，身体是前所未有地轻松，并且充斥着他难以想象的浑厚的魂力，可他觉得末日已然降临。他颤声道：“炙玄，我们讨论过的，我是江朝戈，永远都是，你不相信我吗？”

“你早就知道了。”炙玄咬牙切齿，“你早就知道刘擎不是共工，你才是，你却一直瞒着我，你把我当傻子！你把我的角制成你的专属魂兵器召唤我，再没有哪个大巫祖能比你更好地操控异兽了。他们只是操控异兽的身体，你却妄图操控我的心。共工，你比当年还要恶毒千万倍！”

江朝戈哑声道：“我没有！共工做的事与我何干！”

衔云冷笑道：“炙玄，你倒是难得聪明一把。将我们制成他们的专属魂兵器，就是最后活着的五个大巫祖想出来的，其中便有共工。他杀了你，砍下你的角，还嫌那羞辱不够，要将你做成他的傀儡，听凭他指挥。不过，他应该是没料到你会对他真心依赖吧？这对他来说，可以算是意外的收获。”

衔云一番真真假假的言论，将炙玄刺激得几近发疯。他的身体燃烧起熊熊火焰，那火焰让几米之外的江朝戈都感觉到了被灼烤的疼痛。

江朝戈甚至不敢靠近炙玄一步。他所有的伶牙俐齿、狡猾善辩，都在这一刻失效了，因为连他自己都无法确定，他是不是真的共工，而共工，当年是不是真的打算这样羞辱、利用炙玄。

刘擎哈哈大笑道：“何止如此！万年之前，共工为一己之私，引洪水至人界，杀生无数。若不是我及时阻止，恐怕人界就要变作一片汪洋。正是因为他，天地之元才会出现在人界！他一手酿成大错，又引发异兽混战，若不是他，今天所有的一切，本不该发生！”

饮川厉声道：“够了！这些话，留到共工出现的时候再说，他现在只是个人类！”

江朝戈感到天旋地转，脑中一片空白。他们在说什么？炙玄在说什么？刘擎又在说什么？为什么是他的错？他只是个二十七岁的人类，他做错什么了？为什么帝江怪他，炙玄怪他，所有人都怪他？！为什么一切都成了他的错？！

虞人殊跳上雕像，扶住了江朝戈摇摇欲坠的身体，挺胸挡在他的身前：“你们少胡说八道！就算真是那共工的错，跟朝戈也没什么关系。一群异兽、巫祖，把万年之前的恶怪罪到一个人类头上，简直无耻之尤！”

江朝戈眼圈通红地看着炙玄，他不在乎别人说什么，他只想知道炙玄是不是真的忍心对他刀剑相向。

炙玄浑身颤抖，表情狰狞扭曲，明显在隐忍着什么。他墨黑的长发无风自动，眼眸中酝酿着令人恐惧的风暴，周围燃着熊熊火焰，仿佛顷刻间就能焚烧万物。

江朝戈深吸一口气，忍不住向前一步：“……炙玄。”

炙玄寒声道：“不要靠近我……共工。”

江朝戈咬牙切齿：“我，不是共工。”

“我闻不到你的味道了，只有共工的味道。”炙玄阴冷地说，“这味道让我想吐。”

江朝戈的心脏骤然剧痛，他握紧了拳头，阻止自己再走近一步。这一步，已经是他的极限了。他不认为自己错了什么，要替共工背这个黑锅，他真想掐死炙玄这个浑蛋。

虞人殊厉声道：“炙玄，你简直糊涂！”

炙玄满身戾气：“低等的人类，这里轮不到你说话。”

虞人殊眯起眼睛，看着炙玄的眼神充满了怒意。

也许是痛到极致，已经麻木了，江朝戈平静地说：“你想怎么样？杀了我吗？”

炙玄吼道：“我该杀了你！你敢利用我！你敢骗我！我要将你挫骨扬灰，让你魂飞魄散！”

“那你来啊！”江朝戈一把将炙玄刀从帝江雕像上拔了出来，刀尖直指炙玄，颤声道，“你来，你来杀了我！我就不该来这个世界，不该遇到你。你杀了我，让我早点儿投胎，下辈子我宁愿当条狗！”

炙玄龇起白森森的牙齿，喉咙中发出不属于人类的沙哑的嘶叫，配上他那金红的眼眸和凶恶的表情，叫人心脏都要漏跳两拍。

江朝戈看着他，却没有一丝恐惧。他只是疑惑，当初那个自己敢捏着他胖嘟嘟的小脸蛋的小祖宗，上哪儿去了？

江朝戈已经说不上什么心碎了，他只觉得万念俱灰，突然之间，一点儿留在这个世界的意义都没有了。他当初为什么要回来？明明已经回到了属于自己的世界，他可以吃香的，喝辣的，享受荣华富贵。他为什么要回来遭遇这些？他为什么要毫不怀疑地觉得，他需要待在有炙玄的地方？结果如何呢？！

两人隔着几米的距离，却是咫尺天涯。

这时，啸血叫道："衔云，别浪费时间了，赶紧解除东皇钟的巫咒。"

虞人殊还未来得及叫喊出一个字，衔云那又粗又长又尖利的龙爪就毫不留情地刺穿了虞人潇的心脏，鲜血顿时喷涌而出。

"大哥——"虞人殊目眦欲裂，喉咙里发出悲愤的嘶吼。他抓着天戎锏，一跃而起，朝着衔云攻去。

刘擎冷笑着看着他飞蛾扑火。

阮千宿站在红渊的身上，迅速飞过去，让红渊张嘴叼住了虞人殊的银甲，将他拽了回来。

虞人殊眼看着虞人潇毫无生气地垂着四肢，眼中涌出了热泪。

刘擎口中低声念着巫咒，虞人潇身体里的血液开始如凝固了一般在他面前集中起来，最后形成一团赤色的、蠕动着的血球。那团血球的颜色逐渐变得越来越深，直至变为了黑红色。

刘擎口中念巫咒的速度愈发快了起来，那血球好像有了生命一般，在空气中拼命挣扎，最后，释放出了黑红的光芒，顿时，一股浓郁得无以复加的血腥味钻进了每个人的鼻子里。但那味道并不刺鼻，反而让人产生一种莫名的敬畏。

虞人殊闻到这个味道突然平静了下来，眼眸中闪烁着一丝莫名的光辉，好像受到了某种感召。

在场所有人都注视着刘擎和那团血球，只见那血球朝着帝江雕像飞了过来。

饮川沉声道："快离开这里。"他抓起云息和柳清明，纵身跳了下去。

江朝戈怔怔地看着那血球，一动也没动。他心想，不离开能怎么样？反正他又死不了。

然而，天戎还是将他抓了起来，离开了雕像。他回头看了炙玄一眼，只见炙玄也在看着他，眼神难以捉摸。他闭上了眼睛。

落地之后，天戎化作兽形，背着他朝远处跑去，说道："你别这副半死不活的样子行不行？"

江朝戈的头埋在天戎粗硬的毛发里，喃喃道："那你要我怎么样？"

天戎哼了一声："既然他不要你，你也别要他了吧。"

江朝戈也不知道哪儿来的心思，还能开玩笑："我不要他，我要殊怎么样？"

天戎毫不犹豫地说："我会吃了你。"

江朝戈苦笑道："好啊。"

天戎奋力跑出去很远，江朝戈转过头去，只见那血球撞上了帝江雕像，雕像顿时散发出神圣而华丽的金色光芒，一口黄金巨钟若隐若现。隐隐地，似乎有悠远而苍茫的钟声从九天外传来，震撼着每个人的鼓膜。

那金色圣光如阳光般照射大地，让昏暗的天空变得亮如白昼，而那团血球撞上东皇钟后，开始如病毒一般急速扩散。它伸展出黑红色的脉络，如触手般沿着东皇钟不断地、不断地攀爬，最后，黑红色脉络终于爬满了整个东皇钟。

只听得啪的一声脆响，接着，噼噼啪啪的声音不绝于耳，东皇钟的圣光越来越弱，直到一股恢宏的巫力席卷大地，发出最后的挣扎，最后，完全消失了踪迹。

众人遥遥看着帝江雕像，只见那失去了东皇钟庇护的雕像，开始出现一道道裂纹。那裂纹简直如同传染病一般在石料的表面上扩散，大块大块的石料剥落、掉下，巍峨的帝江雕像，就在众人面前分崩离析，最后，终于彻底轰然碎裂。顿时飞沙走石，烟雾弥漫，大地狠狠地颤抖着。

五六分钟后，一切才恢复平静。

尘埃落定，帝江雕像的中心，有一样东西渐渐清晰起来。

众人定睛一看，那废墟之上，飘浮着一个透明的球体。那球体中间，竟然是一副人的手骨！

一阵沉默过后，衔云发出一阵狂笑："哈哈哈，就是它！就是它！它果然在这里！"

江朝戈沉声道："那是什么？"

饮川平静地说道："那是鲧的手骨。"

"鲧？"江朝戈震惊不已，"为了治理人界水患，把玄帝的宝物息壤偷到人界的鲧？那天地之元就是……"

饮川道："天地之元就是你们那个世界中记载的息壤。"

江朝戈看着那飘浮着的手骨，满脸的难以置信。关于息壤的传说，也有多种，有说是女娲用来造人的神土，也有说是玄帝的法宝，可以不停地自我生长。不管这两种说法哪个是对的，抑或都是对的，神话中关于鲧的记载，应该是真的。

饮川看出了他的疑惑："不错，当年是共工引水患，淹没人界，鲧作为人皇子孙，为了救人界，将天地之元偷来。他不知道用什么方法，在天地之元之中混入了自己的血液。这个过程有点儿类似将天地之元变成了自己的专属魂器，但天地之元并非魂器。人类是将巫术利用得最好的种族，鲧本身就是个顶尖的大巫祖，所以没人知道他是怎么办到的，但他确实办到了。于是除了人皇血脉，再没有人可以使用天地之元。虽然最后鲧被祝融杀死，人皇一族被天神剿灭，但天地之元再也回不了天庭。

我当年偷藏了人皇一族的遗孤，将人皇血脉保存了下来……”

江朝戈呼吸之间，感到一丝颤抖。他从小听来的那些神乎其神的传说，居然都是真实存在过的，虽然有些较大出入，但那些异兽、天神和那些读起来气势恢宏的故事，都是真的。而他居然还参与其中，谱写着另一段传奇。这真不知道是幸还是不幸。如果他可以选择，他还是宁愿做一个普通人。

虞人殊擦掉了脸上的泪水，咬牙道：“你为什么到现在才告诉我们？”

“为了保护你。”饮川看着他，“你的身份太重要，不能有一点儿闪失。一旦你知道这些，就可能为了救你的兄弟姐妹而去涉险，还会引起夙寒他们的怀疑，人皇血脉就会更加危险。至于天地之元的真实身份，我也是在万年前一切无可挽回之后才知道。”

江朝戈只觉得浑身发冷，不知道该如何反应。其他人也均是一脸震惊：“那么……天地之元真的可以生万物、创世界？”

“息壤是一种可以无限再生并且有记忆的土壤，它可以生出山川平原、湖泊海洋，还能记住世间万物，无论是动物还是草木。它就是一个……按照你们那个世界的说法，是一个无比庞大的硬盘。”

江朝戈的大脑已经被过多的信息冲击得无法正常运转，他只匆匆看了那手骨一眼，目光就不自觉地开始寻找炙玄。炙玄化作人形后，太过渺小，隐没在破碎的雕像后，遍寻不着，他心头说不上有多失落与难受。

红渊在天上盘旋一圈，将虞人殊带了回来。

虞人殊一直盯着那手骨看，胸膛剧烈起伏着，闪耀着华光的银发随风飘动，周身凝聚着一股肃杀之气。他握紧了拳头，缓缓回过头看着饮川，沉声道：“那副手骨，只有我能用吗？”

饮川点点头：“只有你能用它拿起天地之元。”

“我拿起天地之元会发生什么？”虞人殊寒声道，“会有足够强大的力量把啸血和衔云都杀死吗？”

饮川摇头：“我不知道。你拿起天地之元后会发生什么，没有人知道。当年鲧以息壤治理洪水，眼看就要成功了，却被祝融杀死。天地之元究竟能做什么，只有能使用它的人知道。”

虞人殊道：“我要试试。”

天戎厉声道：“万一有危险呢？你可能会死！”

“若没有强大的力量，我们一样会死。”虞人殊道，“红渊，带我过去吧。”

红渊扇了扇翅膀：“不要。”

“为什么？”

“不知道会发生什么。我最讨厌打架了，每次都把我的羽毛弄得很脏，残缺不堪。”

阮千宿道：“我会给您修复的。”

“你太弱了，有本事，你觉醒啊。”

“我不想觉醒。”阮千宿看了云息一眼，心有余悸，“若我是后土怎么办？”

红渊重重地哼了一声：“我不知道。”

阮千宿又看向江朝戈，轻声叹息道：“你也会不要我吗？”

红渊沉默了一下：“我不要后土，但你若不变成后土，我会要你的。”

阮千宿摸了摸他头顶柔软的翎毛：“谢谢。”

“不要摸那里。”他抖了抖翎毛。

“为什么？”

“痒。”

阮千宿笑了笑，笑容里却有几分忧虑。

虞人殊从红渊身上跳了下来：“天戎，带我过去。”

天戎道：“休想！衔云他们也不可能让你拿到手骨。”

“我们也不会让他们拿到。”饮川道。

说话间，焯烟和嘲飞已经朝着手骨飞了过去，而回过神来的衔云等人更是朝着手骨扑去，几只异兽狠狠地撞在一起，抢夺那小小的圆球。

焯烟厉声道：“衔云，把鲧的手骨给我们，你们拿去又能怎么用！”

“夙寒掌握着虞人氏六个公主和五个皇子！”

大国师厉声道：“荒唐！四皇子最大也不过十五岁，一群孩子能做什么！”

“不需要你们操心！”

饮川和红渊也都加入了战局，一场纷争再次燃起。江朝戈怔怔地坐在天戎身上，依然看不到炙玄的身影。他有些茫然，他感到身体里充斥着从未有过的强大力量，甚至脑中冒出了一些他以前从未听过的巫咒。那些巫咒，他却非常熟悉，好像只要他愿意，马上就能化作锋利的武器，大杀四方。可这让他非常恐惧。他害怕自己变成下一个云息，虽然他坚信现在的自己就是江朝戈，而不是该死的共工。

可是，刚觉醒的云息恐怕也不会料到体内的大巫祖之血会做出什么吧？云息捅了他一刀啊，那怎么可能是云息干得出来的？

炙玄是否也这么想？想着有一天他一定会变成共工……

虞人殊还在坚持："天戎，带我过去。趁着他们在混战，我可以拿到手骨。"

天戎道："不行，我不能让你去涉险。你不是大巫祖，你过去，他们一定会杀了你。"

虞人殊咬了咬牙，转身朝着石堆跑去。

天戎急了，把江朝戈直接从自己背上甩了下去。他腾空跃起，一爪子把虞人殊按倒在地。

虞人殊怒道："天戎，放开我！我需要那副手骨！"

"你不需要！天地之元连异兽和大巫祖都不敢碰，你怎么敢凭他们三言两语就去做那么危险的事？万一你死了呢？万一死了呢！"

虞人殊眼圈通红："天戎，这是我最后的希望。作为天棱国的皇子，我眼睁睁看着自己的国家战火纷飞，看着自己的兄弟死在我面前，我却什么也做不了，只有天地之元能改变这一切。你不帮我，就不要阻止我。"

江朝戈走了过去，推开天戎的大毛绒爪子，把虞人殊从地上拽了起来："我帮你。"

天戎真想一爪子把江朝戈拍飞，他脸色铁青："你滚开。"

江朝戈道："天戎，如果殊不能得到手骨，衔云他们早晚要除掉他这个后患。活到这么大，我最信奉的一个原则就是以攻为守。只有自己强大了，才能保护自己。"他目视着前方，在那惊天动地的异兽混战中，窥视着那渺小的手骨，"我们去得到它吧，然后除掉衔云和啸血。"

天戎咬着牙，虞人殊摸了摸他的鼻子，轻声道："天戎，帮帮我。"

龙芗和寺斯分别坐在醉幽和裂羽身上走了过来："还有我们！"

江朝戈感到心潮涌动，顿时找回一些豪气。眼前有更重要的事，暂且把炙玄的事放在一边吧，反正，就算他一直挂心，也什么都不会改变。他现在跟虞人殊的想法一样，那就是获得更强大的力量。如果信仰与爱已经不能支撑他前进，至少仇恨可以。

江朝戈眼神坚毅："走吧，让这些上古异兽看看咱们的能耐。"

天戎用脑袋蹭了蹭虞人殊的胸膛，虞人殊两手抱住了他的头："与我同生共死。"

"与你同生共死。"天戎咬着虞人殊的铠甲，将他甩到了自己的背上。

江朝戈朝虞人殊伸出一只手："当年在天鳌城，也是我们一同过关斩将逃出来的，一路走来，你一直在我身边。既然我们能克服从前的一切，往后的一切也可以。"他加重语气，"兄弟。"

虞人殊紧紧握住江朝戈的手，明眸闪动，一字一顿道："兄弟！"

两人用力握紧对方的手，握得生痛，那坚实的力道让他们豪气顿生。天戎一骑当先，飞一般朝着目标冲去。他穿梭在震天动地的异兽纷争之中，在崩裂的地面和凸起的怪石之间跳跃，灵活地躲避着所有的危险，然后化作一道琥珀色的闪电，势不可当。

焚念发现了他们朝手骨逼近的意图，用力撞开嘲飞，朝天戎扑了过来。

寺斯举弓射箭，利箭直射焚念的眼睛。

焚念体形庞大，而且距离很近，寺斯箭术高超，这一箭直接刺穿了他的眼睛！

焚念怒吼一声，黑色的瞳孔顿时冒出了鲜血。那支箭很快就消失了，而焚念的伤口也在快速恢复着，但他怒火高涨，将目标转向了寺斯和裂羽。

醉幽"啧啧"两声："好可怕，不知道他喜不喜欢吃狐狸。"

龙芗有点儿羞恼，生怕输了气势："闭嘴。"

江朝戈一跃而起，挥舞手中长刀，口中不自觉地念起了一串熟悉又陌生的巫咒。那长刀居然像炙玄一样的释放出火焰，最后形成一团纺锤状的火球，朝着焚念射了过去。

焚念一巴掌朝着火球拍了过来，砰的一声巨响，火球被硬生生拍散了，但空气中也弥漫着一股烧焦的味道。

焚念冷笑道："怎么，想围攻我吗？我对人类、狰和九尾狐不感兴趣，鼓和共工的味道倒是让我有些好奇。"

醉幽松了口气："果然吃过了。"

江朝戈寒声道："你从炙玄身上剜下来的那块肉，我要你双倍奉还。"

焚念低笑道："你对他居然也是情深义重，何苦呢？"

江朝戈恼羞成怒："轮不到你啰唆。"他旋身而起，身体无视重力般在空中漫步，手中的黑金火焰刀气势汹汹，在焚念面前竟也毫不怯弱。

他再次诵念起巫咒，那巫咒仿佛天生印刻在血液中，他张嘴就来。可念着念着，他脑中突然再次出现了一些熟悉又陌生的画面，他甚至感觉到有什么东西在侵占他的思维，让他不自觉地去回忆。他大惊失色。巫咒结束后，一拨强大的攻击再次形成，可他因为失神而彻底失了水准，这一击的威力比起上一次弱了一半。

焚念轻易躲过之后，虞人殊和龙芗飞身而起，天戎锏与醉幽戟喷发而出的魂力交缠在一起，形成了一个庞大的魂力涡流，如同龙卷风一般霸道地向着焚念袭去——虽是天级魂兵使的实力，却连焚念也不敢小觑。眼看第二拨攻击过来，他来不及闪躲，便用头顶巨大的羊角顶了过去！

轰然一声巨响，白光在空气中猛然炸裂，犀利的魂力化作狂风席卷四方，将几人都冲得落在地上。

虞人殊和龙芗狂喜，以为攻击奏效，可那股疯狂散去后，焚念虽面目有些狼狈，却还是稳稳当当地站着。他神情狰狞嗜血，看上去完全被惹怒了。

江朝戈咬了咬牙："我们来对付他，殊，你和天戎从后面绕过去。"

天戎带着虞人殊向焚念的侧后方跑去。

焚念自然不会放他们过去，回身朝他们伸出了巨爪。天戎动作灵活，一跃躲过了焚念的攻击，闪电般在碎裂的巨大石块间跳跃。

江朝戈、龙芗和寺斯一拥而上，试图封住焚念的去路，只是焚念又岂是他们可以阻拦的？他一摆尾就将寺斯和裂羽狠狠地抽得飞了出去，又一掌扫向龙芗和醉幽。

江朝戈顾不上心里的恐惧，拼命使用巫咒，炙玄刀在巫咒下释放出来的攻击力，让他自己都感到震惊。可这也不过在焚念身上留下了几道皮外伤，根本没能阻止他去追天戎。

焚念跳了起来，庞大的身体如一朵阴云般笼罩在天戎头顶。

江朝戈驱使着肥遗毫不犹豫地飞了过去，想将天戎撞开，可在焚念的体形面前，实在有些力不从心。

天戎避无可避，干脆往石缝中钻去。然而焚念的身体一旦落下来，又是另一轮地震，到时候天戎和虞人殊都有被活埋的危险。

慌乱中，只听天戎喊道："不许把我弄回魂兵器里——"

江朝戈急得眼里要冒火，眼看着焚念就要造成一次毁灭性的攻击，这时，一道黑金火焰毫无预兆地从碎石堆旁射了出来。那身影在半空中陡然变成了火麒麟，狠狠地撞在焚念身上，两只庞然巨兽相撞的声音如同一声闷雷，震得人心脏猛烈地颤抖。

炙玄将焚念撞飞了出去，两只巨兽摔落在地，大地剧烈地颤抖起来。

炙玄浑身戾气，眼神残暴、冰冷："你的对手是我。"

焚念龇牙冷笑："我似乎忘了跟你说，炙玄，你的肉还挺好吃的，放多久都不会变凉，非常神奇。我还想尝试一些别的烹饪方法。"

炙玄狂吼一声，两只兽凶狠地撕咬在一起，顿时血肉飞溅，看得人心惊不已。

炙玄一口咬住焚念的肩膀，狠狠地撕扯下一大片血肉，然后嫌弃地吐在了地上："呸，臭死了。"

焚念发出狰狞的狂笑，锋利的牙齿之间，属于炙玄的碎裂鳞片依稀可见。

江朝戈松了口气，匆匆看了炙玄一眼，但炙玄此时无暇他顾。

江朝戈咬了咬牙，驾着肥遗朝虞人殊飞去。

天戎从碎石堆里爬了出来，在众人的掩护下，继续向着手骨跑去。

刘擎毫无预兆地从天而降，衔云棍直直地插入碎石堆中，一股魂力夹杂着巫力，如冲击波一般向四周扩散开来，将几人狠狠地撞飞了出去。刘擎站在碎石堆上，噙着一抹冷笑看着众人，鲧的手骨就在他的头顶，他却如一道可见不可破的屏障。

江朝戈握紧了刀柄，一步步走了上去，寒声道："刘擎，我杀了你一次，就可以杀你第二次。"

刘擎冷笑道："共工，你我的恩怨也不是一天两天了。当年你引洪水至人界，我们就曾大战一场。现在你才刚觉醒，根本不是我的对手。让开吧，让我杀了这个人皇血脉，完成我当年的任务。"

江朝戈厉声道："我不是共工，我是江朝戈。"

"哈哈哈，你现在还可以这么说。等你一点点儿地回忆起过往，你可还愿意当一个渺小脆弱的人类？共工，现在的你太让我失望，连让我提起武器的欲望都没有。"

江朝戈举起炙玄刀："废话，有本事你就别反抗。"他一刀直直地劈向了刘擎的面门。

刘擎单手举起衔云棍，稳稳地接下了这一刀。那燃烧着火焰的炙玄刀，火苗都已经吞噬了他的头发，他却安然无恙。

江朝戈咬紧牙关，用尽全身力气，刀却无法再下移一寸。

刘擎阴冷地看着他："看到了吗？人类是如此软弱，待你恢复真身，倒是可以接着大战一场。"

江朝戈一字一句道："我不会变成共工。"

刘擎一挥手，直接将江朝戈甩了出去。

江朝戈的背部磕在碎石上，疼得他眼前一黑。这么重的伤，却没对他的身体造成太大影响，他很快就爬了起来，继续朝刘擎攻去。

刘擎像是戏耍他一般，单手接下他每一刀的攻势。

刘擎的速度、力量、灵敏度，都比之前强大了几十倍，曾经那个能被他杀死的刘擎，确实已经不存在了。他久攻不奏效，气急败坏，身体里的巫力肆意流窜，叫嚣着要冲破某种束缚，听从杀气的驱使。

刘擎低笑道："你感觉到属于共工的巫力了吧？你用得越多，就越接近共工，你每一次使用巫力攻击，都是在将共工一步步释放出来。我很期待，你这么排斥共工，却又需要共工，什么时候我才能真正和共工对话呢？"

江朝戈大吼道："去死吧！"

虞人殊和天戎趁着江朝戈缠住刘擎，继续朝着手骨跑去。眼看着手骨近在眼前，天戎猛地冲过去，只听砰的一声巨响，他像是撞到了什么东西一般，猛地被弹开了，可那分明是无形的空气！

刘擎头也没回，只是笑道：“我的防护，一时半会儿可是撞不开的，足够跟你们玩一会儿了。”

天戎咬牙道：“该死。”他很快爬了起来，毫不犹豫地朝那空气壁撞去，又是一声巨响，空气壁颤了一颤。

这时，一阵琴音再次响起，那琴音不复之前清澈如流水般的美好，而是充满了刀锋般的寒意。琴弦振动间，杀气四溢。阵阵琴音袭来，空气壁发出剧烈的抖动。

刘擎一惊，一脚踹开江朝戈，口中念了一串巫咒，试图稳住空气壁。

云息与刘擎遥遥相望，眼神冰冷，修长的手指快速拨弄着琴弦。琴音愈发急促、紧张，闻之有千军万马之势，令人胆寒。

刘擎脸上冒出了冷汗，云息脸上亦是渗出细汗，江朝戈自然不会放过这个机会，举刀朝刘擎的脑袋劈了过去，刘擎一咬牙，用衔云棍一挡。

啪的一声脆响，空气壁应声碎裂，刘擎脸色一白，哇地吐出一口血。

江朝戈飞身而起，一脚将衔云棍踩到了地上，将炙玄刀狠狠地挥下，硬生生斩掉了刘擎一条手臂。

刘擎怒吼一声，向后退去，口中快速诵念巫咒，手臂以肉眼可见的速度生长出新的血脉、肌肉、骨骼，那神奇的景象让江朝戈都忍不住看愣了。

空气壁破碎的一瞬间，天戎化作琥珀色的闪电，一跃而起，朝着悬浮在半空中的手骨飞去，虞人殊借力一踏，伸手去够那手骨。

在他的手指离那透明球体不过半米的时候，空气中突然传来一阵清啸，仿佛利器破空，嗖的一声，连风都被劈开了一条通路。

虞人殊眼前一花，只见一道黑影闪过，接着透明球体猛然炸裂，手骨被外力撞飞了出去！

这一惊变让众人一时都愣住了，他们朝手骨看去，那手骨竟被一把骨质长枪钉在了地上！最神奇的是，那脆弱的手骨居然没有因此而碎裂！

“夙寒和虞人奎。”云息说。

虞人殊咬了咬牙，此时心情复杂得简直不知道该如何形容。他想到惨死的大哥，再想到这居然毫无血缘关系又是大巫祖的虞人奎，过往争权夺势的仇恨，已经遥远和渺小得如同天边一朵云，他们现在的关系之诡异，连他都不知道要如何面对虞人奎了。

天边果然出现了庞大的身影，而伴随那上古异兽穷奇而来的，居然还有重溟！

江朝戈皱眉道："他们怎么会在一起？"

气氛愈发紧张起来。此时十二只上古异兽居然已经全部到齐，重聚于昆仑山下，这讽刺的场面莫非真是命运的安排？

异兽混战至此，已是难分胜负。衔云、啸血那一派，大巫祖均已觉醒，而炙玄、饮川这边，又是人多势众，一时谁也压不下谁。那么夙寒和重溟的出现就起到了关键的作用。虞人奎那一枪之威，多半是已经觉醒了的大巫祖，而他打落手骨的做法，究竟意欲何为，才是大家最想知道的。

虞人殊从地上爬了起来，看着快速向他们奔来的异兽，大声吼道："虞人奎！"

半晌，虞人奎的声音也遥遥响起："蠢货。"

虞人殊握紧了拳头，脸上阴晴不定。

夙寒和重溟终于来到了近前。

饮川看着重溟那捉摸不透的脸："重溟，你为何会和他一起来？"

重溟平淡地说："我走得比较慢，他能拽着我。"

若不是气氛不对，江朝戈真想朝他翻个白眼："重溟大人，你和夙寒一起出现，莫非是想告诉我们什么？他可是凶兽。"

重溟道："凶兽是人类的说法，对我来说，你们都差不多。"

夙寒轻笑道："一个个的，都紧张什么？怎么，想知道我站在哪一边？不巧，我对你们都没兴趣。"

虞人殊仰头喊道："虞人奎，你可知道大哥死了？"

半晌，虞人奎出现在夙寒头顶，居高临下地看着虞人殊，淡淡地地道："知道。"

刘擎哈哈大笑道："相繇啊相繇，当初在异兽混战后活下来的五个大巫祖，今日终于重聚了。"

虞人奎环视四周，最后目光落在了手骨上。他的表情沉稳内敛，完全不复当年二皇子的傲慢轻狂："今日恐怕谁也无法把鲧的手骨带走，你们打一场，百年都未必能分出胜负，有何意义？"

啸血冷哼："你不出现，我们很快就要分出胜负了。"

夙寒懒懒一笑："除了虞人殊，人皇最后的血脉都在我手里，你们今天就是胜了又如何？还有我这关没过呢。"

衔云眯起眼睛："夙寒，你想怎么样？"

十二异兽里，只有夙寒和重溟的目的最不明确，重溟太懒，可以忽略不计，而夙寒一直给人以韬光养晦的感觉。他就像一条毒蛇潜伏在草丛中，仿佛随时等着扑上来，坐享渔人之利，因此所有人都在防着他。

夙寒笑道："说出来你们可能不信，我对天地之元并不太感兴趣，但我喜欢人界，人界有那么多美人等着我去享用，我也还没活够，所以我需要天地之元来创造一个我理想的人界。"

"你们这群疯子，以为人界是随随便便就能造出来的吗？"虞人殊厉声道，"不如创造一个只有异兽的世界，你们自相残杀去吧，把人界留给人类！"

饮川沉声道："夙寒，即便你拥有人皇血脉，你以为就能创造一个世界吗？你们一个个的，居然都如此莽撞无知。"

沉默许久的焯烟突然说："创造一个世界又不是没有先例，为什么不行？"

"那个异世界是谁创造的？你吗？还是任何一个异兽、大巫祖？"饮川严厉地说，"那是玄帝创造的。不论出于什么目的，只有经历过无数劫难与轮回，与整个世界同生同灭的玄帝，才具备创世的才能和知识，你们只会创造另一场灾难。"

衔云嘲弄道："饮川，收起你的自大吧！如果我们办不到，你又凭什么，就凭你读过很多书吗？"

饮川坚决地说道："至少我比你更可能办到。"

"可笑。"衔云摆了摆龙尾，天上阴风阵阵，"夙寒，把人皇血脉贡献出来，我们可以凭自己的意愿打造一个世界。"

大国师急忙说道："夙寒大人，圣皇陛下，请不要伤害无辜。那些皇子、公主不过是些孩子，他们能做什么！只有三皇子才有可能真正使用天地之元。"

虞人奎冷冷地瞥了一眼大国师，随后目光又落到了虞人殊身上，眼神深沉而复杂，让人猜不透他在想什么。

夙寒低笑两声，身形如白光一闪，变作了人类，揽着虞人奎落到了地上，亲密地说："我听你的？"

虞人奎推开他，朝虞人殊走了过去。

虞人殊握紧拳头，直视着虞人奎。

当两人相距不过两米时，现场顿时鸦雀无声。虞人氏的这两个皇子，自幼针锋相对，如今历经千帆，在整个世界都岌岌可危的时候，当初争斗的原因早已经变得渺小不堪。他们毕竟兄弟一场，此时彼此相望，都生出无限的感慨。

虞人奎轻声道："我一直不知道我不是父皇亲生的。"

虞人殊眯起眼睛："我凭什么相信你？"

"我不需要你相信，因为皇位我也不会让给你。"

虞人殊嘲讽道："对现在的你来说，皇位还有意义吗？我是该叫你二哥，还是该称呼你为大巫祖相繇？"

"也许当我恢复相繇的全部记忆时，皇位对我来说就不稀罕了，但至少现在还有意义。"

虞人殊冷笑："可惜你使用不了天地之元。虞人奎，你真的要跟杀害大哥的异兽合作吗？趁着你还没有完全变成相繇，趁着你可能还有人性和身为天棱国皇子的血性，你做个决定吧。"

虞人奎沉默地看着他。

虞人殊将天戎锏狠狠地击在地上，将本就脆弱的地面硬生生震出一条裂纹，他厉声道："说啊。"

虞人奎面部肌肉有轻微的抽动："我不是天棱国的皇子，虞人潇也不是我的大哥。"

虞人殊表情狰狞，恶狠狠地瞪着他："好，很好，记住你这句话！"他抡起天戎锏，"虞人奎，你我有十年没有切磋过了，有种你就别依赖那淫兽，让我看看你觉醒后究竟强了几分！"

虞人奎快速后退，闪过天戎锏的致命一击，几步冲到手骨面前，拔出了夙寒枪。

夙寒挑了挑眉："奎……"

虞人奎冷道："不要过来。"

夙寒耸耸肩，饶有兴致地看着他们。

虞人殊一身银发银甲，丰神俊朗，手持长锏，英姿焕发。虞人奎同样是银发披肩，但相貌阴柔绝丽，配上一把骨质长枪，竟是半点儿也不违和，反而处处锋芒毕露。

虞人殊大喝一声，朝虞人奎攻去，天戎锏从天而降，朝着虞人奎的面门砸去。

虞人奎单手举枪一挡，一声巨响冲破天际，震撼着众人的心。

一群异兽与大巫祖竟齐齐静了下来，饶有兴致地看着两人决斗。

虞人奎显然觉醒不久，并没有刘擎那样强大，只是能明显看出速度与力量在虞人殊之上。而虞人殊本就是五级魂兵使，悍勇无敌，战绩卓越，哪怕是以略显弱势的人类之身交战，居然也处处压制着虞人奎。

两人一时打得不可开交，璀璨的银发随着魂兵器飞舞，寒光四射的同时，也散发出一种难以用言语描述的冰冷的美。

江朝戈却没有被他们的打斗吸引，他不能浪费虞人殊好不容易给他制造的机会。

他悄悄拿出了一样之前从未用过的魂器——人面鸮，那还是他们在昆仑山的一处山洞里遭到袭击时，他捡回来的一只。云息用来练手，做成了魂器。人面鸮体形小，攻击力弱，而且长得还极难看，几乎没什么价值，但此时刚好能派上用场。

他悄悄放出了那只有人头大小的异兽——人头，蝙蝠身，这么小的东西，在这雪末飞扬、山崩地陷的环境下，几乎很难被人发现，尤其是现在所有人的注意力都在虞人氏的两个皇子身上。

那人面鸮悄无声息地钻进雪堆里，在雪下钻行，一点点儿地接近手骨。

江朝戈急得满头是汗，却不敢大意，一边操控着人面鸮，一边观察其他人的反应。片刻间，人面鸮就钻到了手骨旁边。

江朝戈一咬牙，人面鸮伸出细小的手，猛地将鲧的手骨抱在了怀里！

这一异变终于引起了其他人的注意，天女大喊一声："手骨！"

江朝戈飞一般朝手骨冲去，其他人也纷纷冲了过来。人面鸮发出刺耳的尖叫，惊恐万状地朝江朝戈的怀里扑了过来。

江朝戈一把抓住手骨，大喊道："殊——"他用尽全身力气将手骨朝虞人殊抛去。

虞人殊一脚将虞人奎踹飞了出去，随后用力扭转腰身，身体如鲤鱼一般，以极其优雅的姿势向后翻去，在半空中抓住了鲧的手骨。

那手骨在被虞人殊握紧的一瞬间，发出了强烈的金黄光芒，他整个人被笼罩在了那黄金圣光之中，那光刺得人几乎睁不开眼睛。

光团中，虞人殊发出一声低沉的大吼。

"殊！"天戎紧张地朝虞人殊跑去，却被那光芒给狠狠地震飞。

衔云、啸血、焚念、游释以及他们的魂兵使都疯了一般想去阻止虞人殊，却被饮川、壬王等异兽一拥而上，阻拦了下来。

光芒逐渐散去，只见那枯槁的白骨竟然在强硬地融入虞人殊的左手。

虞人殊抓着自己的手腕跪倒在地，额上青筋暴起，表情惊恐交加，看上去非常痛苦。那手骨不停地往他的手里钻，最后，整个手骨都彻底钻进了他的身体里！

这一切不过发生在短短一分钟内，那十二异兽为之奋战了一整夜的鲧的手骨，完完全全地没了，融入了虞人殊的体内。

整个世界都安静了。

虞人殊抱头跪在地上，一动不动。

江朝戈胸口剧烈起伏着，瞪大眼睛看着虞人殊，甚至不敢上前一步。他也不知道自己做得对不对。当下，也许所有人都疯了，反正他是疯了。从他变成共工，炙玄拿刀尖冲着他的那一刻起，他其实就什么都不在乎了。只要能给衔云这些畜生添堵，他什么都敢做！

“殊……”天戎化作人形，步履迟疑地朝着虞人殊走去，直到走到他的面前，才单膝跪了下来，小心翼翼地伸出手，想摸摸他那美丽的银发，大手却在发抖。

虞人殊慢慢抬起头来，虚弱地叫了一声：“天戎。”随即，他的身体软倒了下去。

天戎一把抱住了虞人殊，紧紧地抱着。

第9章

鲧的手骨

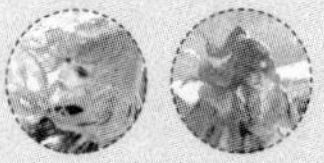

一阵沉默过后，衔云身子一抖，朝天戎和虞人殊袭来。壬王猛地蹿了上去，将衔云在空中狠狠地撞开，挡在了两人身前，两方再次对峙起来。

情况一时变得很是复杂，吸收了鲧的手骨的虞人殊陷入昏迷，而他也成了新的争夺对象。

江朝戈见虞人殊呼吸平稳，暗自松了口气，不管怎么样，至少他暂时性命无虞。

饮川的表情也和缓下来，一副成竹在胸的淡定模样：“衔云，手骨已经在我们手里，你知道自己没有办法把它抢回去。”

衔云冷笑：“即便你有了手骨，也休想轻易去创造一个世界。”

“我自然不会轻易，我会谨小慎微。”饮川冰冷地说，“但那个新世界里，一定不会有你们了。”

啸血发出狰狞的狂笑：“也好，你们去新世界吧，把天棱大陆留给我们，在这一元结束之前，我还可以玩很久。”

饮川道：“你休想！我会守护这个世界直至不可逆转的一元结束。距这一元结束至少还有几千年，在这期间，我会将新世界构建起来，让它变得适合人类与异兽居住。”

啸血怒道：“饮川，你别得寸进尺。”

焚念哼了一声：“我们要这个残破的世界做什么？我要去新世界，探索新的食材。”

游释也道：“我要去寻找更好的宝石。”

焯烟冷冷地说道：“别吵了！究竟能否开启新世界还是未知，你们却先争论起究竟该如何建设，岂不可笑？既然鲧的手骨已经融入了虞人殊的体内，就该让他拿起天地之元看一看。”

饮川道：“焯烟，嫒姬与裂羽的灵慧之魄，未必是被天地之元吞没的，即便是，虞人殊也未必能将它们释放出来。这一点，我希望你现在就能有心理准备。”

焯烟脸上的肌肉在一瞬间有些扭曲，他冷硬地说：“不需要你提醒我。”

“焯烟说得对，我们都不知道如何使用天地之元。”刘擎指着虞人殊，“但他应该知道。鲧也是个大巫祖，鲧的手骨融入了他的身体，他具备了一定的巫力，说不定也会像我们一样，得到属于鲧的记忆。”

“那还等什么？赶紧让他醒过来。”游释不耐烦地说。

饮川道：“他要醒来时，自会醒来。”说完，他就和壬王并排趴在了虞人殊和天戎前面。

衔云化作了人形，脸上阴晴不定。他退开了一段距离，啸血等异兽也纷纷化作人形，跟着后退。刘擎诵念巫咒，升起了一道空气壁。这几百米的距离，原本异兽的耳朵是足以将他们的心跳都听得一清二楚的，此时他们在讨论什么，却是半点儿也听不见了。

众人都松了口气，江朝戈一屁股坐在地上。他知道休战只是暂时的，一旦他们轻举妄动，那几只凶兽就会如狼似虎地扑上来，所以，现在所有人都在静观其变，只等虞人殊醒过来。

场面一时变得很是诡异。衔云、啸血等人站在空气壁内，饮川、壬王他们守护着虞人殊，重溟早已经找了个角落呼呼大睡起来。夙寒与虞人奎远远地站在一旁，不知道在说着什么，而炙玄，趴在离所有人最远的地方，头埋在双臂间，身上的麒麟火焰燃烧得有气无力。

江朝戈看着炙玄，感到一阵心酸。他该做些什么、说些什么吗？可他又能做什么、说什么呢？

醉幽抱胸看着他，“啧啧”两声：“炙玄天生蠢，你不用跟他一般见识吧？”

江朝戈黯然地说：“这跟一般、两般见识没什么关系。醉幽，我们不是在闹别扭，共工这道坎儿，他迈不过去，我没有办法。”

“哪有那么复杂？你去跟他撒撒娇，说两句好话，他脾气来得快，去得也快，几天就过去了。”

江朝戈苦笑道："醉幽，我比你更了解他。"

"你其实是害怕吧？"醉幽那勾魂而又迷离的媚眼此时却有几分难得的犀利，"害怕共工的意识和记忆会将你抹杀，害怕你真的变成共工，就像云息那样。"

江朝戈心脏一沉，缓缓地说道："对。"

龙芗回头看了云息一眼："云息哥一阵是帝江，一阵又是自己，我觉得他在跟帝江的意识抗争。他那样意志力薄弱的人尚且能抗争，你为什么不能？"

"我不会把我的身体让给共工的，但从云息捅我那一刀开始，我就没那么自信了。"就像刘擎说的，每使用一次巫力，共工的存在感就愈发强烈，他害怕自己真的会变成让炙玄深恶痛绝的共工。

醉幽沉默了一下："那我换个说法，如果你真的要变成共工，那么你还是江朝戈的时间就不多了，你不趁现在跟炙玄做个告别吗？"

龙芗推了他一把，怒道："醉幽，你瞎说什么呢？"

醉幽表情未变，只是直勾勾地盯着江朝戈。

江朝戈顿觉一股寒意遍布全身，他竟然从未想过这个问题，或者说，不敢想。

千宿也劝道："去看看他吧，他真像被抛弃的狗。"

醉幽失笑："你将炙玄比作狗，他要是听到，肯定要咬死你。"

江朝戈看着远处那庞大却孤独的身影，觉得阮千宿说得似乎也没错。想起炙玄的态度，他心中依然忐忑不已，但正如醉幽说的那样，万一……万一他真的会变成共工……他握紧拳头，站起了身，鼓起勇气朝着炙玄走了过去。

越靠近炙玄，他心脏跳得就越快，直到他距离炙玄不足二十米时，炙玄突然说话了："站住。"

炙玄没有抬头，身体甚至一动未动，只是从喉咙里发出那冰冷的、毫无感情的声音。

江朝戈的脚步顿住了，一人一兽，隔着短短的距离站定。炙玄在他眼里是那么庞大，充满了距离感。他恍惚地想起他将那傲慢霸道的小祖宗抱在怀里四处跑的岁月。那些都是真的吗？还有他与炙玄共同战斗的画面，也是真的吗？他们之间明明差距如此之大啊。

江朝戈轻声道："炙玄，你抬起头来。"

炙玄沉默了一下，又发出两个字："滚开。"

江朝戈咬了咬牙："你抬起头来。"

"滚！"

"你敢看着我的眼睛说吗？"

炙玄庞大如山的身体明显颤了一颤，他缓缓抬起了头，双眸依旧是灿金中带着血丝，仿佛血火交融，触目惊心。他直勾勾地瞪着江朝戈，眼中不复往日的温情，只有不加掩饰的厌恶：“我说——滚。”

江朝戈不知道如何形容那一刻的心情，如果他有能力，他会和炙玄打个你死我活，才有可能消解他心中的怨气。他用力呼了一口气，说出一句他脱口之后就会瞧不起自己的质问：“炙玄……你怎么能这么对我？”

炙玄表情狰狞嗜血：“我没有杀你，就是顾念从前。你——从我面前，滚开。”

江朝戈面部肌肉扭曲，眼中充满血丝：“炙玄，你今天说的一切，以后不会后悔吗？！”

炙玄的两只爪子深深陷进了土里，他朝江朝戈龇起牙：“我只后悔被你迷惑、被你利用。共工，我生时，你将我杀死；我死后，你又将我复活。你利用人类的外表迷惑我、操控我，你以为我的生死可以任你摆布，你以为我会再次败在你手上？！我告诉你，做梦！待你完全变成共工，就是我杀你的时候。哪怕燃尽我全身的麒麟真火，损耗我所有的修为，我也要将你拖入地狱，偿还你前世今生给予我的羞辱！”说话间，炙玄已经完全站了起来，山一般的身体笼罩在江朝戈的头顶，仿佛天之将塌！

江朝戈眼前渐渐模糊了，他嘴唇直发抖，声音发颤。他仰起头，看着浑身戾气，如噩梦一般狰狞恐怖的麒麟，用极小的声音说：“可我不是共工啊。”

炙玄大吼道：“滚——”

“我不是共工啊……”江朝戈发出无力的辩解，“至少我现在不是，至少我现在只是江朝戈啊。炙玄，万一我真的变成共工，你就再也见不到我了，你没有一点儿……不舍吗？”

炙玄的眼眸好像下一秒就要滴出血来，哑声道：“江朝戈是你制造出来的假象。”

江朝戈将嘴唇咬出了血来。他不甘心，他只是不甘心，他不甘心他和炙玄经历的一切都变成了假象。他的声音颤抖得不成样子：“我和你之间，在你眼里，都是……假象？！”

炙玄缩回了身体，将头扭了过去：“我叫你滚。”

“炙玄！”江朝戈用尽全身力气吼道，“你个畜生，你敢说我们之间都是假象！”

炙玄将脑袋重新埋在了双臂间，庞大的身体颤抖着，似乎在隐忍着什么，却不再抬头。

傲慢如炙玄，恐怕这是平生头一次将脑袋缩了起来，只为了逃避区区一个人类的质问。

江朝戈愣愣地看着炙玄那锋利的独角，他周身燃烧着的烈火如一道天然的屏障，将彼此隔绝在两个世界。

江朝戈只觉得身体发冷，尤其是心脏，好像瞬间失去了全部的温度。他握紧了颤抖的手，哑声道：“炙玄，我们就到此结束了，是吗？”

炙玄的爪子将地面抓出了数道深沟，那火焰让江朝戈有种皮肤要被烤焦的错觉。

“若我真的变成共工，我不需要你来杀我，我会杀了我自己。与其把自己的身体和灵魂拱手相让，不如死了痛快。”江朝戈深吸一口气，来缓解心脏的疼痛，他把想要流出的眼泪硬生生憋了回去，深深看了炙玄一眼后，转身走了。

炙玄听着脚步声远去，才再次抬起了头，灿金色的眼眸里溢出泣血般的痛苦，好像下一秒就会彻底崩溃。

回到原地，所有人都在看着江朝戈，他沉默半晌，淡淡地说：“我向他告别了。”

明明是毫无起伏的几个字，听在众人耳里，却是说不上的苦涩。

醉幽皱起眉，眼中意外地有一丝伤感。

江朝戈抬步朝云息走去。

云息正低着头，依靠在饮川琴旁，一动不动的姿态，让人以为他是一座雕像。

江朝戈走到了他面前：“抬起头来。”

云息的身体颤了颤，缓缓扬起了脸，那白皙的脸蛋上满是泪痕，眼圈红得像兔子。

江朝戈半蹲下来：“你回来了。”

云息的眼泪汹涌而出，他哆嗦着小声说：“对不起。”

江朝戈抬起他的下巴，有些粗鲁地抹掉了他的眼泪：“不怪你，这是早晚的事。”

云息颤抖着说：“他在控制我，我、我该怎么办？”

“万年之前，你们是怎么死的？现在的我们究竟是大巫祖本身，还是他们的容器，你想起来没有？”

云息摇摇头：“我想不起来。”

“你问他。”江朝戈盯着云息，目光如炬。

云息咽了咽口水：“他好不容易平息了，我不想叫醒他。”

江朝戈叹了口气：“我不会向大巫祖屈服，也绝对不会把身体和意识交给任何人，但是，我要先弄清楚，我们和大巫祖真正的关系。”

背后传来脚步声，江朝戈扭过头去，见饮川站在他们背后。他冰蓝色的眼眸好像世上最剔透的水，将人映照得清清楚楚。

江朝戈就在那清澈的眼睛里，看到了失魂落魄的自己，他用力甩了甩脑袋。

饮川轻声道："你还好吗？"

"不好。"江朝戈直白地说，"我们到底是谁？有没有可能跟大巫祖分开？"

饮川缓缓地摇摇头："你们并不是大巫祖的转世。"

江朝戈眼神一变："我就知道！大巫祖既然也是不能杀死的，那么根本就无法进入轮回，我们到底是什么？"

饮川半蹲了下来，修长的手指轻轻撩开云息额前的碎发，眼神如水一般温柔："可以说，你们就是大巫祖，却又不完全是。"

江朝戈咬牙道："少说这些废话。"

云息也定定地看着饮川，神情复杂。

"在我被封印前，你们曾来找过我。"饮川幽幽道，"共工和帝江，你们找到我，问我有什么办法，能让你们躲过此劫。"

"躲过此劫？"江朝戈皱眉道，"被封印的明明是异兽，我们的'劫'从何而来？"

"这就是问题所在。你们奉命来人界封印异兽，夺回天地之元，却发现了关于天地之元的秘密。我不知道你们当初是如何计划的，但我想，祝融带头叛变了。他们既不打算回天界，也不能活着留在人界，因为玄帝一定还会派天神来讨伐他们。"

"所以你帮了我……他们？"

饮川道："我没有，因为我的答案是'我不知道'。我当时死守天地之元，已经奄奄一息，帝江最后封印了我。我被封印后的事，我自然就一概不知了。但我想，把我们制成魂兵器，而你们作为魂兵使，就是你们当初的计划。"

江朝戈听着他左一个右一个"你们"，着实别扭，但也不想在这种小事上计较。他冷哼一声："那'我们'究竟是怎么死的？"

饮川道："知道这件事的，只有你、帝江、祝融、相繇和勾陈。柳清明尚未觉醒，你和云息还想不起来，相繇恐怕也是一样。你们唯有去问祝融，但他未必会告诉你们。"

江朝戈失望地叹了口气。刘擎自然不会告诉他们，眼下唯有等云息想起来，或者……自己想起来。

云息紧张地绞着衣服，额上冒出了细汗。

江朝戈甩了甩脑袋："先不说这个，殊醒了之后，你有什么计划？"

"若他能忆起从前，最好不过，若不能，就是拿到天地之元，我们也未必知道如何使用，全看他醒来会如何吧。"饮川看了看远处虎视眈眈的凶兽们，"至于他们，不必担心，只要有鲧的手骨在，我们就有主动权。"

"若天地之元真的能创造世界，你真的要弄出一个世界来？"

饮川抿了抿唇，没有说话。

江朝戈觉得饮川自己也没多少把握，只是，有他的世界存在，这个计划多少是具有可行性的，不过操作起来有多大难度，只有虞人殊可能知道。

江朝戈环顾四周，觉得这是世界上最离奇的画面，十二异兽重聚昆仑山，却是各自划分结界，各怀鬼胎，而紧张的气氛就像空中弥漫着可燃气体，只需一点儿星星之火，就会轰然爆炸。

他们从天黑等到天亮，天戎将虞人殊的头平放在自己膝盖上，长达几个小时的时间里，一直默默低头看着，一言不发，一动不动，好像生怕错过虞人殊睁开眼睛的那一瞬间。

直到破晓的第一缕曙光辉耀大地，映照出这被上古异兽狠狠践踏、蹂躏过的满目疮痍的雪山，虞人殊才苏醒了过来。

“殊！”天戎暗淡的眼眸顿时如星辰般被点亮了，他激动地抱起虞人殊，“你怎么样了？”

虞人殊的眼神从迷茫到清明，足足花了半分钟的时间。看着围过来的众人，他恍惚地眨了眨眼睛，慢慢抬起手，放到了眼前。

江朝戈紧张地说：“殊，你知道发生了什么吗？你感觉怎么样？”

虞人殊道：“知道，鲧的手骨融入了我的身体。”

“那你……感觉到了什么？”天戎小心翼翼地问道。

虞人殊的表情有一丝古怪，他反复看着自己的手，半晌，才喃喃道：“巫力，我感觉到体内有巫力。”

饮川追问道：“除此之外呢？有没有鲧的记忆？”

虞人殊摇摇头。

众人不免失望，但他平安醒来，也叫人放心了不少。

虞人殊突然从地上跳了起来，口中念道：“东皇钟。”

“殊？！”天戎追了上去。

饮川等人紧随其后。衔云、啸血正在远处虎视眈眈。

虞人殊快步跑到碎成一座石山的帝江雕像旁，伸出手，口中逸出一段陌生的巫咒，只见巨大的石块开始了再一次的晃动，接着，几块巨石居然凌空飞了起来。虞人殊额上很快冒出了汗，短短十几秒钟，他看上去疲累不堪。

很快地，一个闪着金光的东西从石块间飞了出来，直接落到了虞人殊的手里。

虞人殊摊开掌心一看，他手里躺着一口灿金色的小黄钟，钟身上有一道道细小的裂痕。他握紧了东皇钟，自言自语道："东皇钟是人皇一族的第一神器，鲧在召唤它。"

阮千宿惊讶地问道："你已经掌握了巫咒？"

虞人殊甩了甩脑袋，脸色苍白："那些巫咒好像天生就在我脑海里。"

焯烟催促道："既然你已经醒了，我们去轩辕丘吧。"他手中的火精忽明忽暗，好像在急切地渴求着什么。天地之元是他找到妻儿的灵慧之魄的最后希望，他比在场的任何人、兽都要着急。

壬王正色道："衔云他们不会轻易让我们去的。"

虞人殊眯起眼睛，信步走了过去，举起东皇钟，喊道："衔云，我是人皇血脉的继承者，也是唯一能拿起天地之元的人，你若想要见识天地之元的真正威力，就不要拦住我们的去路！"

衔云冷笑道："你始终只是个人类，我不会让天地之元落入一个我无法掌控的人手里。我给你两条路，砍下你的手，或者，我来砍下你的手。"

虞人殊厉声道："不自量力。"

就在这时，不知何时走到了虞人殊身后的炙玄，突然一把揪住了他的衣领。

虞人殊吃了一惊，扭过头去，只见炙玄脸色阴沉如厉鬼，冷冷地瞪着他。在他还未开口，身体突然被抛向了半空！

炙玄的身体瞬间化作麒麟，一口咬住虞人殊的衣领，跃出百米！

在场众人都被这突如其来的变故惊呆了。

炙玄的速度太快，眨眼间已经将他们远远甩在了后面。

天戎第一个反应过来，瞬间化作兽形，拔足狂追。

"炙玄！"众异兽纷纷化成兽形，追在炙玄身后。

上古异兽之中，重溟速度最慢，龙形的衔云和焯烟稍好，最快的是红渊与嘲飞这两个带翅膀的，其他均是四脚兽，速度不相上下。因此，炙玄用尽全力狂奔，一时半会儿根本没人追得上。

江朝戈有些傻眼，他不知道炙玄想干什么。

炙玄向来讨厌虞人殊，这怎么看也不像是要帮虞人殊，他心中隐隐有些不安。他变成这个样子，以炙玄的性格，不可能什么都不做，只等他一步步与共工同化。他直觉炙玄恐怕是想做什么危险的事，因此愈发紧张，急忙催道："饮川，再快点儿，炙玄究竟想干什么？"

饮川道："我再快也追不上他。"事实上，他也不能更快了，有人类在他身上，他如果全速奔跑，会出人命。

狂奔了二三十里，整个昆仑山都被震得乱颤，红渊和嘲飞终于接近了炙玄。

嘲飞叫道："炙玄，你突然发什么疯？把那个人皇后裔放下！"

炙玄充耳不闻，只是朝着轩辕丘跑。他如一道黑金闪电，不断在雪地间穿行，由于速度过快，留下的长长的残影仿佛像是将大地撕裂成了两半。若不是虞人殊如今有了巫力，恐怕早就承受不了那速度而被震飞了。

红渊道："看来他是受了大刺激了。姐姐，我速度这么快，你还好吧？"

阮千宿把全身都埋在他的羽毛里，闷声道："还好。"

嘲飞道："红渊，我们下去拦住他。"

"要去你去，他会把我的羽毛烧得很难看。"

嘲飞怒道："你真是不知轻重！"嘲飞清啸一声，收回翅膀，朝着地面快速俯冲而去，想一举将炙玄扑倒。

炙玄速度一点儿未慢，只是身上的火焰腾地蹿高了数百米，在半空中形成一颗火球，正对着嘲飞的脸砸了过来。

嘲飞哇地叫了一声，紧急地侧身闪避，但依然被烧到半边羽毛，那美丽绚烂的彩羽顿时变得一团焦黑。

嘲飞的魂兵使叹了口气，释放出魂力为他修复。

红渊在天上哈哈笑了起来："这回你知道轻重了吧？重不重？重不重啊？"

嘲飞怒瞪他一眼，但也不敢轻易接近炙玄了，毕竟这不是在空中，他和炙玄打斗，并不占便宜。但他还是不肯放弃，盘旋在炙玄上空，等待更好的时机。

从昆仑仙境的入口到轩辕丘，虽然足有百里，但对高速奔跑的上古异兽来说，很快就能抵达，他就那样头也不回地将所有人引入了轩辕丘。

直到来到天地之元所在的山洞前，他才停了下来。

虞人殊被炙玄扔了下来，跪趴在地上，哇的一声吐了起来，四肢虚软得好像随时会倒下。

炙玄化作人形，冷冷地站定，双眸一眨不眨地看着其他人陆续前来。

就在衔云要从上空飞下来时，炙玄突然闭上眼睛，上下嘴唇轻碰，酝酿着什么。

衔云脸色骤变，想要升空已经来不及，只见一股浓黑的火焰如火山爆发一般从炙玄的身体里疯狂地释放出来，瞬间就吞噬了衔云的尾部。

那火焰极其霸道，刹那间就将衔云的尾巴烧成了灰烬！而相隔数百米的其他人，均被那火焰产生的热浪逼得连连后退，好像皮肤都要被烤化了。

"麒麟真火……"壬王咬牙道。

衔云载着刘擎快速升上数百米的高空，刘擎释放了大量的魂力，给衔云修复着身体。

那黑色的火焰很快在山洞面前形成了一道屏障，别说穿过了，即便是靠近，都会看着自己的皮肉从骨头上脱落。

江朝戈瞪大眼睛："麒麟真火……炙玄到底想干什么？"

饮川沉声道："麒麟真火燃烧的是他的修为，霸道非常，不到关键时刻，他是不会轻易使用的，不知道他会做出什么事来……"

"快阻止他啊。"江朝戈焦急地说道。他根本无法阻止炙玄。不知从何时开始，炙玄早不是他能操控的了。因为他太过信任炙玄，有一百分魂力，就恨不能给炙玄九十九分。当初虞人殊提醒他要控制魂兽，他从未在意，因为他认为炙玄永远不可能反噬他。可如今呢？如今炙玄对他的恨意，开始让他害怕炙玄做出无法挽回的事。

饮川摇摇头："麒麟真火不仅能焚烧肉体，还能焚烧魂识，是可能杀死异兽或者大巫祖的霸道力量，虽然没有验证过，但谁也不想拿自己冒险。"

"那就是没人能通过了？"江朝戈咬牙道，"就任他这么胡闹？"

"也并非没人能通过。"大国师看着江朝戈，"你是他的魂兵使，他所有的魂力都是你赋予的，即便他现在已经吸收了不少魂力，能短时间内摆脱你，但你若想要强行控制他，也是可能的。"

"我试过，炙玄现在几乎不受我控制，而且，麒麟真火并不是我的魂力赋予的，而是他损耗修为得来的。"

"没错，但你可以让麒麟真火只对你无效。"大国师道，"当然，我也不敢保证，你也有可能被烧成灰。"

江朝戈看着那宛若地狱般的火焰，想着被瞬间烧没了尾巴的衔云，让他走进去？他真的缺乏勇气……可是，想到不知意欲为何的炙玄和很可能有危险的虞人殊，作为唯一可能进去的人，他实在无法坐以待毙，否则若是真出了什么事，他一定追悔莫及。

龙芗叫道："江大哥，不行，太危险了！"

寺斯怒道："你个死老头胡说八道什么！你自己怎么不试试？江大哥，你别听他的，他一直在骗你们、利用你们！"

江朝戈咽了咽口水，从饮川的身上跳了下去。

"江大哥！"阮千宿也劝道，"你冷静点儿，即便你是大巫祖，也只是刚刚觉醒的，你看到衔云的下场了吗？"

江朝戈挥手制止他们，头也不回道："大家别说了，让我试试，我不能在这里眼睁睁地看着。"

“江大哥！”龙芗纵身就要跳下去，醉幽一把抓住了他，冲他摇了摇头，他气急败坏地挥了一下拳头。

饮川道：“大国师说得有一定道理，但你先不要靠太近，试着感知炙玄体内属于你的魂力，控制那股魂力，在你觉得安全之后，再往前走。”

焯烟面无表情地说：“往前走吧，就算你控制不了他，他也舍不得烧死你。”

江朝戈深吸一口气，心跳快得像打鼓。

在场所有人都在看着江朝戈，只见他闭上了眼睛，用所有的专注力去感知几百米外炙玄体内的魂力，那是属于他的魂力。

不知不觉间，炙玄不知道从他身上吸收了多少魂力，尤其是在他觉醒之后，连他都无法预测自己体内究竟蕴藏了怎样庞大的一股魂力。别的魂兵使有可能防备魂兽，不会让魂兽肆无忌惮地吸收，可他从未防备过炙玄，才会有今日的局面。

现在要强行控制，他心里基本没什么把握。

他很快就感知到了炙玄的魂力，那股魂力竟然巨大得让他都感到惊讶。同时，他也感觉到了炙玄对于他的意念入侵的强烈抗拒。他咬紧牙关，迎着那灼热的麒麟真火，一步步走了过去。他只能赌一把，赌自己可以控制炙玄，或许赌炙玄确实不舍得烧死他。

那灼热的火焰烤得他快要无法思考，迎面而来的热浪也让他几乎窒息。他感到意识有些恍惚，他甚至怀疑自己已经融化了，可两条腿还在坚持往前走。到了最后，他大脑一片空白，他分不清是他真的控制了炙玄，还是炙玄让他通过了，总之，他就那么以血肉之躯走进了麒麟真火之中。那火焰的中心，非常安静，无烟无尘，安静得好像全世界只剩下了自己的心跳声。他在一片噩梦般的黑暗中慢慢通过，最后，来到了山洞前。

走出麒麟真火后，江朝戈双腿软得随时可能跪下，他甚至不敢回头看，他不敢相信自己真的通过了能把衔云的尾巴烧成灰的火焰！

他看着山洞的入口，换了好几口气，没时间犹豫，举步跑了进去。

山洞里，炙玄和虞人殊站定在天地之元面前，他一进来，两人齐齐转头看着他。

江朝戈喘着粗气，目光在两人脸上逡巡，最后厉声道：“炙玄，你想干什么？”

炙玄冷冷地看着他：“焯烟说天地之元吸收了他牝兽的灵慧之魄，如果天地之元真的有这个作用，我要用它将你的灵慧之魄吸走。”

江朝戈怔了怔：“你想……干什么？把我的灵慧之魄吸走？”

炙玄寒声道：“对，将共工，连同你的记忆一起消除。”

江朝戈颤声道：“你为什么要这么做？”

“只有清除了共工的记忆，我才能重新相信你。”

江朝戈吼道：“那我的呢？我身为江朝戈的记忆呢？”

炙玄顿了顿，一字一句地说：“我会和你创造新的记忆，只属于我们的记忆，让你的记忆里只有我。”他加重语气，“只能有我。”

江朝戈瞬间如坠冰窟，大脑一片空白。

虞人殊寒声道：“你这个疯子，失去记忆的朝戈还是朝戈吗？有本事你把我的手砍了，我是不会帮你的。”

江朝戈看着炙玄，只觉得眼前恍惚不已。这个浑蛋真是有本事，能左一刀右一刀地往他胸口上捅。他挨了这么多刀，怎么还是没倒下呢？

炙玄厉声道：“难道现在的他就是他吗？”

江朝戈颤声道：“那失去了记忆的我，就是让你满意的江朝戈吗？我的性格，我的经历，我的故事，还有我们一起经历的一切，我会全部忘了，剩下一个空壳，你就想要一个那样的江朝戈？”

炙玄咬紧嘴唇。

“甚至，我可能会变得和裂羽一样，任何记忆过几天就会消失，永远记不住你，记不住任何人、任何事，像傀儡一样活着。你想看到我变成那样？啊，炙玄？这就是你想要的？”江朝戈说到最后，已然哽咽。

炙玄嘴唇直发抖，眸中所蕴含着的痛楚，简直触目惊心。他用低哑的声音说：“即使你变成那样，也比你的记忆和意识被共工彻底剥夺来得好。至少如果你脑中变得一片空白，我还能拥有你。”

“炙玄，你从头到尾，都没给我一个机会，一个我们共同对抗共工的机会。甚至共工还什么都没做呢，你却要和我反目。你为什么不能相信我？相信我可以和共工抗争，相信我可以主导我的意识、记忆和身体。”

“因为你根本就不知道共工有多强大！”炙玄吼道，“你还不明白吗？你和共工不存在对抗，因为你就是他！当你什么都想起来的时候，我就不再是你的魂兵使，而只是你的敌人了。我不会让共工出现在我面前，否则我怕我会克制不住地杀了你。所以，你的记忆连同共工一起消失吧，这是我唯一能想到的办法。”

江朝戈心寒不已：“你宁愿把我变成一个傀儡，也不愿意和我共同面对……炙玄，你别逼我恨你。”

炙玄眼圈渐红，声音颤抖不已：“你很快就会忘了恨我。”

江朝戈想说“我也会忘了你”，可他说不出口了。

炙玄看上去是那么疯狂与蛮横，他体内属于上古异兽的血液沸腾了，那血液是专制的、霸道的、野蛮的、残暴的。

炙玄身上绝大部分的人性，都是江朝戈塑造的，一旦他崩塌了，炙玄的人性也跟着崩溃了，剩下的就只有赤裸裸的、直线思考的兽性。这样的炙玄，他知道光靠语言已经阻止不了。

可他绝不会让炙玄夺走他的灵慧之魄！失去了记忆，就等于抹杀了他身为江朝戈这个人的一切，那跟杀死他整个人有什么区别？他还没有放弃与共工的对抗，炙玄凭什么代替他放弃？！他不要变成任何人的傀儡和附庸，他绝对不把自己的意识和身体拱手让人！

炙玄一把掐住虞人殊的脖子，冷声道：“去把天地之元拿起来。”

虞人殊咬牙道：“你就是杀了我，我也不会用它来吸走朝戈的灵慧之魄，死心吧，你。”

“你会的。整个天棱大陆，我在乎的人类只有江朝戈一个，你呢？别逼我变成第二个啸血。”

虞人殊厉声道：“炙玄，你简直疯了！”

炙玄表情狰狞：“把天地之元拿起来！”

江朝戈怒道：“炙玄，你放开他！如果你敢吸收我的灵慧之魄，我永远也不会原谅你！”

炙玄充耳不闻，抓起虞人殊的手，朝那团黑雾伸去。

虞人殊奋力挣扎，却根本不可能挣脱炙玄的束缚。他不想在毫无准备的情况下拿起天地之元，他想等记忆再恢复一些，知道天地之元如何使用之后再……如果现在拿起天地之元，他不知道会发生什么！

江朝戈大吼一声，抽出炙玄刀冲了上去，举刀朝炙玄的胳膊砍去。

炙玄吃了一惊，将虞人殊扔了出去，侧身闪避。

江朝戈一刀劈在坚硬的石板上，将那石板砍成了两半。

炙玄脸色阴沉地看着江朝戈。

江朝戈咬牙道：“炙玄，别忘了，你还是我的魂兽。哪怕你再强大，也别想和我对抗。”

炙玄冷道：“我已经具备了反噬你的能力，只是我若反噬，我们只会两败俱伤。”

江朝戈心里一惊。到底从什么时候开始，炙玄吸收了他那么多魂力，而他完全不知情？是不是……是不是从炙玄知道他是大巫祖转世的那一刻起，就已经在为这一刻做准备了？

一想到这个，江朝戈只觉得更加心寒。有多少感情禁得起这样连番地凌迟？他看着炙玄，看着这个他曾经最信任的人，却觉得无比陌生。

他曾经以为他掌控着炙玄的一切，身体、心甚至灵魂，炙玄对他的专注与执着，让他一向自信满满，而他从小到大的经历，也让他习惯了做掌控者。他没想到有一天事情会演变成这样，炙玄已经完全脱离了他的掌控，甚至这个曾经把他当作无上至宝一般捧着的男人，如今要无情地将他变成行尸走肉。他觉得自己已经要被不断冲击而来的痛苦和绝望淹没了。

他握紧了炙玄刀的刀柄，想着这唯一能让他感到安心的武器也来自炙玄身体的一部分，就感到莫大的讽刺。他沉声道："炙玄，我已经不在乎两败俱伤了。你要将我变成傀儡，与杀死我无异，我倒宁愿你杀了我，也不用面对现在的你。"

炙玄狠戾地说："你感到痛苦吗？有我感受到的十分之一吗？你前世今生给予我的羞辱、痛苦和欺骗，哪怕毁灭整个天棱大陆，都不足以平息我的愤怒。即使是这样，我都舍不得杀你……"他咬紧牙关，甚至因为用力过猛而咬出了血来，"共工，你这一招好狠，我宁愿被你凌迟，也不愿意被你创造出来的江朝戈利用！"

江朝戈哽咽道："若我不是共工呢？若我可以不变成共工呢？哪怕只有很小的一点儿希望，你都不愿意和我去试试？"

"即便你不是共工，你也不可能不变成共工，你以为以你区区人类，可以与大巫祖抗争吗？"

"如果我可以呢？"江朝戈吼道，"你这个窝囊废！连我区区人类都敢去试一试，你却不敢，你就是个窝囊废！"

"你知道什么！真正与共工面对面战斗过的是我！"

"如果我……"江朝戈感到快要窒息，每说出一个字，都剜心一般地疼，"如果我——虽然是共工，可还是会记得你，记得我们之间的所有，记得我对你的信赖，那你……会怎么样？"

炙玄面部肌肉抽动，灿金色的眼眸如同暗夜繁星，忽明忽暗，深沉得仿佛能将人拖入无边的银河。他缓缓地、一字一顿、咬牙切齿地说："我觉得恶心。"

江朝戈呼吸一滞，心脏骤停，在那一瞬间，真正体会到了什么叫"哀莫大于心死"。心脏仿佛被狠狠撕裂，痛得他眼前发白，无法言说的绝望如山一般压了下来，整个世界都变得不真实起来。

那一刻，他有了一种奇怪的体验，就好像他对炙玄燃烧着的所有信赖，都被一桶千年寒水浇灭了。

什么都熄灭了……连同心跳，连同身体的温度，都一起消失了。

江朝戈用尽全身力气，换了一口气，那口气吸进肺里时，竟然如刀片切割一般地疼，而呼出的时候，又像一只手拽着他的灵魂拖出了体外。那一定是他这辈子最艰难的一口气，可这口气出去之后，他好像就无所顾忌了，因为他身体的某一部分已经死了。他用颤抖的手握紧炙玄刀的刀柄，低声喃喃道："你觉得恶心、恶心……很好，炙玄，这个回答，很好。"

炙玄眼睛血红一片，他紧握拳头，指甲甚至陷进了肉里，而这细小的疼痛，根本不足以引起他的注意。因为心痛已经盖过了他所有的感知，他听到自己在说话，声音却好像不是自己发出来的："江朝戈，不，共工，只有清除你身为共工的全部记忆，我才能接纳你。就让我一个人怀揣这个秘密，你全部忘了吧。只有你忘了，我才能假装忘了你是如何刺穿我的喉咙、砍下我的角，又让我信任一个你创造出来的人类，操控我、利用我、羞辱我……只有你忘了，我才能忘了！"

江朝戈面无表情地看着他，声音再没有一丝起伏与波澜："原来在你心中，我江朝戈从来不曾存在过，仅仅是共工制造的一个傀儡。就像你说的，我们有过的一切，都是假象。很好，炙玄，有你这句话，我也能彻底死心了。你还是别委曲求全地把一个没有记忆的傀儡放在身边了。以我对你的了解，你那么小心眼，即便我什么都不记得了，你也不会忘记。不如就让我们战个痛快。你赢了，我任凭你处置，我赢了，我会把你封印在炙玄刀内，永远……"他深吸一口气，哽咽道，"永远不再见你。"

炙玄的表情就像干涸的大地，布满道道裂痕。他紧握拳头，寒声道："你要跟我打？江朝戈，你没有一点儿自知之明吗？"

"你的魂力是我给的，早晚有耗完的一天。"江朝戈握紧了刀，终于鼓起勇气，将刀锋对准了炙玄。

炙玄看着自己珍贵的角被江朝戈握在手中，刀尖直指自己，刀身萦绕的火焰刺痛了他的眼睛。曾经，他最喜欢看江朝戈拿着这把大刀威风凛凛、大杀四方的样子，哪怕这把刀一而再，再而三地提醒着他最黑暗的记忆，可当时他觉得，如果死一回就能碰到他，值了。他怎么都没有想到，有一天，这把刀的刀锋会对准自己。

两人仅隔着数米之遥，却好似中间横生一道万丈深渊，哪怕他们摔得头破血流，也无法再靠近彼此。

他们不约而同地想起了那些快乐的过往，简直叫人肝肠寸断。

虞人殊叫道："朝戈，你不能跟他打！"

江朝戈道："殊，你出去吧。"

"朝戈……"

江朝戈声色俱厉地吼道："出去！"

虞人殊深深地看了他一眼，倒退着走出了山洞。

当山洞里只剩下两人的时候，他们心头的苦涩仿佛是天下最烈的毒药，凌迟着他们的神经。江朝戈道："炙玄，化出兽形吧。"

炙玄轻声道："你知道吗？我的鳞甲坚不可摧，即便是世界上最锋利的武器，都无法刺穿。"

"有一样东西可以刺穿。"

"对，它就在你手里。"

江朝戈感觉握着刀柄的手在出汗。

炙玄摇摇头："你以为我说的是炙玄刀吗？不止是它。"不止是它，还有你的一言一语、一个眼神、一个动作，所有的一切，都轻易穿透了我的身体。

江朝戈的喉结上下滚动着，这可能是最让他恐惧的一战，他却半步也不能退。

炙玄一步步朝江朝戈走了过来，黑金长袍燃着熊熊火焰，随着他的步履摇曳着。他高大的身材、紧绷的表情，还有那对深邃而富有野性的灿金色眼眸，都让人感到一股莫大的压迫感。

江朝戈闭了闭眼睛，再睁开，眼神已经变得无比坚毅。他一步冲了上去，那黑金火焰刀直对着炙玄的头和脸劈了下去。

炙玄眼都未眨一下，身体一偏就躲过了刀锋。他欺近江朝戈的身体，肘部狠狠地撞在江朝戈的肩膀上，江朝戈左肩一痛，倒退出去好几步才稳住身体。

江朝戈用力扭了扭肩膀，骨头嘎吱作响。他眼神犀利，紧盯着炙玄挪动的每一步，瞅准时机，再次攻了上去。

炙玄身形敏捷，灵活地闪避着那寒光。他很少以人类的姿态打斗，但万年的寿命不是白有的。他对人类的知识没兴趣，武术倒是学了不少，江朝戈又岂是他的对手？

江朝戈久攻不中，脚下立刻踩出诡异的步伐，身影如鬼魅般幻化出数个残影在炙玄身边游走。他从虞人殊那儿学来的步法，即便算不上炉火纯青，但随着身体素质的急速提升，也已经是相当厉害。一时之间，他的身影快得用肉眼已经难以准确捕捉。

炙玄稳稳地站定，双眸冷静地观察着，周围到处都是江朝戈的气息。他一时很难分辨出人究竟在哪里，但他的嗅觉比人类灵敏千百倍，对江朝戈的味道又实在太过敏感，江朝戈身影晃动之间那细小的差别，也渐渐被他捕捉到了。

江朝戈朝着他的后背砍来时，他眼中精光一闪，回身就是一脚，正好踢在江朝戈的胸口，将人直接踹飞了出去。

江朝戈撞到石壁上，后背简直像被扒了一层皮一样疼，他将刀尖插入地面，支撑住了险些要倒的身体，咬牙切齿地看着炙玄。

“我从来没和你动过手。”炙玄沉声道，“我不需要化作兽形，你也远不是我的对手。”

江朝戈抹掉了眼皮上的汗珠：“炙玄，你别太小看我了。”他将长刀横在胸前，魂力如火焰般升腾而起，充斥在山洞中，那魂力之强大，连炙玄也感到一丝心惊。

江朝戈大喝一声，长刀带着要命的魂力，朝炙玄袭去。

炙玄手无寸铁，与江朝戈缠斗在一起也丝毫不慌乱。江朝戈刀刀凌厉，刀刀致命，与当年提一会儿刀就手臂发麻的他相比，判若两人。长刀在空气中留下道道黑火幻影，凌厉地追逐着炙玄的一丝一发、一衣一角。

然而，炙玄在那刀光火影中却是游刃有余，魂力擦着江朝戈的皮肤和衣物，留下一些不痛不痒的伤痕，却始终无法真正伤及他。

江朝戈越打，心头火气越大。他确实从未和炙玄交过手，仅有过的几次对练，炙玄也是兴致缺缺。几次下来，他宁愿找虞人殊和龙芗对练，也不会找炙玄。他万万没想到，除去上古异兽这个真身，炙玄依然强大到让人望而却步。

细想下来，他对炙玄又了解多少呢？在他眼里，炙玄单纯、凶暴、霸道、任性，其实对方本质上只是一只披着人类外表的野兽——虽然在他的要求下努力以人类的思维去思考，可终究敌不过体内的兽性。炙玄为他而压抑着的兽性本能，在此时完完全全地释放了出来，所以，这才是炙玄本来的样子——凶残的、可怖的、凌厉的、独裁的、碾压一切的麒麟！

江朝戈面对炙玄的无力感，让他邪念顿生，他原本无论如何也不想再使用巫力，因为那会加速共工的觉醒。可此时，巫咒不受控制地从他轻碰的双唇逸出，炙玄刀劈出的一道魂力，夹杂着令人生畏的寒冰，一下子就缠住了炙玄的手臂。咔嚓一声，冰块化作利器，刺穿了炙玄的皮肉。炙玄脸色一变，一掌劈在寒冰上，将那冰震了个粉碎。

炙玄甩了甩自己的胳膊，伤口快速愈合，可心底的裂缝是难以填补的，反而被撕扯得越来越大。他喉咙里发出宛若自地狱而来的声音：“你，用共工的巫力对付我。”

江朝戈浑身冷汗直冒，他第一次如此恐惧炙玄。那种恐惧仿佛一只有形的手，垂在他脑后，随时可能掐住他的咽喉，把他的脖子拧断。

“你用共工的巫力……”炙玄的眼神饱含凌厉的杀气，额上青筋暴起，眼中充满了血丝，狰狞得好像下一秒就会爆炸，“为什么……为什么要把我最喜欢的味道，变成让我想吐的味道！”他狂吼一声，伸出了五指，顿时，一只火焰大手猛地从他的掌心蹿了出去，如一张网朝江朝戈袭去。

江朝戈大惊失色，抽身想跑，却已经来不及。他只觉得一股热浪包裹了全身，接着，他被什么东西束缚住了，那东西产生的高温带给他剧烈的疼痛，他控制不住地大叫了起来！他疼得丝毫没有力气握炙玄刀，刀咣当一声掉在地上，将石板砸出一个大坑。

下一秒，他的身体被那火焰大手直接拽到了炙玄面前。

炙玄看着江朝戈脸上痛苦的表情，简直锥心一般疼。他收回了火焰的温度，但依然束缚着江朝戈的身体，近距离端详着这张脸。

江朝戈的身体被抓在半空，被迫与炙玄平视。那阵令人眩晕的疼痛过去后，他睁开了眼睛，汗水顺着皮肤狂流。他困难地换了口气，狼狈地看着炙玄。

炙玄削薄的唇瓣在微微颤抖，他的目光在江朝戈脸上逡巡，从那两道远山般悠扬的眉，到笔挺的鼻尖，再到淡色的唇，一切的一切，都是那么熟悉而陌生。可无论江朝戈变成什么样，哪怕这身体里埋藏着他最憎恨的东西，有一点从来没变过——他始终认为江朝戈是属于自己的，这个人的每一根头发、每一寸皮肤、每一个眼神、每一个动作，所有的一切都是属于他的。所以他无法忍受，他无法忍受他的所有物附带着一个剥离不掉的共工！

他宁愿忍痛抹掉江朝戈的记忆，也要把共工从这个他最重要的人体内彻底剔除。只有这样，他才能重新信任江朝戈。

江朝戈直勾勾地盯着他：“你说得对，我不是你的对手。可你记住，如果你把我的记忆抹掉了，你得到的不会是我，不是我江朝戈，因为江朝戈永远都会恨你！”

炙玄一把捏住了江朝戈的脸，恶狠狠地说：“你不会记得恨我，你会忘了一切，忘了共工，忘了我，忘了这片大陆上发生的所有令人恶心的事情。我会让你只记得我，只属于我。这有什么不好？如果你真的在乎我，这有什么不好！难道你想记得共工，你想记得现在的一切？！”

“我不想！可如果抹掉了记忆，江朝戈就死了！真正的江朝戈，永远不会接受！”

第10章
灵慧之魄

炙玄修长的手指仔细地滑过江朝戈的脸蛋，江朝戈却有种被刀锋舔过的错觉，浑身汗毛倒竖。

炙玄轻声道：“我一直在想一件事。”

江朝戈抿唇不语。

炙玄的手指从他的脸颊滑到了脖子，自语道：“如果当初不回来就好了，我只想留在有你的地方，哪里都无所谓，我们为什么要回来？”

江朝戈心痛不已，是啊，为什么要回来？

炙玄低下头，轻声说：“吸走你的灵慧之魄，有两种方法。第一种，用阵法直接将灵慧之魄抽离你的身体；第二种，反噬，将你变成魂器。第一种能否成功，要看虞人殊能否同时发挥天地之元和大巫祖的能力，毕竟他吸收的不是普通人类、异兽的魄，而是大巫祖的，只是你会非常痛苦，而且一旦失败，你就会真正变成行尸走肉。第二种方法，你会少受很多罪，但你要全心信任我，让我反噬，否则我很可能失败。”

江朝戈寒声道：“我不会让你反噬。”

“你为什么非要违抗我？”

“因为我已经不是江朝戈了。”

炙玄眯起眼睛：“胡说！”

江朝戈讽刺道：“你忘了吗？这是你自己说的，在你心里，江朝戈从来不曾存在过。”

炙玄无言以对，脸色阴沉不已。他掐住江朝戈的脖子，恶声道：“你一定要逼我吗？”

江朝戈看着这张熟悉的脸上陌生的表情，心如死灰。他黯然地垂下了眼帘，脑中开始变得空白。

炙玄松开手，转身走出山洞，将虞人殊拽了进来，命令道：“去把天地之元拿下来。”

虞人殊冷冷地说道：“你的麒麟真火还能坚持多久？你以为你想做的事能得逞？”

“没多久，所以别浪费时间。”炙玄从身体里再释出一只火焰大手，一把将虞人殊抓了起来。

那火焰没有温度，但将虞人殊束缚得紧紧的，他被那火焰大手送到了天地之元的黑雾面前。

炙玄高声道：“拿起来！”

虞人殊吼道：“炙玄，你简直愚蠢至极！你本该和自己的魂兵使一同抗击你的仇人，如今你却要亲手杀了他，你这个疯子！”

炙玄充耳不闻，那火焰大手中伸出一个细小的分支，卷住虞人殊的手，伸进了黑雾中。

江朝戈看着炙玄和虞人殊，眼中充满了绝望。

虞人殊瞪大眼睛，额上青筋暴突，表情极度恐惧。虽然他继承了鲧的手骨，知道他要做什么，可真的要碰触这蕴藏着无上力量的上古神物，他还是有种下一秒就会灰飞烟灭的错觉。

当虞人殊的身体彻底被送进黑雾中时，炙玄突然痛叫了一声，束缚他的火焰大手被狠狠地弹了出去，而他整个人被包裹进了黑雾中，接着，他发出了一声短促的嘶吼！

江朝戈心急如焚：“殊——”

那黑雾因为虞人殊的到来，突然开始剧烈地晃动起来，四散开来，很快就充斥了大半个山洞。

虞人殊的身体完全消失在了黑雾中，一拨拨强大的魂力从黑雾中逸出，压迫得人快要喘不上气来。

接着，山洞开始剧烈震动，短短几秒钟内，就好像一个被震得散架的盒子，大块大块的岩石剥落，地面开裂，黑雾开始在山洞里横冲直撞。

炙玄一把抱住江朝戈，朝着洞口跑去。

“殊！”江朝戈狠狠地踹了炙玄两脚，想挣扎却是力不从心。他盯着那团急速膨胀的黑雾，目眦欲裂，虞人殊还能活着吗？！

炙玄不顾他的挣扎，硬将他拖出了山洞，转眼就化作麒麟，将他衔在嘴里，飞快地朝远处跑去。

山洞外的人也早已经四散逃开，那股巨大的魂力当前，没有人敢留在这里找死。

炙玄刚跑出去几里，只听得背后传来轰的一声惊天巨响，大地猛颤，一股巨力竟将炙玄那庞大如山的身体掀翻在地。要不是江朝戈藏在炙玄口中，炙玄的硬鳞阻挡了绝大部分的冲击力，他肯定会像个木偶一样被扯断身体。

炙玄趴在地上，好半天才回过神来。他张开嘴，把江朝戈吐了出来。江朝戈在他的嘴里也被撞得七荤八素，颤巍巍地站了起来，朝远处看去。原来山洞的位置，那小山丘已经被夷为平地！他大脑一片空白，想也没想，拔腿就往回跑。

炙玄大爪子一捞，就将他抓住了。

江朝戈怒道：“殊可能死了！你放开我！”

炙玄道：“他没死，我感觉到他了。”

江朝戈愣住了。他现在只能感觉到天地之元，那实在是无法忽视的存在，殊……真的没死？

炙玄朝着山洞的方向跑去。

那里尘土飞扬，黑雾弥漫，什么都看不清。

天上，一条青龙盘踞，衔云扬起脖子，深深地从青天上吸了一口气，然后对准了尘雾，用力吹了出来。那一吹简直是如狂风过境，瞬间就将弥漫的尘雾给吹散了。

山洞的原址上，乱石之间，站着一个赤身裸体的男人，披着一头璀璨如月华般的及腰银发，表情僵硬，看不出情绪。他的整条左小臂和手极为狰狞可怖，皮肤变得灰黑，骨头的印记清晰可见，仿佛那手骨要冲破皮肉的束缚。在那手掌中间，有一团黑色的土壤，那土壤像是流质的，一直在微微地颤动，却连一粒沙尘都没有脱离手心。

整个世界安静得落针可闻。

虞人殊抬起头来，将那土壤高举过头，寒声道：“这就是你们要的东西。为了它，整个天棱大陆分崩离析、战火纷飞，短短一年内死的人，超过了天棱国百年内所有灾难、战争造成的死亡人数的总和。就是为了……它？”他的声音在颤抖，“先祖将息壤带来人界，是为了治水。治水，才能救万物苍生。你们却为了它，造成万千杀戮。现在息壤在我手里，你们以为我会任凭你们摆布？先祖未能完成的遗志，将由我来完成！”

衔云喝道：“遗志？你在胡说八道些什么！你虽是人皇后裔，但魂力与巫力均是羸弱不堪，你以为天地之元能成为你的护身符？”

饮川道：“先祖遗志指的是什么？”

虞人殊一字一句清晰地说：“我与先祖的手融合后，逐渐有了一些零散的记忆，虽然不完整，但我能确定，朝戈的世界是先祖造出来的。”

饮川一愣：“……竟不是玄帝。”

“天地之元中，蕴含着万物的记忆，也就是灵慧之魄，人的、兽的、山河的、草木的。这些记忆能够组成一个完整的世界。先祖见人界饱受折磨，决定用天地之元创造一个没有天神，没有大巫祖，也没有异兽的世界。只有剔除了这些，人类才能成为主宰，所以那个世界只属于人类的子孙。”

江朝戈震惊不已，听到这里，似乎一切都解释得通了。为什么他的世界和这个世界会那么相似，却又有诸多不同？这是因为，他的世界是复制了这个世界的信息创造出来的，但唯独去除了天神和异兽，让他的世界变得安全。只是，关于天神与异兽的信息，却是刻印进历史与自然之中的。尽管他们不在，但他们存在过的痕迹不能抹除，所以他们的世界流传着天神与异兽的传说。

饮川叹息道：“那是无与伦比的伟大杰作。”

虞人殊握紧天地之元，咬牙道：“但是，先祖还没来得及完成就抱憾而亡。”他犀利的目光射向了刘擎，“所以，才会有今天的两个世界，才会有一扇至今没有闭合的异界之门。”

刘擎冷笑道：“好一番感人肺腑的发言。没错，鲧是我杀的，人皇后裔也是我杀的。我问你，这世界可是属于人类的？”

虞人殊仇恨地看着他。

“我替你回答，不是！”刘擎狠戾道，“这世界从来就不只属于人类，它还囊括六界。即便是人界，也不是只有人类一种生物，这里还有异兽、动物、草木，凭什么鲧就可以为了一己之私，盗取创世珍宝息壤？凭什么鲧可以利用息壤，创造一个人类独大的世界？鲧身为人皇后代，私心为人，本也无可厚非，但你就别厚着脸皮把他说得那么伟大了，他不过是像人皇一样，想要一统人界！若不是他怀有私心，盗取玄帝的珍宝，又怎么会招致那么多灾祸？！”

虞人殊怒道：“共工因与先祖颛顼争斗，恶意报复，撞倒天柱，引洪水肆虐人界，难道身为人皇后代，要眼睁睁地看着人界倾覆？”

“共工已经受到惩罚，天庭也从未坐视不管，而且两相争斗，同样身为人皇后代的颛顼也难辞其咎！颛顼想一统人界，异兽凭什么答应？谁对谁错，争论万年也不会有结果，无论如何，鲧也不该盗取息壤甚至创造一个世界！息壤是何等重要的东西，就连玄帝使用它，也是小心翼翼。鲧自私莽撞，不计后果，千错万错，也要从他的错处开始算起！”刘擎冷声道

“若要算错，为何不从共工开始算起？”

虞人殊脱口而出后，怔了一怔，目光不自觉地移向了江朝戈。

江朝戈在心里冷笑了一声，现在所有人都将他当作共工了吗？

虞人殊抿了抿唇，显然也感到不妥，但说出去的话又无法收回，只是别扭地看了江朝戈一眼。

江朝戈淡然地摇摇头，表示自己不在意。连炙玄都将他当作共工了，再多一个其他人，也无甚区别。

焯烟不耐烦道：“你们在这儿争论谁对谁错有什么用？虞人殊，你能感知到息壤里的灵慧之魄吗？”

虞人殊看了看手中的息壤：“它蕴藏着万物的灵慧之魄，吸收灵慧之魄是它的本能，这也是它创世的根基。你妻儿的灵慧之魄，肯定在其中，但找到他们如同大海捞针。”

焯烟坚定道：“就算是大海捞针，穷尽一生，我也要找到。”

饮川轻声道：“万物的灵慧之魄，也包括我们的吗？”

虞人殊沉默片刻：“也许。”

饮川轻叹一声：“息壤之中，是否有我们更早前的记忆，诸如我们如何孕育、出生、成长？我们不该生来就是如此，缺失的记忆和过去，也许能在息壤之中找到。”

虞人殊握紧了息壤：“息壤只能吸收灵慧之魄或释放灵慧之魄，释放之时，就是创世之日。只是，创世需要同时具备强大的巫力与魂力，以巫力打开一个新的空间，然后以魂力按照自己的意愿释放想要释放的信息，山峦、河海、草木、生灵，都可随心创造。”他顿了顿，“可这两样，我都不具备。”

焯烟急忙道：“至少你可以将息壤中的部分灵慧之魄释放出来！”

“也许，但我不敢保证。”

炙玄道：“虞人殊，把朝戈的灵慧之魄吸进去！否则，我让这天棱大陆再没有片刻安宁！”

江朝戈想从他的身上跃下去，却被那火焰束缚着无法动弹。

江朝戈简直对炙玄恨得牙痒痒。

虞人殊怒道："你休想！"

"难道你想看到共工现世？！"

"我不想看到共工现世，可我也不想看到朝戈消失。"虞人殊后退了一步，戒备地看着所有人，"我不相信你们任何一个，我也没有能力创造世界。我要完成先祖遗志，将人类转移到新世界，关闭异界之门，让人类与异兽永远地分开！"

江朝戈一时都不知道该说什么了。这些人怎么个个异想天开？这个世界的人怎么适应他的世界？他们去了只会被当作神经病关起来。

饮川也道："殿下，你太天真了。万年之前，鲧创造异界的时候，尚可以将人类转移过去，可是现在，朝戈的世界已经跟天棱大陆天差地别，天棱国的子民去了那里，不但不会有和平安宁的生活，反而会被当作异族驱逐、诛灭。虽然同为人类，可不同民族、国家之间也同样纷争不断，这是小孩子都懂的道理。这两个世界，已经不可能再互通，否则必将掀起另一场战争。"

虞人殊身体颤抖，这些道理，他又怎会不懂？只是，得到这份他难以驾驭的强大珍宝，让他迷茫、不知所措。他不知道自己该做些什么，或者说，他有心想做什么事，却又力不从心。

啸血哼笑一声："不如将天棱大陆留给你，让我们去异世界吧，听说那个世界也很好玩儿。"

焚念舔了舔嘴角："一定会有更新奇的食材吧。"

"还有更新奇的珠宝。"游释道。

江朝戈厉声道："你们休想！"

游释冷哼一声："要一个非我所愿的世界有什么用？虞人殊，有一个办法可以让你获得巨大的魂力与巫力，你想试试吗？"

虞人殊眯起眼睛："你说。"

"以焯烟的火精打开冥界之门，找出鲧的魂魄，让他转世到你身上。"

天戎吼道："胡说八道！"他一个箭步冲了上去，脱下衣服，披到了虞人殊的身上，沉声道，"你别听他瞎说！让鲧转世到你身上，你就会变成第二个云息，你想失去自我吗？"

虞人殊深吸一口气，摇摇头："……不想。"

天戎松了口气："殊，不要逞强，你不是鲧，你仅仅是有了他的记忆，不代表你需要代替他完成未完成的事。别忘了，你首先是天棱国的皇子，其次才是什么人皇后裔。”

虞人殊哑声道：“可我一心想救天棱国，天棱国却变成这副惨状。息壤也许是我唯一的希望，天戎，我该怎么办？”

天戎将他连人带衣服一同抱进了怀里：“无论你做什么，我都在你身边，但你绝对不能放弃自我。”

天戎温暖宽厚的怀抱，如一股暖流倾入虞人殊的心底，让他顿时感到了一丝安心。

衔云冷冷地说道：“简直废话连篇！你既不肯将这个世界交给我们，又不愿意将新世界给我们，那我们注定要分出个胜负。”

饮川冰蓝色的眼眸透出丝丝寒光：“衔云，这片大陆最不可留的，便是你和啸血。若没有你和啸血、焚念与游释，我们尚能容下。”

衔云愣了一愣，随即哈哈大笑：“饮川，你是在挑拨我们吗？我倒想知道，你既不容我们，要将我们如何处置？”

啸血赤眸中满是嗜血的光芒：“饮川，你能杀死我们吗？还是要造一个新世界，将我们都扔进去？”

壬王寒声道：“不需要那么麻烦。只要将你们关在东皇钟内，可保你们千万年无法脱身！”

衔云与啸血均是怔了一怔，随后勃然大怒，从喉咙里发出可怖的低吼。

夙寒低笑道：“这个办法听上去倒是不错。饮川，壬王，你们总是一副正派的模样，却还有如此阴毒的点子，真叫我大开眼界啊。”

焚念和游释对视一眼，都没有说话，心里各有思量。

焯烟道：“虞人殊，你快将我妻儿的灵慧之魄释放出来，其他的，我一概不管！”

虞人殊道：“我说了，我没有把握。”

“没有把握也要试。”焯烟面色阴沉，“我等这一天等了千万年，多一秒的耐心都没有了。”

虞人殊冷冷地问道：“你在威胁我？”

焯烟手中的火精忽明忽暗：“我若打开冥界之门，鲧的魂魄一定会来寻找他的左手，届时，也会有数不清的冥魂来到人界。虞人殊，你想保全的天棱大陆，恰好是我们轻而易举就可以摧毁的。放出我妻儿的灵慧之魄，我将助你击败衔云、啸血，甚至夺回皇位！”

夙寒的笑容僵了僵，眼神变得阴冷起来。虞人奎握紧了拳头，感到周身寒气四溢。

虞人殊咬牙道："好！值得我一试，焯烟，记住你的承诺。"

江朝戈大叫道："殊，不要乱来！万一失败，我们就完了！"他无法想象失败的后果，他们每走一步，都如履薄冰，如今虞人殊拥有息壤，他们不过稍占优势，万一这时候有所差池，被衔云、啸血反击，摇摆不定的焚念、游释必然会坚定地与他们为敌。而夙寒、重溟这两个态度不明确的，也可能随时站队，十二异兽重聚，必定要分出一个真正的胜负，他们不能是负的那一方！

那火焰大手将他的身体拖到了炙玄面前，正对着那庞大的、燃烧着熊熊火焰的麒麟目。

江朝戈嘴唇抽动："你想说什么？"

炙玄道："让他试试。如果他成功了，下一个就是你。"

江朝戈恶声道："胡说。"

炙玄收紧了火焰手，江朝戈感觉到身体被紧紧箍住。炙玄眼里升腾着怒火，仿佛想把他就这么捏死，但最终还是放松了钳制。

饮川沉声道："殿下，现在的你，恐怕没有能力找出特定的灵慧之魄。你若释放太多灵慧之魄，不知道会造成什么后果，你真的想清楚了吗？"

虞人殊深吸一口气："我早晚要做点儿什么，就借此机会，试试我对息壤的掌控程度吧。"

裂羽喉结滚了滚，悄悄握住了寺斯的手，眼睛直勾勾地盯着虞人殊，明显有一丝紧张。

寺斯反握了握他的手，轻声道："别担心，不会比现在更糟了。"

饮川面上满是担忧，但他知道焯烟不达目的誓不罢休，虞人殊也已经做了决定，只能道："焯烟，你要同时设两个回魂阵，一旦殿下开始释放灵慧之魄，你就要以最快的速度找出属于媛姬与裂羽的。"

焯烟点点头，神情凝重道："这一次，我绝不会失败。"

他在大国师的帮助下，快速在地上画了两个回魂阵，分别摆上裂羽弓和媛姬的魂器。

在场所有人都在看着他们，尤其是衔云和啸血，两人交换了一个阴毒的眼神。

裂羽看着回魂阵，脸上显出一丝犹豫。

寺斯拍了拍他的肩膀："去吧，你一直希望找回灵慧之魄，这也许是唯一的机会了。"

裂羽抿了抿唇："我……我会再次忘了你吗？"

寺斯笑道："就算你再次忘了我，我也会一遍一遍地告诉你，就像以前很多次那样。"

裂羽眼眸闪动着，充满了不舍。尽管他一次又一次地忘掉他和寺斯之间的回忆，但是这个人总是在他身侧，他的潜意识里已经有了寺斯的存在。所以无论忘掉多少次，当再次看到寺斯的时候，还是充满了对他熟悉和好感。寺斯说的每一句话，他都没有任何理由地相信。他轻轻用额头撞了撞裂羽的额头，低低地"嗯"了一声。

寺斯扑哧一笑，比画了一下两人的身高："你连身高都跟我弟弟差不多。"

裂羽道："我也可以变作成人的样子，只是我死的时候便是少年的姿态，习惯罢了。"

寺斯摸了摸他的脑袋："就这样很好，等你找回记忆，也要这个样子来见我。"

裂羽淡淡地一笑："好。"

寺斯将所有的担忧和不舍都压在心里，笑着说："去吧。"

裂羽最后回头看了寺斯一眼，身形消失在兵器中。

焯烟体内释放出浑厚的魂力，雪地中的两个回魂阵同时闪烁出幽暗神秘的光芒。

虞人殊咽了咽口水，看了天戎一眼，明显有些紧张。

天戎深深皱起眉："你可以不做。"

虞人殊摇摇头，声音莫名有一丝哽咽："天戎，一直以来，你事事以我为先，我却不能给你什么。若天棱大陆重归平静，我安顿好皇都的一切，你说去哪儿，我就随你去哪儿，好吗？"

天戎无比笃定地说："你让我重回人界，见识这世间的一草一木，一物一景，还让我认识了你……殊，你给了我全部，无论什么时候，我都等你跟我一起去云游四海。"

虞人殊眼圈微微泛红，用力点了点头，随即闭上了眼睛，握紧息壤。几番挣扎后，他最终鼓起勇气，将巫力与魂力同时注入其中。

只听得虞人殊那可怖的左手手骨发出嘎吱嘎吱的声响，好像自己有生命一般在活动。息壤在那只手中，就像一颗跳动的心脏，一下下鼓动着，慢慢散发出黑雾。

虞人殊脸色苍白如纸，脸上的肌肉以扭曲的方式颤动着，牙关咯咯打战，没人知道他正在经历着什么。

江朝戈眼看着息壤中的黑雾正在向四周弥漫，简直如同正在被引燃的炸弹，充满了未知的危险。在场人、兽都下意识地开始后退。息壤的魂力就算不能杀死他们，也足够让他们受到重创。

然而，天戎站在距虞人殊不远处，半步也没有退，只是默默地看着虞人殊。

虞人殊突然发出一声低吼，抓握息壤的那只手，原本已是骨骼外凸，好像要刺破皮肉，此时竟是变本加厉地在皮下“滑”动了起来，好像要挣扎着冲破这皮肉的束缚。

虞人殊整条臂膀青筋暴突，他的右手紧紧地抓住了左腕，拼命想克制住那只不属于他的手。

然而，那只手就像与息壤融为一体般，从指尖开始逐渐变黑，骨骼变得异常突出、硕大，那已经不像是人类的手了。

天戎焦急得双眼发红，双拳紧握。

焯烟睁开眼睛，警告地看了天戎一眼：“不要乱动，你这时候乱来，更可能害死他。”

天戎龇起牙，发出一声兽吼。他急得团团转，却不知道如何才能帮助虞人殊。他甚至不知道虞人殊现在到底怎么了。

虞人殊又是一声大吼，猛地睁开了眼睛，口中念着古老而神秘的咒语，一团团黑雾如同繁星般朝着空中散去，简直像是炸裂开的黑色烟火。

焯烟也念起了咒语，两个回魂阵同时光芒大盛，裂羽弓和媛姬的魂器飘浮起来，在阵法中心缓慢地旋转着。

大国师表情紧绷，虽然一言未发，但豆大的汗珠不停地从额上流下。焯烟为了以最快的速度找到妻儿的灵慧之魄，必定在疯狂地消耗魂力，就不知道大国师能坚持多久了。

不断有黑雾从息壤中弹出，弥漫在空中，将朗朗晴空变得犹如乌云压境。那些黑雾在互相碰撞、挣扎，明显想要飞到更远的地方，却因受到息壤的束缚，无法离开。

十分钟过去了，焯烟和大国师的脸色都不太好看，然而，最先支撑不住的，是虞人殊。

他整条左臂已经完全变成了青黑色，巨大的骨骼像要穿破皮肉而出，让他的手臂完全失去了人类的特征，变得如异兽般狰狞可怖。他身上大汗淋漓，嘴唇已经被自己咬出了血。那些黑雾碰撞、乱窜的速度越来越快，好像随着他巫力与魂力的消耗，对它们的束缚也在降低。

饮川急忙叫道：“焯烟，快收起回魂阵，他撑不住了！”

焯烟厉声道：“坚持住，我还没有找到他们！”

天戎怒吼道：“收回回魂阵！殊，快停下来！”

虞人殊双目圆瞪，眼中布满血丝，局面恐怕是有些失控了。

他拼命想要控制那些乱窜的黑雾，可身体颤抖得如风中烛光。

江朝戈也喊道："殊，快停下！"

饮川高声道："焯烟，收回回魂阵，快点儿！"

焯烟眼看着越来越多的黑雾从息壤中弹出，也许那其中的某一团，就是他妻儿的灵慧之魄，他根本不甘心就此作罢。他一咬牙，口中吐出火精，那火精一离开他的唇瓣，就变成了一个燃烧着黑火的球体。

饮川瞪大眼睛："焯烟——"他瞬间化作白泽，朝焯烟扑去。

然而，他还是迟了一步，火精已经被焯烟置入了回魂阵中！

一旦以火精作为阵眼，召唤魂魄的速度确实会加快好几倍，但冥界之门必被打开！

"焯烟这个疯子。"壬王同样想阻止焯烟，却根本来不及，一旦回魂阵形成，这时候破坏阵法，不仅焯烟、大国师会受重创，恐怕虞人殊也要遭殃。更可怕的时候，若焯烟失去了对火精的控制，那后果就更加不堪设想了。

火精被置入回魂阵的瞬间，两个回魂阵同时散发出强烈的白光，那光芒刺得人眼睛都无法睁开。

黑雾仿佛受到了某种强烈的感召，开始剧烈地碰撞，这也让虞人殊所承受的压力成倍地增加。虞人殊发出痛苦的嘶吼，左臂的肌肉和骨骼都开始畸形化。

天戎再也无法坐视不管，奋不顾身地冲向焯烟。

大国师虽然也想阻止焯烟，但他不能让天戎去破坏阵法，只得抽出骨杖，拦在天戎面前。

天戎矫健敏捷，眨眼间已经蹿到了大国师面前，毫不犹豫地张嘴咬住了他的脖子！

从天戎起跳到大国师鲜血四溅，这期间绝对不超过三秒钟，众人还未来得及反应，大国师已经几乎身首分离，脖子间只连着一层皮了！

大国师的身体顿时发出白光，同时天戎也被他觉醒时散发出来的魂力震得飞了出去。

大国师突生变故，焯烟险些控制不住回魂阵。他发出凄厉的吼叫。这时，一团黑雾突然飞进了其中一个回魂阵，他激动得身体剧烈颤抖起来。他咬紧牙关，以损耗修为的方式继续支撑着魂力消耗。

天戎浑身是血地从地上爬了起来，再次要朝着焯烟扑过去。嘲飞张嘴叼住了他的皮毛："别动，你现在过去也只是送死，就算你真的破坏了回魂阵，你的魂兵使可能也完了。"

天戎看着仿佛已经被息壤控制了的虞人殊，发出了痛苦的兽吼。

眼见着第二团黑雾慢慢飘向了回魂阵，焯烟眼中滚出热泪。

就在这时，一股阴邪之风突兀地横扫大地，那阴风无色无形，却叫人浑身起了一层鸡皮疙瘩。

饮川沉声道："冥界之门被打开了。"

这下，连一直懒得动弹的重溟都从龟壳里伸出了脑袋，慢腾腾地说："你别在我身上跳来跳去的。"

乔彦紧张地说："冥界之门开了呀，怎么办呀？"

"你知道冥界之门开了会怎么样吗？"重溟的声音浑厚动听，自有一股让人安心的力量。

乔彦顿了一下："不知道。"

"不过是有冥魂来到人界作怪，但冥魂又伤不到我们，你急什么？"

"那人呢……会伤到人吗？"

"人类那么弱，抵抗不了冥魂。"

乔彦叫道："那我不该着急吗？"

"哦，你现在还是人类。"重溟爬了起来，"过去看看吧。"

嘲飞怒吼道："焯烟，快将冥界之门关闭！"

虞人殊扑通一声跪倒在地，天戎披在他身上的衣物滑落，雪地中，他修长矫健的赤裸身躯深深弓起，有力的肩胛上下起伏。他从小养尊处优，皮肤白得反光，脚趾因为寒冷而泛起微红。他右手撑着地面，左手的黑色已经蔓延至肩胛，小臂几乎完全变成了赤裸的骨头，远远看上去，似乎他的身体从手掌开始，正在被息壤一点点儿地吞噬。

眼见着两团黑雾先后进入了裂羽弓和媛姬的魂器中，焯烟大喊一声，想要收回回魂阵，可这时，回魂阵突然开始泛起浓浓的黑烟。那黑烟中，狰狞鬼怪的冥魂隐约可见，正在挣扎着要从回魂阵中冲出来。

火精在阵眼中忽明忽暗，焯烟满头大汗，似乎快要支撑不住了。

饮川猛地冲了上去，口中突然溢出阵阵夹杂着寒气的白光，那白光顿时将两个回魂阵都笼罩了起来，但黑烟越弥漫越大，不断冲击着白光，饮川急忙道："焯烟！快收起火精！"

这时，虞人殊的身体缓缓歪倒在雪地中。他手中聚集的黑雾顿时散了，数不清的小团黑雾扩散在空气中，瞬间消失了踪影。

饮川冰蓝色的眼眸中充满了不安："那是多少人、兽的灵慧之魄啊……"

焯烟大吼一声，口中急速诵念咒语，可火精快要被黑烟淹没，全然不听他指挥。

壬王和嘲飞分别将自己的魂力加持在饮川的白光上，试图控制从回魂阵里跑出来的冥魂。可冥界之门已经打开，疯狂涌入的冥魂多如过江之鲫，根本拦也拦不住，很快就冲破了他们的束缚，蹿到了回魂阵之外。

云息咬破手指，快速在地上画了个镇魂阵，以饮川琴作为阵眼，诵念巫咒，镇压冥魂。冥魂有小部分被云息吸引到了阵法中，死死地困住，但更多的已经四散逃开，漫无目的地在空中飘荡。

江朝戈目瞪口呆。虞人殊失去意识，不知道从息壤中释放了多少灵慧之魄。同时，冥界之门打开，又不知道释放了多少冥魂。事情究竟会恶化到何种地步？

红渊摇了摇头："这回人类麻烦大了。"

江朝戈焦急地问道："会、会怎么样？"

"如果息壤中释放出来的这部分灵慧之魄，有属于那些冥魂的，它们就会自然而然地结合。冥魂都是失去了活着时候的记忆的，一旦它们获得了生前的记忆，就会想尽一切办法回到自己转世的身体里，重返人界，必定会引起骚乱。"红渊耸耸肩，"不过，伤不到我们就是了。"

夙寒冷笑着说："你又怎么知道那些灵慧之魄中没有我们的？"

红渊眯起眼睛："你什么意思？"

"你也听到饮川的话了，他一直怀疑关于我们孕育、出生、成长的记忆被吸走了，如果有什么东西能吸走我们的灵慧之魄，那非息壤莫属。如果这次虞人殊释放的灵慧之魄之中有属于我们的，它们也会来找我们。若我们忆起了更多，天知道会发生什么。"

江朝戈只觉得浑身寒凉。那些狰狞的、形态各异的冥魂，有人的，有动物的，也有异兽的，谁又知道那其中究竟有什么至关重要的记忆！

炙玄沉默了半晌，意有所指道："忆起从前又有什么好的？有些事，我情愿永远都忘记。"

天戎吐掉口中的鲜血，被大国师觉醒时的魂力狠狠冲击的滋味儿，江朝戈是体会过的。天戎的骨头、内脏不知道遭受了怎样的创伤，但他还是爬了起来，跑到虞人殊身边，将衣服重新盖在虞人殊的身上，将人抱在怀里。那总是充满野性的琥珀色眼眸里，充满了浓重的哀伤与绝望。他将额头抵着虞人殊苍白的脸颊，久久不语，仿佛将两人困在了自己建立的屏障中，恨不得与整个世界隔绝。

大国师身上的白光渐弱，被天戎咬断的脖子已完好如初。他慢慢从地上爬了起来，抓起骨杖，朝回魂阵的中心跑去。他不断释放出魂力，支撑着焯烟，而焯烟无法将冥界之门关闭。众人眼见着那火精已经燃烧成了淡紫色，虽然他们不知道火精的极限在哪里，但紫色是火焰将要熄灭的颜色，一旦达到深紫，可能就要燃烧殆尽，而一旦火精熄灭，那么焯烟就会魂飞魄散，真正地消失于天地之间！

大国师吼道："焯烟，你还想见到媛姬与裂羽吗？无论耗尽多少修为，一定要将火精拿回来！"

焯烟的身体顿时变成龙形，周身燃着熊熊火焰，他眼眸冒火，不顾一切地扑向回魂阵，用龙爪一把抓住了火精。

在他接触到火精的瞬间，一股黑火顺着他的爪子直接将他的整条手臂点燃，他发出了凄厉的惨叫，震撼了整片天空。

焯烟身体里也燃烧起火焰，和那黑火冲撞在一起，互相较劲儿，一时难分高下。

饮川喊道："朝戈，快过来帮云息！"

江朝戈挣扎道："炙玄，你放开我！"

炙玄犹豫了一下，松开了对他的钳制。

江朝戈跳到地上，猛地朝着云息跑了过去。记忆中的本能让他毫不犹豫地咬破手指，在云息画出的阵法中添入自己的血，口中念着镇魂咒语。大国师很快也加入了他们的行列，释放全身的巫力，将冥魂一个一个地拖入镇魂阵。

这时，江朝戈的余光瞄到了一个银白色的身影，他斜眼一看，居然是虞人奎。虞人奎冷冷地看了他一眼，用匕首划破手指，滴入自己的血液，道："我是为了天棱国的子民。"说着，虞人奎和他们一同稳固起阵法来。

焯烟看上去痛苦万分，大概与自己的火精抗争，是平生第一次。火精打开冥界之门后，已经被大批冥魂控制，他拼命想要夺回火精的控制权，两股邪火在他的身体里冲撞、争斗，整个龙身已经大半没入了火海，看上去随时有可能将自己燃成灰烬。传闻火精能杀死异兽或大巫祖，恐怕他也万万没想到，有一天他会成为那个验证传闻的人！

在江朝戈和云息等人的压制下，越来越多的冥魂被镇压，场面一时算是控制住了。

就在这时，衔云和啸血突然发难，朝着回魂阵冲了过来。

江朝戈头也没回地吼道："炙玄，拦住他们！"

炙玄毫不犹豫地冲了上去，一头撞开了啸血。红渊和嘲飞则飞上天空，一左一右地夹住衔云，阻拦他的去路。

焚念与游释略微犹豫，最终也紧随其后，扑了上来。

夙寒无奈地摇摇头，对虞人奎道："真的要进行这种毫无意义的战斗吗？你想要的，我想要的，都不是这些。"

虞人奎简短地说："闭嘴，拦住他们。"

夙寒二话不说，化出穷奇的本体，凶狠地朝他们嘶吼了一声。

乔彦叫道："重溟！你快起来呀！"

重溟懒洋洋地叹了口气，终于将首尾两头都伸了出来，看似缓慢，却一步百米地挪了过去，挡住了焚念与游释。

焚念嘻嘻笑道："重溟？真难得，你也会移动啊？"

重溟甩了甩脑袋："确实很久不动了。"

"我一直想尝尝你的肉，你的龟身和蛇身，味道是否不同呢？"

重溟淡淡地说："应该是不同的，你想吃就自己来拿。"

焚念哈哈大笑一声，猛地扑了过来："你如此盛情邀请，我怎能拒绝！"他一爪子拍向了重溟的面门。

重溟甩起长长的蛇头，猛地拍开了他的爪子，同时，那巨大的爪子击向了焚念的胸膛。

焚念后仰闪躲，羊角再次朝着他的脑袋顶了过来。

异兽争斗，由于体形太过庞大，几乎不具备什么技巧，是纯天然的肉搏，真正打起来的时候，就是地动山摇。

天上，地上，数只异兽疯狂地撕咬、搏斗，昆仑山上的积雪成吨地滑落，那可怕的雪崩到了异兽脚边，也是微不足道。

江朝戈把全部心神都放在了镇魂阵上，他知道今天就是那一天了，他们决出胜负与生死的那一天！

炙玄喷射的麒麟真火灼烤着啸血的身体，而啸血也开始分泌高浓度的酸血。那酸血虽然不能一下子穿透炙玄的鳞甲，却给炙玄带来巨大的痛苦。他们用自己的修为换取更为强大的战斗力，代价也许是越打越虚弱，但若不打，结果只能是再度被封印。他们甚至没有时间和魂力像过往那样，花费百年来战斗，如今必须孤注一掷，速战速决。

炙玄周身的火焰金中带黑，啸血则化作了赤红色的怪兽。伴随他们每一次的撞击、撕咬，那火焰与酸血就会在空气中更剧烈地焚烧、腐蚀，就像用无数炸药炸开一般，噼啪作响，同时散发着恶臭。

炙玄在山洞里时为了召唤麒麟真火，已经损耗了很多魂力。他感到耐力在流逝，速度与力量都开始下降。他憋着一口气，不顾一切地燃烧着自己的万年修为，哪怕今天会让他倒退几千年的光阴，他也要置啸血于死地！

而啸血没有炙玄这份决绝，毕竟他既没有对任何人付出感情，也没有为之赴死的理由。他在为自己损耗的修为而心疼，打起来不免缩手缩脚，原本应该处于优势，气焰上却渐渐弱于了炙玄。

炙玄将啸血扑倒在地，将麒麟真火直接渡到了啸血身上。啸血狂叫的同时，将酸血喷了他全身，那酸血就像亿万只蚂蚁一般，啃食着炙玄的硬鳞。

那硬鳞虽然刀枪不入，可毕竟是炙玄身体的一部分，他只觉得身体无一处不剧痛无比，发狠地不停释放火焰，那火焰很快就将啸血半个身体都包裹了起来，残酷地燃烧着。

啸血发出凄厉的惨叫，大尾巴狠狠地抽在炙玄的腿骨上。

炙玄只听得一声骨裂的响声，左后小腿除了疼，就什么也感觉不到了，身上的鳞片像融化的奶油，噼里啪啦地往下掉。他狂吼一声："啸血，去死吧——"他张开大嘴，狠狠地咬住了啸血的喉咙。

利齿入肉的一瞬间，啸血的酸血就直接射进了炙玄柔软的口腔。

炙玄瞪大眼睛，灿金色的眼眸鼓胀起来，变得通红，剧痛让他大脑一片空白，他本能地收紧牙齿，却觉得整张嘴都不再听他使唤。

啸血疯狂挣扎，体内流出的酸血形成了一个血池，融化了积雪，渗透进地面，伴随着炙玄的火焰，将那冻得硬邦邦的泥土，硬生生烧出了巨大的坑！

朦胧中，炙玄听到天女喊了一声，但她自顾不暇，啸血的挣扎一点点儿弱了下去。炙玄也快要用尽力气。两只上古异兽就像两盏将要熄灭的烛火，在风中摇曳，只待那一缕微风拂过，彻底被吞没在黑暗中。

啸血率先燃尽了。

他庞大的身体被烧得骨血淋漓，身上没有一寸完好的皮毛，脖子上开了一个巨大的洞，瘫软倒在血池之中，一动不动。

炙玄身上的火焰也熄灭了，他艰难地从啸血身上爬了起来，断裂的腿骨却无法支撑他庞大的身体，他一动，鳞片稀里哗啦地掉入血池，发出残酷却悦耳的声响。

鳞片之下，血肉暴露在空气中，寒风吹过，鲜血直流。他身形一晃，如山体般倾倒在一旁，直勾勾地盯着江朝戈的方向。

江朝戈正闭着眼睛，汗如雨下地稳固着镇魂阵，对周围发生的一切都无暇分神。

炙玄灿金色的眼眸中淌出了透明的液体，如小溪流一般滋润着身下的泥土，却转瞬间就被冻结成冰。炙玄一开始不知道那是什么，因为他的眼睛里从来不会流出液体，当他知道的时候，他感到更加悲伤了。他会死吗？不，他不会死，因为他现在根本也不是活着。可为什么他有种要和江朝戈永远分离的感觉？或者说，从他知道江朝戈是共工的那一刻起，他们就已经……分离了。

为什么啊……为什么命运要这样折磨他们？他最恨的人和他最信赖的人，怎么会是同一个人？世界上怎么会有这样残忍的事？他张嘴想叫江朝戈一声，却感觉到有风从自己的口腔中穿过，喉咙汩汩往外淌着液体，什么声音都发不出来。所有身体上的痛苦，竟然都不能盖过他此刻的心痛。他用尽全身力气，只为了睁着眼睛看着江朝戈，他怕一旦他闭上眼睛，就再也见不到了……

衔云、刘擎和红渊、嘲飞的对决，结束得更快一些。刘擎以人类的身躯，很快就耗尽了所有的魂力与巫力，被嘲飞扇得飞出去，撞晕在石壁上。

衔云在他们的进攻下节节败退，红渊的金红羽毛与嘲飞的彩羽漫天飞舞，那看似柔软美丽的羽毛，可以如刀刃般锋利，也可以成为小型的燃烧弹。天上下起了烟花雨，曼妙却危险万分。衔云的龙鳞千疮百孔，清啸响彻天际，充满了愤怒与不甘，却最终被红渊与嘲飞按进了泥地里。

红渊用爪子扣紧了衔云的喉咙，抖动身体，数不清的金红羽毛分散而出，逐渐聚集在一起，形成一张怒张的网，将衔云大半个龙身包裹起来。

衔云怒吼道："愚蠢、愚蠢！"

红渊另一只爪子扣住了衔云的脑袋："再叫一声，我就把你的脑袋捏碎。"

嘲飞也用独脚扣住了衔云扭动的身体："衔云，你就在东皇钟内长眠吧。"

与此同时，焯烟在不计代价地消耗着自己的修为，活下去的欲望胜过了一切，流窜、焚烧在他身体上的火焰，终于开始朝着火精的方向退去。难以承受的痛苦让他剧烈扭摆着龙身，龙尾疯狂地拍击地面，扬起泥、雪无数。那黑火将他抓住火精的爪子彻底烧成了黑乎乎的骨头，火焰渐渐退去，狰狞的黑骨触目惊心。

焯烟勉力把所有的疼痛都吞进了喉咙里，不再发出半点儿声音，只是将黑火一再逼退，最后，将那黑火逼出了火精，让火精重现了属于焯烟的颜色！

终于，两个回魂阵的光芒熄灭了，那股吹拂大地的阴风也陡然消失，挣扎着要离开回魂阵的冥魂，就像被撕碎了一般湮灭在空气中。

冥界之门关闭了。

焯烟绵延千米的庞大身躯颓然倒在了地上，尾巴拍击的力量越来越弱，直至完全瘫软。他半身化作黑骨，内脏和血流了一地，连呼吸都极其微弱。他用尽全身力气，伸出另一只爪子，抓住了嫒姬的魂器和裂羽弓，紧紧地抓着，终于不再动弹。

焚念和游释看到冥界之门已经关闭，而衔云与啸血又失势，他们最后的机会也丧失了，顿时战意全无，场面一时间被控制住了。只是从冥界之门流窜进来的冥魂，有一半已经消失在了天地间，而没有人知道究竟有多少，又会对这个世界造成怎样的影响。

云息的魂力与巫力均耗尽，他失去了意识，往后一倒，以他的血作为阵眼的镇魂阵立刻散了，冥魂又逃散少许。

江朝戈双腿一软，倒在地上，从头到脚，连动一动手指头的力气都没有了。他深深喘息，费力地扭过头，看向炙玄。

炙玄倒在血泊中，脸从下颌开始彻底被腐蚀掉了，身上鳞片脱落，血肉模糊，奄奄一息。

江朝戈张大了嘴，似乎不敢相信自己看到的。

他见过麒麟的很多样子，威风的、凶暴的、恐怖的、懒散的，唯独没有哪一次，像现在这样惨烈。他眼圈一热，简直不能忍受炙玄会变成这个样子。

他连呼吸都带着剧烈的颤抖，他奋力支撑起身体，朝炙玄一步一步地爬了过去。

那百米长的距离，是江朝戈一生走过的最远的路。他热泪直流，完全模糊了视线。当他爬到炙玄的身边时，他小心翼翼地伸出手，轻轻碰了碰炙玄的肩头。

酸血刺痛了他的手掌，他一抖，炙玄肩头的鳞片啪的一声掉落在了地上，鲜血喷溅在他的脸上。他的手在空中顿住了，看着那比盾牌还大的黑色硬鳞，被酸血腐蚀得像一块粗糙的树皮。那曾经让炙玄引以为豪的、坚硬无比的鳞甲，居然轻轻一碰就……

江朝戈喉咙里发出痛苦的呻吟，他一拳击在那鳞片上，回应他的，却没有熟悉的温度，只是冰冷，让他恐惧的冰冷。

“炙玄，你不会死吧？我没有力气了，一点儿魂力都没有了……”江朝戈紧抓着渗了血的泥土，泪痕在脸上风干，周身彻骨冰凉。

饮川的声音在他头顶响起：“他不会死。他、我们，本就不是活物，但他消耗了太多修为，一时恐怕很难醒来，除非你能给他足够的魂力。”

江朝戈颤声道：“为什么我觉得我再也见不到他了？”

饮川沉默了一下：“有可能。”

“什么……什么意思？”

“你若想有足够的魂力给他，就要觉醒得更彻底。觉醒得越彻底，你就越接近共工。但你若要让他自己醒来，短则一两年。那个时候，你恐怕也已经变成了共工。无论如何，他醒来之后见到的，可能都不会是你了。”

江朝戈的身体晃了晃，眼前一片花白。他嘴唇干裂，浑身狼藉，脸色苍茫如天上飘零的白雪。

他跪在地上，感觉寒气从膝盖钻进了体内，如尖刀一般凌迟着他的身体。他的心也好像这雪一般，冻结成冰后，碎裂成千万片，四散在了空气中。

他已经没有力气站起来，僵化的肢体让他有种垂死的错觉，可最讽刺的是，他们死不了。

也许让炙玄沉睡，反而是件好事，毕竟他醒来后，他们就要再次面对所有的难题。有时候逃避可能是唯一的出路。

江朝戈沉默地看着如尸体一般的炙玄，久久地没有任何动作。

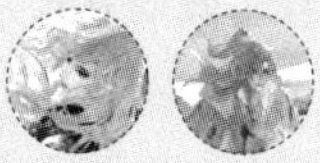

第11章 天界之门

啸血失去意识，衔云被俘，焚念和游释正在与壬王等异兽对峙，他们战意全无，却也不会轻易撤退。

饮川看了看衔云，目光移向了焚念与游释：“啸血和衔云已经不可能带你们去新世界，你们输了。”

焚念轻轻一笑：“哦，我有些失望。”

游释甩了甩脑袋，满脸愤怒。

“你们现在只有两个选择：跟他们一起待在东皇钟内，或安居一隅，不在天棱大陆上作乱。”

焚念轻哼一声：“我对这片土地已经失去了兴趣，若不能去新世界，倒不如去海外异国看一看。”

游释点点头：“海外的珍宝，必定不同凡响。”

焚念的魂兵使——刑天摇头道：“我还没有恢复肉身，绝不会离开。”

壬王道：“你要如何恢复肉身？”

“只有祝融他们知道，祝融最早觉醒，他应该最先想起来。”

饮川冰蓝色的眼眸射出寒光：“即便真的有让你们恢复肉身的方法，我也不会让你得逞。异兽的争斗暂时告一段落了，我不会把真正的大巫祖带来人界。”

白曦娇笑两声，声音妩媚动听，却没由来地让人背脊发凉。她红唇微启：“饮川，你好无情啊，帝江追随你一生，你连他也不想再见到吗？”

饮川藏在袖中的手暗自握紧了，他平静地说：“如果他们五人设计这一切的目的，是把这片土地推向深渊，那么……我不想再见到他。”

白矖寒声道：“那么，我们便绝不会离开。你以为东皇钟能镇压四只上古异兽和四个大巫祖吗？若你当真把我们都封印进去，十年、百年，我们必然能解除它。衔云和啸血如何，我不管，但我一定要摆脱这具孱弱的人类身体，变回到我的肉身。”

饮川微眯起眼睛：“若你们的肉身再也不可能出现了呢？你们没有被制成魂器，肉身定然早已化作尘土。三魂七魄尚且有冥界保管，再不济还有息壤，可肉身必定回归本源，散于天地间。”

白矖冶艳的脸蛋闪过一丝怒意：“不要以为你阅万卷书，就可以妄下定论。当初计划这一切的是祝融、共工、帝江、勾陈与相繇，而不是你。我要等祝融醒来，问个明白。”

游释轻哼道：“你听到了，我的魂兵使不肯离开。”

衔云喘着粗气说：“你们若想知道真相，光在那儿站着可不管用，到时候他们把我与祝融封印进东皇钟，你们就再也别想知道了。”

白矖与刑天对视一眼，都有些犹豫。

如今祝融受制，共工、帝江与勾陈都是炙玄、饮川那边的人，而相繇与夙寒态度不明，唯一可靠的竟只有祝融。

气氛剑拔弩张，衔云见有希望，便继续撩拨他们：“祝融经此一役，肯定记忆恢复得七七八八了。待他醒来，你们就可以知道万年之前，五个大巫祖究竟计划了什么。你们找回肉身的唯一希望就在于此，若现在不救我，你们是想以二敌所有吗？”

饮川高声打断衔云的话：“焚念，游释！既然白矖与刑天不肯离去，那便等祝融醒来，再做定夺。若你们的肉身再无恢复的可能，便还天棱大陆一个太平，若有，我们做个了断也不迟。”

刑天阴沉地扫了饮川一眼：“好，饮川，我要听祝融亲口告诉我万年前的真相。人类的身体虚弱得让我恶心，谁也别想阻止我找回自己的身体！”

虞人殊那蔓延至肩膀的黑色的、狰狞的、仿佛要穿破皮肉的骨头，正在慢慢消退，但他几乎只剩下一口气了，极其虚弱。天戎将他全身包裹起来，抱在怀中，看着他掌心里的息壤，眼中充满了难以解读的情绪。

大国师走了过来，对于天戎一口咬断他喉咙的事，似乎并不在意。他从怀里掏出一颗魂药，塞进虞人殊的嘴里：“如果不是鲧的手骨与他融为一体，以他完全的人类之躯，早就灰飞烟灭了。”

天戎看着他，面无表情地问道：“把他的手砍下来，能使手骨与他分离吗？”

大国师吃了一惊，眯起眼睛：“你为什么想把他的手砍下来？”

“他早晚会因为这块破石头而死。”

“这可是息……”

“我不在乎它是什么！”天戎的表情有一丝狰狞，“它对我来说，毫无意义，但殊对我来说，意味着所有。”

大国师沉默了一下，道：“不能，鲧的巫力已经通过手骨融入了他的身体，除非他死了，否则无法分离。”

天戎闭上了眼睛，嘴唇贴着虞人殊冰凉的额头，银白与琥珀色的长发交缠在一起，一冷一暖的色调，有种冰火碰撞的强烈的美感。

不远处，在回魂阵前僵立了许久的寺斯，终于在龙芗和阮千宿的鼓励下，轻轻蹲下，从焯烟的爪子里拿起了那把骨制长弓。

他紧张得心脏怦怦直跳。灵慧之魄已经回到了裂羽弓内吧？那么裂羽想起了所有吗？裂羽还会记得他吗？他颤抖着深吸一口气，在自己退缩之前，将魂力注入了弓内。

裂羽弓白光一闪，一个男子的身影由淡转浓，出现在了寺斯面前。

寺斯抬起头，紧张地咽了咽口水，看着面无表情的裂羽。这样的裂羽，对他来说既熟悉又陌生。他踌躇道：“裂羽，你还记得我吗？”

裂羽的目光扫过他每一寸五官，眼神流转间，流露出一丝丝难以解读的情绪。

寺斯的心凉了大半，有些失望地叹了口气：“你不记得了啊？算了，也没什么，我习惯了。那你想起从……”

寺斯话音未落，眼前一花，猛地被拉进了一个温暖的怀抱中。裂羽紧紧地抱着他，仿佛要将他融进身体。

寺斯耳边响起一个低哑的声音，只有轻轻的几个字：“记得，全部都记得。”

寺斯眼圈一热，用力拍了拍裂羽的后背，又哭又笑地说：“哈哈哈，太好了！呜呜，记得，太好了！哈哈哈，记得！”

裂羽眼眶泛红，嘴角噙着一抹苦涩的微笑。他想起了所有，从他与寺斯相遇至今，他无数次失去记忆，寺斯无数次不厌其烦地告诉他。后来，无论他忘掉多少次，他对寺斯永远有一种熟悉感，因为寺斯的存在已经超越了记忆，刻进了他的灵魂。

两人勾肩搭背，边哭边笑，尽管他们从未分离，此时此刻，却像是失散多年的旧友重逢。裂羽找回的，不仅仅是记忆，还有他从未拥有过的友谊。

饮川看着一片狼藉的轩辕丘，曾经美丽宁静、纯白高贵的样子再也不复存在。这座古老的山脉几乎被他们毁了。他深深叹了口气，想着四散的冥魂与灵慧之魄，心中充满了不安。它们原本不属于人界，初始会很弱，待到习惯了人界，就会逐渐与契合的灵慧之魄结合。一旦拥有了记忆，它们就会去寻找自己的身体，这一切都是本能驱使的，没有任何办法阻挡。这个过程可长可短，但产生的后果，也可大可小。一旦这其中有帝王之魂，则可倾朝野，若有上古异兽的灵慧之魄……他无法想象，究竟会发生什么。

身后传来脚步声，饮川回头，壬王和重溟正朝他走来。

饮川叹道："重溟，我没料到你会来。"

"现在说这个毫无意义。"重溟看着饮川，沉声道，"那批灵慧之魄中，很可能有属于我们的。冥界之门开启时，我们就在旁边，对灵慧之魄是一种很强的吸引力，当然，这都得假设我们真的有一段失去的记忆。"

饮川道："我可以肯定，我们绝不是生来如此的。我们集体失去的那段记忆，也绝不可能是巧合，而是有人故意剥夺了我们的记忆。也许，我们活了不止万年，甚至在更久远之前，我们就已经存在，不止是我们，包括大巫祖……是什么原因，使我们必须失去从前的记忆活下去呢？"

壬王一脸凝重道："饮川，你难道想说，我们有可能在天地的上一元就存在了吗？"

饮川幽幽道："为什么不可能呢？"

"如果我们真的从上一元来到这一元，就证明我们可以度过天地覆灭……"壬王沉吟道，"但是，我们真的可能活了那么久吗？"

"若息壤中真的有我们的灵慧之魄，一切自然会揭晓。"饮川感慨道，"这个世界是每一元就自我革新、从头再来的，每一次革新，绝大多数的物种都会彻底消失，只在历史上留下一点点儿痕迹，但是，也有生物能够一直繁衍生息，将前一元甚至前几元的信息留存到现在。只不过，除了岩石、山峦、河海这些死物，任何生物都是通过繁衍来延续的，没有任何一种生物，可以自我存在那样漫长的岁月，除了……玄帝。"

壬王思索道："玄帝……究竟是什么呢？"

饮川摇摇头："他比息壤还要神秘，没有人见过，但他可以操控整个天庭乃至六界，与天神交流，与万物通灵。每一次的一元将尽，就是他历劫之时，说他就是这世界，这世界就是他，也并不为过。但他究竟是怎样的存在，就连得到他亲口命令的大巫祖也未必知道。”

嘲飞讽刺地说：“我倒觉得，玄帝是什么，大巫祖未必不知道。不管当初祝融他们究竟计划了什么，能有今日十二异兽与巫祖相互羁绊，共同重现人界的结果，就是他们对玄帝的背叛。他们为何要在叛变了异兽之后，又叛变天庭？这其中发生的事，息壤不会是全部原因吧？”

壬王点头道：“你说得对，但息壤必然是一个最大的诱因，祝融他们故意制造大巫祖与异兽的互相牵制，一定是为了利用息壤做些什么。”

饮川垂下眼帘：“我曾经一直把我知道的事对你们守口如瓶，甚至引起你们的怀疑，我想现在，我可以说出来了。”

众人均愣了愣，扭头看着他。

饮川长叹一声：“玄帝将大巫祖派下人界，讨伐异兽，但并不想让他们再回去。”

白矖和刑天双目圆瞪。

众人也吃了一惊。壬王追问道：“是帝江告诉你的？”

饮川点点头：“他们来到人界后，玄帝就关闭了天界之门，是彻底关闭，即便是天神，也不能再自如通行。帝江告诉我，想回天界，除非他们将息壤带回去。可当时，帝江和很多大巫祖都不知道，我们也不知道，他们不可能将息壤带回天界，因为鲧已经被祝融杀死。现在看来，知道真相的，只有祝融与共工。”

“这就是你一直隐瞒我们的原因？”壬王咬牙道，“你一开始就知道，这其中有玄帝的阴谋。”

饮川羽睫微颤：“正因为如此，我才不能告诉你们，徒增恐惧，因为……”他深吸一口气，“我们真正的敌人，可能不是衔云、啸血、祝融，不是任何一个异兽与大巫祖，而是执掌六界、享无极之道的至高的神。”他说到最后，声音竟然有些颤抖，这是第一次，众人能窥见他的一丝丝恐惧。

壬王怒道：“这不是你隐瞒我们的理由，这也不该由你一人承担。”

饮川露出一丝苦笑：“壬王，我曾经以为我们很强大，遍寻六界，也不需惧怕谁。可后来，我感受到了玄帝的威仪，他一声令下，就能派遣千万天兵，遮蔽整个天空，还能令与我们势均力敌的大巫祖与我们厮杀千百年。我曾经以为我们永远也不会死，甚至对漫长的生命感到厌倦，但玄帝到底让我们不再活着，即便醒来，从身体到魂识都受到束缚。这就是玄帝，他想做的事，在六界之中，无一不能实现。我们在他眼里，恐怕便跟人类在我们眼里一般脆弱、渺小。”他摇了摇头，“你们知道，最让我害怕的是什么吗？”

众人沉默地看着他，呼吸都变得有些凝重。

“最让我害怕的，是无所不能的玄帝，万年来从不过问六界任何琐事的至高的神，居然会为了一件被偷下人界的宝物而大动干戈，掀起六界中最大的一场战斗，甚至，强大如他，都不能把宝物带回天界。他如此重视的东西，现在跟我们有着千丝万缕的联系，我们能活到哪一刻呢？”饮川沉声道，“我从不畏惧死亡，但我畏惧玄帝的真实用意。”

饮川的一番话，让人心惊不已，众人个个沉默不语，满心疑惑。

江朝戈稍微挪动了一下几乎冻僵的身体，他想问问饮川，如果这场战斗还没有结束，接下来他们需要面对的，是不是真真正正的死亡，而不是封印或消耗过度。炙玄的惨状，让他对他所做的一切都产生了深深的怀疑，而体内共工不断觉醒，对他越逼越紧，他平生头一次，产生了厌世的念头。从前他畏惧死亡，敬畏死亡，可当他知道他死不了，又活不舒坦时，他对死亡产生了一丝期待。

可惜，他没能问出口，因为他的嘴唇也冻僵了，没有了炙玄的温度，这个世界冷得简直如同地狱。不，这个世界就是地狱。他倾斜身子，靠在已经快要冻成冰块的炙玄身上，曾经让他熟悉无比的体温再不复存在，他如同靠着一个死物。他其实可以将炙玄收进兵器里，可他不想。已经没有了温度，再感受不到他的身体，就好像……炙玄真的死了一般。

他对饮川隐瞒了什么，又说了什么，其实已经不在意了。从他知道他可能会和炙玄永远分离的那一刻起，他就丧失了所有的斗志。

突然，天空中传来一声悠远的长鸣，那声音似乎能贯穿整个世界，直击每个人的心灵。

众人脸色大变，纷纷抬起头来。

重溟静静地看着天空，喃喃道：“也许我们很快就有机会知道一切了。”

壬王心情凝重道：“好熟悉，是天界之门打开了吗？”

饮川闭上了眼睛，他最担心的事，终于发生了，但其实也是意料之中的。息壤有了这么大的动作，天界不可能毫无反应。

红渊嚷嚷道：“这声音……天界之门，一定是天界之门打开了！”

焚念和游释的脸色变了，他们对视一眼，一时都有些拿不定主意。

昏迷的云息，在听到这声音的瞬间突然醒了过来，跌跌撞撞地爬了起来，仰望着天空，满脸惊恐。

饮川再度睁开眼睛，冰蓝色的眼眸坚定而犀利：“已经走到这一步了，就来个彻底的了断吧。”

红渊咬牙道：“我好不容易才醒过来，可不想再次长眠。”他抓住阮千宿的手，“姐姐，要不我们跑吧？”

阮千宿无奈道：“跑去哪里？”

“我飞得很快，少有人追得上我，我可以不停地飞，带你飞到很远很远的地方。”红渊美丽的眼眸中满是难过的神情，“我讨厌战斗，讨厌这些脏兮兮的东西。”

阮千宿看着他哀怨的眼眸，顿时感到一丝心痛。

她摸了摸红渊的脸，哑声说：“红渊，我们无处可逃啊。”

红渊深深蹙起眉，将头歪在了阮千宿的肩上：“我不想长眠，我不想。”

阮千宿顺了顺他金红的长发：“你……让我觉醒吧，我自己下不了手。我曾答应我娘和二哥，无论如何艰辛，都要好好活下去，我若自刎，就背弃了对他们的承诺。”

红渊惊讶地看着她：“你让我动手？我是你的魂器，我不可能杀得了你，你的本能就会排斥我威胁你的生命。”

阮千宿皱起眉，握紧了征尘钺，有些迟疑。

“不要觉醒。”红渊摸了摸她的脸蛋，“你即便觉醒，获得的能力也很微弱，我知道……你极有可能就是后土，我不想面对后土，所以不要觉醒，就这样吧。”

阮千宿咬牙道：“我未必就是后土。”

“只有后土、勾陈、天吴和应龙没有觉醒，不是后土的概率如此低，我不想冒险。”红渊看了炙玄和江朝戈一眼，“我虽然不至于像炙玄一样，但是，你若真的变成后土，我该怎么办？姐姐，不要试，好不好？”

阮千宿低下了头，不知如何是好。

“他说得对，不要觉醒。”云息缓缓走了过来，声音充满了悲怆，他的目光飘向了饮川。

饮川嘴唇微微颤抖：“帝江，把云息……还回来吧，这是他的身体。”

“他的身体？”云息笑了笑，“你宁愿要一个相识不过一年的人类，也不想见相识千年又分离万年的我。”

饮川张嘴刚要说什么，云息已经抢道：“我想起了一切。”

饮川怔住了。

云息静静地看着他：“若我说，从今往后再也不会有云息了，你怎么想？”

饮川握紧了拳头：“你……想起了一切。”

“对。”

"那你现在到底是以什么存在的？"饮川指了指天空，"天界之门一开，会有什么出现，我们都知道。事到如今，把一切都坦白吧，也许我们尚有一线生机。"

云息默默地看向了江朝戈。

江朝戈也正扭头向云息看来，他的眼神麻木而冰冷，好像灵魂被抽离了身体。

云息缓缓道："将异兽制成大巫祖的专属魂兵器，是共工的主意。"

江朝戈握紧了拳头，从地上站了起来，冷冷地说："说下去。"

"当年你怒触天柱不周山，导致洪水倾覆人界，被玄帝派来大巫祖严惩，置入天炉受百年焚烧之苦。后来因为天地之元，玄帝让你将功折罪，去人界讨伐异兽。到了人界后，你却不甘心再受制于玄帝。而作为杀死鲧且唯一猜透天地之元真相的人，祝融知道玄帝要我们将天地之元带回天庭，是不可能完成的任务，玄帝是有意要我们两败俱伤，同归于尽。共工与祝融，虽然曾经是生死仇敌，但在这件事上，一拍即合，决定想办法躲过这一劫。"

江朝戈听着听着，脑海中就跟着浮现了共工被烈火焚烧的画面，那求生不得，求死不能的一百年，恐怕比其活过的几万年还要漫长。为何共工当年要触天柱？仅仅是因为败于颛顼而恼羞成怒？那些画面亦真亦假，如梦似幻，他时而觉得那是他自己的经历，时而他又像一个旁观者般置身画面之外。他知道，无论是使用巫力，还是听到其他人谈起共同的经历，都在一点点儿地唤醒体内共工的记忆。恐怕过不了多久，他就会像云息一样，能保有自己的时间越来越少，直到……江朝戈完全消失。

饮川颤声道："我曾经问过你，是不是我死了，一切就会结束，你当时骗了我。"

云息低下了头："我没有骗你，我知道你我都难以全身而退，我本打算与你长眠在轩辕丘，若不是共工提出将你们制成魂兵器，我们只会在冥界相遇。但若真是那样，你我擦身而不相识……我不想……"

饮川摇摇头："你究竟是为了见我，还是利用我？要我如何判断？"

云息眼圈微红："饮川啊饮川，从始至终，你可以对任何人温和、包容，哪怕是对一个素不相识的人类，唯独对我，却是满腹猜疑。"

饮川两道白眉深蹙："帝江，我当年知道天地之元关系重大，冒着巨大风险保全人皇血脉，阻止天兵夺取天地之元。我曾要你帮我一起守护它，可你非但拒绝，甚至丝毫不顾念旧情，与大巫祖一起讨伐我，你怎能怪我对你满腹猜疑？"

"我曾劝过你！"云息高声道，"我曾劝过你交出天地之元，因为那不是你能守护的，只会给你带来更大的危险，可你执迷不悟。我无法保全你，只能不让你死在别人手里，保全你的尊严！"

饮川露出一丝苦笑："帝江，我不要你来保全我的尊严，我要你与我站在一边，并肩作战。哪怕我当年不是对的，你对我来说，也错了。"他深吸一口气，"罢了，都过去了，我不想再争论对错，我只想知道，你们后来做了什么，才有了今天的一切。"

云息用力闭了闭眼睛，想把哀伤的情绪尽全力憋回心里，他哑声道："后来，我们取十二异兽之角、骨、筋、壳、羽，制成滴入我们血液的十二把神级魂兵器，埋藏在这片大陆的各个角落。而我们自知不可能以五人之力对抗天兵，为了度过这一劫，也为了能在万年之后将你们唤醒，便找来十二个人类，将我们的血液替换成人类的血液。我们自我了结后，共工的心腹大巫用禁术将我们的灵慧之魄强行封印到这些人类的身体里，这样，无论这些人类如何转世，都会一直携带着我们的力量。"

"仅仅是灵慧之魄？"重溟问道。

云息点点头："仅仅是灵慧之魄。灵慧之魄是最为温和的，只有灵慧之魄不会伤害人类的身体，让替换了我们血液的人类可以承受，但也只有灵慧之魄。其他的魂魄，恐怕因为失去方向还游荡在天地之间，而身体也早已经化作了泥土。待到万年之后，封印的力量减弱，我们的魂力就会在人类体内觉醒，其实并非异兽的觉醒唤醒了我们，恰恰相反，是我们的觉醒，唤醒了异兽。"

江朝戈道："也就是说，你们再也不可能显出本体？"

云息道："除非召唤我们的魂魄，与灵慧之魄合而为一，但万年已过，希望渺茫。"

江朝戈咬牙道："所以，这个身体到底是我的，还是共工的？"

"是你的，但你永远都不可能摆脱共工。大巫祖的灵慧之魄，远比人类的要强大无数倍，你不可能抗争得过。"

江朝戈顿了半晌，突然哈哈大笑起来，众人均是一愣，都不知道他此时为何还笑得出来。

江朝戈险些笑出眼泪："所以，我根本不是共工的转世，更不是什么共工本身。共工在我的身体里，也不过就是一缕孤魂！你说共工的灵慧之魄强大？三魂七魄里只得一魄，甚至不可能有自己身体的孤魂，凭什么在我面前说强大！"江朝戈指着云息，"云息，你这个废物，你让一缕孤魂霸占自己的身体，捅了我一刀不说，还在这儿侃侃而谈。它只是一缕寄宿在你体内的孤魂！这个身体应该你说了算！"

云息怔住了，眼神显出几分迷茫，表情似乎在挣扎。他用力甩着脑袋，喃喃道："不可能……不可能……"他低吼一声，声音如野兽般沙哑可怖。

江朝戈双目血红，神态有几分疯狂："刘擎、天女那些人，从未想过与大巫祖抗争，他们自愿失去自我，换取强大的力量，可我江朝戈不会答应。这个身体是我的，意识是我的，想借用我的身体重新看这个世界，就要听我的！”最后一句，他吼得尤为响亮，他要让体内那缕孤魂听清楚，别想打他的主意！他江朝戈出生入死，不是为了给别人作嫁衣！什么异兽、大巫祖，什么阴谋诡计！他没有牺牲自己拯救世界的胸怀，他可以死，却绝对不能半死不活！

“哈哈哈，你以为我们愿意以人类的身体活下去吗！”白矖发出尖刻的笑声，“帝江，多谢你的解说，看来只有找到我们的三魂六魄，才能重塑肉身。”

壬王冷静地说：“帝江，你们因何判断玄帝想将你们一网打尽？”

云息环抱手臂喘息了很久，才缓缓抬起头来。他满脸是汗，表情有一丝狼狈：“他关闭了天界之门，让我们去完成一个不可能完成的任务，作为打开天界之门的条件。”

“所以呢？”

“我们飞升后，已经不属于人界，我们可以在人界暂居，但不能久留，一旦久留，就会打破人界平衡，以致六界失衡。就好比冥魂不能出现在人界，久留要么魂飞魄散，要么迫害人类；也好比上古异兽的魂魄太强大，不能去冥界，否则冥界大乱。大巫祖的存在，会对人界产生巨大威胁，一旦人界失衡，玄帝就有理由派天兵讨伐我们。你明白吗，他在找理由消灭我们！只要我们千年内无法回天界，我们就成了致使六界失衡的元凶！”

壬王满脸惊讶地看向饮川，想求证。

饮川点点头：“六界不可互通，方能相安无事，大巫祖长期留在人界，一定会产生无法估量的影响。”

“六界失衡。”重溟冷笑一声，抬头仰望着天空，“无处不在，什么都管的天兵，才是六界失衡的原因吧。”

众人齐齐看向天空，昆仑山高远蔚蓝的天空上，不知何时出现了一条长长的裂缝。那细细的裂缝中间，露出一丝耀眼的金光，将太阳都比得黯然失色。那裂缝在缓慢地张大，众人仿佛已经看到了天界之门大开，山海一般的天兵降临的场面。

饮川心情凝重道：“结果又如何呢？我们费尽千辛万苦，拿到了天地之元，却还是逃不过万年之前的命运。帝江，这就是你们想要的吗？也罢，如果这样能保人界太平，我也认了。”

“不，我们还有一线希望。”云息咬牙道，“那就是我们不顾一切，也要以这种方式重生的理由。”

“什么希望？”

“天地之元，可以助我们躲过天兵的讨伐。”

“开启一个新世界吗？你明知道虞人殊做不到。”

“他无法开启一个新世界，但或许，他可以制造一个新的空间。”

饮川皱眉道：“什么意思？”

云息道：“还记得青丘之国，九尾青狐先祖为子民创造的异空间吗？”

江朝戈一惊：“制造一个新的次元？”

“没错，按照你的世界的说法，就是新的次元，与这个世界平行的次元。九尾青狐的祖先飞升后，巫力只足够开辟一个很小的次元空间，保护青丘国。只要有更高深的巫力，就可以打破它。但我们需要的是一个非常非常大，且天地间任何巫力都无法破坏的次元空间，这点只有息壤可以做到。我们躲进这个次元空间，还可以在这个世界生活，而天兵永远都找不到我们。在安全的时候，我们又可以离开这个次元空间，重新回归这个世界。”

江朝戈隐约觉得这想法太疯狂了，却也不知道如何反驳，万一真的可行呢？

饮川忧心道：“帝江，这是谁告诉你的？”

“祝融。他说，他曾亲眼见到鲧以天地之元制造了一个次元空间。若不是他以人皇血脉相逼，鲧完全可以躲进去永不出来，而他也根本找不到鲧。”

“这也许真的是我们的出路。”重溟看着依旧昏迷的虞人殊，“可我们怎么弄醒他？”

云息道：“这个人类可是魂导士？”他指的是自己。

江朝戈厌恶道：“这个人类？你别忘了你现在是在借用‘这个人类’的身体！堂堂一个大巫祖，非但不能找回肉身，还要在人类的身体里东躲西藏，苟延残喘，还做什么高姿态？可笑！”

云息的表情顿时变得有些狰狞：“共工，你连一个人类的身体都掌控不了，岂不更可笑？”

白曬冷笑道：“我倒觉得这个人类说得对。要我一直以人类的身体苟且偷生，我宁愿赌上一把，召唤自己的魂魄。只要找回肉身，还怕什么天兵讨伐？”

游释忍不住笑了出来：“白曬，你愿意赌上一把，可曾问过我？你以为我会陪你在这里等死？”

白曬怒道：“游释，你认为自己还能控制我？”

“就算我不能控制你，你也别想摆脱我自作主张！”

“你……”白曬的姣容变得有几分狰狞。刑天沉默不语，显然和樊念也各怀心思。

“你先将虞人殊唤醒。”饮川看了看天上逐渐变大的裂缝，“快点儿。”

云息走到虞人殊的身边，天戎抱紧虞人殊，戒备地瞪着他。

云息视而不见，口中低吟着什么，将魂力源源不绝地输入虞人殊的体内。

虞人殊苍白的面容以肉眼可见的速度有了血色。

饮川看着炙玄，低声道："朝戈，你必须把炙玄唤醒。若虞人殊无法成功，没有炙玄，你就毫无抵抗之力了。"

江朝戈低声道："如何唤醒？"

"很简单，用治愈的巫咒将他治好。"

"治好他之后呢？我释放了那么多巫力，我还能抵抗共工的入侵吗？"

"……我不知道，我只知道，现在我们要抵抗的是天兵的入侵。"

"我说过，我宁愿死，也不把身体让给共工。"

"你将炙玄唤醒，也许凭你强大的意志，可以降服共工。就如同你说的，共工毕竟只是一缕孤魂。可如果你不将炙玄唤醒，败在天兵手下，你的结果可能是生不如死。共工被置于天炉的百年，尝尽痛苦，那一定是你不想尝试的。"

江朝戈没由来地抖了一抖，仿佛感受到了来自内心深处的恐惧，那是属于共工的恐惧，却让他感同身受。他看着如同死去一般的炙玄，一时犹豫起来。

天际的裂缝已经越来越大，那缝隙金光闪烁，照亮了整片天空。隐隐地，他们听到一阵惊天动地的擂鼓声，似有千军万马之势，叫人生畏。

红渊讽刺地一笑："我们无法发挥本身的实力，大巫祖甚至无法摆脱人类之身，这一仗还有什么可打？天兵能把我们活埋了。"

嘲飞哼道："死有何惧，这一回我要死得明明白白。"

红渊翻了个白眼："没人想陪你去死。"

擂鼓声愈发响亮，声声如击在人的鼓膜，众人头皮发麻，纷纷感受到了泰山压顶般的恐怖。

饮川叹息道："来不及了。"他转身化作兽形，朝着天际裂缝发出凛冽的吼叫，那吼声撼天动地，回应他的是越发震撼人心的擂鼓声。

云息不断诵念咒语，额上虚汗直冒，虞人殊的手臂已经恢复了正常，可依然没有醒过来。

自天际裂缝处，金甲红缨的天兵如暴雨般倾泻而下，伴随而来的还有数不清的江朝戈从未见过的天兽，那画面如同天空漏了一个洞！

随着天兵降临，天空中传来一个威严的声音："英招奉玄帝之命，将息壤带回天庭，为祸人界的十二异兽与叛变天庭的十二巫祖，杀无赦。"

“竟是英招领兵。”焚念冷笑，“看来又有新鲜的食材了。”

只见天兵拥簇之下，有一个人首马身、虎纹鹰翼的天神，其面容刚毅严肃，不怒自威，正是神兽英招。

“英招。”饮川叫道，“你同为飞升异兽，若将我们诛杀殆尽，可有一丝兔死狐悲之感？”

英招冷冷地看着饮川：“你们祸乱人界，私藏息壤，背信天庭，死不足惜。”

“好一个死不足惜。”饮川厉声道，“人界陷于洪灾百年，天庭迟迟不理，迫使鲧盗取息壤治水。息壤到了人界后，你们又眼睁睁看着异兽为了它争斗千年，将人界变作炼狱，直到异兽斗得精疲力竭，天庭才派天兵、巫祖来讨伐，天庭何曾关心过是谁祸乱人界？”

英招冷声道：“人界如何，与我何干？我只奉玄帝之命，带回息壤，诛杀忤逆者。”他伸手一指虞人殊，“将人皇血脉交给我，我便让你们痛快点儿死。”

江朝戈咬牙道：“你休想碰他。”

英招扇了扇巨大的翅膀，一声令下：“杀——”

数以万计的天兵、天兽倾巢而下，如黑云压境，势不可当。

还能行动的异兽全都扑了上去。

轰的一声巨响，天兵与异兽在半空中遭遇，一股强大的魂力碰撞，活生生撕碎了一大拨天兵的身体，鲜血顿时在半空中开出猩红的花朵，刺痛了人的眼睛。

江朝戈眼看着天兵多如蚂蚁，不到片刻就将饮川等人包围，蚕食着异兽的身体。

江朝戈无法再犹豫，本能地诵念起治愈巫咒，将巫力倾入炙玄体内！

来吧，他别无选择，如同饮川所说，只要还有一线希望，他就不能白白送死。他也许可以打败共工的灵慧之魄，但他首先要在天兵手里活下去。

随着巫力的释放，无数熟悉而又陌生的画面开始在他的脑海中跳跃，他感到前所未有的混乱与痛苦，好像有什么东西在强行钻进他的身体里，一再试图接管他的思维、意识、感官。而他在使用巫力的同时，还要抵抗共工意识的入侵，稍有差池，可能他就不再是他。这是他打过的最紧张、最令他恐惧的一战，而这场战斗只发生在他的脑海中，甚至不会产生一滴血。

炙玄被烧得焦黑的身体，开始长出新的皮肉，皮肉之上，又渐渐形成新的漆黑的硬鳞，狼狈的样子在一点点儿地消退。

江朝戈甚至已经能感受到炙玄的体温，尽管他怀疑那是自己的错觉。

共工的记忆如洪水般涌入他的大脑，试图侵占他的一切，他感到了退却与彷徨。

那信息之庞大，让他一时之间根本无法消化，他直觉再这样下去，他真的要撑不住了。

“人类……”一道低沉的声音突兀地响起。

江朝戈吃了一惊，大脑里的那个声音是……

“人类，为何抵抗？”声音再次响起。

江朝戈在脑中喊道：“这是我的身体，共工。”

“你的身体，一文不值；你的力量，来源于我的血液；你的精神，需要我的意识。”

“才不是！我的身体、我的意识，都是我的。你想借用我的身体，就听老子的话！我会使用你的巫力，但你永远也别想操控我。”

共工沉默了。就在江朝戈以为共工不会再回应的时候，共工回应了，却不是以语言，而是以更猛烈的记忆冲击着他的大脑。他感到大脑像被人猛捶了一拳，顿时晕头转向，对于周围的一切，产生了短暂的迷茫……

江朝戈感觉自己的身体在一瞬间被人接管了，魂力和巫力都跟开闸泄洪一般流出体内，汇入炙玄的身体。以他这样渺小的身躯里释放出来的力量，居然能将炙玄那庞大如山的身体快速修复、愈合，如果不是共工的血液在起作用，他修行百年也不可能做到。

可现在显然不是思考这个的时候，因为他眼睁睁地“看着”共工在操纵他，迫使他超负荷地治愈炙玄。他感到血液在沸腾，脑中仿佛有飓风在咆哮，他似乎成了一个旁观者，旁观自己。

江朝戈感到无法言说的恐惧，他就像被囚禁在一个玻璃牢笼内，能看到、听到、感觉到，但什么都做不了。他的身体现在正被共工主宰！他大声吼叫、挣扎，试图赶走共工的意识，但那股意识非常强悍，随着巫力的输出，存在感变得越来越强烈。他终于明白了云息的担忧与绝望，还有那深深的无力感。在这之前，他一直以为是云息意志力不够坚定，是刘擎等人心甘情愿被大巫祖主宰，只要他宁死不屈，一定不会败给一缕孤魂。可也许就像炙玄说的那样，他太小看共工了。

他挣扎了很久，明明仅是在大脑中抗争，却感到精疲力竭，一阵阵地发晕，只想一头栽倒，大睡一场。但他不敢睡，他生怕自己一旦闭上眼睛，就再也没有作为江朝戈醒来的机会。

他看着炙玄的身体由一具“死尸”变得鲜活、雄壮，然后慢慢睁开了眼睛。

“炙玄——”他张嘴大吼，却没能发出一点儿声音。

炙玄灿金色的眼眸有一瞬间的迷茫，然后眼神很快就变了，变得惊怒、凶残、嗜血。他跳了起来，张开血盆大口，朝江朝戈愤怒地吼了一声。

江朝戈看着那巨大的成排的尖齿、猩红的舌头、狰狞的牙堂，看着那张大嘴越张越大，仿佛看到了一扇地狱大门朝着自己敞开。

内心的恐惧给了江朝戈巨大的力量，原本屹立不动的身体，突然往后连退两步，共工轻轻“咦”了一声，一股股冲击力将江朝戈的意识打得风雨飘摇。

江朝戈的求生本能在那一瞬间战胜了共工的控制，但也只是一瞬间，在后退数步之后，身体最终停了下来。

而炙玄的利齿距离他很近，只要稍一向前合拢，就能将他的身体咬开。

江朝戈听到自己在说：“炙玄，你下不了嘴吗？”

炙玄的爪子深深陷进了冻土里，周身燃起熊熊火焰，灼烤着江朝戈的皮肉。他怒吼一声，狠狠地闭上嘴巴，那牙关就在江朝戈眼前闭合，看得人心惊肉跳，好像闻到了一股股血腥味。

江朝戈，不，共工冷笑道：“看来你很喜欢这个人类，这倒是我始料未及的。”

炙玄恨意滔天：“孽畜，从他的身体里出去。”

“不可能，你不会再见到他了。炙玄，别再幼稚了。万年之前，我奉命讨伐你，你也给了我大苦头吃，如今只有我们联手，才能击退天兵，重获新生。”

“我若不能再见到他，也不会和你共存于世。共工，我若不能将你的意识灭掉，我会连你也一起杀了。”

江朝戈想大声告诉炙玄，他不是共工，共工只是寄宿在他体内的灵慧之魄，可他无法发出声音。

炙玄仇恨的、凶狠的眼神，让他望而却步。

只听共工嘲讽道：“炙玄，区区一个人类，你何必如此？人类只得百年寿命，若不是有我的血液，他早死了千万次。”

炙玄咬牙切齿，恨不能将共工撕碎，可那是江朝戈的身体。

江朝戈愤怒地嘶吼、挣扎，用自己的意识冲击着共工，就算螳臂当车，他也不会放弃！

共工露出残忍的笑意：“不，你想要的这个人类，其实从来没有存在过，他不过是我血液的容器……”

“住口！”炙玄和江朝戈同时怒吼出声。

所有人都愣住了。

江朝戈回过神来，奋力在脑内攻击共工，共工抱住了脑袋，表情痛苦，喉咙里发出诡异的哀叫。

江朝戈同时感到头胀欲裂，疼痛难当。他厉声道：“共工，从我身体里滚出去！滚出去！”

炙玄急忙道：“朝戈、朝戈！你还在吗？”

江朝戈猛地睁开眼睛：“炙玄！保护虞人殊！”

炙玄怒叫道：“这时候你还想着他？！”

天兵已经倾巢而下，战鼓声、喊杀声响彻整片天空，甚至撼动了大地。异兽、大巫祖与天兵厮杀成一片，昆仑山再次被血腥晕染。

江朝戈对自己夺回身体的主控权，尚有一丝信心，眼下最重要的显然是活下去。要活下去，他们就绝不能失去虞人殊。

天兵已经到了炙玄的跟前，他正愁一腔愤恨无处发泄，一个回头，喷出熊熊火焰，将几个天兵、天兽瞬间烧成了骨灰，但天兵、天兽的数量多如落雨，很快就有百千个缠了上来。

炙玄展现出了前所未有的凶暴、残忍，仿佛体内的兽性被一次性地释放了出来。那些战力至少是五级魂兵使战力的天兵，在他面前不堪一击。

零碎的血肉、焦臭的尸体不断从天上落下，江朝戈第一次真正见识到麒麟的凶残，同时也感觉到了炙玄的憎恨。

他与共工的初次较量给他带来了巨大的痛苦。他感觉自己的大脑好像在燃烧，不断地、不断地有陌生的记忆翻涌进脑海，他甚至来不及厘清。他被共工打得节节败退，再次失去了对身体的控制。

共工无暇顾及江朝戈，他抓起炙玄刀，召唤出肥遗，转身飞上天空，加入与天兵的混战。

江朝戈颓废一阵后，开始无意识地“翻阅”共工的记忆。共工长达万年的记忆信息之庞大，让他眼花缭乱，但那已经成为他记忆的一部分。他忆起了在天界的生活，忆起了与颛顼大战、怒触天柱，忆起了被囚禁在天炉遭遇的百年之苦，忆起了临危受命，将功折罪，来到人界讨伐炙玄，更忆起了他如何杀死炙玄，砍下麒麟角……最后，当只剩下他与祝融等五人时，他也忆起了……不，不对，这些记忆……与帝江说的不一样！

在共工的记忆中，江朝戈看到了令自己遍体生寒的画面。那是所有异兽与大巫祖都死去后，以共工的视角看到的一切。那个世界山崩地裂，野火四起，草木不生，除了黑暗与焚烧，再找不到半点儿生机。共工就站在破败的土地之上、异兽与大巫祖的尸体之间，似乎在等待着什么。

这时，烈火中出现一个人类的身影，那身影泰然地穿越火焰，出现在了共工面前，连衣袂都未沾惹半点儿火星。那是个浓眉鹰目的男人，两鬓斑白，隐有一股汹涌的王者之气。江朝戈从未见过这个人，但他知道这个人是颛顼，而颛顼手里，竟拿着息壤！

共工说话了，声音冰冷："你满意了吗？"

颛顼目露寒光，反问道："你满意了吗？"

"这就是你挑战玄帝的后果，人界生灵涂炭，人皇一族被灭，你的儿子也被祝融打得形神俱灭，这一切，只为成全你的帝王之道？！"

颛顼双目圆瞪："吾子救苍生于水患，死得其所。若不是你万般阻挠，我早已经创造一个属于人族的世界，再不必受你们这些天神、异兽的胁迫！"

"结果如何呢？你与鲧用息壤创造的那个世界，不过是分割了这个世界的时间，那不是一个真正的世界，仅是这个世界两会的寿命！你会让这世界提前三万多年走向毁灭，而那个世界也会在同一时间消失！"

江朝戈大惊，他的世界只是这个世界的一部分？而且并非空间的一部分，而是时间的一部分！

颛顼厉声道："这正是我需要息壤的原因。每一次天地数尽，就是这个世界因为各种原因病入膏肓，需要重生的时候。玄帝会用息壤重新构造这个世界，息壤包含着这个世界所有的记忆，它可以选择让所有人类不再出现在新世界，也可以选择让新世界里只有人类！"

共工冷声道："可息壤岂是你能使用的？人皇一族上下勾结，为了私心盗取息壤，触怒玄帝。若不是我发现了你们的险恶用心，在你们滥用息壤时撞倒天柱，还不知道你们要将多少东西转移到那个世界。那个世界分得的东西越多，这个世界的时间就越少，人界变作炼狱，就是对人皇一族贪婪的惩罚！"

江朝戈越听越是震撼。这和他从帝江口中听来的大有出入，是颛顼与鲧盗取息壤在前，共工撞倒天柱在后，为何后来的传说却截然相反？变成了共工为争权夺势败于颛顼，恼羞成怒才……也是，他得到的，是那个世界的人类创造的故事，这故事怎么写，还不是人类说了算？只是，听他们一席对话，他只觉得头顶的青天可能随时会塌下来。

按照一元的兴衰估算，这个世界已经走到了第九会，而分出去的两会，让这个世界只剩下一会，也就是说，这个世界和他的世界都已经到了油尽灯枯的时候。颛顼身为人皇后裔，自然希望打造一个不必受天神和异兽管束、侵扰的，只有人类的世界。在只有人类的世界里，人皇一族才能够真正地称皇。而共工无论是站在大巫祖的角度还是异兽的角度，都不可能让颛顼得逞。

异族异心，遑论对错。

颛顼发出讽刺的大笑：“你对玄帝那般忠心，却受天炉百年焚烧之苦，岂不可笑！”

“我阻止你的愚蠢行为，并非对玄帝忠心，只因不能眼看着你损耗这个世界的寿命。撞倒天柱，触犯天条，我甘心受罚！”

“共工！”颛顼吼道，“你我六千年挚友，我曾提醒你一元结束时，你不会活下来，新世界里本来会有你的位置，你何其愚蠢，要反对我！”

“你是人，我是兽，你厌恶异兽，一如我蔑视人类，你又何其狂妄自私，要我助你毁灭自己的世界，成全你的？！”共工一爪子击向地面，那脆弱的山坡土崩瓦解！

颛顼看着共工，脸上的表情变得悲壮，他高举起息壤，沉声道：“共工，若你问我后不后悔，也许我后悔了。眼见着人界变作炼狱，我已经不知道盗取息壤的那一刻，雄心壮志都去了哪里。我不用你杀我，人皇一族几乎全灭，我有何颜面苟且偷生？但我知道饮川将一个孩子藏了起来。人皇自我毁灭，才将修行百万年的魂识化作一滴精血，控制了息壤。那个孩子以及他的后代，可能是这个世界最后的希望，因为这一元将尽时，玄帝不会留下人类，也不会留下异兽，这是他亲口说的。共工，请相信我最后一次，保护息壤，保护人皇血脉！待一元结束时，请求你，为异兽，也为人类，为我们共同生存过的人界，将这个世界的一切延续下去。”他猛地抽出腰间佩剑，广袖随着长剑在风中一摇摆，拿着息壤的那只手腕被切断。

共工沉默了，爪子深深地陷进了地里。

颛顼的声音瑟瑟如风：“我将我大半修为都尽力留在了这只手里，待到时机成熟时，一切就交给你了。”他说完这句话，身体如被打散了的泡沫，瞬间化作虚影，最后消散在了空气中，除了地上的那只手和落地的长剑，谁也无法证明他存在过。

原来那只手，竟不是鲧的，而是颛顼的！

江朝戈回过神来时，眼前已经化作一片血海，共工拿着炙玄刀大杀四方，所到之处尸横遍野。那凌厉的刀法和浑厚的魂力，完全不是江朝戈所能比拟，这就是大巫祖的力量……

江朝戈沉声道：“为什么要骗他们？你骗了祝融，骗了帝江和饮川，骗了所有人。”

共工沉默良久，一刀将一个熊形的天神劈成两半，宛若地狱战神。他回答了江朝戈：“我需要给他们希望，这样他们才会按照我的计划走下去。事实是，这条路毫无希望。除了玄帝，谁人敢说自己能把这个世界完整地带到下一元？但是，既然已经走到了这里，无论如何也要试一试。”

“玄帝与大巫祖之间的矛盾也是你挑拨的吧？否则玄帝为何要将大巫祖一同诛杀？”

共工道：“……我们不需要退路。”

“共工，你的用心真让我害怕，你究竟想做什么？”

“你知道我们失去的一段记忆里有什么吗？”

“什么？”

“上一元或者过去任何一元的记忆。虽然我不知道内容是什么，但我们确实是从以前的元活下来的。息壤吸收了我们的灵慧之魄，你觉得是为什么？”

“也许是为了在下一元制造出你们。”

“它已经制造出了我们。”共工手中长刀划破空而过，血浪纷飞，“息壤保有我们的灵慧之魄，玄帝就可以在任何一元让我们重生，可是每一次重生的，都将是全新的我们，没有过去，没有记忆，会有新的异兽取代现在的我们。他们拥有跟我们一样的肉身和能力，却再也不是我们。颛顼渴望的，是人类一族的繁衍。可对于我们这样几乎拥有永恒寿命，天地间又独一无二的异兽来说，我们不要繁衍。而要以本身长长久久地活下去，只有让息壤吸收现在的我的灵慧之魄，在下一元以我的记忆重塑肉身，我才能得到真正的重生。”

江朝戈咬牙道：“你做这一切，就是为了能够重生！”

共工发出一声冷笑：“我怀念我的身体，胜过这世间所有！你以为我愿意寄宿在你一个区区人类的体内？不过，有一点，你让我很欣赏，那就是跟我一样，对自己本身的执着。如果运气足够好，他们也将跟我一同重生，不成功，便成仁。”

江朝戈万万没想到，这一切竟会是共工一手策划的，所有人都被他玩弄于股掌之间。若不是他看到了共工的记忆，恐怕他们还会一直被蒙在鼓里，和天兵战个你死我活。

异兽与大巫祖，都因人皇一族的逾矩行为而被牵连，他们本可以在这一元结束之前，度过平静的几万年时光。人皇一族为了建立只属于人类的世界，盗取息壤，打破了六界平衡，引发异兽混战，天神降怒，最后以异兽与大巫祖被封印、颛顼自裁告一段落，息壤却永远被留在了人界，埋藏了无尽的后患。

如此看来，异兽与大巫祖何其无辜，要为人皇一族的所作所为承担最沉重的后果。而今人皇一族湮灭，唯一知道真相的共工又利用所有人来将这个错误延续下去。

共工的目的达到了，如今他们都已经没有了退路，要么死，要么反抗。

虽然明白这个道理，可想到共工对他们的欺瞒和利用，江朝戈只觉得一阵阵恨意涌上心头。现在不仅是炙玄想将共工处之而后快，江朝戈对共工更是厌恶到了极点，尤其是共工还在跟他抢夺自己的身体！

该怎么办？他该怎么办？这是一场注定要失败的战斗，难道就让他和他重视的人用血肉去铺平共工重生的道路？

不，他们没有胜算。以虞人殊的能力，恐怕无法发挥颛顼百分之一的巫力。这样要如何像玄帝一样构造一个世界？共工根本是让他们去送死！

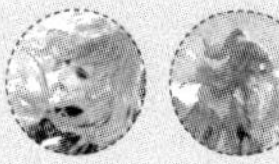

第12章 消灭共工

江朝戈急得很，他想阻止这场战斗。如果息壤既不能创造一个全新的世界，而这两个世界又都已经到了毁灭的边缘，那么，他们所流的血简直毫无意义。

他疯狂地攻击共工的意识，想要冲破共工的束缚，将真相告诉所有人。共工被天兵、天兽追得上天入地，一时分身乏术，竟被江朝戈再一次冲破了意识的牢笼。他的身体一阵抽搐，歪身从肥遗的身上掉了下去。

失重的恐惧让江朝戈求生的本能再一次战胜了共工的控制。他大吼一声，肥遗俯冲下来，在他坠地之前稳稳地接住了他的身体，并在他的操控下朝着炙玄飞去。

共工的意识在江朝戈的大脑里乱窜，他整个头部都感到阵阵尖锐的痛苦，他知道自己时间不多，咬紧牙关阻挡着共工的侵袭，大声喊道：“炙玄——”

炙玄感受到了什么，猛地回头。尽管是一样的声音，一样的面孔，但他就是知道那是江朝戈。

江朝戈一刀灭了挡在面前的天兵，猛地扑到了炙玄的独角上。

炙玄身体微颤，发出略带哽咽的声音：“朝戈？”

江朝戈快速地说：“我看到了共工的记忆，我……啊啊……”他抱住脑袋，发出一阵惨叫，他感觉头要从中间爆裂开来！

“朝戈！”

江朝戈含糊地吼道：“共工骗了我们！息壤无法制造新世界，也没有新的次元，什么都没——"

共工强势入侵了他的大脑，面上的表情冷凝下来。

"朝戈？朝戈！"炙玄愤怒地一把抓住了身上的人，猛地将他摔向了地面，共工一个利落的空翻，稳稳地落到了地上。

饮川急道："江朝戈，你在说什么！"

共工刀指青天："玄帝靠息壤创世，有了息壤，我们可以做自己的创世神，自由地选择出生与死亡，不再受这六界诸多束缚。击退天兵，我们就能创造一个属于自己的世界！"

炙玄猛地扑向了共工，他庞大的身体在半空中急速缩小，最后竟恢复了人形。他狠狠地将共工按倒在地，照着共工的脸就是两耳光："江朝戈！你给我出来！"

共工被打蒙了，他回过神来，满面愤怒，抽刀就要砍向炙玄的脖子。

炙玄一把抓住了他的手腕，发狠地一拧，竟硬生生将他一条胳膊卸掉了。

共工发出一声痛叫，江朝戈也体会到了尖锐的痛苦，他在意识深处大骂炙玄，可同时也心痛难当。在这个被囚禁的地方，他无论多么想要和炙玄说话、触摸炙玄，都做不到，如果他的余生都要看着别人操控自己的身体活下去，他宁愿立刻死去。

炙玄一把掐住了共工的脖子，眼圈通红，面孔狰狞可怖："共工，放他出来！否则我将用麒麟真火将你的魂识彻底烧干净！"

共工龇牙冷笑："你……咯咯……你不舍得……"

"与其让你占据他的身体，我宁愿连同他一起杀死！"炙玄双眸迸发出熊熊火焰，黑发无风自动，形如恶鬼，"放、他、出、来。"

共工眼神闪过一丝讶异，他直觉炙玄是来真的。炙玄也许无法杀死全盛时期的他，但现在的他，仅仅有一个灵慧之魄和一个人类的身体，炙玄要杀他轻而易举。

他咬紧牙关，权衡着。犹豫着。

炙玄周身爆发出黑色烈焰，共工已经能感受麒麟真火那灼热、恐怖的温度，他脸色惨白，瞳仁映出炙玄凶残的眼神。

炙玄大吼一声，麒麟真火瞬间爆发，一举包裹了共工全身，共工发出一声凄厉的惨叫。

江朝戈在剧痛的瞬间，感觉到共工的意识缩了回去，他扯开喉咙大喊："炙玄，不要！"

那黑色火焰猛地一敛，江朝戈大口喘着气，感觉一滴滴冰凉的液体落到了自己脸上。他睁开眼睛，居高临下看着他的炙玄，眼眶中有大滴的泪水。

江朝戈心痛如绞。

炙玄哑声道："不要走，不要离开我，不要变成他。"

江朝戈的眼泪也在瞬间决堤，哽咽道："你不是要烧死我吗？"

"如果你不是真正的你，我也不会把他留在世上，我宁愿陪你一起长眠！"炙玄轻轻抚摸着江朝戈那被麒麟真火烧掉的皮肉，眼里简直要滴出血来。

江朝戈已经无暇去想他和炙玄之间的恩怨情仇，忍着痛从地上爬了起来，一把抓住炙玄的衣袖，焦急地说道："共工骗了我们，那副手骨是颛顼的，而不是鲧的！人皇一族盗取息壤在先，共工触天柱在后。息壤无法制造新的世界，我的世界是以分割这个世界的时间为代价存在的，至少分割了两会的时间，这个世界会在第十会连同我的世界一起毁灭！"

江朝戈的一段话如洪钟般撞进了众人的心里，令人震撼。

饮川喝道："江朝戈，这是你从共工的记忆里得到的信息？"

"没错，他扭曲了真相。从祝融开始，相信的就是他的说辞。人皇一族从玄帝手中盗取了息壤，他发现后想要阻止颛顼分割这个世界的时间。颛顼虽然失败了，却让他知道了息壤的秘密，他为了能在下一元带着现在的记忆重塑肉身，才策划了这一切。"

帝江咬牙道："那么，他所说的新次元空间……"

"根本不存在！青丘国的次元空间是大巫用巫咒制造的，跟他说的完全不是同一种东西！"

白矖狠戾地说道："人类，你想说我们都被共工利用了？"

江朝戈冷笑一声："若不是你们贪恋息壤的能量，也不会轻易受他挑拨，真是愚蠢。"

白矖厉声道："放肆！别人我不知道，但我从未想过背叛女娲大人，若不是玄帝关闭天界之门，将我们逼到绝路，我们为何要留在人界！"

江朝戈搜索着共工的记忆，越来越多的信息清楚地出现在脑海中，让他对万年前发生的事愈发明了："因为共工离间了祝融与玄帝。祝融对整件事的了解仅次于共工，可正是因为他知道得太多，却又缺失了最关键的内容，所以被共工诱导。玄帝派十二巫祖下界讨伐异兽，以祝融为首，祝融一旦有异心，玄帝视十二巫祖均已叛变，所以关闭了天界之门。"

大国师叹息一声："本不该是这样的结局……"

大国师所言，正是所有人的心声，可看着漫天天兵，他们知道，根本已经无法回头。

饮川朝着英招喊道："英招，你听到了吗？人界本不必如此。"

英招冷硬地说："我奉玄帝之命，收回息壤，杀异兽，诛巫祖，其他一概与我无关。"

"若一元结束，玄帝不把你带入下一元呢？英招，那也与你无关吗？"虞人殊在云息的治愈下不知何时已经恢复了意识。他身披天戎的外袍，宽松的长衫随风飘动，让他精壮的身体显出一丝单薄。他左手已经恢复如初，只是掌心紧握的那枚至宝，夺去了所有人的注意力。

英招抬起手，战鼓骤停，所有的天兵、天兽都在瞬间停止了攻击。他看着虞人殊，语气冰冷地说："人皇后裔，两万年前，你的先祖盗取息壤，分割世界，犯下弥天大错。如今黄帝、颛顼、鲧等人都已经化作浮尘，你虽继承了颛顼的部分巫力，但念你终究不是颛顼，玄帝准你代先祖将功折罪，带息壤回归天庭，还人界一片太平。"

虞人殊寒声道："我已经忆起了先祖颛顼的全部记忆。朝戈说的是真的，这只手骨，确实是颛顼的。前尘往事，难辨对错，我只说现在。若要我回归天庭，我有两个条件：第一，这一元的时间已不足三千年，玄帝要保证让人类种族延续到下一元——无论是这个世界，还是那个世界；第二，放过我的朋友，还他们自由，让他们同人类一起进入下一元。"

英招面无表情地说："人皇后裔，你当真不自量力，你凭什么与玄帝谈条件？你的选择只有两个——主动与我回归天庭，还人界太平，或我将你拿回天庭，人界战火将继续绵延。"

虞人殊冷哼道："息壤之中，有我先祖人皇凝结百万年的修为化作的一滴精血，这修为跨越多元，早已经超脱了天地，即便是玄帝，也无法破除。我不仅要和玄帝谈条件，而且那两个条件，我一步都不会退让。"

英招寒声道："人皇后裔，别把黄帝的精血看得那么强大。黄帝或许超脱了天地，但他只能一次次看着人类种族不断地出生、进化、衰败，只有玄帝才有创世的能力。息壤在你手里，只会带来灾祸，唯有玄帝能教你如何正确地使用息壤。或许玄帝会同意将人类安全地带入下一元，但是第二个条件，绝无可能！"

虞人殊表情狰狞、狠戾："正因为先祖看了太多次人类自诞生到衰亡的悲剧，才不堪忍受，想用息壤改变这一切。如果息壤既不能完成先祖遗志，也不能给我的朋友自由，那么我宁愿看着这世界毁灭，六界陪葬！"

英招脸上阴晴不定，周身魂力乱窜，那力量之浑厚、庞大，胜过了在场的任何一个异兽与巫祖。毕竟英招与他们不同，是完全的本身，不受任何束缚。只见他化作兽形，身体变得庞大无比，给人一种天要塌下来般的压迫感。英招的声音朗朗地从天空传来：“我奉玄帝之命，收回息壤，杀异兽，诛巫祖。人皇后裔，你有什么话，留到天庭说吧！”

英招的魂力席卷四方，囊括天地，强大到让人颤抖。江朝戈第一次感受到全盛时的大巫祖的魂力，根本不是炙玄这等魂兽和祝融那等寄宿人类身体的孤魂可以比拟的，这之间的差距何止百倍！

江朝戈终于明白，为什么万年之前，他们动辄打上百年千年，将人界毁得草木不生。看看昆仑山现在的样貌吧，这不过是一天的战果。若当年的炙玄、祝融等人，都是英招这般强大无比，那场战斗之激烈、残酷，简直超出他的想象。

红渊神情凝重道：“我们不是他的对手，他会把所有人都杀了的。”

饮川自然也明白这一点，他试图化解这场战斗，可英招对他的话充耳不闻，只一味执行玄帝“杀异兽，诛巫祖”的命令。

英招猛烈地挥动翅膀，掀起猛烈的飓风，毫不留情地向他们袭来。

江朝戈被炙玄一爪子压在了地上，飓风袭来，掀起一切它能掀起的东西，积雪、泥土、草木，百年的参天大树在它面前不堪一击，轻易被连根拔起，就连弱小的天兵都被卷入飓风之中。

江朝戈只听着耳边猎猎的风声，如厉鬼咆哮，如果不是炙玄按住了他，此时他可能已经被风撕成了两半。

脑海中，共工发出一声冷笑，语调之轻蔑，极尽嘲讽。

江朝戈怒道：“共工，无论我今日是死还是活，我都不会把身体让给你，你注定永远只能做一缕孤魂！”

共工冷声道：“若我注定要做一缕孤魂，你和炙玄也注定要永世分离。”

江朝戈的心脏如遭重击，疼痛不已。他握紧了拳头，只恨不得把共工的灵慧之魄从自己的脑袋里拽出来，亲手撕成碎片。

那阵猛烈的飓风过后，整个轩辕丘几乎已经看不到一棵挺直的树木，场面之狼藉，如山峦倾覆。

饮川冰蓝色的眼眸充满了愤懑与焦虑：“难道就没有办法击退他……”他脑中白光一闪，“虞人殊！”

虞人殊从天戎的皮毛下探出一个脑袋。

饮川喊道：“你说你获得了颛顼的记忆，那么，我们就有一个机会躲过这一次的讨伐。”

虞人殊隐约预感到了什么：“饮川大人，你想干什么？”

“将英招与天兵送往一个新世界！”

虞人殊脸色微变，他看着黑压压如乌云般的天兵、天兽，那虎视眈眈的眼神、那盛气凌人的杀意，除非出奇制胜，否则他们必将全部葬身于此。他握紧了息壤，猛地从天戎身下钻了出来，朝着英招大喊：“英招，你说我不配与玄帝谈条件，我现在就让你看看，我究竟配不配！”他大声诵念起陌生诡异的咒语。

英招浓眉紧蹙，起初不明白虞人殊想做什么，待反应过来后，脸色大变，厉声喝道：“住手！人皇后裔，你可知你的做法会加快这个世界的灭亡！”

江朝戈的表情有些疯狂：“容你这样战下去，也没有什么区别！”

英招怒张双翼，朝着虞人殊俯冲下来。

嘲飞和红渊率先飞上高空，英招狠狠一拍翅膀，飓风再次袭来，这股无形之风如同夹杂着万千匕首，杀气四溢。

嘲飞和红渊的翎羽被毫不留情地刺穿，金红羽毛和彩羽漫天飘舞，美丽而残酷，同时，他们那庞大的身体竟然不堪重负地被拍向了地面。壬王和重溟立刻顶了上去，阻止英招攻击虞人殊。

能将上古异兽的身体压垮的力量，自然巨大到难以想象，幸而那股力到了地面就弱了大半，但还是将人直接吹得飞了出去。只有虞人殊犹如神助，岿然不动，以他握着息壤的手臂为中心，那里的空间逐渐被扭曲了，出现了如水波一般的虚影。

息壤黑气弥漫，虞人殊的手臂上又浮现出颛顼的手骨，那骨头依然像是要刺破皮肉般狰狞、可怖。

那虚影的面积逐渐扩大，最后，在虞人殊身旁形成了一个巨大的球形空间，他的上下嘴唇快速碰撞，诵念的咒语越来越急促，听得人头皮发麻。

虞人殊面上没有一丝血色，额上冷汗直冒，一缕缕银发贴着他英俊的脸颊，为他平添了几分神圣与英武。

最后，在英招的怒吼中，那球形空间猛地爆裂开来，显现出了一个巨大的黑洞。离得近的天兵、天兽还未来得及反应，就瞬间被吸了进去！

虞人殊猛地睁开了眼睛，青灰色的双眸闪烁着犀利的光芒，刀削般的五官不怒自威，整个人都与平日截然不同。他虽是一身英雄气概，但从不曾如此咄咄逼人，那暗流汹涌的王者之气，让江朝戈一下子就想到了颛顼。

虞人殊仰起头，眼神冰冷地看着英招：“英招，你们将要去一个荒芜的世界。玄帝曾亲口告诉先祖，他想放弃贪婪而弱小的人类，希望他不会放弃你。”

英招眼中终于显出恐惧。

一股巨大的力量将英招与天兵、天兽朝着黑洞拉扯，那股力量强大到不可逆转，天兵、天兽毫无反抗之力，被成批地吸了进去。

英招被迫落到了地面，他将四蹄深深地扎进土里，试图稳住身体，然而无济于事。他将地面拖出了四条长长的拖痕，在怒吼、悲号中被彻底吸进了黑洞！

离得远的天兵、天兽开始往天界之门逃逸，原本黑压压的一片天，转瞬间肃清了大半，犹如拨云见日，露出了晴朗的万里长空。

那球形空间猛然一敛，黑洞瞬间闭合，消散在了空气中，除了地面深陷的痕迹，仿佛天兵压境的场面只是一场短促的噩梦。

虞人殊不堪重负般跪在了地上，他握着息壤的左手成拳，用力朝地面砸去。他半条手臂手骨犹如干尸般突出，看上去足足比正常的右臂大了一半，砸在地面上却绵软无力，只溅起了一捧雪花。他的手臂狠狠地颤抖着，看上去很是痛苦。

天戎跑了过去，一把握住他的手臂：“殊，颛顼是不是在侵吞你的意识？”

虞人殊脸色苍白地看着他：“不，是息壤，息壤的能量太强大了，是先祖在克制它。我只要一使用息壤，这两股力就会在我体内较劲……”以一个人类之躯，承受两股巨大力量的碰撞，那痛苦可想而知。

天戎眼中满是疼惜，却不知道该做些什么才能减轻虞人殊的痛苦。

虞人殊看透了天戎的想法，他用五指抓紧天戎琥珀色的长发，用力之大，指节都泛起青白，就好像在抓着一根救命稻草。他颤声道：“你只要在我身边就够了，天戎，会陪我的，从始至终只有你。”

天戎声音沙哑：“你有我，从始至终。”

面对满目疮痍的昆仑山，壬王的表情很是迷茫：“现在我们该怎么办？”

饮川道：“既然有寐江湖那扇异界之门存在，那么难保英招也会找到回这个世界的办法。在他回来之前，我们有两件事要做。第一，将啸血和衔云封印；第二，逃离这里，只有我们走了，天棱大陆才能回归平静。”

衔云经过连番的攻击，已经奄奄一息，他冷笑着说：“逃离？你们想往哪儿逃？我败了，但你们就胜了吗？你们去哪里，天兵就会追到哪里。没有了英招，玄帝还有无数天神可以调遣，哈哈，垂死挣扎。”

“至少我们还能挣扎一下。”红渊鄙夷地看着他，“在东皇钟里尝尝求生不得，求死不能的滋味儿吧。”

虞人殊拿出东皇钟，那小小的金钟平放在掌心，看上去精巧、稀罕。他毫不畏惧地盯着衔云的眼睛，慢慢收拢掌心，然后将东皇钟掷了出去。东皇钟迎风则长，越长越大，最后变作惊天巨物，黑压压地笼罩在头顶。众人忍不住抬头看去，那黑漆漆的钟口引起人无限的恐怖遐想。

东皇钟将衔云、啸血以及他们的魂兵使笼罩其中，衔云抬头看着那压境的金钟，骄傲的龙眼中终于显出了一丝灰暗和绝望。

东皇钟重重地扣向了地面！

大地猛地一震，一声悠远的、大气恢宏的钟声响起，众人心弦颤抖，浑身战栗，大脑仿佛瞬间清如明镜，又似有一股神圣的力量直抵心脏，令人肃然起敬。

硕大的东皇钟如一座山一般，将衔云与啸血彻底封印其中。

东皇钟作为黄帝的第一宝器，衔云与啸血的精力哪怕是处于全盛时期，恐怕也要不眠不休地撞上几十年，才有可能逃脱。以他们现在的力量，他们在这一元结束前都无法出来了。

夙寒伸出手，轻轻抚摸着东皇钟上繁复的花纹，嘴角勾起一抹讽刺的笑。

嘲飞长叹一声："玄帝很快会再度派遣天兵下凡，我们该如何抵御？"

重溟道："衔云说得对，无论我们逃去哪里，都会被找到。"

饮川冷静地说："经此一役，玄帝也不敢贸然出招，若虞人殊一直将天兵送往别的世界，这个世界的时间很快就会被消耗殆尽。"

虞人殊摇摇头："我没有那么巨大的力量，而且，我也不可能亲手葬送天棱大陆，虽然……"他黯然道，"创造英招所去的那个世界，消耗了这个世界一半的时间，我终究是天棱国的罪人。"

饮川仰望着天空："你错了，若留下英招，天棱国所剩下的三千年，会是战火纷飞、血流漂橹的三千年，但若我们离开这个世界，至少能还天棱国一千多年的太平。这时间对于我们来说，仅是白驹过隙，但对于人类来说，还能繁衍数代。"

"离开，我们能去哪儿呢？只有江朝戈的世界可以去。"大国师看向了江朝戈。

江朝戈低声道："你们想毁了我的世界吗？"

夙寒冷冷一笑："你有更好的办法吗？"

江朝戈握紧了拳头，竟无法回答。这些人、兽自然对他的世界毫无感情，而他又能做什么阻止他们？他甚至连自己都控制不了。

饮川摇头："不，不可如此，那与留在天棱大陆又有什么区别？"

虞人殊也道："那是一个真正属于人类的世界，是先祖牺牲自己和人皇一族换来的，我不会把战火带到那里。"

天际的裂缝始终没有闭合，这时，头顶的天空再次亮起了耀眼的金光。

壬王叹息道："这么快……"

眼看着又是一轮天神降临，虞人殊已经不可能再有力量开启一个世界，他们又能逃到哪里去！

江朝戈看着那慑人的金光，身体克制不住地有一丝颤抖，心里有恐惧，又有着视死如归的豪气。

就在这时，沉寂半天的共工突然在他脑中发出了声音："人类，有一个办法，也唯有这个办法，可以让我离开你的身体，也能让你们躲过天兵讨伐，你要试试吗？"

江朝戈戒备地说："什么办法？"

"将息壤与人皇后裔分离。玄帝要的是息壤，只要留下息壤，你们逃到异世界，玄帝不会再为了你们损耗万千天兵。况且将一个、两个人送往异世界容易，将万千天神天兵送过去，难如登天。"

"你为什么要告诉我这些？"江朝戈肯定共工有什么阴谋，但在这生死存亡的时刻，任何一点儿可能的希望，他也不想放弃，因此，他表面上风平浪静，其实内心早已波涛汹涌。他拼命搜索共工的记忆，想要戳穿共工的阴谋，可惜，他只有共工过去的记忆，却无法知道共工现在在想什么。

共工继续道："其实想让我离开你的身体，可以很难，也可以很简单。任何一个大巫或高级魂器师，都可以设回魂阵将我的灵慧之魄从你的身体里抽离，但有一个前提，那就是我要自愿离开。"

江朝戈暗自握紧了拳头："你究竟想干什么？"

"砍下虞人殊的手臂，玄帝会找他的弟弟妹妹来操控息壤，如此，我就离开你的身体。"

江朝戈心脏猛地一颤："你又在谋划什么？！为什么这样你就肯离开？"

"此次天兵死亡过万，玄帝必然要用息壤将他们的灵慧之魄收回。我的灵慧之魄只要留在这里，就能同他们一起进入息壤，和我前几元的灵慧之魄结合。在下一元，我将以我现在的记忆重塑肉身。"

江朝戈愣了一愣，当他意识到他真的对共工的提议有一丝动摇的时候，心中警铃大作，他怎么能相信共工的话？！

他冷声道："失去息壤，我们就再没有半点儿自保的筹码，玄帝只需派几名天神下来就能将我们彻底消灭。共工，我不会相信你的话。如果你只是希望进入息壤，直接离开我的身体，我以性命保证，让虞人殊将你的灵慧之魄吸入息壤。你怂恿我将息壤和他分离，是担心我们若真的逃过此劫，你反而会失去机会吧？"

共工阴沉地说："狂妄的人类，若你现在当机立断，尚有一线生机，待到天神再临，除了人皇后裔，其他人都会魂飞魄散。"

江朝戈冷笑："我若魂飞魄散，你也将彻底消失！"

天际裂缝处，逐渐逸出磅礴的魂力，那魂力是江朝戈闻所未闻的，但他一瞬间就知道了来者何人——分别是天神蓐收、天织以及重明。这一次，无一天兵，只有三个大巫祖，但雄浑之势不可阻挡。

江朝戈浑身凉透了。他不怕死，他只是难过他们终将抱憾于此。他的目光从天界之门移到了炙玄身上。意外的是，炙玄也看向了他，眼神之深沉、哀伤，让他呼吸一滞。事到如今，他已经不知道该如何面对炙玄，共工随时可能接管他的身体，炙玄恐怕依然抱着将他和共工的灵慧之魄一同剔除的想法。可将死之际，很多恩怨都变得渺小，他此时多么希望两人能再重温一次旧时的时光，哪怕仅仅是半分钟甚至一秒钟。

天际裂缝中已经显出了天神之貌，蓐收左耳挂蛇，脚踩二龙；天织人面兽身，背生双翼；重明两目四珠，有翼无羽。他们个个庞大如山，气势之强盛隐有泰山压顶之威。

"玄帝派了蓐收来。"饮川的语气惊讶中带着一点儿期许。

蓐收伴着金光降临，显出英武不凡的人形。他看向饮川，长叹道："饮川吾友，你那般聪明，何至如此？"

饮川苦笑："聪明反被聪明误，从息壤出现在人界的那一刻起，我就变成了愚人。"

蓐收道："当年我不愿下凡讨伐你，没想到今天终究是躲不过，不过，我带来了玄帝的旨意，你们尚有一丝生机。"

饮川道："请说。"

"重启异界之门，将英招与天兵、天兽放回来，并且，一元将尽时，人皇后裔将息壤交归天庭。如此，你们可以活到这一元结束。但接下来，你们将永生永世不会出现在这个世界。"

饮川轻叹一声："也就是说，我们只能再活一千五百年。"

蓐收颔首。

一阵沉默。

一千五百年，对于异兽来说是一段不算很短，但也绝对不算长的时光，可对于人类来说，完全是长生不死。因此，听到这一番话，人与兽的反应截然相反。

焚念寒声道："短短一千五百年，与现在结束有多大分别？"

蓐收面无表情道：“你也可以现在就去死。”

焚念狠戾道：“蓐收，我现在虽然只是魂兽，斗不过你，但若拼尽全部修为，你说，我能不能将天界之门吃掉？”

蓐收脸色微变。饕餮可吞山河天地、日月星辰，六界之内，就没有他不能吃下去的，若他真的把天界之门给吃了，真不知道会发生什么。蓐收语气阴森道：“你尽管试试。我传玄帝旨意，半字不换，就算你吃掉天界之门，也改变不了什么。”

天织与重明均是凶狠地看着焚念。天界之门若被吃了，一定会危及他们，焚念一句话，算是把三个大巫祖都给得罪了。

虽说按照蓐收的说法，他们是下界来谈判的，但派三个大巫祖来谈判，就是摆明了先文后武，因此，焚念的话让众人都颤了一颤。

嘲飞横了焚念一眼：“一千五百年，你尚不满足，不愧有贪婪之名。永世不死究竟有什么好？有限的寿命，反而能让人珍惜每一天，不至于像我们当初，一觉也可睡百年，浑浑噩噩。这个提议好，你们说呢？”

夙寒懒洋洋地说：“嗯，总比现在死了好。”

重溟打了个哈欠，一副随便的态度。

焚念咬牙切齿，却过于被动，无力辩驳。

众人各有想法，一时都不知道该不该表达，便纷纷看向饮川。

饮川冰蓝色的眼眸透彻如宝石：“玄帝一言即诺，可会反悔？”

蓐收朗声道：“六界承玄帝一言之重，绝无反悔。”

饮川看向虞人殊，虞人殊正色道：“那么人类呢？人类可会出现在下一元？”

“玄帝未言。”

虞人殊感到深深的无力。以他的能耐，不可能将人类这个种族带入下一元，他能争取的，恐怕只有这一千五百年，剩下的只能看天命：“若我们同意，是否所有天神、天兵都会撤回天界，不犯人界。”

蓐收嘲弄道：“天界从不无故犯人界，是你们在祸乱人界。”

虞人殊又道：“……一元结束时，我去天庭，玄帝就不担心我在下一元复活他们吗？”

“等你去了天庭，玄帝会将黄帝的精血逼出息壤，息壤跟人皇一族就再无关系。”蓐收看着虞人殊，就像在看一只蝼蚁，“届时你也会形神俱灭，永世不得超生。”

虞人殊又怎会在意自己如何？他环视众人，咬了咬后槽牙：“好，一千五百年，我们互不相犯，绝无反悔。”他毫不犹豫地施展巫咒，再次打开了他亲手创造出来的异世界大门。吸收要损耗巨大的巫力，但释放简单很多，从那黑洞之中，突然弹出了无数天兵、天兽，以及天神英招。

由于时间紊乱，英招不知在那异世界待了多久，显得狼狈而阴沉，回到这个世界时，满脸的不可思议。在见到蓐收等天神后，他羞愤暴怒，大吼着就要将虞人殊等人撕碎。

蓐收厉声道："英招，我奉玄帝的旨意下凡，你不可造次！"

英招怒吼一声，震得人耳膜刺痛。

虞人殊脸色更加苍白了，身体由于消耗过度，摇摇欲坠。他看着蓐收："我已依约将英招放了回来，你们也可以撤退了吧？"

蓐收还未来得及说什么，江朝戈突然头脑一热，眼前发花，他太熟悉这感觉，这是共工在接管他的身体。他感到一阵惊骇，还未来得及吐出半个字，共工已经操控着他抡起了炙玄刀，一步跃起，挥向了不远处的虞人殊。

这变故来得太快，所有人的注意力都还在蓐收那里，根本来不及反应，江朝戈的身体已经如闪电般出现在了虞人殊的身旁，无情的黑金长刀朝他的左臂砍去。

血花四溅——

时间在这一刻凝固了，所发生的一切都成了江朝戈眼里一帧一帧播放的画面，他眼看着炙玄刀的利刃以破空之势砍向了虞人殊，飘摇着火星的锐利刀锋，没入了那骨骼像要破皮而出的狰狞手臂。他的掌心感觉到了一丝很微弱的阻力，那是炙玄刀穿透皮肉、骨骼时受到的虚弱的抵抗，可所向披靡、无坚不摧的麒麟角，最终一定能够破开所有障碍。

那股阻力刹那间就消失了，炙玄刀的利刃横穿过了虞人殊的手臂，那曾经修长结实的，连接着令无数天棱国少女沉醉的漂亮手指的手臂，硬生生从它的主人身上被分离了！

在江朝戈的视界里，那截手臂飞上了半空，手心里还紧紧攥着像是已经与其融为一体的息壤，尽管那手臂骨骼凸出，青筋狰狞，皮肤如炭黑般可怖，可那终究是虞人殊身体的一部分。

"啊——"

这一声怒吼，既非来自鲜血喷溅的虞人殊，也非来自目眦欲裂的江朝戈，而是来自天戎，天戎甚至顾不上转身冲江朝戈的脖子咬一口，便一把抱住了虞人殊，那吼声悲怆而绝望。

江朝戈也在自己的脑海里用力嘶吼起来，疯狂地攻击共工。共工的意识缩了一缩，明显地痛苦了起来，但他的精神力比江朝戈强盛太多，尽管他只有一魄。他毫不犹豫地咬破手指，将血滴入了那个焯烟用来召唤媛姬与裂羽的回魂阵中，阵法瞬间重启，他诵念起了咒语。

江朝戈拼命挣扎，操控着自己的牙齿狠狠地咬向自己的嘴唇，一口下去，血肉模糊，共工却只是顿了一顿，并不停止。从古至今，自己召唤自己的灵慧之魄，共工定是第一人。

炙玄猛地冲了过来，声色俱厉，大有要将共工一击绝杀之势。

突然，饮川飞扑上去，一黑一白两个身影滚落在雪地上。

炙玄还未开口，饮川就大声道："这是共工离开江朝戈的唯一机会！"

炙玄瞪大眼睛，牙齿将唇瓣咬出了血来。他死死地盯着江朝戈，若共工没能离开，他一定会将共工再次逼回去。

虞人殊的手臂一落地，息壤这个最大的谈判筹码就消失了，局势顿时变得凶险万分。

蓐收与天织、重明对视一眼，一时都有些拿不定主意。

几只异兽顿时全副戒备，唯恐大巫祖发难。

虞人殊抓住自己的断臂，喉咙里发出痛苦的低吟，五官都因为疼痛而扭曲了，身体颤抖如风中残烛。

天戎心痛难当，一腔恨意无处发泄，转身化作兽形，扑向了江朝戈。

醉幽一跃而起，挡在了江朝戈的身前。龙芗和寺斯都冲了上去。醉幽叫道："天戎，你冷静点儿，那是共工！"

天戎一步未停，疯狂地冲了过来，一爪子拍在醉幽的脑袋上，将那美丽优雅的九尾狐狠狠地拍飞了出去。

论攻击力，醉幽确实不如天戎，这一下几乎被打蒙了。似乎因为虞人殊能量的增强，天戎也厉害了好几倍。

天戎毫不迟疑地扑向江朝戈。

裂羽从天而降，一尾巴抽向天戎，天戎闪电般躲避了开来。

龙芗怒叫道："天戎，够了！他不是江大哥，你赶紧冷静下来！"

天戎琥珀色的眼眸里满是疯狂，显然已经失去了理智，完全回归了兽形。此时他大脑中唯一的念头，就是要将所有伤害虞人殊的人咬成碎肉。

红渊飞了过来，一爪子将天戎按在了地上，天戎发出嘶哑而凶狠的兽吼，听得人心酸不已。

“天戎……”虞人殊咬着牙，发出微弱的呼唤，“回来，我身边。”

天戎的身体怔了一怔，眼中终于涌出了热泪，将红渊的翎羽抓得血肉模糊的爪子终于无力地垂了下去。

江朝戈对共工的恨意融入了他的骨血，可他更痛恨自己在共工面前的孱弱无力。

他能感觉到共工的灵慧之魄在慢慢抽离自己的身体，向着回魂阵而去，回魂阵按理应该配合异兽身体的某一部分作为魂器，才能让召唤而来的魂魄有所依存，否则就会游荡于天地之间，而共工要的便是如此。经此一役，天兵死亡千万，他们的魂魄绝无可能送入冥界，不然会导致冥界大乱。玄帝必须把这些魂魄收回，而最好的方式便是通过息壤吸收。万千魂魄聚合在一起，难分彼此，共工便要混入其中，待到下一元，以自己的记忆重生。

当共工的灵慧之魄逐渐脱离江朝戈的身体时，他也正在慢慢拿回身体的主控权。

恍惚间，他听到共工在猖狂地笑：“人类，我很欣赏你，可惜我们再也不会相见了。”

江朝戈握紧拳头，冷笑道：“共工，你想脱离我的身体，进入息壤，在下一元重塑肉身？很好，为了报答你加在我们身上的一切，我要让你亲眼看看自己唯一的希望是如何落空的！”

共工微怔，随即不屑道：“你能做什么？”

江朝戈抓起炙玄刀，毫不犹豫地在自己的手臂上划了一道，鲜血顿时喷涌而出，滴落在脚下的回魂阵中。由于极度的低温，那热腾腾的鲜血竟以肉眼可见的速度凝结成了冰！

共工突然慌了：“你……”

江朝戈阴声道：“你以为你失去了肉身，这世间就没有东西可以束缚你的魂魄？别忘了，我的身体里全是你的血！共工，我要将你的灵慧之魄永远囚禁于这魂器之内，让你也尝尝沉睡万年之苦，永生永世再不能见天日！”

共工嘶声吼道：“你敢！人类——”

共工最后一丝灵慧之魄，挣扎着不肯离开江朝戈的身体，然而为时已晚，江朝戈倾注巫力，大声诵念咒语，回魂阵光芒大作，愈发强盛，硬生生将他残存的一点儿灵魂之魄拽出了江朝戈的身体！

混沌的大脑突然恢复了从未有过的清明，江朝戈感觉身体一轻。他无法准确形容那一刻的感受，仿佛是破壳而出的新生感，又似是瞬间卸下了千吨重担。总之，他知道大脑里那个让他厌恶、恐惧、憎恨的存在真的脱离了自己的身体，共工的灵慧之魄真的离开了！

只是，由于他的血液和共工还有着深深的羁绊，他依然能听到共工不甘而又绝望的怒吼。

江朝戈仰天长笑，几乎笑出了眼泪："共工，你这一缕孤魂终于去了正确的地方，你造下的孽，都在那无休无止、无尽头的魂器中慢慢忏悔吧，哈哈哈——"他爆发出泣血的狂笑。

共工挣扎着，怒号着，嘶吼着，尽管这一切只有江朝戈能听见，但见江朝戈状若疯狂的举动与言语，众人也能猜到发生了什么。那回魂阵法的巫力之强大，是共工一手打造的，他的灵慧之魄终究不堪抵抗，被毫不留情地封印到了自己的血液中！

所有人都在静静地看着江朝戈与共工的争斗，心头震撼不已。他们虽然早知道江朝戈聪明狠辣，但这对共工的最后一击，简直让人痛快到了极致。让共工的万年阴谋功亏一篑，永远被封印于一个无用的魂器之中，就是最好的报复！

回魂阵的光瞬间熄灭，扑通一声，江朝戈单膝着地，长刀抵住身体，感觉身上的力气被一抽而空，只能勉强靠炙玄刀稳住身形。

炙玄不敢发出半点儿声音，甚至忘了动作，整个人如石化一般，就那么看着江朝戈。

蓐收幽幽道："嗯，这该如何是好？"

虞人殊用膝盖在雪地上一步步挪行，终于一把抓住了自己的手臂。那手臂依然有着人类的体温，却已经和他的身体彻底分离，他深深将头埋进了雪里，感到深沉的绝望。

天织道："既然息壤已经与人皇后裔分离，那我们现在就可以将息壤带回天庭。"

英招吼道："杀异兽，诛巫祖，完成玄帝的旨意！"

蓐收冷道："英招，你一介败军之将，怎敢多言？现在如何处理他们是我的任务。"

英招额上青筋暴突，敢怒不敢言。

饮川深吸一口气："蓐收，息壤虽与虞人殊分离，但颛顼的血液已经融入虞人殊的身体，你无论找来他多少个弟弟或妹妹，都不能比他更好地操控息壤。"

蓐收道："玄帝不需要一个人类来操控息壤，他只需要人皇后裔将息壤带回天庭，所以，现在，我们不需要他了。"

虞人殊用右手抓住了息壤，颤声道："我……还有一只手……"

蓐收居高临下道："你还有多少巫力威胁我们呢？息壤与你分离了，现在我已经可以杀了你了。"

饮川沉声道："蓐收，你应谨遵玄帝旨意，待一元结束时再来收回息壤，你说过，绝无反悔。”

重明冷哼一声：“饮川，少占言语便宜！玄帝格外开恩，之前的旨意都是基于人皇后裔拥有息壤！”

蓐收闭上了眼睛，沉吟片刻：“你说得对，我谨遵玄帝旨意，绝无反悔，待一元结束，人皇后裔需带着息壤与我回归天庭。在我睁开眼睛的时候，你们要在这个世界彻底消失。”

英招厉声道：“蓐收！你好大的胆子！”

天织与重明也满脸不可思议。

蓐收冷声道：“英招，你好大的胆子，敢忤逆玄帝的旨意？！”

饮川毫不犹豫道：“炙玄，将昆仑山的雪化成水！”

炙玄口吐千米烈焰，昆仑山上的积雪不堪高温，万吨白雪在短时间内融化成了一个浅湖。

饮川又喊道：“以水为媒，合力打开异界之门！”

大国师领头，云息与虞人奎纷纷释放巫力，诵念咒语，白曬和刑天见情况危急，也被迫加入。在五个大巫祖的力量加持下，那一个浅湖中央渐渐出现了涡流，那涡流与当时寐江湖的异界之门开启时一模一样。

江朝戈的耳朵还能听到外界的声音，但身体已经没有半点儿力气。恍惚间，他感觉自己被人扛了起来，他半眯着眼睛，勉强看到龙芗稚气未脱的侧颜。

啊，从什么时候开始，当初那个还有些单薄的少年，身体已经如此结实有力？原来他来这个世界，已经两年了……

接下去的场面异常混乱，他看到了很多无法理解的画面以及熟悉却焦虑的面孔，耳边传来叫嚷声、水流声，之后一切都平静了，平静得好像回到了母体的子宫，安宁祥和，浑身温暖如昔，最后，他陷入了一片黑暗之中……

江朝戈做了一堆很杂乱的梦，共工的灵慧之魄虽然离开了他的身体，可已经被他知道的记忆不可能消失，于是在梦里，他和共工的经历毫无章法地交织在一起，汇成了一个无比混乱的世界。在梦中，他不断感到性命堪忧，可整个世界都崩落在眼前时，渺小的自己似乎也不那么重要了。

这个梦做得太累，以至于醒来的时候，他感觉自己沉睡了有一个世纪那么久。

轻轻睁开眼睛，江朝戈看到了一盏灯，不是煤油灯，不是魂器灯，而是一盏通电的现代款式的吊灯！他猛地从床上坐起来，可腰板挺直的一瞬间，一阵酸痛袭遍全身，他又直挺挺地躺了回去，喉咙里发出了难受的呻吟。

身边突然传来脚步声，江朝戈扭头一看，竟是炙玄大步朝他走了过来，脸上满是惊喜："朝戈！"

他扑到床前，用手颤抖地抚摸着江朝戈的头发，灿金色的眼眸里有一丝明显的忧愁。

江朝戈定定地看着他，双手在被窝里暗暗握成了拳头，他淡淡地说："你是谁？"

炙玄一怔，表情如遭雷击。

江朝戈撑起了身体，环顾四周："你是谁？这里是哪里？我……我又是谁？"

炙玄腾地站了起来，瞪大眼睛看着江朝戈，五官都有些扭曲了："你……怎么会……"

江朝戈看着炙玄的表情，心里有一丝扭曲的快感，可同时也充满了难言的哀伤。当他说出"你是谁"这三个字的时候，并不是蓄意想让炙玄难受，在那一念之间，他只是……他只是不知道该怎么面对炙玄。如果他醒来不是第一眼就见到炙玄，而是给他哪怕十分钟的时间想想该怎么办，他也不会措手不及地选择了逃避。或许，潜意识里，他是真的想让炙玄尝尝他失去一切记忆的滋味儿吧。

房间门被打开了，龙芗、寺斯和阮千宿走了进来，寺斯惊喜地咋呼道："江大哥，你醒了！"

江朝戈眼看着他一把搂住自己的肩膀，脸上露出茫然的神色。

炙玄一把推开寺斯，捏住江朝戈的肩膀高声道："江朝戈，你不记得我了？！怎么可能？回魂阵吸走的是共工的灵慧之魄，而不是你的！你看着我，你一定能想起来！"

江朝戈一把扣住他的手腕，皱眉道："放开我！你再不放开，我就不客气了。"

寺斯等人一脸茫然。

炙玄深深皱起眉，嘴唇微颤，好像要哭出来了。他声色俱厉地说："你给我想起来！"

这时，恰巧饮川走了进来。

炙玄就像找到了救星一般，急忙问道："饮川，为什么朝戈会失去记忆？"

饮川看了江朝戈一眼，道："共工的灵慧之魄抽离他的身体时，可能对他本身的灵慧之魄也有一定的损伤。"

炙玄难以置信地看着江朝戈，眼里充满了悲伤和愤怒，他一脚将床头柜踹翻，转身跑了。

"也许只是暂时的……"饮川最后这句话，也不知道炙玄听到没有。

眼见着炙玄消失在门口，江朝戈长长地呼出一口气。

阮千宿挑眉道："你是装的吧？骗骗他也就算了，你可骗不过我们。"

饮川走到床边，皱眉看着江朝戈："你这是为什么？"

江朝戈抓了抓头发，小声说："我该怎么面对他？"

龙芗道："有什么难的？去揍他一顿。"

江朝戈苦笑："他想把我和共工的意识一同抹除，为了这个，他用麒麟真火烧我。其实他说得对，我确实斗不过共工，但如果在我还没有绝望的时候，他也能站在我这边，跟我共同抵抗就好了，现在……"

饮川摇摇头："经历过生死劫，又来到新世界，就好像重新活了一回，你这是何必呢？太幼稚了。"

江朝戈低声道："我知道，你们就让我消停几天吧，我会去找他的。我的脑子现在就是一团糨糊……其他人怎么样了？殊呢？"

"虞人殊正在休养，他的断臂很快会恢复的，毕竟他现在体内流着颛顼的血液。"

江朝戈松了口气："我们现在在哪里？"

"在一个大巫的家里。"

"大巫？什么大巫？"

"将你送去天棱大陆的大巫。他说，他预测到某个月圆之夜我们将在此地出现，于是等了我们两年半，我们现在就在他盖的房子里。"

江朝戈想了起来，那并不是普通的大巫，而是天棱国十二世圣皇，那个被反噬的，既是人也是魂器的圣皇。他又问道："焚念和游释也在？"

饮川点点头："我要求他们留下，学习这个世界的规则和常识。"

"我们是真的回来了……蓐收和英招没有追来？"

饮川摇摇头："暂时没有。我相信蓐收，他应该可以说服玄帝。蓐收与我一样，希望六界太平。"

阮千宿轻声道："希望我们真的能安然度过这一千五百年。"

寺斯耸了耸肩："我们就没这烦恼了，活不到那时候就死了。"他说完之后，神色有些黯然，"但我不知道有生之年还能不能回天棱大陆。"

江朝戈道："你们不是他们的目标，过段时间，我会想办法把你们送回去，只是……你们回去后，我们可能就再也不能见面了。"

寺斯低下头，抿唇不语。

江朝戈看向龙芗："龙芗，你放心，我会把你送回去，还会给你带上足够的黄金，让你去寻找自己的家乡。”

龙芗笑道：“好，我还年轻，我不急。”

江朝戈想起什么：“共工的魂器呢？”万一魂器化了，共工的灵慧之魄再跑了怎么办？

“放心，在冰箱里。”

江朝戈放下心来，重重地倒回了床上，轻声道：“让我一个人待一会儿吧，除非天神追过来了，否则谁也别来找我。”

阮千宿摸了摸他的额头：“不舒服的话，要告诉我们。”

“嗯。”

几人默契地退了出去。

江朝戈转身抱紧被子，将身体蜷缩成一团，瞪大了眼睛，漫无目的地看着虚空。

一切结束了吗？他真的回到了自己的世界，而现在风平浪静。可是，他也带回了一大堆上古异兽与大巫祖。这些本不该存在于这个世界的生物，可以说是因为他，来到了这个世界，他们会给这个世界造成什么影响？如果他们的身份曝光了，会发生怎样的混乱？

就算这些暂且不去操心，他和炙玄该怎么办？

回想着刚才炙玄受伤的表情，江朝戈的心也变得沉重起来。一直以来，他都觉得他和炙玄之间清晰明了，是一生依存的关系，永远不会出现背叛与隔阂，哪会想到，他也有两难的一天。

自共工觉醒后，炙玄对他说过的每一句话、做过的每一件事，都让他愤恨而无法释怀。可如今共工已经离开，他和炙玄依旧是共生体，他是不是应该把所有的怨愤都留在天棱大陆？

他感到阵阵头痛，躺在床上一动也不想动，既没有九死一生的激动，也没有回到自己世界的兴奋。曾经他幻想与炙玄一起回到这个世界生活的画面，现在居然已经难以拼凑成形了。

背后再次传来脚步声，江朝戈感觉得到，那是炙玄，他突然汗毛倒竖，紧张得额上渗出了细汗。

炙玄坐在了床边，沉默半晌，伸手轻轻抚摸着他的头发……

江朝戈一动不动，仿佛把自己包裹进了一个封闭的世界里，不听，不看，不想。

炙玄轻声说：“你不记得也没关系，我把我们的事一件一件告诉你。”

江朝戈的背脊僵硬了，沉声道：“出去。”

“曾经我最担心的事，是你的寿命太短，无法陪我共度此生。后来，我最担心的是寄宿在你体内的，我最憎恨的共工的灵慧之魄，我不想时刻感觉到他的气息，闻到他的味道。可是，当我以为共工霸占了你的身体，而你彻底消失了的时候，我唯一在乎的，只是能不能再见到你，不管你的寿命有多短，不管你身体里还住着谁，我只想再见到你。”

炙玄换气的同时，整个人都在微微颤抖，心尖传来阵阵刺痛。

“我知道你在骗我。”炙玄一边摸着江朝戈的头发，一边有些委屈地说，“你是不是忘了，隔着几公里，你们说话，我都能听见。”

江朝戈身体没动，静静地看着面前的墙壁，不知道该说些什么。

炙玄轻声道：“你生我的气，我知道，但你别不理我。我不想跟任何人说话，如果你也不跟我说话，就没人跟我说话了。你再生三天的气吧，好不好？不能再多了，三天之后，你就跟我说话吧。”

江朝戈顿时觉得又想哭，又想笑。

炙玄又看了他好一会儿，才依依不舍地走了。

江朝戈仰躺在床上，再次盯着那盏吊灯，久久没有回过神来。

第13章

重返现世

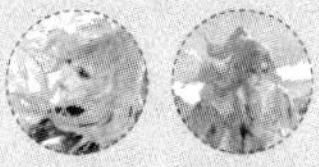

到了晚间，江朝戈感到肚子饿了，才勉强爬了起来。他去浴室一看，镜子里的人胡子拉碴，头发蓬乱，一副颓废的模样。这么一副倒霉相，连他自己都看不下去了。他洗了个澡，刮了胡子，还用剪子随手修了修头发，最后，换上久违了的现代休闲服，终于顺眼了许多。只是，他竟然已经对自己穿现代服装的样子感到陌生和别扭了。无论如何，他永远也不会忘记穿着黑衣劲装，拿着黑金火焰刀的自己。

他整了整衣领，深吸一口气，往外走去。

刚一打开门，就见脚边一个黑乎乎的东西，他差点儿一脚踩上去，低头一看，一张巴掌大的精致的小脸也正抬头看着他。

竟是许久没有见过的豆丁版炙玄！

江朝戈猛地缩回了踩着炙玄头发的脚，愣住了。他不知道炙玄这是唱的哪一出。

炙玄小胳膊一伸，抱住了他的腿，仰着小脸无辜地看着他："你不是说喜欢我这个样子吗？"

江朝戈心里骂道，不是说三天不说话吗？身为上古异兽，能不能有点儿契约精神！

炙玄拿小脸贴着江朝戈的腿，显然没有放开的打算。

江朝戈踢开了他的胳膊，大步往外走去。

江朝戈想去看看其他人怎么样了，既然回到了这个世界，不管会不会后有追兵，至少得把眼前的日子过好。这么多人如何安置，全都是他需要操心的问题。

他往楼下走去，正巧碰到寺斯和裂羽在玩乒乓球。两人打得毫无章法，但寺斯也乐得跟猴子一样，一见他下来，就笑着招呼道："江大哥，你醒啦。"

"殊呢？我去看看他。"

"那个房间。"

江朝戈顺着他手指的方向走了过去，轻轻叩了叩紧闭的门扉，还没来得及说话，就听天戎冷冷地说："滚开。"

江朝戈叹了口气："天戎，我当时被共工控制了……"

"我说滚……"

"朝戈，进来吧。"虞人殊的声音有些虚弱。

江朝戈推开门，虞人殊卧在床上，一条漆黑的、手握息壤的断臂摆在床头柜，用透明的无菌真空箱保存着，生生刺痛了他的眼睛。

江朝戈感到一阵心虚，尽管那并不是他的错。

天戎瞪着他，满脸敌意。

虞人殊脸色苍白，衬着那银色的长发，整个人都淡得仿佛要随时消失。他淡淡一笑："你醒了。"

江朝戈坐到床边，看着他的断臂，张了张嘴。

虞人殊抢先道："不要道歉，不是你的错。"

江朝戈叹了口气，低下了头去。

"其实，我反倒松了口气。"虞人殊叹道，"人皇后裔，息壤……这些东西，对我来说太沉重了，如果可以选择，我想选择不背负它们，我宁愿做一个普通人。现在这样很好，息壤终于跟我没什么关系了。"

"息壤虽然跟你没什么关系了，但你也不可能是普通人了，颛顼的骨与血，已经融入了你的体内。"

虞人殊苦笑道："是啊，颛顼的力量让我变得更强大，甚至拥有永生的能力，也算因祸得福吧。至少，我们应该有一千五百年的寿命吧。"

说到一千五百年，江朝戈一阵感慨。共工的灵慧之魄离开了，可血液依然在他体内。曾经炙玄对他的寿命担惊受怕，如今他也拥有了永生的能力，哪怕这一元只剩下一千五百年了，可这时间对他来说还是漫长得无法想象。

活那么久，难道不会腻歪吗？

江朝戈不知道，他只知道，只要有息壤在，他们就暂时安全。虞人殊笑了笑："真没想到我会来到你的世界，虽然我还没看到很多这里的东西，但已经让我非常惊讶了。这似乎是个很和平的世界。”

江朝戈点点头：“至少这个国家是和平的，另外，在这里，是不允许除了警察……嗯，除了皇家侍卫之外的人携带武器的。”他看了看虞人殊的锏。

虞人殊惊讶道：“不准携带武器？”

“对，上街，出门，都不能带武器。”

虞人殊皱眉道：“这可真是奇怪，我一向锏不离身的。”

江朝戈笑道：“关于这个世界，你们要学的还多着呢，在具备常识之前，不要出去，免得造成麻烦。”

虞人殊叹了口气：“天棱国的命运会如何呢……可笑我还曾与虞人奎争权夺势，如今我们都来了这个世界，天棱国该由谁来领导？四皇子只有十五岁，也不知能不能担此大任。”

“你已经将他们从一场天灾中解救了出来，大难不死，必有后福，天棱国会熬过去的。”江朝戈遗憾地说，“只是，我曾答应一定为你正名……”

虞人殊摇摇头：“我已经不在乎了。如果我终生都无法再回去，又何必关心后人如何写我？”他对天戎说，“虽然不能带你去海外异国了，但这个世界有更多新奇的东西等着我们去看，我们一样可以到处游历，对吧？”

天戎含笑着点点头。

江朝戈也忍不住会心一笑，看到虞人殊能这么平和地从噩梦中醒来，他也终于放下了心头的一块大石。

离开虞人殊的房间，江朝戈在一间大会议室里看到了正在认真“听课”的众多上古异兽和他们的魂兵使。课程的内容都是这个世界的基础知识和常识。

江朝戈不禁觉得好笑。他当初去天棱大陆的时候，可没有这么系统地学习过。不过，那时候的他害怕那个世界，而现在，应该是这个世界害怕他们，如果不把他们教好了，随便放出去一个，都可能引发全球级的恐慌。

离开会议室，江朝戈找到了正在谈话的饮川和大巫。大巫见到他，颇为感慨地说：“饮川大人已经告诉了我一切。我当初将你送往天棱大陆，果然是命运的安排啊。”

江朝戈自嘲道：“我曾经很长一段时间恨死你了。”

大巫笑了笑：“告诉你一个好消息，我预测到的从天棱大陆回到这个世界的，不止你们，那些异界人会在你留存的信息的帮助下，陆续重返自己的世界。”

江朝戈长叹一声，也算不辜负孟升当年对他的期望。只可惜他最希望带回来的人，却已经长眠在了异世界。

江朝戈突然想起来什么，问饮川道："云息……怎么样了？"

饮川的表情僵了一僵："帝江在他的体内沉睡了。"

"是永久沉睡，还是暂时的？"

饮川轻叹道："帝江不肯离开，我也无法逼迫他。"

江朝戈咄咄逼人："是你不能逼迫他，还是不愿意逼迫他？"

饮川冰蓝色的眼眸中染上一丝忧愁："我很矛盾，我的一生总是条理分明、理智果决的，唯独在这件事上，我感到力不从心。给我点儿时间，我会和帝江谈谈，让他……"他深吸一口气，好像用了很大的力气，说出了"离开"两个字。

江朝戈能理解饮川的痛苦。一面是曾惺惺相惜的挚友，一面是信赖、崇拜自己的学生，他的苦恼，换作是圣人，恐怕也难以抉择。只是，理解归理解，江朝戈还是希望帝江赶紧滚蛋，把那个聪明的，总是存在感微弱的，有点儿强迫症的青年还给他们。

江朝戈道："我相信饮川大人是非分明，一定会有自己的决断。"

饮川点点头，纯白色的睫毛轻轻颤了颤，在脸上扫出一片伤心的阴影。

大巫道："不知道你们今后如何打算？我没想到，你会把他们……都带回来，这恐怕不是这个世界承受得起的，尤其是焚念、游释这样的邪兽也来了。"

"当时情况混乱，否则也不会让他们有机会混入异界之门，只是如今来都来了，必须想办法安置他们。你说得对，一旦他们出了状况，这个世界承受不起。"江朝戈道，"我想，必须让他们知道，敢在这个世界捣乱的后果。"

江朝戈确定了一下时间，发现自己自上次离开，过去了一年多。这世界简直紊乱得不成样子，毫无规律可循。

他在网上查了一下自己的账户，光利息就足够普通人吃喝一辈子了，看来钱方面暂时不需要发愁，他现在需要找个好理由回到自己原来的生活圈子，接管自己的不动产，然后把这些定时炸弹一一安顿好。

他让大巫去找了很多战争片、灾难片、科幻片，放给那些人看，让他们认识这个世界，尤其是超前于本时代的武器，先以武力震慑他们，然后再晓之以理。

最后，他让饮川警告所有人，尤其是焚念、游释和夙寒，如果胆敢在这个世界的人类面前显出兽形，使用武器、魂器或者巫咒，都将遭到他们的集体讨伐。

这帮定时炸弹虽然有些不满，但也都接受了，毕竟人类对于他们来说实在太弱，几乎不可能有需要战斗的时机。

尽管万般叮嘱了，江朝戈依然相当不安。他总觉得这帮人会惹出事来，但他也不可能把任何一个关起来。

饮川和他有同样的忧虑："也许等他们厌倦城市的生活，会回到荒无人迹的地方去。"

江朝戈摇摇头："也许吧，但在那之前，很可能就已经出事了。可也没有更好的办法了，我们不可能天天看着他们。"

"只希望不会造成太大的恐慌，幸好我们将最危险的两个封印了……对了，共工的魂器，你打算怎么处置？"

江朝戈冷笑一声："那是以我的血液制成的魂器，只有我能使用，我永远不会把他放出来。"

"共工机关算尽，却落得这样的下场，真是咎由自取。"

江朝戈表情阴森："可惜他只是一缕孤魂，他若有肉身，炙玄一定会再让他尝尝在天炉里焚烧之苦。"

饮川轻叹一声，唇畔似有万千话语，终究是没再说什么。

江朝戈肯定饮川是又想起了帝江和云息，也不知道他们跟他和炙玄比起来，谁更悲切一些。

想起炙玄，江朝戈依旧是一阵头疼。

炙玄已经在他门口坐了三天，没错，就是以那三岁孩童的模样，在他门口一动不动地坐了三天。每次他进出，炙玄就睁着一对灿金色的大眼睛看着他，直看得他浑身难受。

三天已到，是时候面对自己的麻烦了。

跟饮川聊完后，他往房间走去。

炙玄果然还靠坐在门边的墙上，两条小短腿无聊地蹬着地毯，几个酒壶滚落在他披散的长发上，他也浑然不觉。当江朝戈走过来的时候，他立刻扭过头，满脸希冀地看着他，那模样就像被赶出家门的小狗。

江朝戈居高临下地看了炙玄半晌，蹲下来。

炙玄一喜，揪着他的衣领就站了起来，高兴地说："你要跟我说话了吗？"

江朝戈薄唇轻启："你什么感觉？"

这没头没脑的一句话，炙玄却听懂了，低声道："很难受，很害怕。你醒来的时候，我以为你真的忘了我，忘了我们之间的所有，就非常非常难受。"

“这不是你要的吗？按你说的，一个空白的我，随便你填充任何东西。”

炙玄扑到他的身上：“我错了，我不想要什么都不记得的你。如果你不记得我了，我……我不知道该怎么办。当共工用你的身体出现在我面前的时候，我就后悔了，比起他的出现，更让我害怕的是你的消失。我当时就想，哪怕共工在你体内也无所谓了，哪怕……他永远都会存在，只要还能让我见到你就行了。我不想让你消失。我错了、我错了，你别不理我。”炙玄踮起脚，用额头轻蹭着他的面颊，执拗地认着错。

江朝戈鼻头一酸，眼圈顿时有些湿润了，他身上的力气好像渐渐流失干净了。在天棱大陆经历的一切，就像一场悠长的噩梦。这场梦做得太累、太痛苦，如今终于醒了，他不想让自己继续活在噩梦里。

炙玄那熟悉的体温，如同冬日里的暖炉，能带给他所有御寒的温暖，这温暖，一如他初到天棱大陆时所拥有的唯一安慰。

炙玄哽咽着说：“我错了，你别生我的气了。”

江朝戈轻声道：“你真是个神经病。”

炙玄搂住他的脖子，软绵绵地。

江朝戈扑通一声坐倒在地，忍不住搂住了他的小身体，声音有些嘶哑：“不许变回来，就这个样子。”

“为什么？”

“没为什么，我喜欢。”

炙玄皱眉道：“那我什么时候可以变成大人的样子？”

“我说可以的时候。”

“那是什么时候？”

“你再问，我不跟你说话了。”

炙玄用力搂紧他：“不要，听你的就是了。”

江朝戈忍不住笑了一下。

炙玄看着他的笑容，愣了一愣，眼圈又红了。

炙玄摸着江朝戈的脸：“我以为我再也看不到你笑了。”

江朝戈捏了捏他肉乎乎的脸蛋：“……我也以为我看不到了。”

“我应该跟你一起对抗共工，你比我知道的还要强大，还要厉害。”炙玄想到自己做的事，悔恨不已。

江朝戈轻哼了一声：“你知道错就好。”

炙玄喃喃道："我……说了很多让你伤心的话，能收回来吗？"

"人说出去的话有收回来的吗？"江朝戈想着就来气，用力扯了一下他的头发。

炙玄面露愁色："可我不是人，我是祖宗啊。"

"祖宗也不行。"

炙玄犹豫了一下："那你能忘了吗？"

"不能。"

炙玄低声说："我当时是赌气说的，不是真心的。你不是共工制造出来的假象，你就是江朝戈。其实共工一出来，我就后悔了，我当时只想把他吓退，不是真的想把你们一起杀了。"他双目一眨不眨地看着江朝戈，声音有一丝发颤，"哪怕他一直在你的身体里，哪怕你就是共工转世，我也无所谓了。只要你还在，我什么都接受。"

江朝戈看着炙玄，从那对眼眸中看出了化不开的哀愁。他相信炙玄说的话，因为炙玄从来不曾对他撒谎。他也知道，他有多么痛苦，炙玄绝不比他轻半分。他们何必再为共工这个敌人互相折磨？他摸了摸炙玄的脑袋："我相信你说的。"

炙玄扑进了他的怀里，轻轻闭上了眼睛，半晌，却是发出了带着哭腔的声音："你回来了。"

江朝戈哽咽道："我回来了。"

休养加"学习"了半个月，大部分人都恢复了精神，并且稍微适应了现代的生活，虽然这段时间他们把房子拆得差不多了，但江朝戈终于敢把人放出去了。

江朝戈联系上了自己以前的朋友和下属，这帮人都被他含糊的解释弄得默认他是为了躲避什么追杀逃到了国外去，现在风头过去了，所以回来了。

按照他的吩咐，下属给他准备了几套房子，并且连夜开车赶过来接他们。

大巫给他们准备了现代的衣物，他们能改变瞳孔的颜色，表面看上去，除了个个相貌惊为天人外，倒也没什么异常。

炙玄坐在床上，看着江朝戈背对着自己在打领带，那笔挺修长的身体包裹在剪裁合体的西装里，愈发衬托出他的宽肩翘臀和大长腿。

炙玄眼神充满了渴望。

江朝戈从镜子里斜了他一眼："别用你这张脸做出这种表情。"

炙玄哀怨道："我到底什么时候能变成大人的模样？"

"你不是说什么都听我的吗？"

"嗯，我说过。"

"那就听我的。"

炙玄扑通一声倒在床上，愤恨地踹起了枕头。

江朝戈忍不住扯了扯嘴角，整理好领带后，拿起一条背带裤和一把剪子："到你了。"

炙玄看了一眼那背带裤，虽然他对现代的衣物并不了解，可还是莫名地感到有些羞耻："我不想穿那个。"

"难道你想光着屁股？"

"可以。"

"不可以，不穿衣服是耍流氓，必须穿。"

"那是人类的规矩。"

"从今天开始，你就要以人类的身份和我在这个世界生活了。"江朝戈挑眉道，"你不乐意？"

炙玄摇摇头："乐意，可我不想穿那种衣服，也不想剪头发。"

"回到家随便你爱穿不穿，在外人面前一定要像这个世界的人类。"

炙玄轻哼了一声，不太高兴。

江朝戈坐到了床边："来，我给你剪头发。"

炙玄虽然不情愿，可还是凑了过去，小爪子揪住了江朝戈的西装下摆："你穿的这个衣服很好看。"

"哦，下次也让你穿。"

"我是说你穿着好看。"炙玄眨巴着眼睛看着他。

江朝戈笑了："我知道。"他抓起炙玄的头发，"我剪了啊。"

炙玄噘着嘴，把脸别开了。

江朝戈也不是第一次给他剪头发了，反正他的头发长得奇快无比，没什么好可惜的，很干脆地一剪子下去，直接剪到了脖子处，再随便修了修，就出来一个还算整齐的妹妹头。

炙玄摸了摸短短的头发，有些不习惯，江朝戈揉了揉他的头顶："真可爱。"

"真的吗？"

"真的。"江朝戈开玩笑道，"说起来，我要是有孩子，应该有你这么大了。"

炙玄瞪起眼睛："你想要幼崽？"

"什么幼崽？那叫孩子。"

炙玄轻哼道："我说说也不行吗？"

江朝戈捏了捏他肉嘟嘟的脸蛋："快，换衣服。"

江朝戈不由分说地开始脱炙玄的衣服，以前经常给炙玄洗澡，连给他脱衣服都驾轻就熟了。

炙玄一边配合地伸胳膊伸腿，一边若有所思地看着江朝戈。

江朝戈把他扒光之后，终于也被他看毛了："你到底想说什么？"

炙玄道："想要幼崽通常是发情了……"

江朝戈哭笑不得："我就是随口说一说，我没想要幼崽，呸，孩子。"

炙玄将信将疑地看了他一眼，认真地说："你是我的魂兵使，你不能想别人的。"

江朝戈弹了一下炙玄的脑门，把小孩子的衣服从他的头顶套了进去。

穿好衣服后，炙玄站在床上，左看看，右看看，还是不习惯。

江朝戈看着他穿着开裆的背带裤的样子，憋笑憋得满脸通红。

炙玄恼了："你是不是在笑话我？"

"不是。"江朝戈正色道，"人类的小孩都这么穿。"

炙玄气得脸都歪了，一跃扑到江朝戈的身上："你这么喜欢我这个样子，我就一直让你抱着，看你累不累。"

江朝戈拍了拍他的屁股，哈哈大笑道："不累。"

炙玄张嘴咬住了江朝戈的衣领，愤恨地开始磨牙。

江朝戈原本已经习惯了，抱着他走出门后，突然反应过来："不许咬，这是西装！"

炙玄扭头看着他："西装怎么了？也不好吃？"他嘴角还沾着口水。

江朝戈看了看自己湿乎乎的领子，叹了口气。

来接他们的人到了，江朝戈曾经的助理现在已经成了行政主管，一见到他就颇为激动地迎了上来，抓着他的手，险些热泪盈眶："江总，您总算回来了。"

炙玄一脚踢在助理的手上，凶巴巴地说："松开。"

助理吓傻了，大概没见过眼神这么凶恶的小孩子。

江朝戈把他的脚拽了回来："别理他，惯坏了。"

助理道："江总，这是您的……"

"欸，别问了。我的事以后谁也不许问。总之我就是回来了，但是保不齐哪天又消失了。反正我活着就是活着，我消失了，你们就当我死了吧。"

助理连连点头："不问、不问，江总您辛苦了，上车……"助理看到陆续从别墅里走出来的人，更是傻眼了。

不止是助理，派来接他们的车队成员，一个个瞪直了眼睛，都怀疑这别墅是模特训练基地，这到底是从哪儿找来这么一帮逆天好看的人凑到一块儿的？

江朝戈解释道："我在国外跟人合伙投资了家影视公司，这是筛选下来的好几批新人，现在还在保密阶段，别外传。"

"嗯，是。"

焚念突然走了过来，伸出手，轻轻戳了戳助理的眼镜，扬唇一笑："这是什么？"

助理愣住了，不知道该怎么回答。

"眼镜。"刑天在一旁提醒他。

"对，眼镜。"焚念笑道，"戴这个东西的人，味道会有所不同吗？"

江朝戈瞪了他一眼："不会，人类没有任何不同。"

焚念颇为失望地"哦"了一声。

助理疑惑地看了江朝戈一眼，江朝戈道："外国人，别理他。"

助理将信将疑地点点头，本来就很牛的江朝戈，在他眼里愈发神秘了。

众人陆续坐进八辆越野车里，浩浩荡荡地往江朝戈之前定居的城市开去。

看着一路掠过的风景，江朝戈心中感慨万千。他真的回来了，尽管经历了那么多匪夷所思的事，几度死里逃生，可只要回来了，生活就还要继续。

炙玄的脸蛋贴着他的胸口，突然来了一句："你的心跳声也很好听。"

江朝戈失笑："这有什么特别？"

"就是特别的，跟所有人的都不一样。"炙玄嘴角扬起一抹微笑。

再次回到自己的城市，江朝戈顿觉恍如隔世。

与炙玄、寺斯等人第一次来这个世界一样，所有人都对这个全新的地方充满了好奇。要随时盯着他们不露出马脚，江朝戈差点儿没累死。

助理把他们安排在了江朝戈的公司新开发的一个别墅小区里。最近房地产形势不好，小区里一半的房子没卖出去，卖出去的也几乎没人住，整个小区跟废弃的一样安静，刚好适合藏人。

他们分别被安排进了几栋别墅，暂时安顿了下来。

进屋之后，寺斯大大咧咧地躺倒在沙发上："哎呀，真漂亮，真舒服！天棱大陆就没有这样的房子，这个叫'沙发'的东西可软了。"

江朝戈道："这是样板房，你给我保持干净啊。"

"什么叫样板房？"

"就是别人来买房子的时候给他们看的。"

寺斯充耳不闻，开心地说："我喜欢这个世界，有好多好吃的、好玩儿的，要是阿萨也能……"说到自己的弟弟，他的表情顿时有些黯然。他不知道自己有生之年还能不能回天棱大陆，尽管江朝戈说会送他们回去，尽管饮川说他们不是天神的追杀目标，可究竟能不能回去，谁也说不准。

裂羽坐在他旁边："以后我们会回去的。"

寺斯叹道："真的吗？"

"真的，我会让父亲送你回去。"

寺斯点点头："焯烟还没醒吗？"

大国师道："暂时很难醒过来，我不想用巫力唤醒他。"

"为什么？"

"我在和我体内的大巫祖谈判。"大国师平静地说，"我不想放弃自我，但也无法驱离他，所以，我们应该想办法共存。在做到这一点之前，我不能贸然使用太多巫力。"

云息听得一愣，随即露出苦涩的表情。

江朝戈将云息的表情尽收眼底，眼看着云息变得愈发沉默，他心里有诸多无奈，却帮不上忙。

云息感受到了江朝戈的目光，连忙冲他一笑："江大哥，你不用担心我，我现在还挺好的，帝江不会轻易出来。"

"……那就好。"江朝戈看了饮川一眼。

饮川垂下了眼帘，让人看不出在想什么。

云息抓了抓头发："我觉得，帝江能够做出这样的让步，我已经很高兴了，至少大部分时候我都能保持自我，这个世界有太多东西等着我去学习呢，我不会一直消沉的。"

江朝戈心里多少放松了一点儿："你能这么想，我就放心多了。等有空了，我教你怎么用电脑和上网。有了它们，你所需要的东西都能找到。"

云息眼睛亮了亮。

江朝戈会心一笑。他终于再次看到了他熟悉的那个云息。尽管帝江像定时炸弹一样存在于云息的体内，可不是每个人都有自己这样的运气，大多数人只能选择被操控。如果还有保持自我的选择，已经算是幸运了，这一点，云息自己看得比他清楚。

柳清明跟在壬王身边，好奇地观察着房间里的每一寸，轻笑着说："壬王，能用你的眼睛看到这一切，不，从前到现在所有的一切，我觉得此生无憾了。"

壬王笑而不语。

江朝戈轻咳一声："既然一同来到这个世界了，以前的恩怨就留在天棱大陆吧。

在这里，我们要展开新的生活。”他环视众人，“在这个世界生存的规矩，我已经说得很清楚了，有任何人肆意妄为，都将遭到我们的讨伐。只要大家共同维护这个世界的平静，你们想做什么，想去哪里，都与我们无关。”

焚念邪笑道：“我能吃人吗？”

江朝戈道：“不要让别人看到。”

饮川喝道：“焚念……”

焚念耸耸肩：“开玩笑的。人啊，我早就吃腻了。”

游释有些期待地问道：“这个世界似乎有很多美丽的珍宝，那种叫钻石的东西，我很喜欢。”

江朝戈警告道：“这个世界几乎所有的珍宝都有主人，你要得到，我不拦着你，还是那句话，不要让别人看到。”

重溟懒懒地说：“给我找一个安静的，没人的地方，我要睡觉。”

“我会安排的。”

乔彦急忙道：“重溟，咱们不去其他地方走走吗？这么新奇的地方。”

重溟想了想：“好吧，我也想在不同的温度、不同的环境下晒太阳。”

红渊兴奋地说：“我要去买衣服，买好多好多衣服！这个世界居然有那么多种类的衣服，男人的，女人的，都漂亮极了。姐姐，我们一起去买衣服。”

阮千宿“哦”了一声，不大感兴趣的样子。

夙寒靠坐在沙发上，一头墨蓝色的长发已经剪短，但那股从骨子里散发出来的妖娆气息怎么拦也拦不住，肆无忌惮地往外冒。他支着下巴，若有所思道：“我们该去哪里呢？”

虞人奎没有回答，他看上去对这个问题毫无兴趣，只是时不时和虞人殊互瞪两眼，谁也不服谁，尽管他们已经失去了争斗的意义，如今坐在一个屋子里，不免尴尬。

江朝戈又把安全问题反复叮嘱了几遍，便让他们回自己的别墅休息去了。他相信这些人最终会找到在这个世界打发时间的办法，只祈祷他们尽量不惹事。

江朝戈疲倦地回到自己的房间，一头倒在床上，深深地吸了一口气，直到现在他心里还充满了不真实感。

炙玄双手扒着床沿，踮着脚想爬上去，无奈那实木床太高，他怎么都上不去，气得直捶床板。

江朝戈一直憋着笑，最后实在忍不住了，哈哈大笑起来。

炙玄怒道：“你还笑！”

江朝戈起身把他抱了上来，放在自己旁边，修长的手指戳着他小小的嫩脸蛋，满眼笑意。

炙玄张嘴咬住了他的手指，用小牙轻轻地磨着，哀怨地瞪着他。

江朝戈笑道："这是第几天了？"

"第七天。"炙玄蹭了他一手口水。

"哦，还早。"

"我到底什么时候才能变成大人的样子？"

"不急。"

"我急！到底要等到什么时候？"

江朝戈笑眯眯地说："等我消气。"

炙玄顿时如同被噎住了般，气焰消下去不少。他噘起嘴，有些心虚地把脸埋在江朝戈的胸口，不说话了。

江朝戈揉着他毛茸茸的脑袋："你这个样子让我很安心。"

炙玄道："……什么意思？"

江朝戈沉默良久才说："你那个样子让我害怕。"无论是狰狞可怖的麒麟，还是凶恶的成人模样的炙玄，他回想起来，都心有余悸。

炙玄慢慢抬起头，轻声说："你再也不会看到我那个样子了。"

江朝戈按了按他的脑袋："最好是，否则，你再也不会看到我了。"

炙玄把脑袋用力拱进他的怀里："我们出去玩儿吧，去你以前想带我去的地方，去吃那些你想让我吃的东西，去喝那些你想让我喝的酒。"

江朝戈笑了起来："好，咱们慢慢商量，不过，明天我要去趟公司，带你去瞧瞧。"

第二天，江朝戈把炙玄打扮一番，带去了自己公司。长期把炙玄这么个大活人放在身边，实在有些奇怪，毕竟对他消失的一年多感到疑惑的人太多了，他不想再引起过多关注，若炙玄是以孩童的样子出现，就好解释多了。

炙玄却是颇为不满："为什么我非要以你儿子的身份出现？"

"因为我喜欢。"

炙玄瞪着他，一脸不忿。

江朝戈笑道："我之前告诉过你啊，这里跟天棱大陆不一样，你一个大活人突然出现，我不好跟身边的人解释，你肯定会被当成异类，我不想引起别人的注意，所以，你还是好好扮演我的儿子吧。"

炙玄哼了一声。

江朝戈把咖啡递给他："来，尝尝，比酒好喝。"

炙玄捧着纸杯，喝了一口，皱眉道："呸，这么苦，难喝。"

"这都是大人才喝的。"

炙玄将信将疑："真的吗？"他犹豫了一下，又喝了一口，小脸还是皱了起来。

江朝戈一边开车，一边看炙玄用两只小爪子捧着杯子，虽然嫌难喝，却还是一口一口地抿着，笑得眼睛都弯了。

到了公司，他把炙玄抱下车，半蹲下来给他整了整头发。

炙玄穿着一身黑色的小西装、锃亮的小皮鞋，脖子上戴着个红色的蝴蝶结，那可爱的样子叫人的心都要化了。这么个小娃娃走在街上，有谁会相信，他一秒就能变成小山那么高的狰狞异兽呢？

炙玄看看自己，又看看江朝戈，满意地说："我跟你穿得一样。"

江朝戈笑道："嗯，一样。一会儿进去不要乱说话啊！算了，你就别说话吧。"

"知道了，你到底要说几遍？"

江朝戈揉了揉他的头发，抱起他往办公室走去。他打算告诉公司的人，自己在国外结婚了，还有了孩子，这样应该能省去不少麻烦。

他一进公司，助理带头给他举办了一个小型的欢迎仪式，迎接大老板的归来。

江朝戈按照习俗，给每个员工发了个红包，讨个彩头，然后把炙玄介绍给了众人。

炙玄倒也配合，真的就一句话不说，只要有人来夸他可爱，或问他叫什么，几岁了，他就一个白眼翻过去，两次之后，就没人敢来和他说话了。

好不容易应酬完，江朝戈回到了自己的总裁办公室。关上门后，他把炙玄扔在沙发上，自己则靠坐在老板椅上，两条长腿往办公室的桌上一搭，长舒一口气："哈，回来了。"

炙玄道："这就是你以前工作的地方？"

"是啊，我在这个世界可是有钱人，不过想想，我在天棱大陆也很有钱，命里带财啊，挡都挡不住。"江朝戈的语气颇有几分得意。

炙玄开始邀功："我刚才表现得怎么样？好不好？"

江朝戈回忆起炙玄那几个大白眼，把公司上下都给吓跑了，忍不住低低地笑了起来。

"你笑什么啊？"

江朝戈想着员工该怎么议论这个没教养的熊孩子，就想笑："没什么，你表现得不错，以后都这样就行。”

“哦。”

这时，一阵敲门声响起，有个女声叫了句“江总”。

江朝戈道：“进来。”

推门进来一个白皙高挑的美女，长卷发，长得颇有风情，绝对是让人惊艳的相貌。

江朝戈觉得这女人眼熟，但有些想不起来是谁了，他道：“你哪个部门的？”

美女瞪大了眼睛，露出一副失望的表情：“你、你不记得我了？”

江朝戈皱眉想了想，突然想起来了，这个女人好像是刚进公司不久的新人——当然，一年多前是新人，赶上公司聚会的时候，她表示过对他的兴趣。这事之后没多久，他就去到了天棱大陆，早忘得一干二净了。

江朝戈倒不在意，可有个祖宗就坐在不远处的沙发上，他不用往那边偏头，都能感觉到炙玄的目光。他轻咳一声：“哦，那个，你先去忙吧，回头我找你聊聊。”

“聊什么？”炙玄冷冰冰地说。

“工作上的事。”他用眼神示意她快走。

美女十分委屈，但又不敢在江朝戈面前发作，愤愤地扭身就走了。

门一关，炙玄就跳下了沙发：“那女的是谁？你们是什么关系？”

“我的员工嘛，我公司上百个员工，我哪儿记得住所有人啊？”

“不对。”炙玄眯起眼睛，“我感觉得到，你们之间的气氛不一样，她在对你发情。”

江朝戈心想，熊孩子感觉这么敏锐，不愧是兽。他无奈道：“我又没对她发情。”

“那你要找她谈什么？”

“都说了是工作了。”

炙玄冷哼一声：“我不喜欢她，我要吃了她。”

“不行，你不能吃人。我说过的啊，这个世界有这个世界的规矩。”

“我不让别人看到。”

“那也不行。”

炙玄龇起牙，一脸不爽。

江朝戈憋着笑，捏了捏他的脸蛋：“放心吧，不会有任何人跟你抢我的，真的。”

炙玄的脸色这才缓和了下来。

回到自己世界的最初两个月，江朝戈一直是担惊受怕的，时而因噩梦惊醒，都以为天兵降临，他们又要踏上逃亡的旅途。但两个月过后，那根紧绷的弦松弛了许多，不止是他，其他人也都趋于平静，并逐渐接受了这个世界的生活。

最先离开江朝戈的地盘的是焚念和游释，他们走的时候没打一声招呼，有一天突然就不见了，不过倒是留了一张字条，上书：改日再会。

江朝戈心里默默祈祷他们出去了别惹麻烦。

后来，夙寒带着虞人奎离开了，重溟与乔彦要去寻找一个能让重溟安心睡觉的地方，嘲飞要去游历四方，焯烟一直没有苏醒，大国师决定带他远离城市，去一个清静的地方，寻找他与大巫祖之间的平衡之道。

离开的人越来越多。

终于有一天，江朝戈的同伴们也开始了自己的打算。

红渊爱上了光鲜的娱乐圈，死活要去当演员，每天穿漂亮的衣服，化精致的妆，但是他还没决定好到底是当男演员还是女演员。阮千宿决定陪他去玩一玩。

裂羽心里挂念焯烟，寺斯决定陪他去找焯烟和大国师，同时去各地转一转。

龙芗一心想去寻找自己的家乡，可现在还不敢贸然回天棱大陆。他在电视上看到了红头发的人种，在北欧一带，便决定和醉幽去看看。壬王与柳清明也甚为感兴趣，便打算结伴同去。

而虞人殊，在养了两个月后，手臂已经完全恢复。他决定现在就去实现对天戎的承诺，两个人结伴而行，踏遍这个世界的每一寸土地，看遍这迥然不同的风景。

他要离开的时候，江朝戈心里颇为不舍："你们这一个接一个地走……唉，话不多说了，缺钱给我打电话。"

虞人殊哈哈大笑道："一定。"他看了看炙玄和天戎，"我和朝戈单独说两句成吗？"

炙玄挑眉道："你想说什么？"

虞人殊含笑道："告别。"

这一句告别，倒是意味深长。

炙玄似乎难得地听懂了背后的深意，略微犹豫，起身走了。

天戎更是坦然，也出去了。

当屋里就剩两人时，虞人殊轻叹一声："我这次离开，不知道什么时候会回来，但以我们的能力，自然不会有什么危险，你尽管放心。"

江朝戈有些失落："我明白，寻常的城市风景，你们恐怕不会感兴趣，这个世界有很多人类无法企及的不毛之地，去看看吧，但一定要随时和我保持联系。"

虞人殊伸出手，江朝戈一怔，伸手握住了。

虞人殊轻声道："朝戈，从你和炙玄身上，我看到了人与兽除了反噬之外的结局，我现在可以完全信任天戎，天戎是我最重要的，一生相随的伙伴。谢谢你带我逃出天鳌城，谢谢你一路相助，谢谢你出现在我生命里。”

江朝戈紧紧地握着他的手，诚挚地说：“殊，你就是我的兄弟，也是我在天棱大陆最敬佩的人，无论什么时候，只要你需要，我都会赶到！”

虞人殊眼眸中闪动着光芒，那里面有感激，有不舍。

江朝戈对虞人殊，出自真心地敬佩与信任。两人自一开始就一路为伴，历经生死劫难，虞人殊从他的保护者变成并肩作战的同伴，见证了他在天棱大陆走的每一步。对他来说，两人有过命的情谊。

江朝戈难得啰唆地叮嘱了虞人殊几句，便亲自将虞人殊和天戎送出了门。

虞人殊临上车前，深深地看了江朝戈一眼，然后淡然一笑，江朝戈也回了他一个笑。

看着车载着两人绝尘而去，江朝戈感到心中怅然若失。曾经生死相依的同伴一个个离开，不知道曾经并肩而行的经历几时才能重温，也不知道他们何时才能重新相聚一堂。但是，一想到所有人都活着，自由地游历于这个世界的各个角落，他就觉得再也没有遗憾了。

最后，决定留在这个城市的只有饮川与云息。两人虽然对这个世界有诸多好奇，但他们想要去了解的方式不是四处游走，而是吸取更多的知识。就这一点，饮川与云息当真是志同道合、惺惺相惜。

江朝戈没再问过饮川关于帝江的事，因为饮川与云息都闭口不提，他意识到这是他们三人之间的事，他只能在一旁尽力保护云息。

饮川和云息整日整夜地对着电脑和数不清的书，江朝戈为了他们，专门把别墅改造成了图书馆和小型科研所。这两人太好养活，饮川本来就不需要吃喝，云息自帝江的血液觉醒后，也是断水断粮都能活两个月的体质，所以他们几乎不出门。有时候江朝戈都能忘了两人的存在。这是他们想要的生活，他很为他们高兴。

与他一同来到他的世界的有那么多人，两三个月后，他身边只剩下炙玄。他身边的人来来去去，最终会陪伴他一生的只有炙玄。

这天，两人窝在卧室看电影，江朝戈机械地往嘴里塞薯片，电影在演什么，他其实一点儿都没看进去。

炙玄也不停吃着：“你心不在焉的，想什么呢？”

江朝戈回过神来：“嗯……一下子变得这么安静，有些不习惯。”没有了吵吵嚷嚷的寺斯、八卦的醉幽、臭美的红渊，好像都没几个爱说话的人了。他们都在干什么？现在又在哪里呢？他有些想念他们了。

炙玄道："你想他们了？"

"有点儿。"

"那就去找他们啊。找他们还不容易？"

江朝戈道："我还有公司要管，几百口人等我养活，还有，他们的旅费可都是我出的。"

"钱算什么？我去把银行里所有的钱都给你搬回来吧。"

"你可饶了我吧，祖宗！我在这个世界是个遵纪守法的好公民。"江朝戈笑道，"赚钱也挺有趣的。不过，你说得对，我时不时可以去找他们。"

"你想去哪儿，我都陪你。"

"我想想啊，不如，下周我们去找寺斯吧，他们离我们最近，开车就三个小时。"

"好。"

"然后可以去找龙芗和醉幽，我还没去过芬兰，正好去玩玩。"

"行。"

"然后……去看看千宿和红渊吧，千宿那么闷的性格，恐怕要被红渊烦死了。"

炙玄笑道："听你的。"

江朝戈眼中满含笑意："我一直想过这样的生活，在天棱大陆的时候，幻想过无数次。"

"我也是。"

"太好了，我们都活着等到了这一天。"

初秋时节，天气微凉，又到了他热爱炙玄的体温的时候。有这个人在，他永远不会孤独与寒冷，这是他的专属异兽，他们将携手走到时间的尽头。

番外一
生日

今天是一个连江朝戈自己都忘了的日子——他的生日。

本来只是个寻常的早晨，可当他抱着炙玄踏进办公室的时候，顿时被员工齐刷刷的祝福淹没了。

江朝戈愣了一下才想起来，今天确实是他生日，只是早已经被他抛到脑后了。

他收了一堆礼物。回到办公室，炙玄嚷嚷道：“生日是什么？”

炙玄最近天天都要求跟他一起来公司，他实在没办法。传说中的“霸道总裁”江总，变成了带着孩子上班的奶爸，他有苦说不出。

“生日就是我出生的日子。”

炙玄好奇地问道：“人类在这一天要庆祝吗？”

“嗯，通常是要庆祝的，不过我没什么兴趣。”

炙玄坐在桌子上，晃荡着两条小腿：“那些人为什么给你这么多东西？”

“这是生日的习俗，过生日的人可以收到周围亲戚朋友送的礼物。”

炙玄转着眼珠子：“这么说，我也该送你礼物啊。”

江朝戈笑了，戳了戳他软乎乎的小肚子：“是啊，你想送我什么？”

“你想要什么？”

“我什么也不缺呀。”

炙玄苦恼道：“我也不知道该送你什么。”

“那就别想了。对我来说，生日和其他日子也没什么不同。”

“不行，别人都能给你，我要给你最好的。”

江朝戈笑道：“那你到底要给我什么？”

炙玄跳下桌子：“你下班后，咱们回家见。”

“欸……”江朝戈抓住他的领子，“别乱跑，你找得到家吗？”

炙玄翻了个白眼：“你就是把我扔到一百里外的地方，我也能循着味道找回来。”

江朝戈笑吟吟地摸摸他的脑袋：“这么认家门呀，小汪汪。”

“小汪汪是什么？”

“没什么，那你回去吧，我等着晚上看看你给我准备了什么礼物。”

炙玄很自信地推门走了。

他刚走没多久，助理就很紧张地进来了：“江总，您儿子怎么自己离开公司了？他……”

“哦，没事儿，保姆在楼下等着他呢，丢不了。”

“哦哦，那就好、那就好。”助理抓抓头发，“跟个小大人似的。”

江朝戈扬唇一笑，心想，要是这帮人知道炙玄不仅能变大变小，变男变女，甚至还能变人变兽，恐怕要吓死了吧？说来自己还真是捡着大便宜了，这简直是“买一送N”啊。

虽然他一向对生日没怎么在意过，但想到炙玄认真地去给他准备生日礼物了，他对晚上将要收到的“礼物”也浮想联翩起来，不禁期待早点下班。

到了下班时间，江朝戈急不可耐地开车回家了。

他赶到家一看，别墅里一片安静，不仅炙玄不在，钟点工也不在。他疑惑地在客厅里转了一圈，发现茶几上放着一部用支架支着的iPad。这些东西平时都应该收好的，他感到有些不对，便走过去打开了。果然，映入眼帘的是一段炙玄录的视频。他按下播放键，炙玄说：“本来想给你留字条的，但是我不会写你们那种奇怪的字。你等着我，等到天黑。”

江朝戈满心疑惑，不知道炙玄在计划什么，只希望不要给他添乱子。

他吃了点儿东西，又洗了个澡，刚打开窗想透透气，就发现外面不知何时起雾了。此时正值黄昏时分，雾气为那橘红的霞光又披上一层朦胧的面纱，今天本来是个大晴天，这雾来得实在莫名其妙。

江朝戈看了看手表，打算处理些公务。他看了一会儿文件，对下属草拟的合同有一些疑问，就打了电话过去。

那头很快接电话了，背景音特别地安静：“喂，江总。”

“小王，你打开电脑，今天你发给我的合同，有两个条款，我跟你谈一下。”

那头苦笑道：“江总，我这儿还在路上堵着呢，我试试用手机打开吧。”

“你怎么还没到家？下班都俩小时了，出去吃饭了？”

“不是，今天也不知道怎么回事，突然起大雾，这雾大得能见度不到五米，我这辈子好像都没见过这么大的雾，现在整个城市交通都快瘫痪了，车子像乌龟一样往前挪呢。”

江朝戈皱了皱眉：“那算了，估计这信号也不会好，你到家了之后给我回电话。”挂了电话，他突然无心公务了，他总觉得这雾起得蹊跷，让他隐隐有些不安。这样的大雾天，炙玄真的能找到家吗？可别把他的小异兽给弄丢了。

没过多久，他的手机突然响了起来。打进来的是一个陌生号码，他接下电话，炙玄富有磁性的嗓音在那头响起：“朝戈，你来海边。”

“啊？炙玄，你到底要干什么呀？”

“你来就是了。”

“……好吧。”江朝戈换上衣服，徒步往海边走去，他买的这栋房子离海边就五分钟的路程。一出门，他才发现雾果真好大，能见度极低，基本上把胳膊伸直了放在眼前看，手指就有点儿模糊了。

走了没多远，眼睛虽然看不到，但他感觉到了炙玄的魂力。

“炙玄？你在哪儿？”江朝戈隔着浓雾大喊。他这辈子也没见过这么大的雾，四周除了海浪拍打海岸的声音，他什么都听不到，视觉和听觉几乎同时被剥夺。置身在这神秘的雾气中，让人的安全感严重缺失，他浑身鸡皮疙瘩都起来了。虽然他知道这个世界的人，已经不可能伤得了他，可他曾长期处于危难之中，身体受到刺激一定会自动预警。

江朝戈能感觉到炙玄就在周围，可就是无法确定究竟是在哪个方向。他大喊道：“炙玄？你到底在干什么？这雾不会是你弄出来的吧？这可不好玩儿啊，你知道路上多少人堵车吗？”

浓雾中，传来两声淡笑，那是炙玄的声音。

江朝戈刚要循着那个声音走过去，突然，他感觉一股猛烈的风吹过，雾气暂时被拨弄开来，一股震慑人心的魂力让他头皮都快炸了起来。这感觉，他不陌生，是炙玄显出兽形了！

“炙玄，你疯了吗！咱们可是在……”话音未落，他的身体就被炙玄的大爪子抓了起来，转眼间腾空驾雾，被抛到了炙玄的头顶！

炙玄哈哈笑道：“你废话可真多！以前在天棱大陆，你不是这样的。”

江朝戈一把抱住炙玄的麒麟角，才算稳住身形。他惊魂甫定地环顾四周，顿时呆住了。

他所站立的地方——炙玄的头顶——已经在百米高空，这里天高云淡，没有一丝雾的纷扰，往下看，整个城市仙雾缭绕，万家灯火都被笼罩其中，微微散发着柔和的光芒，就像蒙尘的珠宝，待人揭开那一层朦胧的屏障。往上看，墨蓝的夜空如水洗一般干净而神秘，繁星点点，密布整片天空，那些璀璨而细小的亮光，交织成了一幅醉人的星图。

江朝戈在这个城市生活了二十多年，从来不知道，这片天空上有如此多的星星。

他轻轻感叹了一声：“真美。”

“是天上美，还是地下美？”

“都美。”江朝戈靠坐在炙玄的角旁边，赞叹道，“原来有这么多星星。”

炙玄得意地说：“喜欢吗？”

江朝戈想着炙玄此时若是人形，该是怎样一副洋洋自得的表情，便忍俊不禁：“喜欢，你居然也能干出这么浪漫的事。”

“什么叫浪漫？”

“就是你现在做的。”江朝戈抚摸着他炙热的麒麟角，“炙玄，这是我收到的最好的生日礼物。”

炙玄哈哈大笑道：“是不是比其他所有人送给你的都好？”

“比其他所有人送给我的都好。”

炙玄兴奋得体温都升高了：“走，我带你跑几圈。”

“不行，太危险了，会被人发现的。”

炙玄不由分说，一跃而起，身体融入了浓雾之中：“雾这么大，看不清的。”

“雾……这雾是你弄出来的？你怎么弄的？”

“我可是麒麟，这有什么难？”

“你别跑了！万一踩到建筑和人怎么办？”

“我在海面上跑，哪儿来的人？”

江朝戈果然感觉到他们已经在海面上了。隔着浓雾，他看不见海水，但腥咸微寒的海风拂面而来，海浪声此起彼伏，声声入耳，随着炙玄的奔跑，偶有水花飞溅到皮肤上，冰冰凉凉的，特别舒服。

江朝戈意识到，自他们回到这个世界半年以来，炙玄一直都没有以自己本身的形态出现过，一定是憋坏了吧？而他也确实有些想念坐在炙玄的头顶，风驰电掣，一览众山小的豪迈。想着不远处就是现代化的人类都市，而他们借着浓雾的遮掩尽情地、放纵地奔跑，这感觉怎一个痛快能形容？

江朝戈深吸一口气，冲着虚空放声大喊："啊——"胸腔中仿佛有一股郁积的气被这一嗓子彻底打散了，他感到大脑清醒，通体舒畅，整个人都精神焕发。

原来，曾经他觉得最有挑战性的"赚钱"，对他来说已经不那么有趣。在天棱大陆的两年多的生活，让他习惯了更加自由、宽广的天空，他多么喜欢这样肆无忌惮地奔跑！

炙玄的情绪也上来了，扯开喉咙大吼了一嗓子，顿时天地震动，海浪汹涌，海边的一排别墅的窗子应声而碎！

江朝戈吓了一跳："别喊了！"

炙玄那响彻天际的吼声戛然而止，他回头看了江朝戈一眼，灿金色的眼眸流光溢彩，看上去竟然有几分心虚。

江朝戈看着他，忍不住笑了出来。

两人相视而笑，笑声伴着海潮声浪荡于水天之间，久久不散。

浓雾渐散，炙玄也带着江朝戈回到岸边，恢复了人形。

江朝戈躺倒在沙滩上，长舒一口气："过瘾，好久没这么过瘾了。"

炙玄畅快地笑着："你喜欢就好，以后我们……"

"以后我们还是别这么干了。下次我们去一个没有人类的地方，尽情地待上几天，随便你想怎么跑、怎么玩。"

炙玄撇撇嘴："你两个月前就这么说过。"

"我这不是忙吗？我保证，把最近一个项目敲定后，我就空出一段时间，专门带你出去玩。"

炙玄一脸不信地看着他："真的？你再骗我怎么办？"

江朝戈正色道："说到做到。和你游历人界，是我一定会兑现的承诺。"

炙玄朗声大笑，紧紧握住了江朝戈的手。

往后漫长余生，他们将会把那些在绝望中支撑他们的美好幻想，一一实现。

番外二 工作

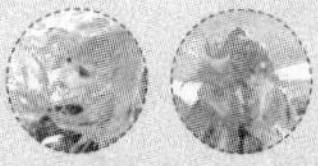

当炙玄越来越能适应现代生活后，他开始不满足于每天公司和家里两点一线地跑了，他对外面的世界产生了好奇。

江朝戈的表情有些扭曲，看着炙玄：“你说你想干吗？”

“我想工作。”炙玄认真地说。

“你……你为什么想工作？”

炙玄理所当然地说：“大人都工作。”

江朝戈哭笑不得：“祖宗啊，你还是别折腾了，你工作能做什么呀？”

“不知道啊，所以我问问你啊，你觉得我能做什么？”

“我不知道。”

“你怎么会不知道，你不是很聪明很厉害吗？”

江朝戈用手搓了搓额头：“炙玄，在这个世界工作，要么你有知识，要么你有体力。”

“我有体力啊。”

“不是，有体力还不行，还要有态度。”

“那是什么？”

“比如一个陌生人命令你去干……”

“谁敢命令我？”炙玄一挑眉，“是不是不想活了？”

“你看吧，工作就是要接受别人的指导和命令。”

“可你都在指导和命令别人。”

“那是因为我有知识，而且我以前也是被指导和命令的，一点点强大起来，现在才能把角色对调，你懂吗？你还是老实跟我上班吧。”

炙玄皱起眉：“跟你上班好无聊，我要去找工作，我就不信找不到工作。”

江朝戈深吸一口气：“你别忘了咱们的约定。”

“不能在人类面前显露超人类的实力，我知道。”炙玄满不在乎，“明天我就去找工作。”

江朝戈暗暗想着，找一个保镖一路跟着炙玄吧，希望别出什么乱子。但他总觉得平时恨不得二十四小时黏着他的炙玄突然要去找工作，实在有些可疑。

当天晚上，炙玄去找饮川聊了很久，大概是想得到一些“求职指导”，回来的时候已经是半夜。

江朝戈迷迷糊糊间听见炙玄嘴里嘟囔着：“我也要去赚钱。”

第二天一早，炙玄果然穿着便装，一个人出去晃悠了。

江朝戈在公司一天都心神不宁，一直和保镖保持微信联络，查问炙玄的行踪。

炙玄先是去了建筑工地，要给人搬砖，直接把整个推车扛了起来，把工头吓得差点报警。

炙玄听到警察很敏感，因为江朝戈反复叮嘱过要避开警察，所以只能悻悻地走了。

他转悠了一圈，又发现一个海鲜供应商正在一个酒店后门卸货，他走过去搬了好几箱。海鲜公司的人还以为他是酒店员工，也没制止，直到搬完了找他们要钱，他们才傻眼了。

最后在炙玄的威吓下，司机颤巍巍地掏出了一百块钱。

炙玄拿着钱，还举到脑门上晃了晃，显然知道江朝戈派了保镖跟着。

江朝戈看到保镖发来的照片，简直哭笑不得。他实在坐不住了，跟属下交代了点事情，就开车去找炙玄了。

炙玄在街上漫无目的地走着，再也找不到饮川说的看上去需要搬很多东西的人了。

他越走越烦，干脆一把拦住一个路人，恶狠狠地说：“喂，你需要找人工作吗？”

路人吓了一跳：“什……什么？”

“工作，我要找工作，你有没有工作？”炙玄上下打量了这个秃顶男人一番，心想人类居然有这么多种外貌，幸好江朝戈不长这样。

男人看着炙玄那惊为天人的容貌，忍不住咽了咽口水："你……你想找工作？"

"嗯。"

"你想做什么？"

"随便，给我钱就行。"

男人顿时有些兴奋："真的吗？什么都做？那……那你想要多少钱？"

炙玄皱了皱眉头："不知道，你钱包里有多少？"

"三千？"

"哦，可以。"炙玄对钱的数额也没什么概念。

"那你跟我来。"男人激动得直搓手，生怕炙玄反悔一般，领着他往前走。

炙玄跟在男人身后，走来走去，就走到了一间五星级酒店前，他抬头看了看："这里？"

男人点点头，盯着炙玄猛看，似乎在观察炙玄会不会扭身就走。

炙玄道："进去吧。"到底是什么工作呢，他有点好奇。

男人在前台开了一间豪华套房，就把炙玄带了进去。

炙玄环视四周，问道："喂，人类，做什么啊？"

男人笑嘻嘻地说："帅哥，你几岁了？"

"大概一万多岁吧，我记不清了。"

"哈哈哈哈，你真幽默。"

男人走了过来，颤巍巍地伸出手。

炙玄狠狠瞪着他："人类，你想干什么？"

男人笑着说："你别害羞。"

"害羞？我为什么要害羞？"

男人再次凑近了一步，肥短的手马上就要摸到炙玄了。炙玄不能忍受人类随便碰他，但又怕不小心杀了对方，正在犹豫的时候，门外传来了粗暴的敲门声。

"开门！开门！"

"朝戈？"炙玄立刻露出了笑容，转身打开了门。

江朝戈猛地推开门冲了进来，一看这场面就傻眼了。

炙玄开心地说："朝戈，我今天赚了一百块，这个人类还要给我三千。"

江朝戈差点没背过气去，用杀人的目光瞪着那男人。

男人被突然冲进来的江朝戈和保镖吓傻了，以为碰上仙人跳了，一边摆手一边求饶："不是不是，误会误会，我钱包里的钱你们全部拿去。"

江朝戈一步一步走了过来，寒声道："你碰他哪儿了？"

“没没没，我哪里都没碰、哪里都没碰！”

炙玄不明所以：“我怎么会让这种低等的人类碰我。”

江朝戈这才松了一口气，把男人的西装外套踢了过去：“你带上衣服给我滚。”

男人手忙脚乱地穿上衣服，逃也似的跑了。

江朝戈让保镖也出去了，然后看着炙玄生气。

“你怎么了？”炙玄用手指戳了戳他皱起来的眉头，“你为什么生气？”

“你知不知道你在干什么啊？”

“工作啊。”

江朝戈想咬死他：“你知不知道这是什么工作啊？”

“不知道，他都没说，就让我脱衣服。你干吗把他赶走了，我连钱还没拿到呢。”

“你……”江朝戈翻了一个白眼。

炙玄这才反应过来，顿时勃然大怒：“低贱的人类，我要把他撕碎！”说着，他就要冲出去。

江朝戈一把搂住了他的腰：“我说过不准杀人！”

“你放开我，他这个贱民，胆敢生出这种恶心的念头，我要弄死他！”

“你行了，还不是你自己跟人家上来的。”

“你的意思是我的错？”炙玄怒气冲冲地把他甩到了床上。

江朝戈被摔了个七荤八素，他抓了抓头发，无奈地说：“也不能算你的错吧，毕竟你是真的不懂。”

炙玄气坏了，大概还觉得丢脸，恼怒中又带了一丝委屈。

他那样子反而把江朝戈逗笑了：“我说祖宗啊，你为什么非要工作啊？”

炙玄坐在床头生闷气，不理他。

江朝戈：“你说说，为什么要工作？”

炙玄撇了撇嘴，半天才不太情愿地、慢腾腾地说：“在天棱大陆，牝兽要打猎养活牡兽。” 江朝戈扑哧一声笑了。

炙玄怒道：“你笑什么？谁准你笑了？”

“哈哈哈哈哈。”江朝戈乐不可支，“你也想养活我，是吗？”

“嗯。”炙玄噘着嘴，“但是这里又不能打猎，还要你养活我。”

江朝戈看着炙玄憋屈的样子，越看越可爱，他笑道：“你哪里用我养活啊，你不用吃又不用穿，你只是陪着我而已。”

炙玄“哼”了一声：“那当然，但是我好像还是应该养活你。”

“这个世界跟天棱大陆是不一样的，我们不那么计较谁养活谁，最重要的是心甘情愿，对不对？”

炙玄扭头看着江朝戈：“就像我们一样？”

“就像我们一样。”

番外三

礼物

魂兵使和异兽们“移居”到人类世界几年后，都已经适应了这里的生活，各自找到了感兴趣的事物，毕竟现代社会要比天棱大陆新鲜有趣得多。

当然，他们时不时也会惹出一些麻烦。全世界范围内的灵异、水怪、山妖、外星人等事件激增，传统媒体和网络上都流传着许多模糊的、可怕的影像，导致阴谋论和末日论甚嚣尘上。

江朝戈以为他逐步将事业拆分，卖的卖，转的转，远离经营、远离曾经的圈子，就能清闲许多，也可以淡出他人视野，免得十几二十年后他依然不老，都不好解释。

可惜这帮队友压根儿不想让他安生过日子，他和饮川为了隐瞒这帮人和兽忍不住使用魂力时造成的影响，简直操碎了心。

饮川成立了名为“天棱”的联盟，专门用来约束他们，并在出现突发事件时为他们善后，降低影响。如今应该头疼的是如何形成合作而不是对立。

饮川统筹大局，江朝戈主要负责财力支持，而炙玄也终于找到了“工作”。

炙玄一直都很想工作，虽然他不太理解工作到底是什么，但他要工作，什么事都希望是两个人一起去做。于是，炙玄宁愿变成“豆丁”形态，屈尊装成江朝戈的儿子，也要和他一起去公司。

时间久了，他想真正地工作。可惜祖宗大人对人类世界的技能一窍不通，且不屑于学，自上次一个人出门“找工作”差点被骗之后，江朝戈只能看着他不让他乱来。

这一回，炙玄终于有了他能胜任的，而且有趣的工作——收拾那些不老实的异兽或魂兵使。

不久前，红渊因为开演唱会的时候太过亢奋，朱雀羽自露天体育场上空洒落。那场景如梦如幻，正应了那句“应是天仙狂醉，乱把红霞揉碎”，浪漫至极，甚至被国外媒体报道为世上最美的舞台视效。

要不是阮千宿及时通知他们来处理，红渊差点要当着几万人的面露馅儿。事后，红渊被炙玄追着用麒麟真火烧，虽然也没烧到什么，但他终于认了错，保证以后不再犯，给阮千宿也出了一口气。

江朝戈解决完红渊的麻烦，好好夸赞了炙玄一番，还特意下厨犒劳他。

饭后，炙玄满意地品着美酒，突然想起了什么：“对了，你什么时候给我发工资？”

江朝戈差点喷饭：“你想要工资？”

“是啊，你们人类工作不是都有工资的吗？”炙玄有些期待地问，“你给我多少工资？”

江朝戈忍着笑：“你想要多少工资？”

“嗯……我也不知道，但我肯定得有很高的工资，我的工作人类都做不到。”

“这倒是，可就是因为人类从来没做过，我也不知道给你多少工资合适呀。”江朝戈看着他一本正经的模样，那张总是看起来傲然无物的脸竟然有几分可爱，实在让人忍不住想逗他。

炙玄皱起了眉，想了半天，才道：“我要多少钱才能养活你？”

这回轮到江朝戈卡壳了：“唔，你想赚钱养活我吗？”

“我看电视上说，这个世界的牡兽要赚钱养家。”炙玄有些嫌弃地说，“你又要吃各种各样的食物，又要住大的房子，还要每天换不同的衣服，还要付什么水电费，还要给你的随从发工资。总之，只给你猎来肉吃是不够的，还得有钱，对吗？人类真麻烦，必须有钱才能养活人类。”

江朝戈怔了怔，心中一暖，眸中也透出温柔之色，他含笑道：“你想养活我呀。”

“当然。”炙玄捏了捏他的脸蛋，“要是没有我，你早就死在天棱大陆了。在这里，我也要继续保护你。”

江朝戈顺势用面颊轻蹭他的掌心：“你说得对，还好有你。”

一直以来，他都依赖着炙玄。当他还只是一个普通人类的时候，在陌生又危险的异世界，因为有炙玄他才能活下来。即便现在他有足够自保的能力，甚至在现代社会，他其实比炙玄有更大的生存优势，他们依然需要彼此，不可或缺地需要着，因为他们在彼此身上寄托着爱与希望。

炙玄懒洋洋的，头歪在他肩上，酒喝至微醺，身边有最重要的人相伴，实在不能更满足："所以，你到底给我多少工资？"

"这样吧，你的工资我按照底薪加绩效发放，其他人类也差不多是这样拿工资的。"

"哦？"

江朝戈一谈到钱，商人的属性立刻暴露了，从前江湖人送称号"江要钱"，可不是浪得虚名的："就是你每个月都有固定工资，每执行一次任务都有额外的奖金。固定工资嘛，一个月五万块好了，奖金就看任务的难度。"

"五万块。"炙玄眨巴着眼睛想了想，"能买这栋房子吗？"

"这栋房子要两千七百万，差远了。"

"那不行。"炙玄不满道，"我要两千七百万。"

"祖宗啊！"江朝戈叫道，"你知道那是多大一笔钱吗？我要是每个月都给你这么多钱，很快我就破产了。"

"我不管，工资太少了。"

"可是人类都是要攒很久的钱才能买房子的，房子本来就是昂贵的东西。"江朝戈拍拍炙玄的胸膛，"你既然要正经地工作，那就正经地赚钱。五万块是很高的工资，你想给我买房子，那就努力工作，努力攒钱，如果任务难度大，我会给你很高的奖金。"

"要多大？"炙玄认真地问，"我杀一只异兽，你能给我两千七百万吗？"

江朝戈按住炙玄的肩膀："炙玄，你绝对不能有这个想法。"他原本只是想逗逗炙玄，万一炙玄当真了，真有可能干出什么惊天动地的大事，太危险了！

"为什么？"

"你为什么非要买房子呢？"

"房子对人类不是很重要吗？"

"可是我已经有房子了呀。"江朝戈柔声细语哄着他，"通常人类有一套房子就够了，如果你想送我礼物，可以想想其他的东西，不那么贵的。"

"那你想要什么礼物？"

江朝戈狡黠一笑："这次处理红渊的事，我决定给你五万底薪加上十五万的奖金。你现在有二十万，我很想知道，你会送我什么。你来我的世界这么久了，已经懂了很多东西，我想让你自己想，因为送礼物本来就要给人惊喜。"

"真的吗？"炙玄思忖片刻，"好，我一定送你一个很好的礼物。"

江朝戈摸了摸炙玄浓黑的头发，一脸宠溺地说："我等着你。"

炙玄忙了起来。

虽然他现在已经被允许单独出门了，但江朝戈总怕他惹出事来，通常会派保安跟着他。而这一次他不允许任何人跟着，看来是认认真真要给江朝戈准备"惊喜"。

就这样，炙玄早出晚归忙活了一个月。江朝戈可以轻易知道炙玄在干什么，但他并没有派人去查，每天都美滋滋地等着炙玄送他礼物。

一天，他下了班，保镖对他说，炙玄让他回别墅。

这段时间他们都住在市里的公寓里，已经很久没有回郊区了。他迫不及待地上了车，途中还经过他常去的酒庄，拿上了两瓶好酒。

他到家一看，花园里竟然多出了一个卡车大小的东西，被酒红色的巨大幕布盖得严严实实，还绑了一圈蝴蝶结。炙玄站在一旁，难抑兴奋地看着他。

江朝戈的嘴角不住地往上扬："到底是什么礼物，这么大，这么神秘？"他觉得应该不会是车这么没有想象力的东西。

炙玄扬了扬下巴："一定是从来没有人送过你的。"

"你快让我看看。"

炙玄拍了拍手，云息从别墅露台上探出一个脑袋，他嘿嘿一笑，剪断了束着幕布的绳子。

一阵寒气随风袭来，江朝戈眯起眼睛，惊讶地看着一座白霜缭绕的冰屋赫然出现在眼前。这是一座普通的三角顶小屋子，屋顶装饰着鲜花彩带，墙上用彩色油漆涂装了一些幼稚却不泛开的图案，堆砌它的每一块冰砖都有登机箱大小，切口整齐平滑，雾蒙蒙的冰层里嵌着昏黄的小灯泡，散发着温暖的光晕，它结构简单却精巧灵动。

江朝戈盖过许多高楼大厦、别墅洋房，怎么也没想到有一天会收到一座冰屋，而且比他造出来的所有房屋都美好。

"本地的冰太薄，这些都是从东北运过来的，云息给我设计，我做的。"炙玄煞有介事地介绍着，"上次我看电视，你说这个好看。"

江朝戈眼睛一眨不眨地看着这座小房子，离得这样近，寒意阵阵地朝他飘来，可他一点都不觉得冷，他好像徜徉在暖暖的泉水里，通体都是热乎的。他凝眸望着炙玄，认真地说："炙玄，谢谢你。"

炙玄高兴得眼睛发亮，他拉起江朝戈的手："还有呢，你进来看看。"

江朝戈走进冰屋，里面的桌椅床柜全部由冰制成，虽然有些粗糙，但在江朝戈眼里憨态可掬，而餐桌上早已经摆好了几样饭菜。

炙玄指着那一桌卖相着实不错的菜说道："这个也是我做的。"

"你什么时候会做饭了？"

"学的。"炙玄有些别扭地说，"你总是给我做好吃的，我也想给你做。"

江朝戈暗暗握紧了炙玄的手，调侃道："太好了，我可能是两个世界里唯一吃过炙玄大人做的饭的人。"

炙玄轻哼一声："当然了，除了你，我才不会给别人做饭。"

江朝戈只觉得心里甜得像灌了蜜。

"你喜欢吗？"炙玄已经从江朝戈脸上得到令他满意的答案了，可他还是想听他说。

"喜欢，非常喜欢。"江朝戈诚挚地说，"这是我收到的最好的礼物。"

炙玄那张惊为天人的脸蛋此时好看得仿佛在发光，他郑重地说："我不仅要保护你，还要给你房子，给你好吃的，从我决定让你做魂兵使的那天起，我会给你所有你想要的。"

江朝戈的眼中温柔荡漾，笑意盈盈："我想要的早就实现了。"

番外四 谢谢你

虞人殊凝视着眼前的碧波湖水，久久未动，不知道在想些什么。旁边一位金发蓝眸的白人少女正偷看着这个拥有一头银发的东方男子，他俊朗的容貌、修长的身材以及那略带忧郁的气质，简直比因特拉肯那被誉为上帝之眸的湖水还要迷人。

“殊。”天戎拿着两罐热巧克力走了过来，把其中一罐抛向虞人殊。

虞人殊伸手抓住热巧克力。

少女这才注意到，他的左手戴着黑色的长手套，当他握紧饮料罐的时候，她似乎听到了骨骼的嘎吱声。

天戎压根儿没注意到那矮小的人类少女，几步站到了虞人殊身边，挡住了少女全部的视线。她抬头看去，只见那个拥有一头琥珀色头发、穿着长风衣、胸肌仿佛快要冲破衬衫爆出来的男人充满了野性和神秘的魅力，简直让人脸红心跳。

虞人殊看了看那罐热巧克力：“这是什么？”

“不知道，我看他们都在喝。”天戎摆弄着巧克力，“这个铁皮罐怎么打开？”他用大拇指用力压了压，把饮料罐压出一个指痕，但是没压破，他有些不爽，干脆放进嘴里要咬。

虞人殊一把抢过他手里的热巧克力，把自己打开的递给了他，笑着说：“让你上课的时候睡觉，连易拉罐都不会开。”

天戎不服气地说：“上课太无聊了。”他接过来热巧克力喝了一口，脸色一变，差点吐了，“这是什么东西？甜成这样，好恶心。”他抄起易拉罐，狠狠扔进了湖里。

“哎……”虞人殊阻止不及，只能眼看着一条漂亮的抛物线划过，热巧克力被扔向了极远的湖中心。

此时他们正在一条游船上，观光瑞士最有名的因特拉肯镇的图恩湖，游船上不少人目睹了这一幕。他们还没来得及用目光谴责天戎的不文明行为，就已经因天戎的臂力震惊了，那是人类该有的力量吗？

天戎毫无自觉，抓起围巾就要擦嘴。虞人殊一把抓住他的手，从口袋里掏出纸巾塞进他手里，并匆匆拉着他躲进了船舱里。

天戎嘟囔道：“你别喝了，好恶心的东西。”

虞人殊道：“你刚才做了引人注目的事，你一点儿自觉都没有？”

天戎茫然道：“我怎么了？”

虞人殊无奈极了：“以后不能乱扔垃圾，尤其不能扔那么远。”

天戎不耐烦道：“这个世界真是麻烦死了，到处都是人类，到处都是规矩。”

“你习惯就好了，这个世界虽然有很多规矩，可也很便利，飞机的速度比异兽还要快，只要有手机，就可以和远在天边的人联系。”虞人殊看着他嘴角上的热巧克力，笑着抓起纸巾，轻轻帮他擦了擦。

天戎勾唇一笑：“算了，只要能跟你在一起，哪里我都可以忍受。”

虞人殊笑而不语。

游玩一番后，司机将他们带回了旅馆。那是建在图恩湖畔的家庭旅馆，三层的欧式木质结构别墅，一开窗就能看到碧绿纯净的图恩湖，二楼和三楼的阳台点缀着一圈红艳艳的鲜花，非常温馨雅致。他们包下了个整个旅馆，打算在这个美如画的小镇住上几天。

虞人殊挑了三楼的一间套房。天戎提着行李，将它放在地上后，便打开了窗，伸了个懒腰，深深呼吸这清爽微凉的空气，顺手把身上的风衣也脱了：“人类的衣服真麻烦，尤其是这条皮带，总觉得在勒着我。”

虞人殊挑了挑眉：“你打算睡在这个房间吗？”

天戎别过头：“怎么了？”

“那我……”

天戎一步挡在门口，伸长手臂带上了门，表情变得有几分严肃：“殊，自从出来之后，你一直在躲着我，何必呢，我不喜欢拐弯抹角，你要是不喜欢我靠近，直说就行，我可以离你远点。”

“你想多了，你是我的魂兽，我怎么会不喜欢你靠近？”

“那你为什么要躲着我？”天戎一步步走向虞人殊，“我们从前总是一起行动，是不是我让你厌烦了？”

虞人殊直视着他的眼睛，正色道：“我永远不会厌烦你。”

天戎挑起他的下巴，紧紧盯着他的眼眸：“那是因为什么？是什么让你在面对我的时候这么不自在？”

虞人殊睫毛微颤，轻叹一声：“我越来越不知道如何面对你。”

天戎：“殊，你一向磊落直率，你如果有想法，不要瞒着我。”

“我不瞒着你，可我自己也不知道。”虞人殊静静地看着他，“天戎，我对每一个人的感情都清楚明白，唯独对你……”

天戎哑声道：“你不需要太明白，因为从今往后，除了我不会再有人能够靠近你。江朝戈是一个意外，我让他在我迷茫的时候乘虚而入，但不会再有下一个，你的周围是我的领地，谁也不能进入。”

虞人殊盯着天戎那双美不可言的琥珀色双眸，他从中看到了毫不掩饰的执着，他感到自己的心脏剧烈跳动了起来，那一瞬间，一股热浪从脚底一直钻到大脑，让他浑身的血液都沸腾了：“天戎，谢谢你一直在我身边。”

“你为何要谢？”

“即便经历了这一切，最终我还有你相伴，我觉得自己还是幸运的，所以我心怀感谢。”

“我也一直想谢谢你。”

“为什么？”

“谢谢你将我从沉睡中唤醒，我很高兴。”

虞人殊的笑容挂在脸上，久久不散。天戎闭上眼睛，静静听着虞人殊的心跳声，那让他感到无比舒服与安心。

两人就那么靠着对方，享受着阳光的滋养、微风的抚摸，感受着对方身上传递而来的，用信任、忠诚、默契交汇而成的温暖。

有此一人相伴余生，再无所求。

番外五

初遇穷奇

寒冬腊月，独苏山被茫茫白雪覆盖，早已看不出春夏时它绿意盎然的模样。

天刚亮，山下的猎户老张就背上长弓，带上干粮和猎狗，往山上走去。他家已经连吃了好几天干菜，再不打点肉，实在挨不住了。

这个季节上山实在是很危险，这么冷的天，猎物难找，自己在狩猎野兽，野兽也在狩猎自己。

他往山上走了一段路，突然猎狗开始回过头狂吠，看上去很是惊恐。他心里一惊，这猎狗向来胆子大，连狮子、老虎都不打怵，怎么会吓成这样？除非是异兽！

老张的心一沉。这独苏山海拔有两千多米，三四百米往下的地方是少有异兽出没的，猎户也从来不敢上山，所以相安无事。可这天寒地冻，难保异兽不会下山觅食啊。他狠狠踹了猎狗一脚：“别叫。”说完，他头也不回地往山林里跑去。

他跑了没多远，便感觉到脚下的积雪在轻轻颤抖。那颤抖越来越剧烈，直至石堆上的积雪成片地滑落，异兽奔跑的声音混杂着马蹄声从远处传来。

老张惊恐交加，又反身往回跑，可没跑两步，坡下就蹿上来一匹大白马。他仔细一看，那还不是马，只是身形像马，却长着一只冲天独角，虎爪锯齿，通体雪白，后缀一条漆黑的尾巴，有四五米高，威风凛凛。老张认得，这是异兽驳啊！

那驳身上还坐着一个银甲骑士，在看到骑士的瞬间，老张更是震惊了。

那骑士一头璀璨华美的银发，脸蛋精致绝伦、白皙无瑕，美得分不清是男是女，只是面无表情，目光更是冰冷吓人，一个眼刀子过来，老张腿都软了，扑通一声跪倒在地："大人饶命、大人饶命。"他虽然从来没去过皇都，也没见过世面，但他听说过，只有皇族的人头发才是银色的。这个骑士脸蛋秀美，但身形还算高大，肯定不是女儿身，又结合那天棱国二皇子虞人奎男生女相、貌若仙子的传闻，难道眼前之人是……

虞人奎坐在驳身上，居高临下地看着老张。

侍卫长策马跑了过来："喂，交裙峰在哪里？"

老张颤巍巍地说："应该是从这里往西四十里。"

"什么叫'应该'？"

"小人从来没去过交裙峰，那里全是异兽，小人哪里敢去啊。"老张头也不敢抬，虽然他很想再看一看那皇子的容貌，世间竟有那等容貌，简直不似凡人。

侍卫长拱手道："殿下，我们走的这条路是对的。"

虞人奎点点头："不休息了，继续前进。"他驾着驳，往山上冲去。

走了一整天，众人都疲惫不堪。

虞人奎正在休息、进食，侍卫长走了过来，小心翼翼地说："殿下，再往上走，异兽更多，我们这一行已经折损了一半的兄弟，要不要先增派人马，再作打算？"

虞人奎瞪了他一眼："增派人马，又要等多久？一个月？三个月？"

"这……小人也是为了殿下的安全。"

"得不到天级魂兵器，我在哪里都不安全。"虞人奎脸色阴沉地将手里的筷子扔了出去，"大巫预言，这把天级魂兵器一定能与我契合。若是不契合，回去我就砍了他的脑袋！"

侍卫长什么也不敢说，只是暗自腹诽不已，大巫说的话又能信几分，若是真那么厉害，随便就能帮人预言到契合的天级魂兵器，天级魂兵器就不值钱了。偏偏自从三皇子殊得到天级魂兵器后，虞人奎就变得越发急躁，到处寻觅天级魂兵器，这一年以来，不知道折损了多少人马，弄得下属怨声载道。

虞人奎咬牙道："继续前进。"

一行人踩着越来越厚的积雪，艰难地前进。虞人奎的异兽身高腿长，踏雪不在话下，却苦了那些普通的马，他们的速度越来越慢，眼见从清晨走到了黄昏，终于来到了交裙峰下。

虞人奎抬头看着那高耸入云的山峰，心中升起一股怪异的感觉，这种感觉很难形容，就好像……就好像有什么东西在轻轻呼唤他，他不知道自己是不是对天级魂兵器的渴求已经到了扭曲的地步，竟然会产生这样的幻觉。但他宁愿相信这种感觉是真实存在的，交裙峰里的这把天级魂兵器就是属于他的。

他受够了夹在虞人潇和虞人殊之间，比地位，他比不过有正统太子之位的虞人潇；比武力，他又比不过虞人殊。如今虞人殊得到天级魂兵器，地位直逼太子，更让他望尘莫及。他除了母妃得皇宠，其他什么都没有，拿什么跟这两个虎狼一般的兄弟争？他从小到大都因为相貌受人非议，他渴望权力、渴望无与伦比的力量，他要让那些背地里胆敢嘲笑他像女人的人一个个跪拜在他脚下！

“殿下！”侍卫长有些紧张地说，“您有没有感觉到能量波动？”

虞人奎皱起眉：“似乎是从交裙峰传来的。”

“殿下，我们可否先后退几里，观察一下情况？”

虞人奎看了看天色：“马上就要日落了，日落后路会更难走，现在退与不退分别都不大，我们找一处隐蔽的地方休息，明天一早上山。”

“是。”侍卫长带着一群人开始扎营。

虞人奎从小养尊处优，即使是在荒郊野外，也不会怠慢自己。他的帐篷直径有四五米，帐篷上用金线绣着锦绣图案，一看就地位非凡。

虞人奎在浴盆里泡了泡，洗去了一身的疲惫，身体也暖和了不少。他饮了两口酒，套上柔软的睡袍，躺倒在软榻上，迷迷糊糊地睡了过去。

“殿下！”侍卫长担心地叫道。

虞人奎惊魂未定地看着他：“我……我怎么了？”

“您梦魇了。”侍卫长接过侍从递过来的茶，“殿下，您是旅途奔波太累了，喝点宁神的茶吧。”

虞人奎接过茶杯，抿了一口，沉声道：“我没说什么吧？”

“没有，您只是……”

“只是什么？”

侍卫长的眼睛不敢往上看，只能偷瞄了两眼。

虞人奎低头一看，自己衣服的前襟全散开了。他愤怒地一挥手，将茶碗打翻在地：“滚出去。”

“是。”

一群人出去后，虞人奎仰躺在床上，心绪烦乱不堪。

半夜时分，营地里传来号角声，那是传达危险的警告。

虞人奎一个翻身从床上跳了起来，两个侍从跑了进来：“殿下，有异兽突袭！”

虞人奎点点头："你把我的甲胄拿来。"

侍从伺候他更衣、着甲，他拿起自己的玄级魂兵器——驳制成的长枪，冲了出去。

营帐外，他果真见到一群异兽正在突袭。虞人奎暗骂今天做的那个梦，竟让他疲惫至此，连有异兽突袭都没感觉到。

虞人奎一跃跨上坐骑，朝着一只犀冲去。他一只手掷出长枪，正中那只犀。驳跑过犀旁边时，他伸手抓起长枪，朝着另一只异兽冲去。

他肚子里憋着一股火，恨不得多杀一些死畜生。

"保护殿下！保护殿下！"侍卫长在混乱中大叫道。

"不好，是一群兕！"

只见远处浓烟滚滚，一群异兽朝着帐篷的方向奔来。他们长得像犀牛，头顶独角，但前面只有一条腿，饶是这样速度也不慢，尤其是一大群奔过来，颇有横扫千军之势，根本无法抵挡。

"保护殿下撤退！"

虞人奎喊道："弃营，往北面撤退！"

那群兕很是霸道，进入营帐后横冲直撞，将营帐搅得一团糟。几个来不及逃跑的侍卫被撞得人仰马翻，大群兕跑过，他们很快就淹没在了蹄子中。

虞人奎满腔怒火，却不能跟这些异兽硬碰硬，只能在侍卫的护送下撤退。

没想到那群兕穷追不舍，一直将他们逼到交裙峰脚下，眼看就要追上他们了。

虞人奎逃得狼狈不堪，惊怒道："这群孽畜居然敢如此放肆，给我杀了它们！"

侍卫长点了四个人："你们护送殿下上山，我们来对付这群畜生。"

虞人奎虽然想杀几只畜生解恨，可他也知道这群人多半不是兕的对手，他留下来可能有性命危险，眼下逞英雄无意义，还是逃命要紧。

他留下大批侍卫挡住那群兕，自己带着几名心腹冲上了交裙峰。

三天后。

虞人奎靠坐在一棵大树下，连呼吸都带着黏稠的血腥味儿。

他没料到，交裙峰竟然如此凶险，到处是异兽横行。跟随他的四个侍卫，三个丧命，一个走散，只剩下他一个人。若不是驳的速度极快，恐怕他早不知道葬身哪只孽畜的腹中了。可他魂力快要耗尽，又迷了路，他不知道如何才能从这该死的山里出去。他已经不想找什么天级魂兵器了，他只想活命。

他抓起随身的水囊，想润一润干涩的喉咙，却发现水囊中空空如也。他狠狠将水囊扔了出去，愤怒地大吼了两声。

他虞人奎出身尊贵，何曾遭过这样的罪？饥寒交迫，性命危在旦夕，岂是皇子该遭受的待遇？

他吼了两声后，只觉得更加疲惫不已，腹中空空如也，让他身上几乎一点力气都没有。

他休息片刻，勉强从地上爬了起来。他已经无力召唤驳，那神气的长枪此时被他当成了拐杖，求生的本能驱使他一步步往前走去。他似乎在那个方向听到了水声，至少……至少要先喝点水。

很快，他顺着水流声找到了一条河。他踉跄地冲了过去，一头扎进冰冷刺骨的水里，大口喝着那掺着冰碴子的水，他的胃都好像要被冻僵了。

虞人奎喝了几大口水后，感觉大脑清醒了几分，他睁开眼睛看着河水中映照出来的狼狈的自己，心中一阵酸涩。

突然，他从河水的倒影中看到了一只大雕，那大雕正俯冲向他。

虞人奎还未来得及回身，就感觉身体一轻，整个人被那大雕凌空抓了起来。大雕锋利的爪子嵌进了他的肉里，疼得他眼前一黑。

大雕抓着虞人奎快速飞上了天空，他往下一看，脚下流水潺潺，他已经离地数十米。

他忍着剧痛，弯腰从靴子里抽出了匕首，狠狠一刀扎在大雕的爪子上。大雕吃痛，猛地松开了他，他的身体迅速下坠，扑通一声，坠入了冰冷的河水中。

当身体彻底被河水淹没时，虞人奎顿时感觉全身的肌肉、感官都被冻僵了。他扑腾了几下，无法控制地顺着湍急的水流往下游冲去。

不远处出现了一个瀑布，虞人奎绝望地闭上了眼睛，难道他堂堂天棱国二皇子就要这样毫无意义地死去了吗？

水流将他狠狠抛下了瀑布，他不知道那瀑布究竟有多高，只知道身体被重重地拍在了水面上，一阵剧痛之后就失去了意识。

虞人奎缓缓睁开了眼睛，迷茫地看着眼前的景象。

这里是什么地方？似乎是一个山洞，自己没死吗？

他尝试着动了一下，身体如散架一般疼痛。他用力咳嗽两声，冰凉的水从鼻腔里呛了出来，呛得他眼泪直流。

他深吸一口气，勉强从地上爬了起来，发现自己果然在一个山洞里。山洞入口处就是那大瀑布，看来自己是被冲进来的。他在身上摸索了半天，幸运地发现纳物袋还在，他用所剩不多的魂力打开纳物袋，从里面拿出干爽的衣物和一枚能快速恢复魂力、治愈身体创伤的极品魂药，可惜这里面独独缺他最需要的东西——食物。

他吞下魂药后，运行魂力九周天，再睁开眼睛，感觉身体轻松了不少，魂力也恢复了三成。这魂药他三年来也只得到一颗，极为珍贵，是用来救命的东西，而眼下确实就是救命的时候，若他重伤不愈，恐怕真要死在这无人知晓的鬼地方了。

他站起身，开始寻找除了瀑布以外的出口，走着走着就来到了山洞深处。

一丝丝奇异的魂力波动从山洞最深处传来，他好奇地顺着那魂力往里走，在山洞的尽头赫然出现了一柄破旧的长枪。

虞人奎瞪大眼睛，他见过很多把还未结契的魂兵器，他几乎可以肯定这是天级魂兵器。

那一刻虞人奎简直是悲喜交加，这绝处逢生的喜悦，让他在一瞬间得到了救赎，仿佛这一路受的罪顿时都化作青烟飘散了。

这一定是和他契合的天级魂兵器！

虞人奎想起大巫的预言，想起自己一路的艰辛，这把魂兵器是他最后的希望，若不能契合，那么他虞人奎就此认命，也不指望活着从这里离开了。

所以，生与死，就在这一刻了！

虞人奎深吸了一口气，一步步朝那把长枪走去。

这把魂兵器一定是他的，一定是他的。大巫的预言，加上长枪是他最擅长的武器……他咬牙握住长枪的柄，闭上了眼睛，低吼一声，狠狠地拔起长枪。

那长枪竟真的一举被拔出了土里，虞人奎激动地抓着长枪，短暂愣怔过后，他发出了疯狂的笑声，笑声在空旷的山洞里久久不散。

“天级魂兵器，哈哈哈哈哈哈，天级魂兵器！”虞人奎眼中一片血红，秀丽的面容甚至有一丝扭曲，他终于得到了他此生最渴望的东西！虞人潇，虞人殊，他再也不惧他们了！

虞人奎激动得心脏差点蹦出来，他无限珍惜地抚摸着长枪，平复下亢奋的情绪后，他毫不迟疑地将魂力注入了长枪内。

他见过两次和天级魂兵器结契的场面，可他没料到，发生在他身上时竟然会如此剧烈。

一股庞大的魂力如海潮一般涌入他体内，让他猝不及防，差点被冲倒。整个山洞开始剧烈摇晃，那股霸道的魂力几乎充斥在山洞的每一个角落。他渐渐开始感到恐惧，即便是天级魂兵器，也不该有如此霸道的魂力。他到底在召唤一个什么东西？

可事态已经完全超出了他的控制，他的魂力和那魂兵器里释放出来的魂力融为一体，他想抽身已是不可能，只能眼睁睁地看着那柄长枪发出耀眼的白光，原本破旧的枪体焕然一新，反射出黑蓝色的光泽，看上去幽森犀利。

虞人奎越发觉得恐惧，这真的是天级魂兵器吗？这样霸道的魂力，他没有在任何异兽身上体会过。

渐渐地，一个人影出现在了白光中心，虞人奎心中激动不已，他马上就要见到自己魂兽的人形了！

白光散去，一个男人轻轻支着下巴，侧卧在石台上。

虞人奎在看清那男人的同时，不禁倒吸了一口冷气。

眼前之人拥有一头墨蓝色的长发和如星空般神秘深邃的黑色眼眸，虞人奎自认遗传了母妃的盖世容貌，可眼前的男人简直是天人之姿，邪魅英俊到了极致。男人的发丝垂坠在脸侧，前襟大开，露出成片赤裸结实的胸肌，殷红的唇畔噙着一抹似有似无的笑容。他轻叹一口气，双眸一眨不眨地盯着虞人奎，那毫不掩饰探索的眼神让虞人奎感到脸颊发烫。

虞人奎用力握了一下拳头，身体下意识地往后退了一步。

这个男人很危险，非常危险，这是他恢复冷静的大脑传递给他的第一条信息。这么危险的异兽，真的是自己召唤出来的？

男人的眼睛还在虞人奎身上打转，将虞人奎的神色变化尽收眼底。他眯了眯眼睛，懒懒开口："现在才来。"那声音沙哑有磁性，听得人骨头都要酥了，甚至语气中还有一丝丝宠溺和嗔怪。

虞人奎惊得又后退一步："你……你是什么？"

男人浓眉微蹙："你不知道？"

虞人奎摇摇头，他有些后悔莽撞地将这只异兽召唤出来了，因为心里有个声音在提醒他，他控制不了这只异兽。

男人撑起了身体，走下石台，一步步朝虞人奎走来。对方每走一步，虞人奎就感觉危险在逼近自己，让他不由得胆战心惊。

"你不知道我是什么？"男人眯起眼睛，语气有了一丝冰冷。

虞人奎咬了一下自己的舌头，强迫自己不要退缩，这可是他召唤出来的异兽，他才是主人！他站定身体，高声道："回答我的问题，魂兽，你到底是什么？"

男人眼中闪过一丝危险的情绪："你想知道，何不召唤我的本体。"

"我受伤未愈，不能随便浪费魂力。"虞人奎咽了咽口水，他不想承认，可他真的害怕这个男人，他咬牙道，"你叫什么名字？"

“夙寒。”

“夙寒。”虞人奎轻声重复道。愣神间，他突然感觉有什么温热的东西贴上了他的脸。他定睛一看，竟然是夙寒的一根手指，正缓缓抬起了他的下巴。

夙寒沉声道：“你什么都不记得，是吗？”

“记得什么？”

夙寒面无表情地看了他片刻，突然哈哈大笑起来，不住地说：“也好、也好。”

虞人奎挥开他的手，气急败坏：“你到底在说什么？你告诉我，你是什么异兽，否则我……”

“否则你就怎么样？”夙寒直勾勾地盯着他。

“否则我就让你继续回那长枪里待着。”

夙寒勾唇一笑：“是我需要你，还是你需要我？”

虞人奎哑口无言，只是恼怒地盯着这只异兽，是不是天级魂兽都这么傲慢放肆？罢了，他忍了，夙寒说得对，他需要夙寒，需要天级魂兵器。他咬牙道：“不管你是什么，现在跟我结契。”

夙寒扑哧一笑：“你要我和你结契？我凭什么选你做我的魂兵使？”

虞人奎朗声道：“我是四级魂兵使，又是天棱国的二皇子，这世间还会有比我更好的魂兵使人选？”

“这些我都不在乎。”夙寒淡淡一笑，“你要做我的魂兵使，就先做我的仆人。”

虞人奎抓起长枪直指夙寒，后又想起这枪是夙寒本身。他回想夙寒刚才说过的每一个字，气得浑身发抖，这样的要求对他来说简直是至深的侮辱！他厉声骂道：“孽畜，你不知好歹，我是天棱国的皇子！”

夙寒低笑道：“你不愿意，我也强迫不了你，那你走吧。”

“你……”虞人奎咬牙切齿，“难道你想永远沉睡在魂兵器里？”

“我不在乎啊。”夙寒挑眉道，“我看是你比较在乎吧。”

“你简直……”虞人奎气得胸口剧烈起伏着，他一时之间竟然拿夙寒没办法，要他为了一把天级魂兵器就出卖自己，他身为皇子的尊严要往哪儿搁？

虞人奎气得浑身发抖：“我可以许你黄金无数、美人百千，你要什么我都……”

“我要你做我的仆人。”夙寒的声音不大，但字字掷地有声，语气虽是不疾不徐，可那一句话竟霸道强硬，让人心尖都颤抖了起来。

虞人奎厉声道：“做梦！”他收回魂力，将夙寒扔回了魂兵器里。

山洞里顿时安静得落针可闻，那把长枪静静地躺在地上，刚才发生的一切好像是一场梦，似乎从来没有一个危险邪魅的异兽对他说过那些杀千刀的话。

虞人奎一屁股坐在了地上，伸手抚摸着那长枪斑驳的枪身，指尖微微发颤。

他大老远跑来这里，折损了全部人马，还跟属下走散、迷路，误入险境，险些丧命，这一切都是为了能得到一把与自己契合的天级魂兵器，可是结果如何呢？他确实找到了与自己契合的那一把魂兵器，可这该死的魂兽却提了一个他最无法忍受的要求！

虞人奎这辈子都没有做过比这更难的选择。他不能强迫夙寒与自己结契，若异兽不是自愿的，就算勉强结契了，也不会帮助自己。可要他为了一把魂兵器就将自己置于那般不堪的境地，他实在做不出来。以后两人形影不离，那孽畜岂不是想如何就如何？一想到这些，他就不住地打退堂鼓。

他究竟该怎么办？还有什么是能吸引那孽畜的？

他感到身心俱疲，不知不觉地躺了下来，昏昏沉沉地睡着了。

他一觉醒来，从瀑布看出去，似乎已经天明了。他犹豫了片刻，抓起长枪，开始寻找出山洞的路。他决定把长枪带回天鳌城，慢慢和夙寒谈条件，二十多年来，他好不容易找到这把与自己契合的天级魂兵器，他无论如何无法放弃。

他找了一圈，发现这山洞并不大，唯一的出路就是原路返回，从瀑布里穿出去。

虞人奎担心自己这么拖下去更加饿得没体力，于是他一咬牙，抓着长枪跳进了水里。那水冰冷刺骨，几乎瞬间就狠狠刺痛了他身体的每一寸皮肤，让他有种要坠入深渊的错觉。他紧抓着长枪，憋着气从水面往下游了出去，一口气游了近百米才浮出了水面。

那里水流湍急，他还没来得及喘上两口气，一阵水浪就拍在了他脸上，打得他睁不开眼睛。

水流太急，他被水浪推着往一个方向游去。在水浪的助力下，他拼尽了全部的力气往岸边游，就在他感觉自己四肢麻木，眼看就要失去知觉之前，终于游到了岸边。

虞人奎手脚并用地爬上岸后，趴在岩石上，冻得上下牙齿不住地磕碰在一起，两条小腿同时抽筋，疼得他直哆嗦。他活动了一下手指，也只有手指能动了。他知道这么爬下去就要冻死了，用尽全身力气彻底爬出了河。上岸后，他立刻召唤出纳物袋。

他生起火，脱掉湿乎乎的衣物，用布巾擦干身体，然后裹上了干爽的衣服。当他靠近火堆，身体从手指脚趾的末端开始一点点恢复知觉时，他有种快要熄灭的生命之火在变得旺盛的错觉。

直到身体彻底恢复温度，虞人奎才确定自己又一次活了下来。

他抓起长枪，回到河边，蹲了半天，终于叉中了一条两斤多的鱼。他饿得恨不得生吞鱼肉了，可还是克制着把鱼串起来放到火上烤。

鱼肉的香味儿很快就飘散开来，虞人奎不断做着吞咽动作。对现在的他来说，没有什么比吃更重要了，他顾不上鱼肉没熟透，也顾不上烫，抓过鱼，就着没清理的鱼鳞，狠狠咬了一大口，狼吞虎咽起来。

他刚吃了几口，突然感到一股危险的气息，猛地抬起头，大惊失色，天上竟然飞了一群大雕，和那只在河边抓他的大雕一模一样，只是体积还要更大一些，那些大雕正朝他俯冲下来。

虞人奎一把抓起长枪，横在胸前，可看着那几十只大雕，他甚至不够它们吃一顿的……他根本不是这些孽畜的对手！

眼看着大雕已经离他不足二十米，尖利的喙如一把锋利的刀，直朝着他的眼睛扑来。他从未觉得死亡离自己如此近，他从喉咙里发出一声愤怒的嘶吼："畜生。"

他猛地将所有魂力灌入了长枪内。

顿时，天地昏暗，风云变色，天际传来几声闷雷，震得人鼓膜刺痛。原本晴朗的天空阴云密布，伴随着道道闪电，仿佛一场倾盆大雨降至，可天上一滴水都没掉下来。

一股浑厚的魂力从长枪内冒出，虞人奎早已经知道这异兽魂力非常霸道，这也不是他第一次体会，可他还是感到无比震撼。而那些凶猛的大雕个个如见了地狱恶鬼一般，在半空中收住了身形，尖利地叫了起来。

长枪白光乍现，虞人奎看着那些落荒而逃的大雕，兴奋得浑身直抖。没错，这就是他想看到的，他要这世间所有的人、兽都怕他、跪他、服从他！

他没得意太久，突然发现自己被笼罩在一片巨大如山的阴影中。他心生恐惧，颤巍巍地回过头去。

身后，一只庞大如小山般的异兽正龇着锋利的牙，盯着那群大雕，目光如炬。

那异兽虎身牛面，头顶两只巨大的牛角，背生双翼，全身覆盖幽蓝色的毛发，那毛发根根粗硬如刺猬，看上去凶神恶煞，狰狞万分。

虞人奎双膝一软，若不是用长枪支撑，他一定会跪在地上。

这不是天级魂兽，虞人奎在心里大吼。他从小翻遍异兽典籍，对世间千百种异兽都了若指掌，他可以肯定眼前这庞然大物绝对不是任何一个天级魂兽，按照它的外貌特征，它分明是上古异兽穷奇。

夙寒低下头来，轻笑道："你吓傻了吗？"

虞人奎嘴唇颤抖着，几乎说不出话来。异兽的声音沙哑慵懒，分明和昨日山洞里的男人一模一样，可是这地狱恶鬼般恐怖的样子，让他如何将它和那邪魅狂妄的男人联系到一起？

夙寒的身体白光一闪，迅速缩小，化作了人形。

虞人奎看着夙寒一步步走来，他惊得后退了一步，穷奇的模样如一块重石，压在他胸口上，他现在大脑一团乱。

为什么……为什么自己会召唤出一只上古异兽？难道神级魂兵器并非传说？

夙寒一把抓住他的胳膊，稳住了他摇摇欲坠的身体，并笑道："怎么了，我是你召唤出来的，你却吓成这样？"

"为什么？你是穷奇……我为什么会召唤出穷奇？"

"因为到了我该苏醒的时候，你必然会出现。"夙寒伸出手，轻轻抚了抚虞人奎的脸蛋，笑道。

虞人奎后退一步，颤声道："你别碰我。"如果昨日人形的夙寒已经让他害怕，那么现了穷奇真身的夙寒已经让他感到至深的恐惧。他不知道自己为什么会召唤出上古异兽，这意味着什么？是好还是坏？

夙寒讽刺一笑："我还当你已经想好了才召唤我，原来只是想利用我驱散那些畜生。"

虞人奎咬牙道："你也不希望我死了吧？"

夙寒哼笑道："你若还是不愿意，那就趁早走吧，否则我改变了主意，可能会伤到你哦。"

虞人奎不怒反笑："你是我召唤出来的，你想压制住我？简直可笑。"

"我说可以，就可以，但那样实在索然无味。"

"你住嘴！"虞人奎气得头皮都要炸开了。

夙寒笑道："我问你，你跑到这深山里把自己弄得如此狼狈是为了什么？"

"为了找魂兵器。"

"你找魂兵器又是为什么呢？"

"自然是让自己变得更加强大。"

夙寒上下扫了他一眼："让我猜猜，你说自己是天棱国的二皇子，那么你上面可是还有个大皇子？皇帝立储，肯定没有你的份儿吧？你看上去又不像一个淡薄之人，所以你想要皇位，对吗？"

虞人奎吃了一惊，寥寥几句，夙寒竟然一语中的。

夙寒将虞人奎的表情尽收眼底，低声笑道："果然不出我所料，你想要皇位，根本是唾手可得。"

“你懂什么。”

“你身为皇子，本该消息最为灵通，可看你见到我那么惊讶，就证明你还不知道我们的存在，那么很可能我是第一个觉醒的上古异兽。”夙寒循循善诱，“你可知什么是上古异兽？毁天灭地、移山倒海，区区一个皇位算得了什么？你想要，不要去求你的父皇，你应该求我。”

虞人奎的身体颤了颤，握着夙寒枪的手青筋暴起，足见他使了多大的力气。夙寒的每一个句子都狠狠戳在他心窝上，他下意识拒绝去听夙寒的话，可他知道，夙寒说的每一个字都是正确的。

他想要皇位，他最渴望的便是那个金光闪闪的、代表天棱大陆最高权力的皇位，他向谁都求不来，他只能和自己的手足争抢，最后还不知道会落个怎样的下场。可他现在有了夙寒，强大无比的上古异兽，传说中的神级魂兵器，不需要去回忆那些对上古异兽的神化描写，他已经看到穷奇的可怖，只要有夙寒，皇位他唾手可得。

夙寒见虞人奎已经动摇，笑意更深，他喜欢看着猎物一步步走入陷阱的样子，猎物脸上的迷茫、担忧、紧张、无措都可爱极了，这会让他在收获时品尝到甜美。他用那沙哑、带有磁性的嗓音说道：“你动心了，对吗？我活了太久，见识了太多朝代更迭，权力是最无用却也最醉人的东西。我看得见你眼里赤裸裸的欲望，我喜欢有欲望的人，因为我能满足你所有的欲望。”

虞人奎深吸一口气：“皇位……你要怎么给我皇位？”

“只要你与我结契，我便是你的武器，你可以带我回皇都，我甚至不需要做什么，只要现出真身。”

虞人奎想象了一下夙寒描述的画面。的确，夙寒甚至不需要做什么，就能让虞人潇乖乖地把太子之位让出来。他渴求了一辈子的东西，夙寒不费吹灰之力就可以送给他。他心里升起一股难言的悲凉，同时被欲望充满了的大脑也彻底挣破了最后一丝坚持。

番外六

他的王座

虞人奎从噩梦中惊醒，径直坐起身，深深吸了几口气，只觉得浑身冒冷汗，衣服都湿透了。梦中，一只巨大的九头蛇漫天乱舞着招摇如柳的身躯，如同从地心里长出来的妖树。当他“出现”在梦的边缘时，那九个狰狞的蛇头齐齐掉转方向，冲向他，绿眸阴冷歹毒，血盆大口张着，吐着毒芯子。

然后他就醒了。

自相繇在他体内觉醒后，他就不止一次梦到相繇的本体，也许是相繇在想念自己的身体吧。也幸好相繇太过思念自己的兽身，而对寄宿于人类体内感到憋屈和羞辱，所以轻易根本不肯出现，他才得以保存自己的神志和意识，比起其他被大巫祖控制的魂兵使，他算是幸运的。

旁边有人的声音响起：“怎么，你又做噩梦了？”

虞人奎充耳不闻，掀开被子下了地，抓起桌上的水壶，想给自己倒杯水，可那水壶怎么都不出水，令他有些烦躁。

夙寒跟了过来，拇指按住了壶把上的压嘴：“这种壶的设计，是需要你把这里压下去才能出水的。”涓涓水声在寂静的夜里显得格外灵动悦耳。

虞人奎冷哼一声：“麻烦。”

“麻烦吗？我倒觉得这个世界上的很多东西都很方便，也很新鲜。”夙寒低下头轻声道，“你梦到相繇了？梦到他的兽身了？”

“嗯。”虞人奎斜目看着夙寒，“怎么，你很怀念吗？”

“相繇的兽身很威风。”夙寒的语气中有一丝不易察觉的遗憾，“他一定很想见到自己的兽身，所以日思夜想，你就在梦中见到了。”

虞人奎转过身：“他想见是自然的，但我看你比他还想见吧？”

夙寒微眯起眼睛：“你为什么这么说？”

虞人奎的唇畔勾起一抹冷笑：“你以为我看不出来吗？自相繇在我体内觉醒，你就一直想见他，想和他对话，可他厌恶你，厌恶人类，厌恶这个他不能以自己的本身出现的世界，所以根本不愿意出来。夙寒，你很失望吧？”也许是他和夙寒离得太近，即便夙寒再怎么高深莫测，他也能体察到夙寒的感觉，夙寒对相繇有一种执着，一种极力想掩藏起来的执着。

夙寒居高临下地看着这美丽又傲慢的二皇子，突然扑哧一声笑了。

虞人奎皱起眉：“你笑什么？你别想否认，我看得出来。你我之间始于皇位，现在皇位已经是镜花水月，在这个世界里，我要你何用？”

夙寒露出迷人的笑意：“你真是无情啊，可你离得开我吗？”

虞人奎一个箭步蹿上来，一把扣住了他的咽喉，恶狠狠地说：“夙寒，我已经不需要你了，你以为我不能控制你，可我舍尽全力，未必不能把你关进兵器里，别逼我走到那一步。你识相点，不要再靠近我，相繇不会出现，你死心吧。”

夙寒抓住了他的手腕，暗自收紧。他的手像铁钳子一般，将虞人奎的手腕握得生痛，虞人奎被迫松开了掐着夙寒脖子的手：“你凭什么认为我想见相繇呢？”

虞人奎用力地抽回手：“我们第一次见面的时候，你就用熟人的语气和我说话，难道你自己忘了？”

“哦，因为我见过相繇的人形，你们长得一模一样，除了头发……我以为你会记得我。”

“相繇是藏青色头发，对吗？”虞人奎冷声道，“是跟他的蛇皮同样的颜色。”

“你怎么知道？”

虞人奎露出嘲讽的笑意：“其他异兽都与大巫祖斗得死去活来，为什么独独只有你有机会见到相繇的人形呢？我知道原因，我在梦里看得一清二楚。”虞人奎不自觉地提高了音量，“早在我见到你之前，我就梦到了。只是那时候我还不知道这个梦意味着什么，原来是我体内相繇的血液闻到了你的味道，在相繇觉醒的那一刻，虽然他对我封存了很多跟你有关的记忆，但我还是猜到了。夙寒，你想要的不是我，是相繇！”把话点破的一瞬间，虞人奎感觉很痛快，他受够了去思考夙寒那难以捉摸的心思。夙寒要的究竟是谁，与他何干？

夙寒的脸色终于有了一丝变化，他沉声道：“你既然知道，为什么现在才说？”

虞人奎接不上话来：是啊，为什么他现在才说？

夙寒捏着他的下巴，强迫他抬起了头：“相繇的记忆，你拥有多少？”

“不知道，所有跟你有关的记忆，几乎都被他封闭了。”

夙寒的笑容有些残忍：“对他来说，那也是倍感羞辱的回忆吧？”

虞人奎咬牙道：“我对你们的事不感兴趣，我只劝你死了心。你想见他，回你的上古时代找去，不要在我身上寻找他！”虞人奎狠狠推开夙寒，头也不回地跑出了房间。

夙寒看着他有些仓皇的背影，神情阴沉而复杂。

虞人奎换了衣服，穿戴整齐后，站在镜子前。镜子中的漂亮青年有着一头灿银色的短发，眉宇间有着化不开的愁绪，简单的休闲装无法掩盖他尊贵凌人的气势。

他来到这个世界已经有两个月了，这是他第一次独自出门。其实他并不愿意踏出房子，在这个陌生的世界，他既不是前呼后拥的圣皇，也不是令人闻风丧胆的神级魂兽的魂兵使，只是一个迷茫的普通人，甚至不能袒露自己的身份，这让他感到沮丧的同时，也有一些惶恐。

可是现在，他实在不想和夙寒待在一个地方了，他想出去喘口气，也是时候该打算一下以后的生活了，毕竟他不可能永远躲在房子里。

他整了整衣服，默默抬头看了一眼楼上。夙寒的魂力波动有些强烈，暴露了情绪的起伏，他有些扭曲地想，被他拆穿心思的夙寒恐怕维持不住那高深莫测的表情了吧？他体会到了一丝报复的快感。

楼上传来脚步声，他倒退了几步，头也不回地冲出了门。

夙寒倚靠在窗前，看着急步外出的虞人奎，嘴角勾起一抹微笑。

虞人奎坐上江朝戈的车后，江朝戈的司机问他：“于先生，您去哪儿啊？”

虞人奎犹豫了一下：“随便。”

“这……随便是去哪儿啊？”

“哪儿都可以，离这里远点。”

司机透过后视镜，跟虞人奎冰冷的眼神对了个正着，不禁打了个寒战，也不再问了，驱车就往市中心开去。

司机把虞人奎放在了市里最繁华的一条商业街上，虞人奎透过车窗看着窗外高耸密集的水泥丛林和街上熙熙攘攘的人群，突然产生了一种逃避的冲动。他从来没来过这么多人的地方，这就好像把一个外星人放在一群人类里一样，虽然他们外表差别不大，但外星人会心虚。

“于先生？”

虞人奎抓着车把手，有些犹豫。

“您要在这里逛逛吗，还是换一个地方？”

虞人奎的喉结上下滑动，深吸一口气道：“就在这里吧。”

“我几点来接您？”

“太阳下山时。”

“好的。”

虞人奎推开车门，站在商业街的街口环视四周，热辣的阳光让他感到一丝晕眩，往来如潮的人群更是给他一种窒息的憋闷感。他强迫自己走进了商业街，他想尝试着更了解这个世界。

商业街实在太热闹了，有些路段甚至是人挤人，虞人奎茫然地跟着人群往前移动，凡是经过他身边的，无一例外地要盯着他看上几眼。他的眉头越皱越深，他并非不知道自己容貌惊人，只是在天棱大陆，没人敢这样肆无忌惮地打量他，这些人真是毫无礼数。

这时，两个姑娘大着胆子跑过来跟他搭讪，想邀他去喝茶，他道：“喝什么茶？”

姑娘指着一个奶茶店：“那个怎么样？”

虞人奎不悦道：“你们以什么名目邀请我，我又为什么要接受？”

两个姑娘对视一眼，都感到有些诡异与难堪。

虞人奎移开了目光：“像你们这等姿色平庸、出身卑微的女人，倒是有不小的胆量。”

姑娘骂道：“神经病。”她拉上朋友，头也不回地走了。

虞人奎没听懂她的话，但对她放肆的态度很不满，只是想起江朝戈反复警告他不可以乱来，才压下了怒火。

他对川流不息的人群感到厌烦，于是在一棵大树下的休息椅上坐了下来，默然地看着繁华的商铺和往来的人流，心里无比怀念自己的世界。

江朝戈这些异界人去到天棱大陆的时候，是不是也跟此刻的他有一样的想法呢？在这个世界，他完全没有归属感，可以说他什么都没有，这样毫无目标地游荡在一个不属于自己的地方，不知道有何意义，而他当初拼尽所有，甚至不惜牺牲自己换来的圣皇之位，如今也显得分外可笑。

这是一个没有任何人在乎他、仰视他、簇拥他的世界，他之于这个世界，也没有任何存在的价值。当他意识到这一点时，感到心如死灰，顿时一点站起来的力气都没有，他甚至不知道自己来这里干什么。

也许他该想办法回天棱大陆，回到天棱大陆后，他面临的很可能是死，究竟是拼死一搏，还是这样茫然地活着？

孤独、惶恐、失意，诸多负面情绪如潮水般朝他涌来，在这个阳光明媚的午后，他却觉得浑身冰冷。

眼前出现了一双男人的脚，头顶同时传来轻浮的声音：“帅哥，一个人在这儿坐着干什么呀，跟哥去喝一杯？”

虞人奎抬起头，一个高壮粗犷的男人正笑嘻嘻地看着他，在他抬脸的瞬间，两眼放光。

虞人奎低声说：“滚开。”

“什么？”男人似乎没听见，低下身道，“帅哥，你说什么？”

“滚开。”虞人奎抬高了音量，他现在不想被任何东西打扰，尤其是这种卑微的东西。

男人的脸色变了变：“喂，兄弟，你说话客气点，找事儿是不是？”

虞人奎眯起眼睛，手习惯性地摸向腰间。若在天棱大陆，有人胆敢如此不敬，他会一刀将人劈成两半，可手摸了个空后，他猛然想起了自己的处境，于是胸口那一股躁郁之气更加汹涌起来，他有了强烈的杀戮冲动。他站起身，决定克制自己，离开这里。

男人却火了，一把抓住他的肩膀：“你给我站住，长得帅了不起啊，我……”

男人下一个字还没吐出来，虞人奎已经一把扣住了他的喉咙，硬生生将那体重至少有两百斤的男人腾空拎了起来。虞人奎眼神阴森地瞪着他：“谁准你碰我，贱民。”

男人的脸憋成了猪肝色，肺部的空气被粗暴地阻断，他眼球暴突，显然快窒息了。

周围传来惊叫声，以虞人奎偏瘦的体形，就这样将一个高壮的男人抓得双脚离地，场面实在诡异非常。

虞人奎稍微使劲，将人扔了出去，那男人被他轻松地抛出了十几米远，重重地摔到了地上。

“爸爸，怪力士。”一个小男孩儿刚指着虞人奎说完，就被他爸爸捂住了嘴，惊恐地抱走了。

虞人奎这才发现，商业街上人群密集，突然在他周围扩散出了一个不小的圆形空间，所有人恐惧地看着他，恨不得绕路走。虞人奎心头火气旺盛，一脚踹向木椅，将那实木座椅硬生生踹裂了，然后不顾所有人的围观，径直往街口走去。

虞人奎走出商业街，看着四通八达的陌生街道，竟不知该何去何从，心里有一个声音告诉他，回去吧，回那个房间，至少那里是熟悉的，还有熟悉的人。

想到那个所谓熟悉的人，他咬紧了嘴唇，在心里怒斥自己的软弱。他抬起头，大步朝着一条看上去还算顺眼的街道走去。

他穿过一条又一条街口、小巷，就迷路了。他本就是漫无目的地走，此时更是完全迷失了方向，太阳已经下山了，他想起司机会在商业街等他，但他已经找不回去了。

这个城市真大，到处是像迷宫一样的街道和高得看不到顶的建筑。他失去了一切的身份，也不过跟这城市里所有人类一样渺小。他痛恨这种渺小，他生为天棱大陆的皇子，甚至最后高居圣皇之位，如今……如今他就算走丢了，也没有任何人在意。

他站在巷子口，抬头看着城市的灯火，感到了无法言喻的孤独。

这个世界，有谁能陪伴他呢？

突然，有人抓住了他的手腕，以极快的速度将他拖进了巷子里。

虞人奎的手已经抓向了夙寒的脖子，却没有力气收紧，他在外漂泊了一天，可体会到的孤独却是此生最为沉重的。

夙寒："我找了你半天，你真能跑啊。"

虞人奎喘息道："你怎么找来的？"

"我循着味道找来的。"夙寒轻笑道，"世界上有那么多人，只有你的味道最特别，不管隔着多远，我都能找到你。"

虞人奎推开了他："我不需要你来找我。"

"我不来找你，难道眼看着你把自己弄丢吗？"夙寒捏着他的下巴，强迫他抬起头，"我跟了你半天，你都没发现。我看到你像一条小狗一样流落街头……你肚子不饿吗？不想回家吗？"

虞人奎却愤然拍开他的手："你胆敢说我像狗？"

"傲慢的圣皇陛下，回家吧。"

"回家？"虞人奎讥讽道，"这里没有我的家。"

"我们已经回不去天棱大陆了，你要接受这个现实。"

"我接不接受又如何，跟你没有关系。那个房子不是我的家，我不会再回去。"

夙寒深深看着他的眼睛，凝视片刻后，一把拉起他的手，跑了起来。

虞人奎怒道："你带我去哪里？"

夙寒抓着虞人奎一路穿过街道，很快就拐进一个别墅区，那里坐落着十几栋独门独院的房子，每一栋占地至少两千平方米。

夙寒推开了其中一栋别墅的大铁门。

虞人奎不解道："你带我来这里干什么？"

"我买下来了。"

"你哪儿来的钱？"江朝戈提供给他们房子、管家和司机，是为了防止他们到外面捣乱，可不会额外给他们大笔钱挥霍。

"偷的。"夙寒说得理所当然。

"你……"

夙寒硬把虞人奎拽到大门前，用钥匙打开了门，修长的手指贴着门页："本来我想等完工了再带你来，可是你太不老实了。"

"你究竟想干什么？"

夙寒的食指与中指轻轻一点，门扉大开，屋内的感应灯亮了起来，正对大门的是一个宽敞的客厅，客厅各处都堆放着建筑材料，墙体也还没有粉刷完毕，到处弥漫着难闻的气味。可这些都没被虞人奎放在眼里，在大门打开的瞬间，他的目光被客厅正中央那个硕大的黄金王座吸引了。

夙寒带着愣怔的虞人奎走了进去，笑道："我的记忆力不错吧，这个王座是不是跟天鳌城的那个几乎一模一样？"

虞人奎颤声道："为什么……"

"我想把这里打造成一个小皇宫，尽量复原你在天鳌城拥有的一切，虽然不可能完全一样，但这里一定会很漂亮。而且，我喜欢你坐在王座上趾高气扬的样子。"

虞人奎咬牙道："你是在可怜我吗？在这个我什么都不是的世界，我要一个毫无用处的王座做什么？"

"在天棱大陆，你又要王座做什么呢？"

虞人奎怔住了。

"你坐在那个位置上，却没有笑容，你不曾开心，不曾安稳地入眠，不曾单纯地享受美食和豪饮美酒，不曾有一天不提防周围的人，以及为难听的流言和越来越恶劣的国态大发雷霆，你恐惧虞人殊的反击，担忧虞人潇的报复。得到王位后，你就得到自己想要的了吗？"

虞人奎咬紧了嘴唇，由于用力过度，齿间都沾染了一丝血红。

夙寒的声音温柔醉人："你有了我，其实已经得到一切了。你想要无上的权力，想要万人的膜拜，想要处在一个永远不会被伤害的高度，这些只要有我就够了。你要一个束缚你、让你忧心、让你痛苦的王座做什么？"

虞人奎深深地倒吸了一口气，好像有那么一口气一直没能提上来，却因为夙寒的一席话打散了某一层障碍，他突然能够顺畅地呼吸了。他深知自己早已经在那个位置上如坐针毡，可他付出了一生和过大的代价去换取它，他已经骑虎难下，他不能说厌倦、说恐惧啊。而这一番话从夙寒嘴里说出来，简直像解开了他的镣铐一般，让他感到前所未有的轻松。夙寒一直是那么的透彻，那么的犀利，似乎比他还了解自己。

"我觉得这个世界很好，你可以自由地做自己，这所房子、这个王座，就当作对故乡思念的寄托吧。"

虞人奎越发猜不透夙寒在想什么，他时而漫不经心，时而戏谑调侃，时而又深情款款，这个男人的心思好像比海还要深。

他沉声道："你为什么要这么做？为了相繇？"

夙寒扑哧一笑："你真有趣，要不是你这么有趣，和你捆绑在一起上千年，那该多无聊啊。"

"你少说废话。"

夙寒把虞人奎按在了王座上，深邃如星空般的眼眸一眨不眨地看着他："你知道相繇为何不肯让你看关于我的记忆吗？"

虞人奎冷声道："为什么？"

"因为他觉得羞耻。他败于我手下，放弃身为大巫祖的尊严，然后趁机杀了我。"夙寒呵呵笑了起来，"我喜欢在战胜之后享受战利品，可惜当时得意忘形了，忘了这个战利品有能与我相抗衡的力量。我死在他手上，倒也没什么大不了，我不觉得丢人，他却羞耻万分。死要面子这一点，你跟他倒是有几分相似。"

虞人奎挥开他的手，胸膛用力起伏着。

"初见你时，我以为这是一个报复、羞辱相繇的好机会，可是越与你相处越发现，你不是相繇，你只是虞人奎，傲慢又刻薄，自尊心比天高的圣皇陛下。"

虞人奎恼羞成怒："你终于敢承认你是在戏弄我。"

夙寒勾唇一笑："有什么不好呢？我喜欢你才想要戏弄你呀。相繇之于我，确实有些特别，毕竟他杀死过我，可除此之外，再没有别的了。反倒是你，给了我太多惊喜，我对猎物的兴趣向来不过三五天，可是你不同，一想到要和你在一起千年，我也不觉得腻，这种感觉真是新鲜。所以，若是相繇胆敢侵占你的意识，我不会放过他的。”

虞人奎脸上的肌肉不自然地抽动着，他知道，在这个世界上，真的只有这只异兽会在乎他，毕竟他们是生死难分、一命同弦的魂兵使与魂兽。他想摆脱夙寒，绝无可能，而夙寒也离不开他，这样的羁绊，岂是三言两句能描述得清的？也许他这一生，真的注定要和夙寒并肩走完。

（全文完）